LE JUGE D'ÉGYPTE

*

LA PYRAMIDE ASSASSINÉE

CHRISTIAN JACQ

Le juge d'Égypte

*

LA PYRAMIDE ASSASSINÉE

FRANCE LOISIRS
123, boulevard de Grenelle, Paris

Une édition du Club France Loisirs, Paris,
réalisée avec l'autorisation de la Librairie Plon

ISBN : 2-7242-7563-2

Voyez, ce qu'avaient prédit les ancêtres est advenu : le crime s'est répandu, la violence a envahi les cœurs, le malheur traverse le pays, le sang coule, le voleur s'enrichit, le sourire s'est éteint, les secrets ont été divulgués, les arbres ont été déracinés, la pyramide a été violée, le monde est tombé si bas qu'un petit nombre d'insensés s'est emparé de la royauté, et que les juges sont chassés.

Mais souviens-toi du respect de la Règle, de la juste suite des jours, du temps heureux où les hommes bâtissaient des pyramides et faisaient prospérer des vergers pour les dieux, de ce temps béni où une simple natte pourvoyait aux besoins de chacun et le rendait heureux.

Prédictions du sage Ipou-Our.

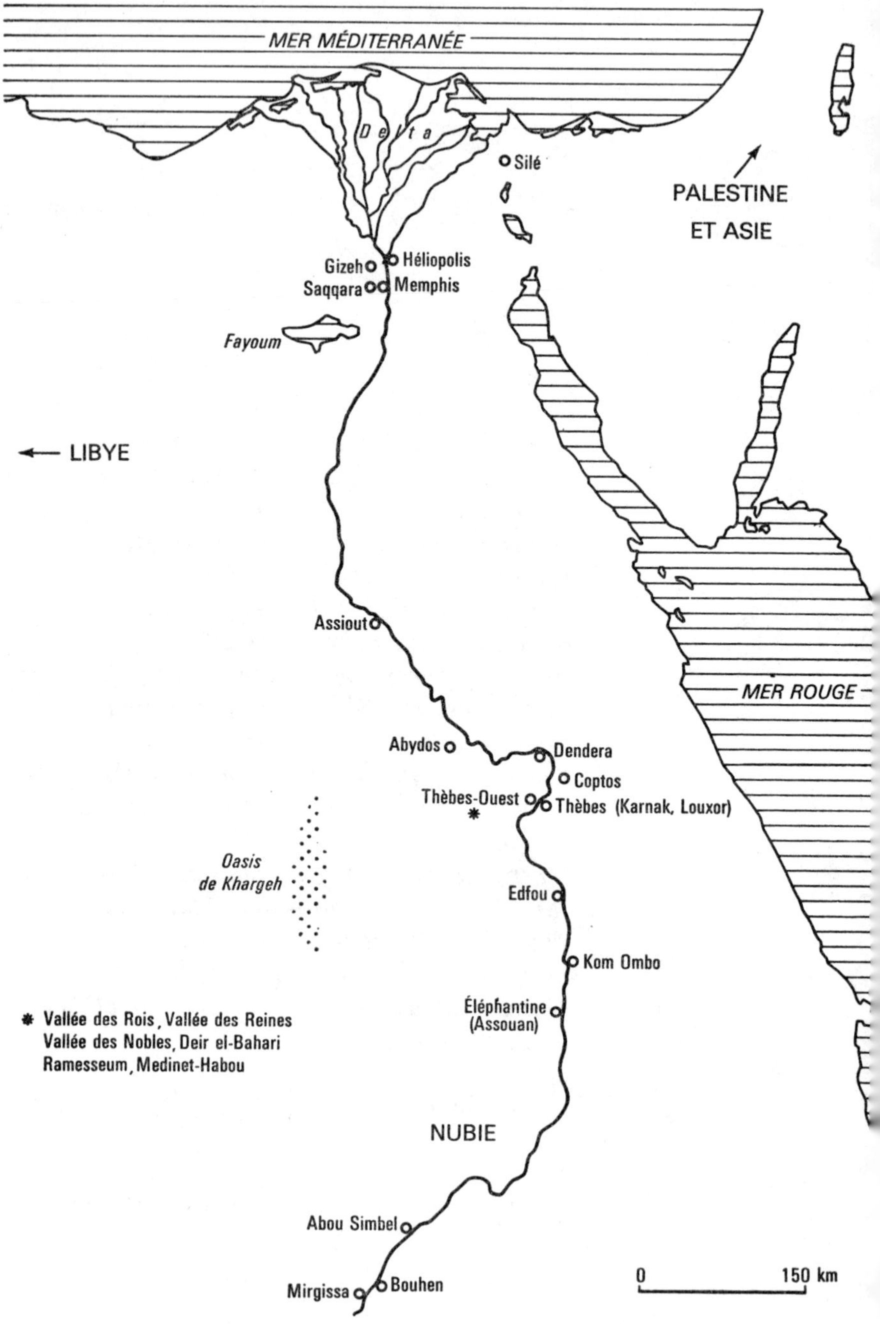
MER MÉDITERRANÉE
Delta
Silé
PALESTINE
ET ASIE
Gizeh
Héliopolis
Saqqara
Memphis
Fayoum
LIBYE
Assiout
MER ROUGE
Abydos
Dendera
Coptos
Thèbes-Ouest
Thèbes (Karnak, Louxor)
Oasis
de Khargeh
Edfou
Kom Ombo
Éléphantine
(Assouan)
Vallée des Rois, Vallée des Reines
Vallée des Nobles, Deir el-Bahari
Ramesseum, Medinet-Habou
NUBIE
Abou Simbel
Mirgissa
Bouhen
0
150 km

PROLOGUE

Une nuit sans lune enveloppait la grande pyramide d'un manteau de ténèbres. Furtif, un renard des sables se faufila dans le cimetière des nobles qui, dans l'au-delà, continuaient à vénérer Pharaon. Des gardes veillaient sur le prestigieux monument où seul Ramsès le Grand entrait, une fois l'an, afin de rendre hommage à Khéops, son glorieux ancêtre ; la rumeur prétendait que la momie du père de la plus haute des pyramides était protégée par un sarcophage en or, lui-même recouvert d'incroyables richesses. Mais qui aurait osé s'attaquer à un trésor aussi bien défendu ? Personne, à l'exception du souverain régnant, ne pouvait franchir le seuil de pierre et se repérer dans le labyrinthe du gigantesque monument. Le corps d'élite affecté à sa protection tirait à l'arc sans sommation ; plusieurs flèches auraient transpercé l'imprudent ou le curieux.

Le règne de Ramsès était heureux ; riche et paisible, l'Égypte rayonnait sur le monde. Pharaon apparaissait comme le messager de la lumière, les courtisans le servaient avec respect, le peuple glorifiait son nom.

Les cinq conjurés sortirent ensemble d'une cabane d'ouvriers où ils s'étaient cachés durant le jour ; cent fois, ils avaient répété leur plan avec la certitude de ne rien laisser au hasard. S'ils réussissaient, ils deviendraient, tôt ou tard, les maîtres du pays, et lui imprimeraient leur marque.

Vêtus d'une tunique de lin grossier, ils longèrent le plateau de Guizeh, non sans jeter des regards fiévreux vers la grande pyramide.

Attaquer la garde serait une folie ; si d'autres, avant eux, avaient songé à s'emparer du trésor, nul n'y était parvenu.

Un mois auparavant, le grand sphinx avait été dégagé d'une gangue de sable accumulée par plusieurs tempêtes. Le géant, aux yeux levés vers le ciel, ne bénéficiait que d'une faible protection. Son nom de « statue vivante » et la terreur qu'il inspirait suffisaient à écarter les profanes. Pharaon à corps de lion taillé dans le calcaire en des temps immémoriaux, le sphinx faisait se lever le soleil et connaissait les secrets de l'univers. Cinq vétérans formaient sa garde d'honneur. Deux d'entre eux, adossés à l'extérieur du mur d'enceinte, face aux pyramides, dormaient à poings fermés. Ils ne verraient ni n'entendraient rien.

Le plus svelte des conjurés escalada le mur d'enceinte ; vif et silencieux, il étrangla le soldat qui dormait près du flanc droit du fauve de pierre, puis supprima son collègue, posté près de l'épaule gauche.

Les autres conjurés le rejoignirent. Éliminer le troisième vétéran serait moins aisé. Le gardien-chef se tenait devant la stèle de Thoutmosis IV *, dressée entre les pattes avant du sphinx, pour rappeler que ce pharaon lui devait son règne. Armé d'une lance et d'un poignard, le soldat se défendrait.

L'un des conjurés ôta sa tunique.

Nue, elle s'avança vers le garde.

Ébahi, il fixa l'apparition. Cette femme n'était-elle pas l'un des démons de la nuit qui rôdaient autour des

* Thoutmosis IV (1412-1402) s'endormit au pied du sphinx après une chasse dans le désert. En rêve, le sphinx lui parla : qu'il le désensable, et il serait roi. Promesse fut tenue, des deux côtés. La stèle, relatant l'événement, est toujours en place.

pyramides pour voler les âmes ? Souriante, elle approchait. Affolé, le vétéran se leva et brandit sa lance ; son bras tremblait. Elle s'arrêta.

– Recule, fantôme, éloigne-toi !

– Je ne te ferai aucun mal. Laisse-moi te prodiguer mes caresses.

Le regard du gardien-chef demeura rivé sur le corps nu, tache blanche dans les ténèbres. Hypnotisé, il fit un pas vers lui.

Quand la corde s'enroula autour de son cou, le vétéran lâcha sa lance, tomba à genoux, tenta vainement de hurler, et s'effondra.

– La voie est libre.

– Je prépare les lampes.

Les cinq conjurés, face à la stèle, consultèrent une dernière fois leur plan, et s'encouragèrent à continuer, malgré la peur qui les tenaillait. Ils déplacèrent la stèle et contemplèrent le vase scellé marquant l'emplacement de la bouche d'enfer, porte des entrailles de la terre.

– Ce n'était pas une légende !

– Voyons s'il existe bien un accès.

Sous le vase, une dalle munie d'un anneau. Ils ne furent pas trop de quatre pour la soulever.

Un couloir étroit, très bas, en forte pente, s'enfonçait dans les profondeurs.

– Vite, les lampes !

Dans des coupes en dolérite *, ils versèrent de l'huile de pierre, très grasse, facile à enflammer. Pharaon interdisait son usage et son commerce, car la fumée noire qui se dégageait de sa combustion rendait malades les artisans chargés de décorer temples et tombes, et salissait plafonds et parois. Les sages affirmaient que ce « pétrole ** », comme le nommaient les barbares, était une substance nocive et dangereuse, une exsudation

* L'une des pierres les plus dures, que les Égyptiens savaient travailler sans la briser.

** Bien qu'ils connussent le pétrole, les Égyptiens n'en favorisèrent pas l'usage.

maligne des roches, chargée de miasmes. Les conjurés n'en avaient cure.

Pliés en deux, le crâne heurtant souvent le plafond de calcaire, ils progressèrent à marche forcée dans le boyau, vers la partie souterraine de la grande pyramide. Personne ne parlait; chacun avait en tête la sinistre fable selon laquelle un esprit brisait la nuque de quiconque essayait de violer le tombeau de Khéops. Comment savoir si ce souterrain ne les écartait pas de leur but? De faux plans avaient circulé, afin d'égarer d'éventuels voleurs; celui qu'ils détenaient était-il le bon?

Ils se heurtèrent à un mur de pierre qu'ils attaquèrent au ciseau; par bonheur, les blocs, peu épais, pivotèrent sur eux-mêmes. Les conjurés se glissèrent à l'intérieur d'une vaste chambre au sol de terre battue, haute de trois mètres cinquante, longue de quatorze, et large de huit. Au centre, un puits.

– La chambre basse... Nous sommes dans la grande pyramide!

Ils avaient réussi.

Le couloir *, oublié depuis tant de générations, menait bien du sphinx au gigantesque monument de Khéops dont la première salle se situait à une trentaine de mètres sous la base. Ici, dans cette matrice, évocation du sein de la terre mère, avaient été pratiqués les premiers rites de résurrection.

A présent, il leur fallait emprunter un puits qui cheminait à l'intérieur de la masse pierreuse et rejoignait le couloir débutant au-delà des trois bouchons de granit.

Le plus léger grimpa en s'agrippant aux aspérités de la roche et en se calant avec ses pieds; parvenu au sommet, il lança la corde enroulée autour de sa taille. Manquant d'air, l'un des conjurés faillit s'évanouir; ses

* L'existence de ce couloir, affirmée par des sources anciennes, demeure hypothétique; jusqu'à présent, aucune campagne de fouilles n'a été organisée.

compagnons le traînèrent jusqu'à la grande galerie où il reprit son souffle.

La majesté du lieu les éblouit. Quel maître d'œuvre avait été assez insensé pour bâtir un tel dispositif comprenant sept assises de pierre ? Longue de quarante-sept mètres, haute de huit mètres cinquante, la grande galerie, œuvre unique par ses dimensions et sa situation au cœur d'une pyramide, défiait les siècles. Aucun architecte, constataient les maîtres d'œuvre de Ramsès, ne réaliserait plus une telle prouesse.

L'un des conjurés, intimidé, songea à renoncer ; le chef de l'expédition le força à progresser en le poussant violemment dans le dos. Renoncer si près du but eût été stupide ; à présent, ils pouvaient se féliciter de l'exactitude de leur plan. Un doute subsistait : entre l'extrémité supérieure de la grande galerie et le début du couloir d'accès à la chambre du roi, les herses de pierre avaient-elles été abaissées ? Si tel était le cas, ils ne parviendraient pas à contourner l'obstacle et repartiraient bredouilles.

– Le passage est libre.

Menaçantes, les cavités destinées à recevoir les énormes blocs apparaissaient vides. Les cinq conjurés se courbèrent pour entrer dans la chambre du roi dont le plafond se formait de neuf blocs de granit pesant plus de quatre cents tonnes. Haute de près de six mètres, la salle abritait le cœur de l'empire, le sarcophage du pharaon reposant sur un sol d'argent qui maintenait la pureté du lieu.

Ils hésitèrent.

Jusqu'à présent, ils s'étaient comportés comme des explorateurs en quête d'un pays inconnu. Certes, ils avaient commis trois crimes dont ils auraient à répondre devant le tribunal de l'autre monde, mais n'avaient-ils pas agi pour le bien du pays et du peuple en préparant l'éviction d'un tyran ? S'ils ouvraient le sarcophage, s'ils le dépouillaient de ses trésors, ils violeraient l'éternité, non d'un homme momifié, mais d'un dieu présent dans son corps de lumière. Ils trancheraient leur dernier lien avec une civilisation millénaire afin de faire surgir un nouveau monde que Ramsès n'accepterait jamais.

Ils eurent envie de s'enfuir, bien qu'ils éprouvassent une sensation de bien-être. L'air parvenait par deux canaux creusés dans les parois nord et sud de la pyramide, une énergie montait du dallage et leur insufflait une force inconnue.

C'était donc ainsi que Pharaon se régénérait, en absorbant la puissance née de la pierre et de la forme de l'édifice !

– Le temps presse.

– Partons.

– Hors de question.

Deux s'approchèrent, puis le troisième, puis les deux derniers. Ensemble, ils soulevèrent le couvercle du sarcophage et le déposèrent sur le pavement.

Une momie lumineuse... une momie recouverte d'or, d'argent et de lapis-lazuli, si noble que les pillards ne purent soutenir son regard. D'un geste rageur, le chef des conjurés arracha le masque d'or ; ses acolytes s'emparèrent du collier et du scarabée du même métal, déposé à l'emplacement du cœur, d'amulettes en lapis-lazuli et de l'herminette en fer céleste, ciseau de menuisier servant à ouvrir la bouche et les yeux dans l'autre monde. Ces merveilles leur parurent presque dérisoires au regard de la coudée en or qui symbolisait la loi éternelle dont Pharaon était le seul garant, et surtout d'un petit étui en forme de queue-d'aronde.

A l'intérieur, le testament des dieux.

Par ce texte, Pharaon recevait l'Égypte en héritage et devait la garder heureuse et prospère. Lorsqu'il célébrerait son jubilé, il serait contraint de le montrer à la cour et au peuple, comme preuve de sa légitimité. Incapable de produire le document, il serait, tôt ou tard, contraint d'abdiquer.

Bientôt, malheurs et calamités s'abattraient sur le

pays. En violant le sanctuaire de la pyramide, les conjurés perturbaient la principale centrale d'énergie et troublaient l'émission du *ka,* puissance immatérielle qui animait toute forme de vie.

Les voleurs s'emparèrent d'une caisse de lingots de fer céleste, métal rare et aussi précieux que l'or. Il servirait à parfaire la machination.

Peu à peu, l'injustice se répandrait dans les provinces, et des murmures s'élèveraient contre Pharaon, formant une crue destructrice.

Il ne leur restait plus qu'à sortir de la grande pyramide, à cacher leur butin, et à tisser leur toile.

Avant de se disperser, ils prêtèrent serment : quiconque se placerait en travers de leur route serait supprimé. La conquête du pouvoir était à ce prix.

CHAPITRE PREMIER

Après une longue carrière consacrée à l'art de guérir, Branir goûtait une retraite paisible dans sa demeure de Memphis.

Solidement charpenté, le buste large, le vieux médecin arborait une élégante chevelure argentée qui couronnait un visage sévère où transparaissaient bonté et dévouement. Sa noblesse naturelle s'était imposée aux grands comme aux humbles, et l'on ne se souvenait d'aucune circonstance où quiconque lui eût manqué de respect.

Fils d'un fabricant de perruques, Branir avait quitté le giron familial pour devenir sculpteur, peintre et dessinateur; l'un des maîtres d'œuvre de Pharaon l'avait appelé au temple de Karnak. Au cours d'un banquet de confrérie, un tailleur de pierre s'était trouvé mal; d'instinct, Branir l'avait magnétisé, l'arrachant à une mort certaine. Le service de santé du temple n'avait pas négligé un don aussi précieux, et Branir s'était formé au contact de maîtres réputés avant d'ouvrir son cabinet. Insensible aux sollicitations de la cour, indifférent aux honneurs, il n'avait vécu que pour guérir.

Pourtant, s'il avait quitté la grande cité du nord afin de se rendre dans un petit village de la région thébaine, ce n'était pas à cause de son métier. Il avait une autre mission à remplir, si délicate qu'elle semblait vouée à l'échec ; mais il ne renoncerait pas avant d'avoir tout tenté.

Ému, il retrouva son village caché au cœur d'une palmeraie. Branir fit arrêter la chaise à porteurs près d'un bosquet de tamaris entremêlés dont les branches touchaient le sol. L'air et le soleil étaient doux ; il observa les paysans à l'écoute de la mélodie d'un flûtiste.

Un ancien et deux jeunes brisaient à la houe les mottes de terre dans les hautes cultures qu'ils venaient d'irriguer ; Branir songea à la saison où le limon, déposé par la crue, accueillait les semences qu'enfonçaient les troupeaux de porcs et de moutons. La nature offrait à l'Égypte d'inestimables richesses que le travail des hommes préservait ; jour après jour, une éternité heureuse s'écoulait dans les campagnes du pays aimé des dieux.

Branir continua son chemin. A l'entrée du village, il croisa un attelage de bœufs ; l'un était noir, l'autre blanc, tacheté de brun. Soumis au joug de bois placé à la naissance des cornes, ils avançaient d'un pas tranquille.

Devant l'une des maisons de terre, un homme accroupi trayait une vache dont il avait entravé les pattes arrière. Son assistant, un gamin, versait le lait dans une jarre.

Branir se souvint, ému, du troupeau de vaches qu'il avait gardé ; elles se nommaient « le bon conseil », « pigeon », « eau du soleil » ou « heureuse inondation ». Fortune pour qui la possédait, une vache incarnait la beauté et la douceur. Aux yeux d'un Égyptien, il n'existait pas d'animal plus séduisant ; de ses grandes oreilles, il percevait la musique des étoiles placées, comme lui, sous la protection de la déesse Hathor. « Quelle superbe journée, chantait souvent le vacher, le ciel m'est favorable et ma tâche douce comme du miel *. » Certes, le surveillant des champs le rappelait parfois à l'ordre en lui deman-

* Ce chant et le nom des vaches sont inscrits sur les bas-reliefs des tombes de l'Ancien Empire.

dant de se hâter et de faire avancer le bétail au lieu de musarder. Et, comme d'ordinaire, les vaches choisissaient leur chemin sans presser l'allure. Le vieux médecin avait presque oublié ces scènes simples, cette existence sans surprise et cette sérénité du quotidien où l'homme n'était qu'un regard parmi d'autres ; les gestes se répétaient, siècle après siècle, la crue et la décrue rythmaient les générations.

Soudain, une voix puissante brisa la tranquillité du village.

L'accusateur public appelait la population au tribunal, tandis que le chef des querelles, chargé d'assurer la sécurité et de faire respecter l'ordre, empoignait une femme qui protestait de son innocence.

La cour de justice était installée à l'ombre d'un sycomore ; la présidait Pazair, un juge de vingt et un ans auquel les anciens accordaient leur confiance. D'ordinaire, les notables désignaient un personnage d'âge mûr, doté d'une solide expérience, responsable de ses décisions sur ses biens s'il était riche, et sur sa personne, s'il ne possédait rien ; aussi les candidats à la fonction, fût-elle celle d'un petit juge de campagne, n'abondaient-ils pas. Tout magistrat pris en faute était plus sévèrement châtié qu'un assassin ; une saine pratique de la justice l'exigeait.

Pazair n'avait pas eu le choix ; en raison de son caractère ferme et de son goût prononcé pour l'intégrité, il avait été élu à l'unanimité par le conseil des anciens. Bien qu'il fût très jeune, le juge faisait preuve de compétence en étudiant chaque dossier avec un soin extrême.

Assez grand, plutôt mince, les cheveux châtain, le front large et haut, les yeux verts teintés de marron, le regard vif, Pazair impressionnait par son sérieux ; ni la colère, ni les pleurs, ni la séduction ne le troublaient. Il écoutait, scrutait, cherchait, et ne formulait sa pensée qu'au terme de longues et patientes investigations. Au village, on s'étonnait parfois de tant de rigueur, mais l'on se félicitait de son amour de la vérité et de son aptitude à régler les conflits. Beaucoup le craignaient, sachant qu'il excluait la compromission et se montrait peu enclin à l'indulgence; mais aucune de ses décisions n'avait été remise en cause.

De part et d'autre de Pazair étaient assis les jurés, au nombre de huit : le maire, son épouse, deux cultivateurs, deux artisans, une veuve âgée, et le préposé à l'irrigation. Tous avaient dépassé la cinquantaine.

Le juge ouvrit l'audience en vénérant Maât *, la déesse qui incarnait la Règle à laquelle devait tenter de se conformer la justice des hommes; puis il donna lecture de l'acte d'accusation contre la jeune femme que le chef des querelles maintenait fermement, face à la cour. L'une de ses amies lui reprochait d'avoir volé une bêche appartenant à son mari. Pazair demanda à la plaignante de confirmer à haute voix ses griefs, et à l'accusée de présenter sa défense. La première s'exprima avec pondération, la seconde nia avec véhémence. Conformément à la loi en vigueur depuis l'origine, nul avocat ne s'interposait entre le juge et les protagonistes directement concernés par un procès.

Pazair ordonna à l'accusée de se calmer. La plaignante demanda la parole pour s'étonner de la négligence de la justice; n'avait-elle pas rapporté les faits, un mois auparavant, au scribe qui assistait Pazair, sans obtenir la convocation du tribunal ? Elle avait été obligée de présenter une seconde requête. La voleuse avait eu le temps de faire disparaître la preuve.

– Existe-t-il un témoin du délit ?

– Moi-même, répondit la plaignante.

– Où la bêche a-t-elle été dissimulée ?

– Chez l'accusée.

Cette dernière nia à nouveau, avec une fougue qui impressionna les jurés. Sa bonne foi parut évidente.

– Perquisitionnons sur-le-champ, exigea Pazair.

* Maât est symbolisée par une femme assise, portant une plume d'autruche sur la tête; elle incarne l'harmonie céleste.

Un juge devait se transformer en enquêteur, vérifier les dires et les indices par lui-même, sur les lieux incriminés.

– Vous n'avez pas le droit d'entrer chez moi ! rugit l'accusée.

– Avouez-vous ?

– Non ! Je suis innocente !

– Mentir devant ce tribunal est une faute grave.

– C'est elle qui a menti.

– En ce cas, sa peine sera sévère. Confirmez-vous vos accusations ? demanda Pazair en regardant la plaignante droit dans les yeux.

Elle acquiesça.

La cour se déplaça, guidée par le chef des querelles. Le juge procéda lui-même à la perquisition. Il découvrit la bêche dans la cave, enveloppée dans des chiffons et dissimulée derrière des jarres à huile.

La coupable s'effondra. Selon la loi, les jurés la condamnèrent à offrir à sa victime le double de son larcin, soit deux bêches neuves. De plus, le mensonge sous serment était passible de travaux forcés à perpétuité, voire de la peine capitale dans une affaire criminelle. La femme serait contrainte de travailler plusieurs années sur les terres du temple local, sans aucun bénéfice personnel.

Avant la dispersion des jurés, pressés de vaquer à leurs occupations, Pazair prononça une sentence inattendue : cinq coups de bâton pour le scribe assistant, coupable d'avoir laissé traîner l'affaire. Puisque, selon les sages, l'oreille de l'homme était sur son dos, il écouterait la voix du bâton et se montrerait moins négligent à l'avenir.

– Le juge m'accordera-t-il audience ?

Pazair se retourna, intrigué. Cette voix... Était-ce possible ?

– Vous !

Branir et Pazair se donnèrent l'accolade.

– Vous, au village !

– Un retour aux sources.

– Allons sous le sycomore.

Les deux hommes s'assirent sur deux sièges bas disposés sous le grand sycomore où les notables goûtaient l'ombre. A l'une des branches maîtresses était suspendue une outre remplie d'eau fraîche.

– Te souviens-tu, Pazair ? C'est ici que je t'ai révélé ton nom secret, après la mort de tes parents. Pazair, « le voyant, celui qui discerne dans le lointain »... Quand le conseil des anciens te l'a attribué, il ne s'est pas trompé. Que demander de plus à un juge ?

– J'ai été circoncis, le village m'a offert mon premier pagne de fonction, j'ai jeté mes jouets, mangé du canard rôti, et bu du vin rouge. Quelle belle fête !

– L'adolescent est vite devenu un homme.

– Trop vite ?

– Chacun son rythme. Toi, tu es jeunesse et maturité dans le même cœur.

– C'est vous qui m'avez éduqué.

– Tu sais bien que non ; tu t'es bâti seul.

– Vous m'avez appris à lire et à écrire, vous m'avez permis de découvrir la loi et de m'y consacrer. Sans vous, je serais devenu paysan et j'aurais travaillé ma terre avec amour.

– Tu es d'une autre nature ; la grandeur et le bonheur d'un pays reposent sur la qualité de ses juges.

– Être juste... c'est un combat quotidien. Qui pourrait se vanter d'être toujours vainqueur ?

– Tu en as le désir, voilà l'essentiel.

– Le village est un havre de paix ; cette triste affaire est exceptionnelle.

– N'as-tu pas été nommé surveillant du grenier à blé ?

– Le maire souhaite me voir attribuer le poste d'intendant du champ de Pharaon, afin d'éviter les conflits lors des récoltes. La tâche ne me tente pas ; j'espère qu'il échouera.

– J'en suis certain.

– Pourquoi ?
– Parce que tu es promis à un autre avenir.
– Vous m'intriguez.
– On m'a confié une mission, Pazair.
– Le palais ?
– La cour de justice de Memphis.
– Aurais-je commis une faute ?
– Au contraire. Depuis deux ans, les inspecteurs des juges de campagne dressent des rapports flatteurs sur ton comportement. Tu viens d'être nommé dans la province de Guizeh, en remplacement d'un magistrat décédé.
– Guizeh, si loin d'ici !
– Quelques jours de bateau. Tu résideras à Memphis.
Guizeh, site illustre entre tous, Guizeh où se dressait la grande pyramide de Khéops, le mystérieux centre d'énergie dont dépendait l'harmonie du pays, immense monument où seul le pharaon régnant pouvait pénétrer.
– Je suis heureux, dans mon village ; j'y suis né, j'y ai grandi, j'y travaille. Le quitter serait une trop grande épreuve.
– J'ai appuyé ta nomination, car je crois que l'Égypte a besoin de toi. Tu n'es pas homme à préférer ton égoïsme.
– Décision irrévocable ?
– Tu peux refuser.
– J'ai besoin de réfléchir.
– Le corps de l'homme est plus vaste qu'un grenier à blé ; il est rempli d'innombrables réponses. Choisis la bonne ; que la mauvaise demeure emprisonnée.
Pazair marcha en direction de la berge ; en cet instant, sa vie se jouait. Il n'avait pas la moindre envie d'abandonner ses habitudes, les bonheurs tranquilles du village et la campagne thébaine pour se perdre dans une grande cité. Mais comment opposer un refus à Branir, à l'homme qu'il vénérait entre tous ? Il s'était

juré de répondre à son appel, quelles que fussent les circonstances.

Sur le bord du fleuve, un grand ibis blanc, dont la tête, la queue et les extrémités des ailes étaient teintées de noir, se déplaçait avec majesté. Le magnifique oiseau s'arrêta, plongea son long bec dans la vase, et orienta son regard vers le juge.

– L'animal de Thot t'a choisi, décréta de sa voix rocailleuse le berger Pépi, allongé dans les roseaux. Tu n'as pas le choix.

Agé de soixante-dix ans, Pépi était bougon et n'aimait pas se lier. Être seul avec les animaux lui paraissait le comble de la félicité. Refusant d'obéir aux ordres de quiconque, il maniait son bâton noueux avec dextérité et savait se cacher dans les forêts de papyrus lorsque les agents du fisc, telle une volée de moineaux, s'abattaient sur le village. Pazair avait renoncé à le convoquer devant le tribunal. Le vieillard n'admettait pas que l'on maltraitât une vache ou un chien, et se chargeait de corriger le tortionnaire; à ce titre, le juge le considérait comme un auxiliaire de police.

– Contemple bien l'ibis, insista Pépi; la largeur de son pas est d'une coudée, symbole de la justice. Que ta démarche soit droite et juste, comme celle de l'oiseau de Thot. Tu vas partir, n'est-ce pas?

– Comment le sais-tu?

– L'ibis voyage loin dans le ciel. Il t'a désigné.

Le vieillard se leva. Sa peau était tannée par le vent et le soleil; il n'était vêtu que d'un pagne en jonc.

– Branir est le seul homme honnête que je connaisse; il ne cherche ni à te tromper, ni à te nuire. Quand tu vivras à la ville, méfie-toi des fonctionnaires, des courtisans et des flatteurs : ils portent la mort dans leurs paroles.

– Je n'ai pas envie de quitter le village.

– Et moi, crois-tu que j'aie envie d'aller rechercher la chèvre qui maraude?

Pépi disparut dans les roseaux.

L'oiseau blanc et noir s'envola. Ses grandes ailes battirent une mesure connue de lui seul ; il se dirigea vers le nord.

Branir lut la réponse dans les yeux de Pazair.

– Sois à Memphis au début du mois prochain ; tu logeras chez moi avant d'entrer en fonction.

– Vous partez déjà ?

– Je n'exerce plus, mais quelques malades ont encore besoin de mes services. J'aurais aimé rester, moi aussi.

La chaise à porteurs disparut dans la poussière du chemin.

Le maire interpella Pazair.

– Nous devons examiner une affaire délicate ; trois familles prétendent posséder le même palmier.

– Je suis au courant ; le litige dure depuis trois générations. Confiez-le à mon successeur ; s'il n'est pas parvenu à le régler, je m'en occuperai à mon retour.

– Tu pars ?

– L'administration m'appelle à Memphis.

– Et le palmier ?

– Laissez-le pousser.

CHAPITRE 2

Pazair vérifia la solidité de son sac de voyage en cuir blanchi, pourvu de deux tiges en bois qui s'enfonçaient dans le sol pour le tenir droit. Lorsqu'il serait plein, il le porterait sur le dos, en le maintenant grâce à une large courroie qu'il passerait sur sa poitrine.

Qu'y mettre, sinon une pièce de tissu rectangulaire pour un pagne neuf, un manteau, et l'indispensable natte à la trame tressée ? Faite de bandes de papyrus soigneusement liées entre elles, la natte servait de lit, de table, de tapis, de tenture, d'écran devant une porte ou une fenêtre, et d'emballage pour des objets précieux ; son dernier usage était celui d'un linceul qui enveloppait le cadavre. Pazair avait acquis un modèle très résistant, sa plus belle pièce de mobilier. Quant à l'outre, fabriquée avec deux peaux de chèvre tannées et cousues ensemble, elle garderait l'eau fraîche des heures durant.

A peine le sac de voyage fut-il ouvert qu'un bâtard de couleur sable se précipita pour le flairer. Agé de trois ans, Brave était un mélange de lévrier et de chien sauvage ; haut sur pattes, le museau court, les oreilles pendantes qui se dressaient au moindre bruit, la queue enroulée sur elle-même, il se dévouait à son maître. Amateur de longues randonnées, il chassait peu et préférait les plats cuisinés.

– Nous partons, Brave.

Le chien contempla le sac avec anxiété.

– Marche à pied et bateau, direction Memphis.

Le chien s'assit sur son derrière; il s'attendait à une mauvaise nouvelle.

– Pépi t'a préparé un collier; il a bien étiré le cuir et l'a tanné à la graisse. Un confort parfait, je t'assure.

Brave ne semblait guère convaincu. Pourtant, il accepta le collier rose, vert et blanc, muni de clous. Si un congénère ou un fauve tentait de le prendre à la gorge, le chien serait protégé de manière efficace; de plus, Pazair avait gravé lui-même l'inscription hiéroglyphique : « Brave, compagnon de Pazair. »

Le juge lui offrit un repas de légumes frais que le chien dégusta avec avidité, sans quitter son maître du coin de l'œil. Il sentait que le moment n'était ni au jeu ni à la distraction.

Les habitants du village, le maire en tête, firent leurs adieux au juge; certains pleurèrent. On lui souhaita bonne chance, on lui remit deux amulettes, l'une représentant un bateau et l'autre des jambes vigoureuses; elles protégeraient le voyageur qui, chaque matin, devrait songer à Dieu afin de préserver l'efficacité des talismans.

Il ne restait plus à Pazair qu'à prendre ses sandales en cuir, non pour les chausser, mais pour les porter à la main; comme ses compatriotes, il marcherait pieds nus et n'utiliserait les précieux objets qu'au moment d'entrer dans une demeure, après s'être lavé de la poussière du chemin. Il éprouva la solidité de la lanière qui passait entre le premier et le deuxième orteil, et le bon état des semelles; satisfait, il quitta le village sans se retourner.

Alors qu'il s'engageait sur la route étroite qui serpentait sur les buttes dominant le Nil, un museau mouillé toucha sa main droite.

– Vent du Nord! Tu t'es échappé... Je dois te ramener dans ton champ.

L'âne ne l'entendait pas de cette oreille ; il entama le dialogue en tendant la patte droite que saisit Pazair *. Le juge l'avait arraché à la vindicte d'un paysan qui le frappait à coups de bâton parce qu'il avait sectionné la corde le reliant à son piquet. Vent du Nord manifestait un penchant certain pour l'indépendance et une capacité à porter les plus lourdes charges.

Bien décidé à cheminer jusqu'à sa quarantième année avec des sacs de cinquante kilos, disposés de part et d'autre de son échine, Vent du Nord avait conscience de valoir aussi cher qu'une bonne vache ou qu'un beau cercueil. Pazair lui avait offert un champ où lui seul avait le droit de paître ; reconnaissant, il le fumait jusqu'à l'inondation. Doté d'un sens aigu de l'orientation, Vent du Nord se repérait à la perfection dans le dédale des sentiers de campagne et se déplaçait souvent seul d'un point à un autre, afin de livrer des denrées. Sobre, placide, il n'acceptait de dormir tranquille qu'auprès de son maître.

Vent du Nord se nommait ainsi parce que, dès sa naissance, il avait dressé les oreilles dès que soufflait la douce brise du septentrion, si appréciée pendant la saison chaude.

– Je vais loin, répéta Pazair ; Memphis ne te plaira pas.

Le chien se frotta contre la patte avant droit de l'âne. Vent du Nord comprit le signal de Brave et se tourna de côté, désireux de recevoir le sac de voyage. Pazair saisit doucement l'oreille gauche du quadrupède.

– Quel est le plus têtu ?

Pazair renonça à lutter ; même un autre âne aurait rompu le combat. Vent du Nord, désormais responsable du bagage, prit fièrement la tête du cortège et, sans se tromper, emprunta la route la plus directe vers l'embarcadère.

* La scène est décrite d'après un bas-relief. Animal du dieu Seth, maître de l'orage et de la puissance cosmique, l'âne fut l'auxiliaire privilégié de l'homme en Égypte ancienne.

Sous le règne de Ramsès le Grand, les voyageurs parcouraient sans crainte sentiers et chemins ; ils marchaient l'esprit libre, s'asseyaient et bavardaient à l'ombre des palmes, remplissaient leur outre avec l'eau des puits, passaient des nuits paisibles, à la lisière des cultures ou au bord du Nil, se levaient et se couchaient avec le soleil. Ils croisaient les messagers de Pharaon et les fonctionnaires de la poste ; en cas de besoin, ils s'adressaient aux policiers de patrouille. Lointaine était l'époque où l'on entendait des cris de frayeur, où des bandits détroussaient pauvres ou riches qui osaient se déplacer ; Ramsès faisait respecter l'ordre public sans lequel aucun bonheur n'était possible *.

D'une patte sûre, Vent du Nord aborda la pente raide qui mourait dans le fleuve, comme s'il savait d'avance que son maître comptait prendre le bateau en partance pour Memphis. Le trio embarqua ; Pazair paya le prix du voyage avec un morceau d'étoffe. Pendant que les animaux dormaient, il contempla l'Égypte, que les poètes comparaient à un immense bateau dont les hauts bords étaient formés des chaînes de montagnes. Collines et parois rocheuses, montant jusqu'à trois cents mètres, semblaient protéger les cultures. Des plateaux, entrecoupés de vallons plus ou moins profonds, s'interposaient parfois entre la terre noire, fertile, généreuse, et le désert rouge où rôdaient des forces dangereuses.

Pazair eut envie de revenir en arrière, au village, et de n'en plus partir. Ce voyage vers l'inconnu le mettait mal à l'aise et lui ôtait toute confiance en ses possibilités ; le petit juge de campagne perdait une quiétude que nulle promotion ne lui offrirait. Seul Branir avait pu obtenir son consentement ; mais ne l'entraînait-il pas vers un avenir qu'il serait incapable de maîtriser ?

* On voyageait beaucoup en Égypte ancienne, surtout en empruntant l'autoroute naturelle, le Nil, mais aussi les chemins de campagne et les pistes du désert. Pharaon devait garantir la sécurité des voyageurs.

*

Pazair était abasourdi.

Memphis, la plus grande ville d'Égypte, la « balance des Deux Terres », capitale administrative, avait été créée par Ménès l'unificateur *. Alors que Thèbes la méridionale se vouait à la tradition et au culte d'Amon, Memphis la septentrionale, située à la jonction de la Haute et de la Basse-Égypte, s'ouvrait sur l'Asie et les civilisations méditerranéennes.

Le juge, l'âne et le chien débarquèrent au port de Perounefer, dont le nom signifiait « bon voyage ». Des centaines de bateaux de commerce, de tailles très diverses, abordaient aux docks grouillant d'activité; on acheminait les marchandises vers d'immenses entrepôts, surveillés et gérés avec le plus grand soin. Au prix d'un travail digne des bâtisseurs de l'Ancien Empire, avait été creusé un canal parallèle au Nil et longeant le plateau où avaient été édifiées les pyramides. Ainsi les embarcations naviguaient-elles sans risque et la circulation des denrées et des matériaux était-elle assurée en toute saison; Pazair nota que les parois du canal avaient été revêtues d'un appareil de maçonnerie d'une solidité exemplaire.

Le trio se dirigea vers le quartier nord où résidait Branir, traversa le centre de la ville, admira le célèbre temple de Ptah, dieu des artisans, et longea la zone militaire. On y fabriquait des armes et l'on y construisait les bateaux de guerre. Là s'entraînaient les corps d'élite de l'armée égyptienne, logés dans de vastes casernes, entre les arsenaux remplis de chars, d'épées, de lances et de boucliers.

Au nord, comme au sud, s'alignaient des greniers riches d'orge, d'épeautre et de semences diverses, jouxtant les bâtiments du Trésor qui abritaient or,

* Ménès fut le premier pharaon qui unit les deux terres, la Haute et la Basse-Égypte. Son nom signifie « untel » et « le stable ».

argent, cuivre, étoffes, onguents, huile, miel et autres produits.

Memphis, trop étendue, étourdit le jeune campagnard. Comment se repérer dans l'entrelacement des rues et des ruelles, dans le foisonnement des quartiers appelés « Vie des Deux-Terres », « le Jardin », « le Sycomore », « le Mur du Crocodile », « la Forteresse », « les Deux-Buttes » ou « le Collège de Médecine » ? Alors que Brave ne semblait guère rassuré et ne s'écartait pas de son maître, l'âne suivait son chemin. Il guida ses deux compagnons à travers le quartier des artisans où, dans de petits ateliers ouverts sur la rue, ils travaillaient la pierre, le bois, le métal et le cuir. Jamais Pazair n'avait vu autant de poteries, de vases, de pièces de vaisselle et d'ustensiles domestiques. Il croisa de nombreux étrangers, Hittites, Grecs, Cananéens et Asiatiques venant de divers petits royaumes; détendus, bavards, ils s'ornaient volontiers de colliers de lotus, proclamaient que Memphis était un calice de fruits et célébraient leurs cultes dans les temples du dieu Baal et de la déesse Astarté dont Pharaon tolérait la présence.

Pazair s'adressa à une tisserande et lui demanda s'il allait dans la bonne direction; il constata que l'âne ne l'avait pas induit en erreur. Le juge observa que les somptueuses villas des nobles, avec leurs jardins et leurs plans d'eau, se mêlaient aux petites maisons des humbles. De hauts portiques, que surveillaient des portiers, s'ouvraient sur des allées fleuries au fond desquelles se cachaient des demeures à deux ou trois étages.

Enfin, la résidence de Branir! Elle était si jolie, si coquette avec ses murs blancs, son linteau décoré d'une guirlande de pavots rouges, ses fenêtres ornées de bleuets à calices verts et de fleurs jaunes de perséa *, que le jeune juge prit plaisir à l'admirer.

* Grand arbre, au fruit réputé pour sa douceur; ce dernier ressemblait à un cœur, et la feuille à une langue.

Une porte donnait sur la ruelle où poussaient deux palmiers qui ombrageaient la terrasse de la petite demeure. Certes, le village était bien loin, mais le vieux médecin avait réussi à préserver un parfum de campagne au cœur de la ville.

Branir se tenait sur le seuil.

– As-tu fait bon voyage ?

– L'âne et le chien ont soif.

– Je m'occupe d'eux ; voici une bassine pour te laver les pieds et du pain sur lequel a été répandu du sel pour te souhaiter la bienvenue.

Pazair descendit dans la première pièce en empruntant une volée de marches ; il se recueillit devant une petite niche contenant les statuettes des ancêtres. Puis il découvrit la salle de réception, soutenue par deux colonnes colorées ; contre les murs, des armoires et des coffres de rangement. Sur le sol, des nattes. Un atelier, une salle d'eau, une cuisine, deux chambres et une cave complétaient l'intérieur douillet.

Branir invita son hôte à gravir l'escalier qui menait à la terrasse où il avait servi des boissons fraîches, accompagnées de dattes fourrées au miel et de pâtisseries.

– Je suis perdu, avoua Pazair.

– Le contraire eût été étonnant. Un bon dîner, une nuit de repos, et tu affronteras la cérémonie d'investiture.

– Dès demain ?

– Les dossiers s'accumulent.

– J'aurais aimé m'habituer à Memphis.

– Tes enquêtes t'y contraindront. Voici un cadeau, puisque tu n'es pas encore en fonction.

Branir offrit à Pazair le livre d'enseignement des scribes. Il leur permettait d'adopter l'attitude juste en toutes circonstances, grâce au respect de la hiérarchie. Au sommet, les dieux, les déesses, les esprits transfigurés dans l'au-delà, Pharaon et la reine ; puis la mère du roi, le vizir, le conseil des sages, les hauts magistrats, les chefs de l'armée et les scribes de la demeure des livres. Suivaient une multitude de fonctions allant du directeur du Trésor au préposé aux canaux, en passant par les représentants de Pharaon à l'étranger.

– Un homme au cœur violent ne peut être qu'un fauteur de troubles, de même qu'un bavard ; si tu veux être fort, deviens l'artisan de tes paroles, façonne-les, car le langage est l'arme la plus puissante pour qui sait la manier.

– Je regrette le village.

– Tu le regretteras ta vie durant.

– Pourquoi m'avoir mandé ici ?

– C'est ta propre conduite qui détermine ton destin.

Pazair dormit peu et mal, son chien à ses pieds et son âne couché à sa tête. Les événements s'enchaînaient à trop vive allure et ne lui laissaient pas le temps de reprendre son équilibre ; pris dans un tourbillon, il ne disposait plus de ses points de repère habituels et devait, à son corps défendant, s'abandonner à une aventure aux couleurs inconnues.

Réveillé dès l'aube, il se doucha, se purifia la bouche avec du natron *, et déjeuna en compagnie de Branir qui le remit entre les mains d'un des meilleurs barbiers de la ville. Assis sur un tabouret à trois pieds face à son client, installé de même, l'artisan humecta la peau de Pazair, et la recouvrit d'une mousse onctueuse. D'un étui en cuir, il sortit un rasoir composé d'une lame de cuivre et d'un manche en bois, qu'il mania avec une habileté consommée.

Vêtu d'un pagne neuf et d'une ample chemise diaphane, parfumé, Pazair semblait prêt à affronter l'épreuve.

– J'ai l'impression d'être déguisé, confia-t-il à Branir.

* Le natron est un composé naturel de carbonate de soude et de bicarbonate de soude.

– L'apparence n'est rien, mais ne la néglige pas; sache manœuvrer le gouvernail, que le flot des jours ne t'éloigne pas de la justice, car l'équilibre d'un pays dépend de sa pratique. Sois digne de toi-même, mon fils.

CHAPITRE 3

Pazair suivit Branir, qui le guida dans le quartier de Ptah, au sud de l'ancienne citadelle aux murs blancs. Rassuré sur le sort de l'âne et du chien, le jeune homme l'était moins sur le sien.

Non loin du palais avaient été construits plusieurs bâtiments administratifs dont les accès étaient gardés par des soldats. Le vieux médecin s'adressa à un gradé ; après avoir écouté sa requête, il s'éclipsa quelques instants et revint en compagnie d'un haut magistrat, le délégué du vizir.

– Heureux de vous revoir, Branir ; voici donc votre protégé.

– Pazair est très ému.

– Réaction non critiquable, étant donné son âge. Est-il prêt, néanmoins, à remplir ses nouvelles fonctions ?

Pazair, choqué par l'ironie du grand personnage, intervint sèchement.

– En douteriez-vous ?

Le délégué fronça les sourcils.

– Je vous l'enlève, Branir ; il nous faut procéder à l'investiture.

Le regard chaleureux du vieux médecin donna à son disciple le courage qui lui manquait encore ; quelles que fussent les difficultés, il lui ferait honneur.

Pazair fut introduit dans une petite pièce rectangulaire aux murs blancs et nus; le délégué le convia à s'asseoir en scribe sur une natte, face au tribunal composé de lui-même, de l'administrateur de la province de Memphis, du représentant du bureau du travail, et de l'un des serviteurs du dieu Ptah occupant un rang élevé dans la hiérarchie sacrée. Tous quatre étaient coiffés de lourdes perruques et vêtus de pagnes amples. Fermés, les visages n'exprimaient aucun sentiment.

– Vous êtes dans le lieu de « l'évaluation de la différence » *, déclara le délégué du vizir, chef de la justice. Ici, vous deviendrez un homme différent des autres, appelé à juger ses semblables. Comme vos collègues de la province de Guizeh, vous mènerez des enquêtes, présiderez les tribunaux locaux placés sous votre autorité et vous en remettrez à vos supérieurs lorsque les affaires dépasseront votre compétence. Vous y engagez-vous ?

– Je m'y engage.

– Avez-vous conscience que la parole donnée ne peut être reprise ?

– J'en ai conscience.

– Que ce tribunal procède selon les commandements de la Règle en jugeant le futur juge.

L'administrateur de la province s'exprima d'une voix grave et posée.

– Quels jurés convoquerez-vous pour former votre tribunal ?

– Des scribes, des artisans, des policiers, des hommes d'expérience, des femmes respectables, des veuves.

– De quelle manière interviendrez-vous dans leurs délibérations ?

– D'aucune manière. Chacun s'exprimera sans être influencé, et je respecterai chaque opinion afin de former mon jugement.

* L'expression est utilisée dans le *Livre des morts* pour distinguer le juste de l'injuste.

– En toutes circonstances ?

– A l'exception d'une seule : si l'un des jurés est corrompu. J'interromprai le procès en cours pour le mettre en accusation sans délai.

– Comment devez-vous agir dans le cas d'un crime ? demanda le représentant du bureau du travail.

– Mener une enquête préliminaire, ouvrir un dossier et le transmettre au bureau du vizir.

Le serviteur du dieu Ptah plaça son bras droit en travers de sa poitrine, le poing fermé touchant l'épaule.

– Aucun acte ne sera oublié, lors du jugement de l'au-delà ; ton cœur sera déposé sur l'un des plateaux de la balance et confronté à la Règle. Sous quelle forme fut transmise la loi que tu dois faire respecter ?

– Il existe quarante-deux provinces et quarante-deux rouleaux de la loi ; mais son esprit ne fut pas écrit et ne doit pas l'être. La vérité ne peut se transmettre que de manière orale, de bouche de maître à oreille de disciple.

Le serviteur de Ptah sourit ; mais le délégué du vizir n'était pas encore satisfait.

– Comment définissez-vous la Règle ?

– Le pain et la bière.

– Que signifie cette réponse ?

– La justice pour tous, grands et petits.

– Pourquoi la Règle est-elle symbolisée par une plume d'autruche ?

– Parce qu'elle est le passeur entre notre monde et celui des dieux ; la plume est la rectrice, le gouvernail de l'oiseau comme celui de l'être. La Règle, souffle de vie, doit demeurer dans le nez des hommes et chasser le mal des cœurs et des corps. Si la justice disparaissait, le blé ne pousserait plus, les rebelles prendraient le pouvoir, les fêtes ne seraient plus célébrées.

L'administrateur de la province se leva et déposa un bloc de calcaire devant Pazair.

– Posez vos mains sur cette pierre blanche.

Le jeune homme s'exécuta. Il ne tremblait pas.

– Qu'elle soit témoin de votre serment ; elle se souviendra à jamais des paroles que vous avez prononcées et sera votre accusatrice si vous trahissez la Règle.

L'administrateur et le représentant du bureau du travail se placèrent de part et d'autre du juge.

– Levez-vous, ordonna le délégué du vizir.

– Voici votre bague à cachet, dit-il en lui remettant une plaque rectangulaire soudée à un anneau que Pazair passa à son médius droit. Sur la face plane de la plaque en or était inscrit « juge Pazair ».

– Les documents sur lesquels vous porterez votre sceau auront valeur officielle et engageront votre responsabilité ; n'usez pas de cette bague à la légère.

*

Le bureau du juge était situé dans le faubourg sud de Memphis, à mi-distance entre le Nil et le canal de l'ouest, et au sud du temple de Hathor. Le jeune campagnard, qui s'attendait à une demeure imposante, fut cruellement déçu. L'administration ne lui avait accordé qu'une maison basse à deux étages.

Assis sur le seuil, un planton endormi. Pazair lui tapa sur l'épaule ; il sursauta.

– J'aimerais entrer.

– Le bureau est fermé.

– Je suis le juge.

– Ça m'étonnerait... Il est mort.

– Je suis Pazair, son successeur.

– Ah, c'est vous... le greffier Iarrot m'a donné votre nom, c'est vrai. Une preuve de votre identité ?

Pazair lui montra la bague à cachet.

– J'avais pour mission de surveiller cet endroit jusqu'à votre arrivée ; elle est terminée.

– Quand verrai-je mon greffier ?

– Je n'en sais rien. Il doit résoudre un problème délicat.

– Lequel ?

– Le bois de chauffage. Il fait froid, l'hiver ; l'an dernier, le Trésor a refusé de livrer du bois à ce bureau parce que la demande n'avait pas été rédigée en trois exemplaires. Iarrot s'est rendu au service des archives pour régulariser la situation. Je vous souhaite bonne chance, juge Pazair ; vous ne risquez pas de vous ennuyer, à Memphis.

Le planton plia bagage.

Pazair poussa lentement la porte de son nouveau domaine. Le bureau était une pièce assez vaste, encombrée d'armoires et de coffres où étaient rangés des rouleaux de papyrus liés ou cachetés. Sur le sol, une couche de poussière suspecte. Devant ce péril inattendu, Pazair n'hésita pas. En dépit de la dignité de sa fonction, il s'empara d'un balai formé de longues fibres rigides assemblées par des écheveaux que maintenaient deux sextuples ligatures de cordelettes ; bien rigide, le manche autorisait un maniement souple et régulier.

Le nettoyage achevé, le juge inventoria le contenu des archives : papiers du cadastre, du fisc, rapports divers, plaintes, bordereaux de comptes et versements de salaires en grains, en paniers ou en tissus, lettres, listes de personnels... Ses compétences s'étendaient aux domaines les plus variés.

Dans la plus grande des armoires, l'indispensable matériel du scribe : palettes évidées à leur partie supérieure pour recevoir l'encre rouge et l'encre noire, pains d'encre solide, godets, sacs de pigments en poudre, sacs à pinceaux, grattoirs, gommes, broyeurs en pierre, cordelettes de lin, une carapace de tortue pour procéder aux mélanges, un babouin en argile évoquant Thot, maître des hiéroglyphes, éclats de calcaire servant de brouillon, tablettes d'argile, de calcaire et de bois. L'ensemble était de bonne qualité.

Dans un petit coffre en acacia, un objet des plus précieux : une horloge à eau. Le petit vase tronconique était gradué, à l'intérieur, selon deux échelles différentes, de douze encoches ; de l'eau s'écoulait par un trou, au fond de l'horloge, et mesurait ainsi les heures.

Sans doute le greffier devait-il juger nécessaire de veiller au temps passé sur son lieu de travail.

Une tâche s'imposait. Pazair prit un pinceau de jonc finement taillé, plongea l'extrémité dans un godet rempli d'eau, et laissa tomber une goutte sur la palette dont il se servirait. Il murmura la prière que récitait tout scribe avant d'écrire, « de l'eau de l'encrier pour ton *ka*, Imhotep » ; ainsi était vénéré le créateur de la première pyramide, architecte, médecin, astrologue et modèle de ceux qui pratiquaient les hiéroglyphes.

Le juge monta au premier étage.

L'appartement de fonction n'avait pas été occupé depuis longtemps ; le prédécesseur de Pazair, qui préférait habiter une petite maison à la lisière de la ville, avait oublié d'entretenir les trois pièces qu'occupaient puces, mouches, souris et araignées.

Le jeune homme ne fut pas découragé ; il se sentait de taille à livrer ce combat-là. A la campagne, il fallait souvent désinfecter les demeures et en chasser les hôtes indésirables.

Après s'être procuré les ingrédients nécessaires dans les échoppes du quartier, Pazair se mit à l'œuvre. Il aspergea les murs et le sol avec de l'eau dans laquelle il avait fait dissoudre du natron, puis les saupoudra avec un composé de charbon pulvérisé et de plante *bebet* * dont le parfum puissant écartait insectes et vermine. Enfin, il mélangea de l'encens, de la myrrhe, du cinnamome **, du miel, et fit une fumigation qui purifierait le local en lui donnant une odeur agréable. Pour acquérir ces produits coûteux, il s'était endetté et avait dépensé la plus grande partie de son prochain salaire.

Épuisé, il déroula sa natte et s'étendit sur le dos. Quelque chose le gêna et l'empêcha de s'endormir : la bague à cachet. Il ne l'ôta pas. Le berger Pépi ne s'était pas trompé : il n'avait plus le choix.

* *Inula graveolens*, l'une des variétés d'aunée.

** Arbuste aromatique, dont certaines espèces donnent de la cannelle ; ici, un aromate.

CHAPITRE 4

Le soleil était déjà haut dans le ciel lorsque le greffier Iarrot, d'un pas lourd, arriva au bureau. Épais, joufflu, le teint rougeaud et le visage couperosé, il ne se déplaçait pas sans rythmer sa marche avec un bâton inscrit à son nom, qui faisait de lui un personnage important et respecté. La quarantaine satisfaite, Iarrot était le père comblé d'une fillette, cause de tous ses soucis. Chaque jour, il se disputait avec son épouse à propos de l'éducation de l'enfant, qu'il ne voulait contrarier sous aucun prétexte. La maison résonnait de leurs querelles, de plus en plus violentes.

A sa grande surprise, un ouvrier mélangeait du plâtre à du calcaire broyé afin de le rendre plus blanc, vérifiait la qualité du produit en le versant dans un cône de calcaire, puis bouchait un trou dans la façade de la demeure du juge.

– Je n'ai pas commandé de travaux, dit Iarrot, furibond.

– Moi, si ; mieux encore, je les exécute sans délai.

– De quel droit ?

– Je suis le juge Pazair.

– Mais... vous êtes très jeune !

– Seriez-vous mon greffier ?

– En effet.

– La journée est déjà bien avancée.

– Certes, certes... mais des ennuis familiaux m'ont retardé.

– Les urgences ? demanda Pazair en continuant à plâtrer.

– La plainte d'un entrepreneur en bâtiment. Il disposait des briques, mais manquait d'ânes pour les transporter. Il accuse le loueur de saboter son chantier.

– C'est réglé.

– De quelle manière ?

– J'ai vu le loueur, ce matin. Il dédommagera l'entrepreneur et transportera les briques dès demain ; un procès évité.

– Vous êtes aussi... plâtrier ?

– Amateur peu doué. Notre budget est assez médiocre ; aussi, dans la plupart des cas, devrons-nous nous débrouiller. Ensuite ?

– Vous êtes attendu pour un recensement de troupeaux.

– Le scribe spécialisé ne suffit-il pas ?

– Le maître du domaine, le dentiste Qadash, est persuadé qu'un de ses employés le vole. Il a demandé une enquête ; votre prédécesseur l'a retardée aussi longtemps que possible. A dire vrai, je le comprenais. Si vous le souhaitez, je trouverai des arguments pour la différer encore.

– Ce ne sera pas nécessaire. A propos, savez-vous manier un balai ?

Comme le greffier demeurait muet, le juge lui tendit le précieux objet.

*

Vent du Nord n'était pas mécontent de goûter à nouveau l'air de la campagne ; porteur du matériel du juge, l'âne avançait d'un bon pas, tandis que Brave vagabondait alentour, heureux de dénicher quelques oiseaux. Selon son habitude, Vent du Nord avait tendu l'oreille quand le juge lui avait indiqué qu'ils se rendaient au domaine du dentiste Qadash, situé à deux heures de marche du plateau de Guizeh, au sud ; l'âne avait pris la bonne direction.

Pazair fut fort bien accueilli par l'intendant du domaine, trop heureux de recevoir enfin un juge compétent et désireux de résoudre un mystère qui empoisonnait la vie des bouviers. Des serviteurs lui lavèrent les pieds et lui offrirent un pagne neuf tout en s'engageant à nettoyer celui qu'il portait ; deux garçonnets nourrirent l'âne et le chien. Qadash fut averti de l'arrivée du magistrat, et l'on dressa à la hâte une estrade surmontée d'un portique rouge et noir à colonnettes lotiformes ; s'y installeraient, à l'abri du soleil, Qadash, Pazair et le scribe des troupeaux.

Quand parut le maître du domaine, tenant une longue canne dans la main droite, suivi des porteurs de ses sandales, de son parasol et de son fauteuil, des musiciennes jouèrent du tambourin et de la flûte, et de jeunes paysannes lui présentèrent des fleurs de lotus.

Qadash était un homme d'une soixantaine d'années, à l'abondante chevelure blanche ; grand, le nez proéminent, parsemé de veinules violettes, le front bas, les pommettes saillantes, il essuyait souvent ses yeux larmoyants. Pazair s'étonna de la couleur rouge de ses mains ; sans nul doute, le dentiste souffrait d'une mauvaise circulation sanguine.

Qadash le considéra d'un œil soupçonneux.

– C'est vous, le nouveau juge ?

– Pour vous servir. Il est agréable de constater que les paysans sont joyeux quand le maître du domaine a le cœur noble et tient fermement le bâton de commandement.

– Vous ferez carrière, jeune homme, si vous respectez les grands.

Le dentiste, dont la parole était embarrassée, portait beau. Pagne à devanteau, corselet en peau de félin, collier large à sept rangs de perles bleues, blanches et rouges, bracelets aux poignets lui donnaient fière allure.

– Asseyons-nous, proposa-t-il.

Il prit place sur son fauteuil en bois peint ; Pazair occupa un siège cubique. Devant lui comme devant le scribe des troupeaux, une petite table basse destinée à recevoir le matériel d'écriture.

– D'après votre déclaration, rappela le juge, vous possédez cent vingt et une têtes de bétail, soixante-dix moutons, six cents chèvres et autant de porcs.

– Exact. Lors du dernier recensement, il y a deux mois, un bœuf manquait ! Or, mes bêtes sont d'une grande valeur ; la moins grasse pourrait être échangée contre une tunique de lin et dix sacs d'orge. Je veux que vous arrêtiez le voleur.

– Avez-vous mené votre propre enquête ?

– Ce n'est pas mon métier.

Le juge se tourna vers le scribe des troupeaux, assis sur une natte.

– Qu'avez-vous écrit, dans vos registres ?

– Le nombre des animaux qu'on m'a montrés.

– Qui avez-vous interrogé ?

– Personne. Mon travail consiste à noter, pas à questionner.

Pazair n'en tirerait rien de plus ; irrité, il sortit de son panier une tablette en sycomore recouverte d'une fine couche de plâtre, un pinceau de jonc taillé, long de vingt-cinq centimètres, et un godet à eau où il prépara de l'encre noire. Quand il fut prêt, Qadash fit signe au chef des bouviers de commencer le défilé.

D'une petite tape sur le cou de l'énorme bœuf de tête, il déclencha la procession. L'animal s'ébranla avec lenteur, suivi de congénères lourds et placides.

– Splendides, n'est-ce pas ?

– Vous féliciterez les éleveurs, recommanda Pazair.

– Le voleur doit être un Hittite ou un Nubien, estima Qadash ; il y a beaucoup trop d'étrangers, à Memphis.

– Votre nom n'est-il pas d'origine libyenne ?

Le dentiste dissimula mal sa contrariété.

– Je vis en Égypte depuis longtemps et j'appartiens à la meilleure société; la richesse de mon domaine n'en est-elle pas la preuve la plus éclatante? J'ai soigné les plus illustres courtisans, sachez-le, et restez à votre place.

Porteurs de fruits, de bottes de poireaux, de paniers remplis de laitues et de vases de parfum, accompagnaient les animaux. A l'évidence, il ne s'agissait pas d'une simple vérification du recensement; Qadash voulait éblouir le nouveau juge et lui montrer l'étendue de sa fortune.

Brave s'était glissé sans bruit sous le siège de son maître et contemplait les têtes de bétail qui se succédaient.

– De quelle province êtes-vous? demanda le dentiste.

– C'est moi qui mène l'enquête.

Deux bœufs attelés passèrent devant l'estrade; le plus âgé se coucha sur le sol et refusa d'avancer. « Cesse de faire le mort », dit le bouvier; l'accusé le regarda d'un œil craintif, mais ne bougea pas.

– Frappe-le, ordonna Qadash.

– Un instant, exigea Pazair en descendant de l'estrade.

Le juge caressa les flancs du bœuf, le rassura et, avec l'aide du bouvier, tenta de le remettre sur pied. Rassuré, il se releva. Pazair reprit sa place.

– Vous êtes bien sensible, ironisa Qadash.

– Je déteste la violence.

– N'est-elle pas nécessaire, parfois? L'Égypte a dû se battre contre l'envahisseur, des hommes sont morts pour notre liberté. Les condamneriez-vous?

Pazair se concentra sur le défilé des animaux; le scribe des troupeaux comptait. Au terme du recensement, il manquait un bœuf par rapport à la déclaration du propriétaire.

– Intolérable! rugit Qadash dont le visage s'empourpra. On me vole, chez moi, et personne ne veut dénoncer le coupable!

– Vos bêtes doivent être marquées.
– Bien entendu!
– Faites venir les hommes qui ont utilisé les marques.
Ils étaient au nombre de quinze; le juge les interrogea l'un après l'autre, et les isola de sorte qu'ils ne communiquent pas entre eux.
– Je tiens votre voleur, annonça-t-il à Qadash.
– Son nom?
– Kani.
– Je demande la convocation immédiate d'un tribunal.
Pazair accepta. Il choisit comme jurés un bouvier, une gardienne de chèvres, le scribe des troupeaux et l'un des gardiens du domaine.
Kani, qui n'avait pas cherché à s'enfuir, se présenta librement devant l'estrade, et soutint le regard furieux de Qadash, qui se tenait sur le côté. L'accusé était un homme lourd et râblé, à la peau brune ridée en profondeur.
– Reconnaissez-vous votre culpabilité? demanda le juge.
– Non.
Qadash frappa le sol de sa canne.
– Ce bandit est un insolent! Qu'il soit châtié sur-le-champ!
– Taisez-vous, ordonna le juge; si vous troublez l'audience, j'interromps la procédure.
Énervé, le dentiste se détourna.
– Avez-vous marqué un bœuf au nom de Qadash? interrogea Pazair.
– Oui, répondit Kani.
– Cet animal a disparu.
– Il m'a échappé. Vous le trouverez dans un champ voisin.
– Pourquoi cette négligence?
– Je ne suis pas bouvier, mais jardinier. Mon véritable travail consiste à irriguer de petites parcelles de

terrain ; la journée durant, je porte une palanche sur mes épaules, et je déverse sur les cultures le contenu de lourdes cruches. Le soir, je ne prends pas de repos ; il me faut arroser les plantes les plus fragiles, entretenir les rigoles, renforcer les levées de terre. Si vous désirez une preuve, examinez ma nuque ; elle porte les traces de deux abcès. C'est la maladie du jardinier, pas celle du bouvier.

– Pourquoi avez-vous changé de métier ?

– Parce que l'intendant de Qadash s'est emparé de moi alors que je livrais des légumes. J'ai été contraint de m'occuper des bœufs et d'abandonner mon jardin.

Pazair convoqua les témoins ; la véracité des propos de Kani fut établie. Le tribunal l'acquitta ; à titre de réparation, le juge ordonna que le bœuf en fuite devînt sa propriété et qu'une quantité importante de nourriture lui fût offerte par Qadash en échange des journées de travail perdues.

Le jardinier s'inclina devant le juge ; dans ses yeux, Pazair lut une profonde reconnaissance.

– Le détournement de paysan est une faute grave, rappela-t-il au maître du domaine.

Le sang monta au visage du dentiste.

– Je n'en suis pas responsable ! Je n'étais pas au courant ; que mon intendant soit châtié comme il le mérite.

– Vous connaissez la nature de la peine : cinquante coups de bâton et perte de statut, pour redevenir paysan.

– La loi est la loi.

Déféré devant le tribunal, l'intendant ne nia pas ; il fut condamné et l'on exécuta la sentence sans délai.

Lorsque le juge Pazair quitta le domaine, Qadash ne vint pas le saluer.

CHAPITRE 5

Brave dormait aux pieds de son maître, rêvant d'un festin, tandis que Vent du Nord, gratifié de fourrage frais, servait de planton à la porte du bureau où Pazair avait consulté, dès l'aube, les dossiers en cours. La masse des difficultés ne l'accablait pas, au contraire ; il était décidé à rattraper le retard et à ne rien laisser de côté.

Le greffier Iarrot arriva au milieu de la matinée, la mine défaite.

– Vous semblez abattu, remarqua Pazair.

– Une dispute. Ma femme est insupportable ; je l'avais épousée pour qu'elle me prépare des plats succulents, et elle refuse de cuisiner ! L'existence devient impossible.

– Songez-vous au divorce ?

– Non, à cause de ma fille ; je veux qu'elle devienne danseuse. Ma femme a d'autres projets que je n'accepte pas. Ni l'un ni l'autre ne sommes décidés à céder.

– Situation inextricable, je le crains.

– Moi aussi. Votre enquête, chez Qadash, s'est-elle bien passée ?

– Je mets la dernière main à mon rapport : bœuf retrouvé, jardinier acquitté et intendant condamné. A mon avis, la responsabilité du dentiste est engagée, mais je ne peux pas le prouver.

– Ne touchez pas à celui-là; il a des relations.
– Clientèle aisée ?
– Il a soigné les bouches les plus illustres; les mauvaises langues prétendent qu'il a perdu la main et qu'il vaut mieux l'éviter si l'on désire garder des dents saines.

Brave grogna; d'une caresse, son maître l'interrompit. Lorsqu'il se comportait ainsi, il manifestait une hostilité mesurée. A première vue, il n'appréciait guère le greffier.

Pazair apposa son cachet sur le papyrus où il avait consigné ses conclusions sur l'affaire du bœuf volé. Iarrot admira l'écriture fine et régulière; le juge traçait les hiéroglyphes sans la moindre hésitation, dessinait sa pensée avec fermeté.

– Vous n'avez quand même pas mis Qadash en cause ?
– Bien sûr que si.
– C'est dangereux.
– Que redoutez-vous ?
– Je... je ne sais pas.
– Soyez plus précis, Iarrot.
– La justice est si complexe...
– Ce n'est pas mon avis : d'un côté la vérité, de l'autre le mensonge. Si l'on cède à ce dernier, ne serait-ce que l'épaisseur d'un ongle, la justice ne règne plus.
– Vous parlez ainsi parce que vous êtes jeune; lorsque vous aurez de l'expérience, vos opinions seront moins tranchées.
– J'espère que non. Au village, beaucoup m'ont opposé votre argument; il m'apparaît sans valeur.
– Vous voulez ignorer le poids de la hiérarchie.
– Qadash serait-il au-dessus de la loi ?

Iarrot émit un soupir.

– Vous semblez intelligent et courageux, juge Pazair; ne faites pas semblant de ne pas comprendre.
– Si la hiérarchie est injuste, le pays court à sa perte.

– Elle vous écrasera, comme les autres ; contentez-vous de résoudre les problèmes qui vous sont soumis et confiez les affaires délicates à vos supérieurs. Votre prédécesseur était un homme sensé qui a su éviter les pièges. On vous a donné une belle promotion ; ne la gâchez pas.

– Si j'ai été nommé ici, c'est à cause de mes méthodes ; pourquoi en changerais-je ?

– Saisissez votre chance sans perturber l'ordre établi.

– Je ne connais d'autre ordre que celui de la Règle.

Excédé, le greffier se frappa la poitrine.

– Vous courez vers un précipice ! Je vous aurai prévenu.

– Demain, vous porterez mon compte rendu à l'administration de la province.

– A votre guise.

– Un détail m'intrigue ; je ne doute pas de votre zèle, mais seriez-vous, à vous seul, la totalité de mon personnel ?

Iarrot parut gêné.

– D'une certaine manière, oui.

– Que signifie ce sous-entendu ?

– Il existe bien un dénommé Kem...

– Sa fonction ?

– Policier. A lui d'opérer les arrestations que vous décréterez.

– Rôle capital, me semble-t-il !

– Votre prédécesseur n'a fait arrêter personne ; s'il soupçonnait un criminel, il s'en référait à une juridiction mieux armée. Comme Kem s'ennuie au bureau, il patrouille.

– Aurai-je le privilège de l'entrevoir ?

– Il vient de temps à autre. Ne le prenez pas de haut : son caractère est détestable. Moi, j'en ai peur. Ne comptez pas sur moi pour lui adresser une remarque désobligeante.

« Rétablir l'ordre dans mon propre bureau ne sera pas facile », pensa Pazair tout en constatant qu'il manquerait bientôt de papyrus.

– Où vous en procurez-vous ?
– Chez Bel-Tran, le meilleur fabricant de Memphis. Ses prix sont élevés, mais le matériau est excellent et inusable. Je vous le conseille.
– Ôtez-moi d'un doute, Iarrot ; ce conseil est-il tout à fait désintéressé ?
– Comment osez-vous !
– Je m'égarais.
Pazair examina les plaintes récentes ; aucune ne présentait un caractère de gravité ou d'urgence. Puis il passa aux listes de personnels qu'il devait contrôler et aux nominations qu'il devait approuver ; un banal travail administratif qui requérait seulement l'apposition de son sceau.
Iarrot s'était assis sur sa jambe gauche repliée, l'autre relevée devant lui ; une palette sous le bras, un calame * coincé derrière l'oreille gauche, il nettoyait des pinceaux en observant Pazair.
– Vous travaillez depuis longtemps ?
– Depuis l'aube.
– C'est bien tôt.
– Une habitude de villageois.
– Une habitude... quotidienne ?
– Mon maître m'a appris qu'un seul jour de négligence était une catastrophe. Seul le cœur peut apprendre, à condition que l'oreille soit ouverte et la raison docile ; pour y parvenir, quoi de plus efficace que de bonnes habitudes ? Sinon, le singe qui sommeille en nous se met à danser, et la chapelle est privée de son dieu.
Le ton du greffier s'assombrit.
– Ce n'est pas une existence agréable.
– Nous sommes des serviteurs de la justice.
– A propos, mes horaires de travail...
– Huit heures par jour, six jours ouvrables pour

* Roseau à bout pointu qui servait pour écrire.

deux de repos, entre deux et trois mois de congés grâce aux diverses fêtes *... Sommes-nous d'accord ?

Le greffier acquiesça. Sans que le juge insistât, il comprit qu'il devrait faire porter quelque effort sur sa ponctualité.

Un bref dossier intrigua Pazair. Le gardien-chef chargé de la surveillance du sphinx de Guizeh venait d'être muté aux docks. Brutal revers de carrière : l'homme avait dû commettre une faute grave. Or, cette dernière n'était pas indiquée, contrairement à la coutume. Pourtant, le juge principal de la province avait apposé son sceau ; il ne manquait plus que celui de Pazair, puisque le soldat habitait dans sa circonscription. Simple formalité qu'il aurait dû accomplir sans réfléchir.

– Le poste de gardien-chef du sphinx n'est-il pas convoité ?

– Les candidats ne manquent pas, admit le greffier, mais le titulaire actuel les décourage.

– Pourquoi ?

– C'est un soldat d'expérience, aux remarquables états de service et, par surcroît, un brave homme. Il veille sur le sphinx avec un soin jaloux, alors que ce vieux lion de pierre est assez impressionnant pour se défendre seul. Qui songerait à l'attaquer ?

– Poste honorifique, semble-t-il.

– Tout à fait. Le gardien-chef a recruté d'autres vétérans afin de leur assurer une petite rente ; à eux cinq, ils assurent la surveillance de nuit.

– Étiez-vous au courant de sa mutation ?

– Mutation... Vous plaisantez ?

– Voici le document officiel.

– Très surprenant. Quelle faute a-t-il commise ?

– Votre raisonnement est le mien ; ce n'est pas précisé.

– Ne vous en souciez pas ; c'est sans doute une décision militaire dont la logique nous échappe.

* Le rythme de travail habituel des travailleurs égyptiens.

Vent du Nord poussa un cri caractéristique : l'âne signalait un danger. Pazair se leva et sortit. Il se trouva face à face avec un énorme babouin que son maître tenait en laisse. L'œil agressif, la tête massive, le buste recouvert d'une cape de fourrure, le singe avait une réputation de férocité non usurpée. Il n'était pas rare qu'un fauve succombât sous ses coups et ses morsures, et l'on avait vu des lions s'enfuir à l'approche d'une troupe de babouins furieux.

Le maître, un Nubien aux muscles saillants, impressionnait autant que l'animal.

– J'espère que vous le tenez bien.

– Ce babouin policier * est à vos ordres, juge Pazair, comme moi-même.

– Vous êtes Kem.

Le Nubien hocha la tête.

– Dans le quartier, on parle de vous ; il paraît que vous vous agitez beaucoup, pour un juge.

– Je n'apprécie pas votre ton.

– Il faudra vous y faire.

– Certainement pas. Ou bien vous me témoignez le respect dû à un supérieur, ou bien vous démissionnez.

Les deux hommes se défièrent longuement ; le chien du juge et le singe du policier agirent de même.

– Votre prédécesseur me laissait libre de mes mouvements.

– Ce n'est plus le cas.

– Vous avez tort ; en me promenant dans les rues avec mon babouin, je dissuade les voleurs.

– Nous aviserons. Vos états de service ?

– Autant vous prévenir : mon passé est sombre. J'appartenais au corps d'archers chargé de garder l'une des forteresses du Grand Sud. Je m'étais engagé, par amour de l'Égypte, comme beaucoup de jeunes gens de ma tribu. J'ai été heureux, pendant plusieurs années ; sans le vouloir, j'ai mis au jour un trafic d'or, entre offi-

* On peut voir un impressionnant babouin policier arrêtant un voleur sur un bas-relief de la tombe de Tepemankh, conservé au musée du Caire.

ciers. La hiérarchie ne m'a pas écouté ; lors d'une rixe, j'ai tué l'un des voleurs, mon supérieur direct. Lors du procès, on m'a condamné à avoir le nez coupé. Celui que je possède aujourd'hui est en bois peint. Je ne crains plus les coups. Les juges, cependant, ont reconnu ma loyauté ; c'est pourquoi ils m'ont donné un poste dans la police. Si vous désirez vérifier, mon dossier est classé dans les archives du bureau militaire.

– Eh bien, allons-y.

Kem ne s'attendait pas à cette réaction. Pendant que l'âne et le greffier gardaient le bureau, le juge et le policier, accompagnés du babouin et du chien qui continuaient à s'observer, se dirigèrent vers le centre administratif des armées.

– Depuis combien de temps résidez-vous à Memphis ?

– Un an, répondit Kem ; je regrette le Sud.

– Connaissez-vous le responsable de la sécurité du sphinx de Guizeh ?

– Je l'ai croisé, deux ou trois fois.

– Vous inspire-t-il confiance ?

– C'est un vétéran célèbre ; sa réputation avait atteint ma forteresse. On ne confie pas un poste aussi honorifique à n'importe qui.

– Présentait-il des dangers ?

– Aucun ! Qui s'attaquerait au sphinx ? Il s'agissait d'une garde d'honneur, dont les membres devaient surtout surveiller l'ensablement du monument.

Les passants s'écartaient devant le quatuor ; chacun connaissait la rapidité d'intervention du babouin, capable d'enfoncer ses crocs dans la jambe d'un voleur ou de lui briser le cou avant l'intervention de son maître. Lorsque Kem et son singe patrouillaient, les mauvaises intentions disparaissaient.

– Connaissez-vous l'adresse de ce vétéran ?

– Il habite une maison de fonction, près de la caserne principale.

– Mon idée était mauvaise ; retournons au bureau.

– Vous ne désirez plus vérifier mon dossier ?

– C'était le sien que je voulais consulter ; mais il ne m'apportera rien de plus. Je vous attends demain matin, à l'aube. Quel est le nom de votre babouin ?

– Tueur.

CHAPITRE 6

Au coucher du soleil, le juge ferma le bureau et alla promener son chien au bord du Nil. Devait-il s'obstiner sur ce minuscule dossier qu'il pouvait conclure en apposant son sceau ? Se mettre en travers d'une banale procédure administrative n'avait guère de sens. Banale, l'était-elle vraiment ? Un campagnard, au contact de la nature et des animaux, développait son intuition ; Pazair éprouvait une sensation si étrange, presque inquiétante, qu'il mènerait une enquête, même brève, afin de cautionner sans remords cette mutation.

Brave était joueur, mais il n'aimait pas l'eau. Il trottinait à bonne distance du fleuve où passaient des bateaux de charge, des voiliers élancés et de petites barques. Les uns se promenaient, les autres livraient, d'autres voyageaient. Non seulement le Nil nourrissait l'Égypte, mais encore lui offrait-il une voie de circulation aisée et rapide, vents et courants se complétant de façon miraculeuse. De grands bateaux, à l'équipage expérimenté, quittaient Memphis en direction de la mer ; certains entreprendraient de longues expéditions vers des terres lointaines. Pazair ne les enviait pas ; leur sort lui paraissait cruel, puisqu'il les emmenait loin d'un pays dont il aimait chaque parcelle de terre, chaque colline, chaque piste désertique, chaque village. Tout Égyptien redoutait de mourir à l'étranger ; la loi voulait que l'on rapatriât son corps afin qu'il vive son éternité auprès de ses ancêtres, sous la protection des dieux.

Brave émit une sorte de couinement ; un petit singe vert, vif comme la bise, venait de l'asperger en lui jetant de l'eau sur l'arrière-train. Mortifié et vexé, le chien montra les dents en se secouant ; le plaisantin, affolé, sauta dans les bras de sa maîtresse, une jeune femme d'une vingtaine d'années.

– Il n'est pas méchant, affirma Pazair, mais il déteste être mouillé.

– Ma guenon n'a pas volé son nom : Coquine ne cesse de faire des farces, notamment aux chiens. Je tente, sans succès, de la raisonner.

La voix était si douce qu'elle calma Brave, lequel flaira la jambe de la propriétaire de la guenon et la lécha.

– Brave !

– Laissez-le ; je crois qu'il m'a adoptée et j'en suis heureuse.

– Coquine acceptera-t-elle mon amitié ?

– Pour le savoir, approchez.

Pazair était tétanisé : il n'osait pas avancer. Au village, quelques filles tournaient autour de lui, sans qu'il s'en préoccupât ; obsédé par les études et l'apprentissage de son métier, il négligeait amourettes et sentiments. La pratique de la loi l'avait mûri avant l'âge mais, devant cette femme, il se sentait désarmé.

Elle était belle.

Belle comme une aurore de printemps, comme un lotus qui éclôt, comme une vague scintillante au milieu du Nil. Un peu moins grande que lui, les cheveux tirant sur le blond, le visage très pur aux lignes tendres, elle avait un regard droit et des yeux d'un bleu d'été. A son cou élancé, un collier de lapis-lazuli ; à ses poignets et à ses chevilles, des bracelets de cornaline. Sa robe de lin laissait deviner des seins fermes et haut placés, des hanches sans épaisseur modelées à la perfection, et des jambes longues et fines. Ses pieds et ses mains ravissaient l'œil par leur délicatesse et leur élégance.

– Avez-vous peur ? demanda-t-elle, intriguée.

– Non... bien sûr que non.

S'approcher d'elle, ce serait la contempler de près, respirer son parfum, presque la toucher... Il n'en avait pas le courage.

Comprenant qu'il ne bougerait pas, elle fit trois pas dans sa direction et lui présenta la petite guenon verte. D'une main tremblante, il lui caressa le front. D'un doigt agile, Coquine lui gratta le nez.

– C'est sa manière d'identifier un ami.

Brave ne protesta pas ; entre le chien et le singe, la trêve était conclue.

– Je l'ai achetée sur un marché où l'on vendait des produits de Nubie ; elle semblait si malheureuse, si perdue, que je n'ai pas résisté.

A son poignet gauche, un objet étrange.

– Mon horloge portative vous intrigue * ? Elle m'est indispensable pour exercer ma profession. Mon nom est Néféret et je suis médecin.

Néféret, « la belle, la parfaite, l'accomplie »... Quel autre nom aurait-elle pu porter ? Sa peau dorée semblait irréelle ; chaque mot qu'elle prononçait ressemblait à l'un des chants envoûtants que l'on entendait, au couchant, dans la campagne.

– Puis-je vous demander votre nom ?

Il était inexcusable. En ne se présentant pas, il se montrait d'une impolitesse condamnable.

– Pazair... Je suis l'un des juges de la province.

– Vous êtes né ici ?

– Non, dans la région thébaine. Je viens d'arriver à Memphis.

– Je suis née là-bas, moi aussi !

Elle sourit, ravie.

* L'Égypte avait inventé la première forme de montre, une horloge à eau portative, réservée à des spécialistes (astronomes, médecins) pour lesquels le calcul du temps était nécessaire.

– Votre chien a-t-il terminé sa promenade ?

– Non, non ! Il est infatigable.

– Marchons, voulez-vous ? J'ai besoin de prendre l'air ; la semaine qui vient de s'écouler fut harassante.

– Vous exercez déjà ?

– Pas encore ; je termine ma cinquième année d'apprentissage. J'ai d'abord appris la pharmacie et la préparation des remèdes, puis j'ai fait office de vétérinaire au temple de Dendara. On m'a appris à vérifier la pureté du sang des bêtes de sacrifice, et à soigner toutes sortes d'animaux, du chat au taureau. Les erreurs furent durement sanctionnées : le bâton, comme pour les garçons !

Pazair souffrit à l'idée du supplice infligé à ce corps ravissant.

– La sévérité de nos vieux maîtres est la meilleure des éducations, estima-t-elle ; lorsque l'oreille du dos est ouverte, elle n'oublie plus l'enseignement. Ensuite, j'ai été admise à l'école de médecine de Saïs où j'ai reçu le titre de « préposée à ceux qui souffrent », après avoir étudié et pratiqué diverses spécialités : médecine des yeux, du ventre, de l'anus, de la tête, des organes cachés, des liquides dissous dans les humeurs, et la chirurgie.

– Qu'exige-t-on encore de vous ?

– Je pourrais être spécialiste, mais c'est l'échelon le plus bas ; je m'en contenterai si je ne suis pas capable de devenir généraliste. Le spécialiste ne voit qu'un aspect de la maladie, une manifestation limitée de la vérité. Une douleur à un endroit précis ne signifie pas que l'on connaît l'origine du mal. Un spécialiste ne peut faire qu'un diagnostic partiel. Devenir généraliste est le véritable idéal du médecin ; mais l'épreuve à subir est si rude que la plupart renoncent.

– Comment pourrais-je vous aider ?

– Je devrai affronter seule mes maîtres.

– Puissiez-vous réussir !

Ils franchirent un parterre de bleuets où Brave batifola, et s'assirent à l'ombre d'un saule rouge.

– J'ai beaucoup parlé, déplora-t-elle ; ce n'est pas dans mes habitudes. Attireriez-vous les confessions ?

– Elles font partie de mon métier. Vols, paiements en retard, contrats de vente, querelles de famille, adultères, coups et blessures, taxes injustes, calomnies et mille autres délits, voilà l'ordinaire qui m'attend. A moi de conduire les enquêtes, de vérifier les dépositions, de reconstituer les faits et de juger.

– C'est écrasant !

– Votre métier ne l'est pas moins. Vous aimez guérir, j'aime que la justice soit rendue ; économiser nos efforts serait une trahison.

– Je déteste profiter des circonstances, mais...

– Parlez, je vous en prie.

– L'un de mes fournisseurs d'herbes médicinales a disparu. C'est un homme rude, mais honnête et compétent ; en compagnie de quelques collègues, nous avons porté plainte récemment. Peut-être pourriez-vous accélérer les recherches ?

– Je m'y emploierai ; quel est son nom ?

– Kani.

– Kani !

– Le connaîtriez-vous ?

– Il avait été enrôlé de force par l'intendant du domaine de Qadash. Aujourd'hui, il est innocenté.

– Grâce à vous ?

– J'ai enquêté et jugé.

Elle l'embrassa sur les deux joues.

Pazair, qui n'était pas rêveur de nature, se crut transporté dans l'un des paradis réservés aux justes.

– Qadash... le fameux dentiste ?

– Lui-même.

– Il fut un bon praticien, dit-on, mais aurait dû prendre sa retraite depuis longtemps.

La guenon verte bâilla et s'affaissa sur l'épaule de Néféret.

– Je dois partir ; j'ai été heureuse de bavarder avec vous. Sans doute n'aurons-nous pas l'occasion de nous revoir ; je vous remercie de tout cœur d'avoir sauvé Kani.

Elle ne marchait pas, elle dansait ; son pas était léger, son allure lumineuse.

Pazair demeura longtemps sous le saule rouge afin de graver dans sa mémoire le moindre de ses gestes, le plus infime de ses regards, la couleur de sa voix.

Brave posa la patte droite sur les genoux de son maître.

– Tu as compris, toi... Je suis follement amoureux.

CHAPITRE 7

Kem et son babouin étaient au rendez-vous.

– Êtes-vous décidé à me conduire chez le gardien-chef du sphinx ? demanda Pazair.

– A vos ordres.

– Ce ton-là ne me plaît pas davantage que l'autre ; l'ironie n'est pas moins mordante que l'agressivité.

Le Nubien fut piqué au vif par la remarque du juge.

– Je n'ai pas l'intention de me courber devant vous.

– Soyez un bon policier et nous nous entendrons.

Le babouin et son maître fixèrent Pazair ; dans les deux paires d'yeux, une fureur contenue.

– Allons-y.

En ce début de matinée, les ruelles s'animaient ; les maîtresses de maison échangeaient force discours, des porteurs d'eau distribuaient le précieux liquide, des artisans ouvraient leurs échoppes. Grâce au babouin, la foule s'écartait.

Le gardien-chef habitait dans une demeure semblable à celle de Branir, mais moins coquette. Sur le seuil, une fillette jouait avec une poupée en bois ; quand elle vit le grand singe, elle prit peur et rentra chez elle en hurlant. Sa mère sortit aussitôt, courroucée.

– Pourquoi effrayez-vous cette enfant ? Écartez votre monstre !

– Êtes-vous l'épouse du gardien-chef du sphinx ?

– De quel droit m'interrogez-vous !

– Je suis le juge Pazair.

Le sérieux du jeune magistrat et l'attitude du babouin convainquirent la matrone de se calmer.

– Il n'habite plus ici ; mon mari est un vétéran, lui aussi. L'armée nous a attribué ce logement.

– Savez-vous où il est parti ?

– Sa femme paraissait contrariée ; elle m'a parlé d'une maison du faubourg sud quand je l'ai croisée, au moment de son déménagement.

– Rien de plus précis ?

– Pourquoi mentirais-je ?

Le babouin tira sur sa laisse ; la matrone recula, se heurta au mur.

– Vraiment rien ?

– Non, je vous jure que non !

*

Contraint de conduire sa fille à l'école de danse, le greffier Iarrot avait obtenu l'autorisation de quitter le bureau au milieu de l'après-midi, non sans promettre qu'il déposerait au siège de l'administration de la province les comptes rendus des affaires traitées par le juge. En quelques jours, Pazair avait résolu davantage de problèmes que son prédécesseur en six mois.

Quand le soleil déclina, Pazair alluma plusieurs lampes ; il tenait à se débarrasser au plus vite d'une dizaine de conflits avec le fisc qu'il avait tous tranchés en faveur du contribuable. Tous, sauf un, qui concernait un transporteur nommé Dénès. Le juge principal de la province avait, de sa main, ajouté un mot au dossier : « A classer sans suite. »

Accompagné de l'âne et du chien, Pazair rendit visite à son maître, qu'il n'avait pas eu le temps de consulter depuis son installation. En chemin, il s'interrogea sur le curieux destin du gardien-chef qui, après avoir quitté un emploi prestigieux, perdait sa demeure de fonction. Que cachait cette cascade d'ennuis? Le juge avait demandé à Kem de retrouver la piste du vétéran. Tant qu'il ne l'aurait pas interrogé, Pazair n'approuverait pas la mutation.

A plusieurs reprises, Brave gratta son œil droit avec sa patte gauche; en l'examinant, Pazair constata une nette irritation. Le vieux médecin saurait le soigner.

La maison était illuminée; Branir aimait lire la nuit, quand les bruits de la ville avaient disparu. Pazair poussa la porte d'entrée, descendit dans le vestibule, suivi de son chien, et s'arrêta, stupéfait. Branir n'était pas seul. Il dialoguait avec une femme dont le juge reconnut aussitôt la voix. Elle, ici!

Le chien se faufila entre les jambes de son maître et quémanda des caresses.

– Entre, Pazair!

Le juge, crispé, répondit à l'invitation. Il n'eut d'yeux que pour Néféret, assise en scribe devant le vieux médecin, et tenant entre le pouce et l'index un fil de lin au bout duquel oscillait un petit morceau de granit taillé en losange *.

– Néféret, ma meilleure élève; le juge Pazair. Puisque les présentations sont faites, accepteras-tu un peu de bière fraîche?

– Votre meilleure élève...

– Nous nous sommes déjà rencontrés, dit-elle, amusée.

Pazair remercia sa chance; la revoir le comblait.

– Néféret va bientôt affronter l'ultime épreuve avant de pouvoir exercer son art, rappela Branir; c'est pourquoi nous répétons les exercices de radiesthésie qui lui seront imposés pour l'aider à poser son dia-

* Un pendule. On connaît aussi des baguettes de sourcier et l'on sait que certains pharaons, comme Séthi Ier, furent de grands radiesthésistes, capables de trouver de l'eau dans le désert.

gnostic. Je suis persuadé qu'elle deviendra un excellent médecin, car elle sait écouter. Qui sait écouter agira bien. Écouter est meilleur que tout, il n'est pas de plus grand trésor. Seul le cœur nous l'offre.

– La connaissance du cœur n'est-elle pas le secret du médecin ? demanda Néféret.

– C'est celui qui te sera révélé si tu en es jugée digne.

– J'aimerais me reposer.

– Tu le dois.

Brave se gratta l'œil ; Néféret remarqua son manège.

– Je crois qu'il est souffrant, dit Pazair.

Le chien se laissa examiner.

– Ce n'est pas grave, conclut-elle ; un simple collyre le guérira.

Branir le lui procura aussitôt ; les affections ophtalmiques étaient fréquentes et les remèdes ne manquaient pas. L'action du produit fut rapide ; l'œil de Brave dégonfla pendant que la jeune femme le caressait. Pour la première fois, Pazair fut jaloux de son chien. Il chercha un moyen de la retenir, et dut se contenter de la saluer lors de son départ.

Branir servit une excellente bière, fabriquée la veille.

– Tu me parais fatigué ; le travail ne doit pas manquer.

– Je me suis heurté à un certain Qadash.

– Le dentiste aux mains rouges... Un homme tourmenté et plus vindicatif qu'il n'y paraît.

– Je le crois coupable de détournement de paysan.

– Des preuves solides ?

– Simple présomption.

– Sois rigoureux dans ta démarche, car tes supérieurs ne te pardonneront pas l'inexactitude.

– Donnez-vous souvent des leçons à Néféret ?

– Je lui transmets mon expérience, car j'ai confiance en elle.

– Elle est née à Thèbes.
– Elle est fille unique d'un fabricant de verrous et d'une tisserande ; c'est en les soignant que je l'ai connue. Elle m'a posé mille questions, et j'ai encouragé sa vocation naissante.
– Une femme médecin... Ne rencontrera-t-elle pas des obstacles ?
– Des ennemis, aussi ; mais son courage n'est pas moindre que sa douceur. Le médecin-chef de la Cour, elle le sait, espère son échec.
– Un adversaire de taille !
– Elle en est consciente ; l'une de ses qualités majeures est la ténacité.
– Est-elle... mariée ?
– Non.
– Fiancée ?
– Rien d'officiel, à ma connaissance.

*

Pazair passa une nuit blanche. Il ne cessait de penser à elle, d'entendre sa voix, de respirer son parfum, d'échafauder mille et une stratégies pour la revoir, sans trouver une solution satisfaisante. Et revenait sans cesse la même angoisse : lui était-il indifférent ? Il n'avait perçu chez elle aucun élan, seulement un intérêt distant pour sa fonction. Même la justice prenait un goût amer ; comment continuer à vivre sans elle, comment accepter son absence ? Jamais Pazair n'aurait cru que l'amour était un tel torrent, capable d'emporter les digues et d'envahir l'être entier.

Brave perçut le désarroi de son maître ; par le regard, il lui transmit une affection qui, il le sentit bien, ne lui suffisait plus. Pazair se reprocha de rendre son chien malheureux ; il eût préféré se satisfaire de cette amitié dépourvue d'ombre, mais ne savait pas résister aux yeux de Néféret, à son visage limpide, au tourbillon dans lequel elle l'entraînait.

De quelle manière agir ? S'il se taisait, il se condamnait à souffrir ; s'il lui déclarait sa passion, il risquait un refus et le désespoir. Il devait la convaincre, la séduire, mais de quelles armes disposait-il, lui, un petit juge de quartier sans fortune ?

Le lever du soleil n'apaisa pas ses tourments, mais l'incita à s'étourdir dans son rôle de magistrat. Il nourrit Brave et Vent du Nord, et leur confia le bureau, persuadé que le greffier serait en retard. Muni d'un panier en papyrus contenant tablettes, étui à pinceaux et encre préparée, il prit la direction des docks.

Plusieurs bateaux étaient à quai ; les marins les déchargeaient eux-mêmes sous la direction d'un quartier-maître. Après avoir calé une planche à l'avant, ils utilisaient des perches portées sur l'épaule, auxquelles ils accrochaient, avec des cordes, sacs, paniers et couffins, puis descendaient le plan incliné. Les plus robustes portaient de lourds paquets sur leur dos.

Pazair s'adressa au quartier-maître.

– Où puis-je trouver Dénès ?

– Le patron ? Il est partout !

– Les docks lui appartiendraient-ils ?

– Les docks, non, mais quantité de bateaux ! Dénès est le plus important transporteur de Memphis et l'un des hommes les plus riches de la ville.

– Ai-je une chance de le rencontrer ?

– Il ne se déplace que lors de l'arrivée d'un très gros navire de charge... Allez au dock central. L'un de ses bâtiments vient d'accoster.

Long d'une centaine de coudées, l'énorme navire pouvait transporter plus de six cent cinquante tonnes. A fond plat, il se composait de nombreuses planches découpées à la perfection et assemblées comme des briques ; celles du bordage de la coque étaient très épaisses et liées par des courroies de cuir. Une voile de dimensions considérables avait été hissée sur un mât tripode, démontable et solidement haubanné. Le capitaine faisait ôter la claie de roseaux, amarrée à l'avant, et descendre l'ancre ronde.

Quand Pazair voulut monter à bord, un marin lui barra le chemin.

– Vous n'appartenez pas à l'équipage.

– Juge Pazair.

Le marin s'écarta ; le juge s'engagea sur la passerelle et grimpa jusqu'à la cabine du capitaine, un quinquagénaire bourru.

– J'aimerais voir Dénès.

– Le patron, à cette heure-ci ? Vous n'y pensez pas !

– Je dispose d'une plainte en bonne et due forme.

– A quel propos ?

– Dénès perçoit une taxe sur le déchargement de bateaux qui ne lui appartiennent pas, ce qui est illégal et inique.

– Ah, cette vieille histoire ! C'est un privilège du patron, admis par l'administration ; chaque année, une plainte est émise, par habitude. C'est sans importance : vous pouvez la jeter dans le fleuve.

– Où habite-t-il ?

– La plus grande villa, derrière les docks, à l'entrée du quartier des palais.

Sans son âne, Pazair éprouva quelque difficulté à se repérer ; sans le babouin policier, il dut affronter des attroupements de commères en grande discussion autour de marchands ambulants.

L'immense villa de Dénès était entourée de hauts murs et l'entrée, monumentale, gardée par un portier armé d'un bâton. Pazair se présenta et demanda à être reçu. Le portier appela un intendant qui présenta la requête et vint chercher le juge une dizaine de minutes plus tard.

Il n'eut guère le loisir de goûter la beauté du jardin, le charme du lac de plaisance et la somptuosité des parterres de fleurs, car il fut conduit directement auprès de Dénès qui prenait son petit déjeuner dans une vaste salle à quatre piliers, aux murs décorés de scènes de chasse.

Agé d'une cinquantaine d'années, le transporteur était un homme massif, à la lourde charpente, dont le visage carré, plutôt grossier, s'ornait d'un fin collier de barbe blanche. Assis dans un siège profond à pattes de lion, il se faisait oindre d'huile fine par un serviteur empressé, tandis qu'un second le manucurait. Un troisième le coiffait, un quatrième lui frottait les pieds avec un onguent parfumé et un cinquième lui annonçait le menu.

– Juge Pazair ! Quel bon vent vous amène ?

– Une plainte.

– Avez-vous déjeuné ? Moi, pas encore.

Dénès renvoya les serviteurs de la toilette ; entrèrent aussitôt deux cuisiniers qui apportèrent du pain, de la bière, un canard rôti et des gâteaux au miel.

– Servez-vous.

– Je vous remercie.

– Un homme qui ne se nourrit pas bien le matin ne peut faire une bonne journée.

– Une accusation sérieuse est portée contre vous.

– Ça m'étonnerait !

La voix de Dénès manquait de noblesse ; elle s'envolait parfois vers l'aigu, traduisant une nervosité qui contrastait avec le quant-à-soi du personnage.

– Vous percevez une taxe inique sur les déchargenents et vous êtes soupçonné de lever un impôt illégal sur les riverains de deux débarcadères d'État que vous utilisez fréquemment.

– De vieilles habitudes ! Ne vous en préoccupez pas. Votre prédécesseur n'y attachait pas davantage d'importance que le juge principal de la province. Oubliez ça et mangez un filet de canard.

– Je crains que ce ne soit impossible.

Dénès cessa de mastiquer.

– Je n'ai pas le temps de m'occuper de ça. Voyez mon épouse ; elle vous prouvera que vous bataillez pour rien.

Le transporteur frappa dans ses mains ; surgit un intendant.

– Emmenez le juge au bureau de la dame Nénophar.

Dénès se concentra sur son petit déjeuner.

*

La dame Nénophar était une femme d'affaires. Sculpturale, bien en chair, pétulante, habillée à la dernière mode, coiffée d'une perruque noire à tresses aussi lourde qu'imposante, elle portait un pectoral de turquoise, un collier d'améthyste, des bracelets d'argent fort coûteux, et une résille de perles vertes sur sa robe longue. Propriétaire de terres vastes et productives, de plusieurs maisons et d'une vingtaine de fermes, elle dirigeait une équipe d'agents commerciaux qui vendaient quantité de produits en Égypte et en Syrie. Contrôleuse des magasins royaux, inspectrice du Trésor, intendante des étoffes du palais, elle avait succombé aux charmes de Dénès, beaucoup moins fortuné qu'elle. Le jugeant piètre administrateur, elle l'avait nommé à la tête du transport de marchandises. De la sorte, son mari voyageait beaucoup, entretenait un abondant réseau de relations, et se livrait à son plaisir favori, la discussion sans fin autour d'un bon vin.

Elle considéra avec dédain le jeune juge qui osait s'aventurer dans son fief. La rumeur lui avait appris que ce paysan occupait le siège du magistrat, récemment décédé, avec lequel elle entretenait d'excellentes relations. Sans doute lui rendait-il une visite de politesse : excellente occasion de le mettre au pas.

Sans être beau, il avait de l'allure ; le visage était fin et sérieux, le regard profond. Elle nota, mécontente, qu'il ne s'inclinait pas comme un inférieur devant un grand.

– Vous venez d'être nommé à Memphis ?

– C'est exact.

– Félicitations ; ce poste augure d'une brillante carrière. Pourquoi désiriez-vous me parler ?

– Il s'agit d'une taxe indûment prélevée qui...
– Je suis au courant, le Trésor également.
– Vous reconnaissez donc le bien-fondé de la plainte.
– Elle est émise chaque année et annulée aussitôt ; je dispose d'un droit acquis.
– Il n'est pas conforme à la loi, et moins encore à la justice.
– Vous devriez être mieux renseigné sur l'étendue de mes fonctions ; en tant qu'inspectrice du Trésor, j'annule moi-même ce genre de plainte. Les intérêts commerciaux du pays ne doivent pas souffrir d'une procédure désuète.
– Vous outrepassez vos droits.
– Grands mots vides de sens ! Vous ignorez tout de la vie, jeune homme.
– Veuillez vous abstenir de toute familiarité ; dois-je vous rappeler que je vous interroge à titre officiel ?
Nénophar ne prit pas l'avertissement à la légère. Un juge, si modeste fût-il, ne manquait pas de pouvoirs.
– Êtes-vous bien installé, à Memphis ?
Pazair ne répondit pas.
– Votre demeure n'est pas très agréable, m'a-t-on dit ; comme vous et moi deviendrons amis, par la force des choses, je pourrais vous louer, pour un prix modique, une agréable villa.
– Je me contenterai du logement qui m'a été attribué.
Un sourire se figea sur les lèvres de Nénophar.
– Cette plainte est grotesque, croyez-moi.
– Vous avez reconnu les faits.
– Vous ne contredirez quand même pas votre hiérarchie !
– Si elle se trompe, je n'hésiterai pas un instant.
– Méfiez-vous, juge Pazair ; vous n'êtes pas tout-puissant.
– J'en suis conscient.

– Êtes-vous décidé à examiner cette plainte ?
– Je vous convoquerai à mon bureau.
– Veuillez vous retirer.
Pazair obtempéra.
Furieuse, la dame Nénophar fit irruption dans les appartements de son mari. Dénès essayait un nouveau pagne à larges pans.
– Le petit juge est-il dompté ?
– Au contraire, imbécile ! C'est un véritable fauve.
– Tu es bien pessimiste ; offrons-lui quelques cadeaux.
– Inutile. Au lieu de te pavaner, occupe-toi de lui. Nous devons le mater au plus vite.

CHAPITRE 8

– C'est ici, déclara Kem.

– En êtes-vous certain ? demanda Pazair, stupéfait.

– Aucun doute ; cette maison est bien celle du gardien-chef du sphinx.

– Pourquoi cette assurance ?

Le Nubien eut un sourire féroce.

– Grâce à mon babouin, les langues se sont déliées. Quand il montre les crocs, les muets parlent.

– Ces méthodes...

– Elles sont efficaces. Vous vouliez un résultat, vous l'avez.

Les deux hommes contemplaient le faubourg le plus misérable de la grande cité. On y mangeait à sa faim, comme dans toute l'Égypte, mais nombre de masures étaient délabrées, et l'hygiène laissait à désirer. Habitaient là des Syriens en attente d'un travail, des paysans venus faire fortune à la ville et vite désenchantés, des veuves sans grandes ressources. Le quartier ne convenait certes pas au gardien-chef du plus fameux sphinx d'Égypte.

– Je vais l'interroger.

– L'endroit n'est pas très sûr ; vous ne devriez pas vous y aventurer seul.

– Comme vous voudrez.

Étonné, Pazair constata que portes et fenêtres se fermaient sur leur passage. L'hospitalité, si chère au cœur des Égyptiens, ne semblait pas de mise dans cette enclave. Le babouin, nerveux, avançait d'un pas saccadé. Le Nubien ne cessait de scruter les toits.

– Que craignez-vous ?

– Un archer.

– Pourquoi attenterait-on à nos jours ?

– C'est vous qui enquêtez; si nous avons abouti ici, c'est que l'affaire est louche. A votre place, je renoncerais.

La porte, en bois de palmier, semblait solide; Pazair frappa.

A l'intérieur, quelqu'un bougea mais ne répondit pas.

– Ouvrez, je suis le juge Pazair.

Le silence s'établit. Forcer l'entrée d'un domicile sans autorisation était un délit; le juge débattit avec sa conscience.

– Croyez-vous que votre babouin...

– Tueur est assermenté; sa nourriture est fournie par l'administration et nous devons rendre compte de ses interventions.

– La pratique diffère de la théorie.

– C'est heureux, estima le Nubien.

La porte ne résista pas longtemps au grand singe dont la puissance stupéfia Pazair; il était bon que Tueur fût du côté de la loi.

Les deux petites pièces étaient plongées dans l'obscurité, à cause des nattes qui obstruaient les fenêtres. Sol de terre battue, un coffre à linge, un autre à vaisselle, une natte pour s'asseoir, un nécessaire de toilette : ensemble modeste, mais propre.

Dans un angle de la seconde pièce se terrait une petite femme aux cheveux blancs, vêtue d'une tunique marron.

– Ne me frappez pas, implora-t-elle; je n'ai rien dit, je vous le jure !

– Rassurez-vous; j'aimerais vous aider.

Elle accepta la main du juge et se releva; soudain, l'horreur emplit ses yeux.

– Le singe! Il va me déchiqueter!

– Non, la rassura Pazair; il appartient à la police. Êtes-vous l'épouse du gardien-chef du sphinx?

– Oui...

La petite voix était à peine audible. Pazair convia son interlocutrice à s'asseoir sur la natte et prit place en face d'elle.

– Où est votre mari?

– Il... il est parti en voyage.

– Pourquoi avez-vous quitté votre demeure de fonction?

– Parce qu'il a démissionné.

– Je m'occupe de la régularisation de sa mutation, révéla Pazair; les documents officiels ne mentionnent pas sa démission.

– Je me trompe peut-être...

– Que s'est-il passé? demanda le juge avec douceur. Sachez que je ne suis pas votre ennemi; si je peux vous être utile, j'agirai.

– Qui vous envoie?

– Personne. J'enquête de ma propre initiative, afin de ne pas entériner une décision que je ne comprends pas.

Les yeux de la vieille dame se mouillèrent de larmes.

– Vous êtes... sincère?

– Sur la vie de Pharaon.

– Mon mari est décédé.

– En êtes-vous certaine?

– Des soldats m'ont assuré qu'il serait enterré selon les rites. Ils m'ont ordonné de déménager et de m'installer ici. Je toucherai une petite pension jusqu'à la fin de mes jours, à condition de me taire.

– Que vous a-t-on révélé sur les circonstances de son décès?

– Un accident.

– Je saurai la vérité.

– Quelle importance ?

– Laissez-moi vous mettre en sécurité.

– Je reste ici et j'attends la mort. Partez, je vous en conjure.

*

Nébamon, médecin-chef de la cour d'Égypte, pouvait être fier de lui. La soixantaine passée, il demeurait un fort bel homme ; la liste de ses conquêtes féminines s'allongerait encore longtemps. Couvert de titres et de distinctions honorifiques, il passait davantage de temps dans les réceptions et dans les banquets qu'à son cabinet où de jeunes médecins ambitieux travaillaient pour lui. Lassé de la souffrance d'autrui, Nébamon avait choisi une spécialité amusante et rentable : la chirurgie esthétique. Les belles dames désiraient effacer quelques défauts afin de demeurer ravissantes et de faire pâlir de jalousie leurs rivales ; seul Nébamon pouvait leur donner une nouvelle jeunesse et préserver leurs charmes.

Le médecin-chef songeait à la magnifique porte en pierre qui, par faveur spéciale de Pharaon, ornerait l'entrée de sa tombe ; le souverain avait peint lui-même les jambages en bleu sombre, au grand dam des courtisans qui rêvaient d'un tel privilège. Adulé, riche, célèbre, Nébamon soignait des princes étrangers, prêts à verser des honoraires très élevés ; avant d'accepter leur requête, il menait de longues investigations et n'accordait ses consultations qu'à des patients affligés de maux bénins et faciles à guérir. Un échec aurait terni sa réputation.

Son secrétaire particulier lui annonça l'arrivée de Néféret.

– Faites-la entrer.

La jeune femme irritait Nébamon, car elle avait refusé d'appartenir à son équipe. Vexé, il se vengerait. Si elle acquérait le droit d'exercer, il veillerait à la priver de tout pouvoir administratif et à l'éloigner de la Cour. D'aucuns prétendaient qu'elle possédait un sens inné de la médecine et que son don pour la radiesthésie lui permettait d'être rapide et précise; aussi lui accorderait-il une dernière chance avant de déclencher les hostilités et de la cantonner dans une existence médiocre. Ou bien elle lui obéirait, ou bien il la briserait.

– Vous m'avez mandée.

– J'ai une proposition à vous faire.

– Je pars pour Saïs après-demain.

– Je suis au courant, mais votre intervention serait brève.

Néféret était vraiment très belle; Nébamon rêvait d'une maîtresse aussi jeune et délicieuse, qu'il eût exhibée dans la meilleure société. Mais sa noblesse naturelle et la clarté qui émanait d'elle l'empêchaient de lui adresser quelques compliments niais, d'ordinaire si efficaces; la séduire serait une entreprise difficile, mais particulièrement excitante.

– Ma cliente est un cas intéressant, poursuivit-il : une bourgeoise, famille nombreuse et plutôt aisée, bonne réputation.

– Que lui arrive-t-il ?

– Un événement heureux : elle se marie.

– Serait-ce une maladie ?

– Son mari a émis une exigence : remodeler les parties de son corps qui lui déplaisent. Certaines lignes seront faciles à modifier; nous ôterons de la graisse ici et là, conformément aux instructions de l'époux. Désépaissir les cuisses, désenfler les joues et teindre les cheveux seront jeux d'enfants.

Nébamon ne précisa pas qu'il avait reçu, en échange de son intervention, dix jarres d'onguents et de parfums rares : une fortune qui excluait un échec.

– Votre collaboration me réjouirait, Néféret; votre main est très sûre. De plus, je rédigerais un rapport élogieux qui vous serait utile. Acceptez-vous de voir ma patiente ?

Il avait adopté son ton le plus enjôleur ; sans laisser à Néféret le temps de répondre, il introduisit la dame Silkis.

Affolée, elle cachait son visage.

– Je ne veux pas qu'on me regarde, dit-elle d'une voix de petite fille affolée ; je suis trop laide !

Le corps soigneusement dissimulé dans une robe ample, la dame Silkis avait des formes assez rebondies.

– Comment vous nourrissez-vous ? demanda Néféret.

– Je... je n'y prends pas garde.

– Appréciez-vous les gâteaux ?

– Beaucoup.

– En manger moins serait bénéfique ; pourrais-je examiner votre visage ?

La douceur de Néféret vainquit les réticences de Silkis ; elle ôta ses mains.

– Vous semblez très jeune.

– J'ai vingt ans.

La figure poupine était, certes, un peu joufflue, mais n'inspirait ni l'horreur ni le dégoût.

– Pourquoi ne pas vous accepter telle que vous êtes ?

– Mon mari a raison, je suis affreuse ! Je dois lui plaire.

– N'est-ce pas une trop grande soumission ?

– Il est si fort... Et j'ai promis !

– Convainquez-le qu'il se trompe.

Nébamon sentit la colère l'envahir.

– Nous n'avons pas à juger les motivations des patients, intervint-il sèchement ; notre rôle consiste à satisfaire leurs désirs.

– Je refuse de faire souffrir inutilement cette jeune femme.

– Sortez d'ici !

– Avec plaisir.

– Vous avez tort de vous comporter ainsi, Néféret.

– Je crois être fidèle à l'idéal du médecin.

– Vous ne savez rien, et vous n'obtiendrez rien ! Votre carrière est terminée.

*

Le greffier Iarrot toussota; Pazair leva la tête.

– Un ennui ?

– Une convocation.

– Pour moi ?

– Pour vous. Le Doyen du porche veut vous voir immédiatement.

Contraint d'obéir, Pazair posa pinceau et palette.

Devant le palais royal, comme devant chaque temple, était construit un porche en bois où un magistrat rendait la justice. Il y entendait les plaintes, distinguait la vérité de l'iniquité, protégeait les faibles et les sauvait des puissants.

Le Doyen siégeait devant la résidence du souverain; l'édicule, soutenu par quatre piliers et adossé contre la façade, avait la forme d'un grand quadrilatère au fond duquel se trouvait la salle d'audience. Lorsque le vizir se rendait chez Pharaon, il ne manquait pas de s'entretenir avec le Doyen du porche.

La salle d'audience était vide. Assis sur un siège en bois doré, vêtu d'un pagne à devanteau, le magistrat arborait une mine renfrognée. Chacun connaissait sa fermeté de caractère et la vigueur de ses propos.

– Vous êtes le juge Pazair ?

Le jeune homme s'inclina avec respect; affronter le juge principal de la province l'angoissait. Cette brutale convocation et ce face-à-face ne présageaient rien de bon.

– Début de carrière tonitruant, jugea le Doyen; êtes-vous satisfait ?

– Le serai-je jamais ? Mon souhait le plus cher serait que l'humanité devînt sage et que les bureaux des juges disparussent; mais ce rêve d'enfant s'estompe.

– J'entends beaucoup parler de vous, quoique vous soyez installé à Memphis depuis peu de temps. Êtes-vous bien conscient de vos devoirs ?

– Ils sont toute ma vie.
– Vous travaillez beaucoup et vite.
– Pas assez, à mon gré; lorsque j'aurai mieux perçu les difficultés de ma tâche, je me montrerai plus efficace.
– Efficace... Que signifie ce terme?
– Rendre la même justice pour tous. N'est-ce pas notre idéal et notre règle?
– Qui prétend le contraire?
La voix du Doyen s'était enrouée. Il se leva et marcha de long en large.
– Je n'ai pas apprécié vos remarques à propos du dentiste Qadash.
– Je le soupçonne.
– Où est la preuve?
– Mon rapport précise que je ne l'ai pas obtenue; c'est pourquoi je n'ai engagé aucune action contre lui.
– En ce cas, pourquoi cette agressivité inutile?
– Afin d'attirer votre attention sur lui; vos informations sont sans doute plus complètes que les miennes.
Le Doyen s'immobilisa, furibond.
– Prenez garde, juge Pazair! Insinueriez-vous que j'enterre un dossier?
– Loin de moi cette idée; si vous l'estimez nécessaire, je poursuivrai mes investigations.
– Oubliez Qadash. Pourquoi persécutez-vous Dénès?
– Dans son cas, le délit est flagrant.
– La plainte formelle déposée contre lui n'était-elle pas accompagnée d'une recommandation?
– « A classer sans suite », en effet; c'est pourquoi je m'en suis occupé en priorité. Je me suis juré de refuser ce genre de pratique avec la dernière énergie.
– Saviez-vous que j'étais l'auteur de ce... conseil?
– Un grand doit donner l'exemple et ne pas profiter de sa richesse pour exploiter les humbles.
– Vous oubliez les nécessités économiques.
– Le jour où elles prendront le pas sur la justice, l'Égypte sera condamnée à mort.

La réplique de Pazair ébranla le Doyen du porche. Lui aussi, dans sa jeunesse, avait émis cette opinion, avec la même fougue. Puis étaient venus les cas difficiles, les promotions, les nécessaires conciliations, les arrangements, les concessions à la hiérarchie, l'âge mûr...

– Que reprochez-vous à Dénès ?

– Vous le savez.

– Estimez-vous que son comportement justifie une condamnation ?

– La réponse est évidente.

Le Doyen du porche ne pouvait révéler à Pazair qu'il venait de s'entretenir avec Dénès et que le transporteur lui avait demandé de déplacer le jeune juge.

– Êtes-vous décidé à poursuivre votre enquête ?

– Je le suis.

– Savez-vous que je peux vous renvoyer sur l'heure dans votre village ?

– Je le sais.

– Cette perspective ne modifie-t-elle pas votre point de vue ?

– Non.

– Seriez-vous inaccessible à toute forme de raisonnement ?

– Il ne s'agit que d'une tentative d'influence. Dénès est un tricheur ; il bénéficie de privilèges injustifiables. Puisque son cas relève de ma compétence, pourquoi le négligerais-je ?

Le Doyen réfléchit. D'ordinaire, il tranchait sans hésiter, avec la conviction de servir son pays ; l'attitude de Pazair lui rappelait tant de souvenirs qu'il se voyait à la place de ce jeune juge désireux de remplir sa fonction sans faiblesse. L'avenir se chargerait de dissiper ses illusions, mais avait-il tort de tenter l'impossible ?

– Dénès est un homme riche et puissant ; son épouse est une femme d'affaires renommée. Grâce à eux, le transport de matériaux s'effectue de manière régulière et satisfaisante ; à quoi bon le perturber ?

– Ne me placez pas dans le rôle de l'accusé. Si Dénès est condamné, les bateaux de charge ne cesseront pas de monter et de descendre le Nil.

Après un long silence, le Doyen se rassit.

– Faites votre métier comme vous l'entendez, Pazair.

CHAPITRE 9

Néféret méditait depuis deux jours dans une chambre de la célèbre école de médecine de Saïs, dans le Delta, où les futurs praticiens étaient soumis à une épreuve dont la nature n'avait jamais été révélée. Beaucoup échouaient ; dans un pays où l'on vivait souvent jusqu'à quatre-vingts ans, le service de santé tenait à recruter des éléments de valeur.

La jeune femme réaliserait-elle son rêve en luttant contre le mal ? Elle connaîtrait bien des défaites, mais ne renoncerait pas à combattre la souffrance. Encore fallait-il satisfaire aux exigences de la cour de médecine de Saïs.

Un prêtre lui avait apporté de la viande séchée, des dattes, de l'eau et des papyrus médicaux qu'elle avait lus et relus ; certaines notions commençaient à s'embrouiller. Tantôt inquiète, tantôt confiante, elle s'était réfugiée dans la méditation en contemplant le vaste jardin planté de caroubiers *, autour de l'école.

Alors que le soleil se couchait, le gardien de la myrrhe, pharmacien spécialisé dans les fumigations, vint la chercher. Il la conduisit au laboratoire et la mit en présence de plusieurs collègues. Chacun demanda à Néféret d'exécuter une ordonnance, de préparer des

* Cet arbre donnait un fruit, la caroube, une gousse contenant un jus sucré, qui incarnait la douceur par excellence aux yeux des Égyptiens.

remèdes, d'évaluer la toxicité d'une drogue, d'identifier des substances complexes, de relater en détail la récolte des plantes, de la gomme-résine et du miel. A plusieurs reprises, elle fut troublée et dut puiser dans les recoins de sa mémoire.

Au terme d'un interrogatoire de cinq heures, quatre pharmaciens sur cinq émirent un vote positif. L'opposant expliqua son attitude : Néféret s'était trompée à propos de deux dosages. Sans tenir compte de sa fatigue, il exigeait de sonder davantage ses connaissances. Si elle refusait, qu'elle quitte Saïs.

Néféret tint bon. Sans se départir de sa douceur habituelle, elle subit les assauts de son détracteur. Ce fut lui qui céda le premier.

Sans avoir reçu la moindre félicitation, elle se retira dans sa chambre et s'endormit dès qu'elle s'allongea sur sa natte.

*

Le pharmacien qui l'avait si durement éprouvée la réveilla à l'aube.

– Vous avez le droit de continuer; persistez-vous ?

– Je suis à votre disposition.

– Vous avez une demi-heure pour vos ablutions et votre petit déjeuner. Je vous préviens : l'épreuve suivante est dangereuse.

– Je n'ai pas peur.

– Réfléchissez.

Au seuil du laboratoire, le pharmacien réitéra sa mise en garde.

– Ne prenez pas mes avertissements à la légère.

– Je ne reculerai pas.

– A votre guise; prenez ceci.

Il lui remit un bâton fourchu.

– Entrez dans le laboratoire et préparez un remède avec les ingrédients que vous découvrirez.

Le pharmacien referma la porte derrière Néféret.

Sur une table basse, des fioles, des coupelles et des jarres ; dans l'angle le plus éloigné, sous la fenêtre, un panier clos. Elle s'approcha. Les fibres du couvercle étaient assez espacées pour qu'elle vît le contenu.

Épouvantée, elle recula.

Une vipère à cornes.

Sa morsure était mortelle, mais son venin fournissait la base de remèdes très actifs contre les hémorragies, les troubles nerveux et les maladies cardiaques. Aussi comprit-elle ce qu'attendait le pharmacien.

Après avoir régulé son souffle, elle souleva le couvercle d'une main qui ne tremblait pas. Prudente, la vipère ne sortit pas immédiatement de sa tanière ; concentrée, immobile, Néféret la regarda franchir la bordure du panier et ramper sur le sol. Long d'un mètre, le reptile se déplaçait vite ; les deux cornes semblaient jaillir de son front, menaçantes.

Néféret serra son bâton de toutes ses forces, se déplaça sur la gauche du serpent, et tenta de lui coincer la tête dans la fourche. Un instant, elle ferma les yeux ; si elle échouait, la vipère grimperait le long du bâton et la mordrait.

Le corps s'agitait, furieux. Elle avait réussi.

Néféret s'agenouilla, et saisit la vipère derrière la tête. Elle lui ferait cracher son précieux venin.

*

Sur le bateau qui l'emmenait vers Thèbes, Néféret n'eut guère le temps de se reposer. Plusieurs médecins la harcelèrent de questions sur leurs spécialités respectives, qu'elle avait pratiquées pendant ses études.

Néféret s'adaptait aux situations nouvelles ; dans les circonstances les plus imprévues, elle ne vacillait pas, acceptait les soubresauts du monde, les variations des êtres et s'intéressait peu à elle-même afin de mieux percevoir les forces et les mystères. Elle avait le goût du bonheur, mais l'adversité ne la rebutait pas ; à travers elle, la jeune femme recherchait une joie future, enfouie sous le malheur.

A aucun moment, elle n'éprouva d'animosité contre ceux qui la tourmentaient; ne la construisaient-ils pas, ne lui prouvaient-ils pas la solidité de sa vocation ?

Revoir Thèbes, sa ville natale, fut un vif plaisir; le ciel lui semblait plus bleu qu'à Memphis, l'air plus suave. Un jour, elle reviendrait vivre ici, près de ses parents, et se promènerait de nouveau dans la campagne de son enfance. Elle songea à sa guenon qu'elle avait confiée à Branir, espérant qu'elle respecterait son vieux maître et se montrerait moins facétieuse.

Deux prêtres au crâne rasé lui ouvrirent la porte de l'enceinte; derrière les hauts murs avaient été érigés plusieurs sanctuaires. C'était là, dans le domaine de la déesse Mout, dont le nom signifiait à la fois « mère » et « mort », que les médecins recevaient leur investiture.

Le supérieur accueillit la jeune femme.

– J'ai reçu les rapports de l'école de Saïs; si vous le souhaitez, vous pouvez continuer.

– Je le souhaite.

– La décision finale n'appartient pas aux humains. Recueillez-vous, car vous allez comparaître devant un juge qui n'est pas de ce monde.

Le supérieur passa au cou de Néféret une corde à treize nœuds et lui demanda de s'agenouiller.

– Le secret du médecin *, révéla-t-il, est la connaissance du cœur; de lui partent les vaisseaux visibles et invisibles qui vont à tout organe et à tout membre. C'est pourquoi le cœur parle dans tout le corps; lorsque vous ausculterez un patient, en posant la main sur sa tête, sa nuque, ses bras, ses jambes, ou sur quelque autre endroit de son corps, recherchez d'abord la voix du cœur et ses pulsations. Assurez-vous qu'il est solide sur sa base, qu'il ne s'éloigne pas de sa place, qu'il ne s'affaisse pas et qu'il danse normalement. Sachez que

* Le texte du « secret du médecin » était connu de tous les praticiens et formait la base de leur science.

des canaux parcourent le corps et qu'ils véhiculent les énergies subtiles, de même que l'air, le sang, l'eau, les larmes, le sperme ou les matières fécales ; veillez à la pureté des vaisseaux et de la lymphe. Lorsque la maladie survient, elle traduit un dérèglement de l'énergie ; au-delà des effets, scrutez la cause. Soyez sincère avec vos patients et donnez-leur l'un des trois diagnostics possibles : une maladie que je connais et que je traiterai ; une maladie avec laquelle je me battrai ; une maladie contre laquelle je ne peux rien. Allez vers votre destin.

*

Le sanctuaire était silencieux.

Assise sur ses talons, les mains sur les genoux, les yeux fermés, Néféret attendait. Le temps n'existait plus. Recueillie, elle dominait son anxiété. Comment ne pas accorder sa confiance à la confrérie des prêtres-médecins qui, depuis les origines de l'Égypte, consacraient la vocation des guérisseurs ?

Deux prêtres la relevèrent ; devant elle s'ouvrit une porte de cèdre, donnant accès à une chapelle. Les deux hommes ne l'accompagnèrent pas. Absente à elle-même, au-delà de la crainte et de l'espoir, Néféret pénétra dans une pièce oblongue, plongée dans les ténèbres.

La lourde porte se referma derrière elle.

Aussitôt, Néféret ressentit une présence ; quelqu'un était tapi dans l'obscurité et l'observait. Les bras le long du corps, la respiration oppressée, la jeune femme ne céda pas à l'affolement. Seule, elle était parvenue jusqu'ici ; seule, elle se défendrait.

Soudain, un rayon de lumière descendit du toit du temple et illumina une statue en diorite, adossée contre le mur du fond. Elle représentait la déesse Sekhmet debout et en marche, la lionne terrifiante qui, à chaque fin d'année, tentait de détruire l'humanité en missionnant des hordes de miasmes, de maladies et de germes nocifs. Elles parcouraient la terre afin de répandre le malheur et la mort. Seuls les médecins pouvaient contrecarrer la redoutable divinité qui était aussi leur patronne; elle seule leur enseignait l'art de guérir et le secret des remèdes.

Nul mortel, avait-on dit souvent à Néféret, ne contemplait la déesse Sekhmet en face, sous peine de perdre la vie.

Elle aurait dû baisser les yeux, détourner son regard de l'extraordinaire statue, du visage de la lionne furieuse *; mais elle l'affronta.

Néféret regarda Sekhmet.

Elle pria la divinité de déchiffrer en elle sa vocation, de descendre au plus profond de son cœur et d'en juger l'authenticité. Le rayon de lumière s'amplifia, éclairant la totalité de la figure de pierre dont la puissance écrasa la jeune femme.

Le miracle se produisit : la lionne terrifiante sourit.

*

Le collège des médecins de Thèbes était réuni dans une vaste salle à piliers; au centre, une pièce d'eau. Le supérieur s'approcha de Néféret.

– Avez-vous la ferme intention de guérir des malades ?

– La déesse fut témoin de mon serment.

– Ce que l'on recommande à autrui doit d'abord s'appliquer à soi-même.

Le supérieur présenta une coupe remplie d'un liquide rougeâtre.

– Voici un poison. Après l'avoir absorbé, vous l'identifierez et poserez votre diagnostic. S'il est exact, vous aurez recours au bon antidote. S'il est erroné, vous

* Les Arabes ne détruisirent pas cette statue de Sekhmet, parce qu'elle les terrorisait; ils l'appelaient « l'ogresse de Karnak ». On peut encore l'admirer aujourd'hui, dans l'une des chapelles du temple de Ptah.

mourrez. La loi de Sekhmet aura préservé l'Égypte d'un mauvais médecin.

Néféret accepta la coupe.

– Vous êtes libre de refuser de boire et de quitter cette assemblée.

Elle but lentement le liquide au goût amer, tentant déjà d'en déceler la nature.

*

La procession funèbre, suivie des pleureuses, longea l'enceinte du temple et prit la direction du fleuve. Un bœuf halait le traîneau sur lequel était déposé le sarcophage.

Du toit du temple, Néféret assista au jeu de la vie et de la mort.

Épuisée, elle appréciait les caresses du soleil sur sa peau.

– Vous aurez froid quelques heures encore ; le poison ne laissera aucune trace dans votre organisme. Votre rapidité et votre précision ont beaucoup impressionné l'ensemble de nos collègues.

– M'auriez-vous sauvée, si je m'étais trompée ?

– Qui soigne autrui doit être impitoyable avec soi-même. Dès que vous serez rétablie, vous retournerez à Memphis pour occuper votre premier poste. Sur votre chemin, les embûches ne manqueront pas. Une thérapeute si jeune et si douée suscitera des jalousies. Ne soyez ni aveugle ni naïve.

Des hirondelles jouaient au-dessus du temple. Néféret songea à son maître Branir, l'homme qui lui avait tout appris et à qui elle devait la vie.

CHAPITRE 10

Pazair éprouvait de plus en plus de difficultés à se concentrer sur son travail ; dans chaque hiéroglyphe, il voyait le visage de Néféret.

Le greffier lui apporta une vingtaine de tablettes d'argile.

– La liste des artisans engagés à l'arsenal, le mois dernier ; nous devons vérifier qu'aucun ne possède de casier judiciaire.

– Le moyen le plus rapide de le savoir ?

– Consulter les registres de la grande prison.

– Pourriez-vous vous en occuper ?

– Demain seulement ; je dois rentrer tôt chez moi, car j'organise une fête pour l'anniversaire de ma fille.

– Amusez-vous bien, Iarrot.

Le greffier parti, Pazair relut le texte qu'il avait rédigé pour convoquer Dénès et lui signifier les chefs d'accusation. Ses yeux se brouillèrent. Las, il nourrit Vent du Nord qui se coucha devant la porte du bureau, et se promena au hasard en compagnie de Brave. Ses pas le portèrent dans un quartier calme, du côté de l'école des scribes où la future élite du pays apprenait son métier.

Un claquement de porte brisa le silence, suivi d'éclats de voix et de relents de musique où se mêlaient flûte et tambourin. Les oreilles du chien se dressèrent ; intrigué,

Pazair s'arrêta. La querelle s'envenimait ; aux menaces succédèrent des coups et des cris de douleur. Brave, qui détestait la violence, se cala contre la jambe de son maître.

A une centaine de mètres de l'endroit où il se tenait, un jeune homme, vêtu d'un bel habit de scribe, escalada le mur de l'école, sauta dans la ruelle et courut à perdre haleine dans sa direction, en déclamant les paroles d'une chanson paillarde à la gloire des ribaudes. Alors qu'il passait devant le juge, un rayon de lune éclaira son visage.

– Souti !

Le fuyard stoppa net et se retourna.

– Qui m'a appelé ?

– A part moi, le lieu est désert.

– Il ne le restera pas longtemps ; on veut m'étriper. Viens, courons !

Pazair accepta l'invitation. Brave, fou de joie, se lança dans la cavalcade. Le chien s'étonna du peu de résistance des deux hommes qui, une dizaine de minutes plus tard, s'arrêtèrent pour reprendre leur souffle.

– Souti... c'est bien toi ?

– Autant que tu es Pazair ! Un effort supplémentaire, et nous serons en sécurité.

Le trio se réfugia dans un entrepôt vide, au bord du Nil, loin de la zone où patrouillaient des gardes armés.

– J'espérais que nous nous reverrions bientôt, mais dans d'autres circonstances.

– Celles-là sont bougrement réjouissantes, je t'assure ! Je viens de m'évader de cette prison.

– Prison, la grande école des scribes de Memphis ?

– J'y serais mort d'ennui.

– Quand tu as quitté le village, voilà cinq ans, tu voulais pourtant devenir un lettré.

– J'aurais inventé n'importe quoi pour découvrir la ville. L'unique déchirement fut de t'abandonner, toi, mon seul ami, parmi ces paysans.

– N'étions-nous pas heureux, là-bas ?

Souti s'allongea sur le sol.

– Des bons moments, tu as raison... Mais nous avons grandi ! S'amuser au village, vivre la vraie vie, ce n'était pas possible. Memphis, j'en rêvais !

– As-tu réalisé ce rêve ?

– Au début, j'ai été patient ; apprendre, travailler, lire, écrire, écouter l'enseignement qui ouvre l'esprit, connaître tout ce qui existe, ce que le créateur a façonné, ce que Thot a transcrit, le ciel avec ses éléments, la terre et son contenu, ce que cachent les montagnes, ce que charrie le flot, ce qui pousse sur le dos de la terre *... Quel ennui ! Par bonheur, j'ai vite fréquenté les maisons de bière.

– Les lieux de débauche ?

– Ne sois pas moralisateur, Pazair.

– Tu aimais les écrits plus que moi.

– Ah, les livres et les maximes de sagesse ! Voilà cinq ans que l'on m'en rebat les oreilles. Veux-tu que je joue les professeurs, moi aussi ? « Aime les livres comme ta mère, rien ne les surpasse ; les livres des sages sont des pyramides, l'écritoire est leur enfant. Écoute les conseils des plus savants que toi, lis leurs paroles demeurées vivantes dans les livres ; deviens un homme instruit, ne sois ni paresseux, ni oisif, place la connaissance en ton cœur. » Ai-je bien récité la leçon ?

– Elle est superbe.

– Des mirages pour aveugles !

– Que s'est-il passé, ce soir ?

Souti éclata de rire. Le garçon agité et remuant, le boute-en-train du village, était devenu un homme à la carrure impressionnante. Les cheveux longs et noirs, le visage franc, le regard direct, le verbe haut, il semblait animé d'un feu dévorant.

– Ce soir, j'ai organisé une petite fête.

– Dans l'école ?

* Souti cite le début d'un des livres de sagesse que lisait et recopiait l'apprenti scribe.

– Eh oui, dans l'école! La plupart de mes condisciples sont ternes, tristes et sans personnalité; ils avaient besoin de boire du vin et de la bière afin d'oublier leurs chères études. Nous avons joué de la musique, nous nous sommes enivrés, nous avons vomi et chanté! Les meilleurs élèves se tambourinaient sur le ventre en se décorant de guirlandes de fleurs.

Souti se redressa.

– Ces réjouissances ont déplu aux surveillants; ils ont fait irruption avec des bâtons. Je me suis défendu, mais mes camarades m'ont dénoncé. J'ai dû m'enfuir.

Pazair était atterré.

– Tu seras exclu de l'école.

– Tant mieux! Je ne suis pas fait pour être scribe. Ne pas causer de dommage à quiconque, ne pas tourmenter de cœur, ne pas laisser autrui dans la pauvreté et la souffrance... J'abandonne cette utopie aux sages! Je brûle de vivre une aventure, Pazair, une grande aventure!

– Laquelle?

– Je ne sais pas encore... Si, je sais déjà : l'armée. Je voyagerai et découvrirai d'autres pays, d'autres peuples.

– Tu risqueras ta vie.

– Elle me sera plus précieuse, après le danger. Pourquoi construire une existence, alors que la mort la détruira? Crois-moi, Pazair, il faut vivre au jour le jour et prendre le plaisir là où il se présente. Nous, qui sommes moins qu'un papillon, sachons au moins voler de fleur en fleur.

Brave feula.

– Quelqu'un approche; il faut partir.

– J'ai la tête qui tourne.

Pazair tendit le bras; Souti s'y accrocha pour se relever.

– Appuie-toi sur moi.

– Tu n'as pas changé, Pazair. Tu es toujours un roc.

– Tu es mon ami, je suis ton ami.

Ils sortirent de l'entrepôt, le longèrent, et s'engagèrent dans un dédale de ruelles.

– Ils ne me retrouveront pas, grâce à toi.

L'air de la nuit dégrisa Souti.

– Moi, je ne suis plus scribe. Et toi ?

– J'ose à peine te l'avouer.

– Serais-tu recherché par la police ?

– Pas exactement.

– Contrebandier ?

– Non plus.

– Alors, tu détrousses les honnêtes gens !

– Je suis juge.

Souti s'immobilisa, prit Pazair par les épaules, et le regarda droit dans les yeux.

– Tu te moques de moi.

– J'en suis incapable.

– C'est vrai. Juge... Par Osiris, c'est incroyable ! Fais-tu arrêter des coupables ?

– J'en ai le droit.

– Petit ou grand juge ?

– Petit, mais à Memphis. Je t'emmène chez moi ; tu y seras en sécurité.

– Ne violes-tu pas la loi ?

– Aucune plainte n'a été déposée contre toi.

– Et s'il y en avait une ?

– L'amitié est une loi sacrée ; si je la trahissais, je deviendrais indigne de ma fonction.

Les deux hommes se congratulèrent.

– Tu pourras toujours compter sur moi, Pazair ; j'en fais le serment sur ma vie.

– Ce n'est qu'une redite, Souti ; le jour où nous avons mélangé nos sangs, au village, nous sommes devenus plus que des frères.

– Dis-moi... As-tu des policiers sous tes ordres ?

– Deux : un Nubien et un babouin, aussi redoutables l'un que l'autre.

– Tu me fais froid dans le dos.

– Rassure-toi : l'école des scribes se contentera de

t'expulser. Tâche de ne pas commettre de grave délit; l'affaire m'échapperait.

– Comme c'est bon de se retrouver, Pazair!

Le chien bondissait autour de Souti qui le défia à la course, pour le plus grand amusement de l'animal; qu'ils s'apprécient réjouit Pazair. Brave avait un bon jugement et Souti un cœur large. Certes, il n'approuvait ni sa façon de penser ni sa manière de vivre, et redoutait qu'elles ne l'entraînassent vers de regrettables excès; mais il savait que Souti pensait la même chose de lui. En s'alliant, ils puiseraient bien quelques vérités dans leurs caractères respectifs.

L'âne n'ayant pas émis d'avis défavorable, Souti franchit le seuil de la demeure de Pazair; il ne s'attarda pas dans le bureau où papyrus et tablettes lui rappelaient de mauvais souvenirs, et grimpa à l'étage.

– Ce n'est pas un palais, constata-t-il, mais l'air y est respirable. Tu vis seul?

– Pas tout à fait; Brave et Vent du Nord sont à mes côtés.

– Je voulais parler d'une femme.

– Je suis écrasé de travail, et...

– Pazair, mon ami! Serais-tu encore un jeune homme... innocent?

– Je crains que oui.

– Nous allons y remédier! Moi, ce n'est plus le cas. Au village, j'avais échoué à cause de la surveillance de quelques harpies. Ici, à Memphis, c'est le paradis! J'ai fait l'amour pour la première fois avec une petite Nubienne qui avait déjà connu davantage d'amants qu'elle ne possédait de doigts aux mains. Quand le plaisir m'a envahi, j'ai cru que je mourais de bonheur. Elle m'a appris à caresser, à attendre sa propre jouissance, et à reprendre des forces pour jouer à des jeux où personne ne perd. La seconde fut la fiancée du portier de l'école; avant de devenir fidèle, elle avait envie de déguster un garçon à peine sorti de l'adolescence. Sa gourmandise me combla. Elle avait des seins magnifiques et des fesses belles comme les îles du Nil, avant la crue. Elle m'a enseigné des arts délicats, et nous avons crié ensemble. Ensuite, je me suis amusé avec deux Syriennes d'une maison de bière. L'expérience ne se remplace pas, Pazair; leurs mains étaient plus douces qu'un baume et même leurs pieds savaient effleurer ma peau pour la faire frémir.

Souti éclata de nouveau d'un rire tonitruant; Pazair fut incapable de conserver un semblant de dignité et partagea la gaieté de son ami.

– Sans vantardise, dresser la liste de mes conquêtes serait fastidieux. C'est plus fort que moi : je ne peux me passer de la chaleur d'un corps de femme. La chasteté est une maladie honteuse qu'il faut soigner énergiquement. Dès demain, je m'occupe de ton cas.

– Eh bien...

Une lueur malicieuse anima le regard de Souti.

– Tu refuses ?

– Mon travail, les dossiers...

– Tu n'as jamais su mentir, Pazair. Toi, tu es amoureux, et tu te gardes pour ta belle.

– D'ordinaire, c'est moi qui formule les accusations.

– Ce n'est pas une accusation ! Le grand amour, je n'y crois pas, mais avec toi, tout est possible. Être à la fois un juge et mon ami le démontre bien. Comment s'appelle cette merveille ?

– Je... Elle ne sait rien. Il est probable que je m'illusionne.

– Mariée ?

– Tu n'y songes pas !

– Si, justement ! Une bonne épouse manque à mon catalogue. Je ne forcerai pas le destin, car j'ai de la morale, mais si la chance se présente, je ne le refuserai pas.

– La loi punit l'adultère.

– A condition qu'elle s'en aperçoive. En amour, à l'exception des ébats, la première qualité est la discrétion. Je ne te torturerai pas à propos de ta promise; je découvrirai tout par moi-même et, si nécessaire, te donnerai un coup de main.

Souti s'allongea sur une natte, un coussin sous la tête.

– Tu es bien juge ?

– Tu as ma parole.

– En ce cas, un conseil me serait précieux.

Pazair s'attendait à une catastrophe de ce genre ; il invoqua Thot, avec l'espoir que le forfait commis par Souti relevât de ses compétences.

– Une histoire idiote, révéla son ami. J'ai séduit une jeune veuve, la semaine dernière ; la trentaine, le corps souple, les lèvres piquantes... Une malheureuse maltraitée par un mari dont la mort fut une aubaine. Elle fut si heureuse dans mes bras qu'elle m'a confié une mission commerciale : un cochon de lait à négocier sur le marché.

– Une propriétaire de ferme ?

– Une simple basse-cour.

– Contre quoi as-tu échangé le cochon ?

– Voici le drame : contre rien. Hier soir, la pauvre bête a été rôtie pendant notre petite fête. J'ai confiance en mon charme, mais la jeune veuve est avare et très attachée à son patrimoine. Si je reviens les mains vides, je risque d'être accusé de vol.

– Quoi d'autre ?

– Des broutilles. Quelques dettes, ici et là ; le cochon de lait est mon plus gros souci.

– Dors tranquille.

Pazair se leva.

– Où vas-tu ?

– Je descends au bureau consulter quelques dossiers ; il existe sans doute une solution.

CHAPITRE 11

Souti n'aimait pas se lever tôt, mais il fut contraint de sortir de la maison du juge avant l'aube. Le plan de Pazair, bien qu'il comportât quelques risques, lui paraissait excellent. Son ami avait dû lui verser le contenu d'une jarre d'eau fraîche sur la tête afin de lui redonner ses esprits.

Souti gagna le centre de la ville où se préparait le grand marché; paysans et paysannes venaient y vendre les produits de la campagne dans un concert de négociations et de palabres. Dans peu de temps arriveraient les premières clientes. Il se faufila entre les maraîchers et s'accroupit à quelques mètres de son but, un enclos enfermant des volailles. Le trésor dont il souhaitait s'emparer était bien là : un superbe coq, que les Égyptiens ne considéraient pas comme le roi de la basse-cour, mais comme un volatile plutôt stupide, trop pénétré de son importance.

Le jeune homme attendit que sa proie passât à sa portée et, d'un geste vif, s'en empara en lui serrant le cou, de manière qu'il n'émît pas un cri inopportun. L'entreprise était risquée; si on l'attrapait, la porte de la prison serait grande ouverte. Bien entendu, Pazair ne lui avait pas désigné le marchand au hasard; coupable d'une fraude, ce dernier aurait dû offrir la valeur d'un coq à sa victime. Le juge n'avait pas diminué la peine, mais quelque peu modifié la procédure. La victime étant l'administration, Souti s'y substituait.

Le coq sous le bras, il atteignit sans encombre le domaine de la jeune femme qui nourrissait ses poules.

– Une surprise, annonça-t-il, en exhibant le gallinacé.

Elle se retourna, ravie.

– Il est superbe ! Tu as bien marchandé.

– Ce ne fut pas facile, je l'avoue.

– Je m'en doute : un coq de cette taille-là vaut au moins trois cochons de lait.

– Quand l'amour vous guide, on sait être convaincant.

Elle posa son sac de grains, attrapa le coq et le déposa parmi les poules.

– Tu es très convaincant, Souti ; je sens monter en moi une douce chaleur que j'ai envie de partager avec toi.

– Qui refuserait pareille invitation ?

Serrés l'un contre l'autre, ils se dirigèrent vers la chambre de la veuve.

*

Pazair se sentait mal ; une langueur l'accablait et le privait de son dynamisme habituel. Engourdi, lent, il ne trouvait même plus de consolation dans la lecture des grands auteurs du passé qui, autrefois, enchantaient ses soirées. Il avait réussi à cacher sa désespérance au greffier Iarrot, mais ne parvint pas à la dissimuler à son maître.

– Serais-tu malade, Pazair ?

– Une banale fatigue.

– Peut-être faudrait-il travailler un peu moins.

– J'ai l'impression qu'on m'accable de dossiers.

– On te met à l'épreuve, afin de découvrir tes limites.

– Elles sont franchies.

– Ce n'est pas certain ; suppose que le surmenage ne soit pas la cause de ton état ?

Pazair, sombre, ne répondit pas.

– Ma meilleure élève a réussi, révéla le vieux médecin.

– Néféret ?

– A Saïs comme à Thèbes, elle a triomphé des épreuves.

– La voici donc médecin.

– Pour notre plus grande joie, en effet.

– Où exercera-t-elle ?

– A Memphis, dans un premier temps ; je la convie demain soir à un modeste banquet pour fêter ce succès. Seras-tu des nôtres ?

*

Dénès se fit déposer devant le bureau du juge Pazair ; la superbe chaise à porteurs, peinte en bleu et en rouge, avait ébloui les passants. L'entrevue qui s'annonçait, pour délicate qu'elle fût, serait peut-être moins éprouvante que le récent affrontement avec son épouse. La dame Nénophar avait traité son mari d'incapable, d'esprit borné et de tête de moineau * ; son intervention auprès du Doyen du porche ne s'était-elle pas révélée inutile ? Faisant front dans la tempête, Dénès avait tenté de se justifier ; d'ordinaire, cette démarche se traduisait par un total succès. Pourquoi, cette fois, le vieux magistrat ne l'avait-il pas écouté ? Non seulement il ne déplaçait pas le petit juge, mais encore l'autorisait-il à lui envoyer une convocation en bonne et due forme, comme à n'importe quel habitant de Memphis ! A cause du manque de perspicacité de Dénès, lui et son épouse se voyaient réduits au rang de suspects, soumis à la vindicte d'un magistrat sans avenir, venu de province avec l'intention de faire respecter la loi à la lettre. Puisque le transporteur se montrait si brillant dans les discussions

* Le moineau, en raison de son agitation perpétuelle et de sa tendance à pulluler, était considéré comme l'un des symboles du mal.

d'affaires, qu'il charme Pazair et fasse stopper la procédure ! La grande villa avait longtemps résonné des éclats de voix de la dame Nénophar, qui ne supportait pas d'être contrariée. Les mauvaises nouvelles ternissaient son teint.

Vent du Nord barra le passage. Comme Dénès voulait l'écarter d'un coup de coude, l'âne montra les dents. Le transporteur recula.

– Otez cette bête de mon chemin ! exigea-t-il.

Le greffier Iarrot sortit du bureau, et tira le quadrupède par la queue ; mais Vent du Nord n'obéit qu'à la voix de Pazair. Dénès passa au large de l'âne pour ne pas souiller ses habits coûteux.

Pazair était penché sur un papyrus.

– Asseyez-vous, je vous prie.

Dénès chercha un siège, mais aucun ne lui convenait.

– Admettez, juge Pazair, que je me montre conciliant en répondant à votre convocation.

– Vous n'aviez pas le choix.

– La présence d'une tierce personne est-elle indispensable ?

Iarrot se leva, prêt à décamper.

– J'aimerais rentrer plus tôt. Ma fille...

– Greffier, vous prendrez note quand je vous le demanderai.

Iarrot se tassa dans un angle de la pièce, avec l'espoir de faire oublier sa présence. Dénès ne se laisserait pas traiter ainsi sans réagir. S'il exerçait des représailles à l'encontre du juge, le greffier serait emporté dans la tourmente.

– Je suis très occupé, juge Pazair ; vous ne figuriez pas sur la liste des entrevues que j'avais accordées aujourd'hui.

– Vous figuriez sur la mienne, Dénès.

– Nous ne devrions pas nous affronter de la sorte ; vous devez régler un petit problème administratif, et moi m'en débarrasser au plus vite. Pourquoi ne pas nous entendre ?

Le ton devenait conciliant; Dénès savait se mettre à la portée de ses interlocuteurs et les flatter. Lorsque leur attention faiblissait, il portait les coups décisifs.

– Vous vous égarez, Dénès.

– Pardon ?

– Nous ne discutons pas d'une transaction commerciale.

– Laissez-moi vous raconter une fable : un chevreau indiscipliné sortit du troupeau où il était à l'abri; un loup le menaça. Quand il vit la mâchoire s'ouvrir, il déclara : « Seigneur loup, je serai sans doute un festin pour vous, mais je suis capable, auparavant, de vous distraire. Par exemple, je sais danser. Vous ne me croyez pas ? Jouez de la flûte, et vous verrez. D'humeur badine, le loup accepta. En dansant, le chevreau alerta les chiens qui foncèrent sur le loup et l'obligèrent à fuir. Le fauve accepta sa défaite; je suis un chasseur, pensa-t-il, et j'ai joué au musicien. Tant pis pour moi *. »

– Quelle est la morale de votre fable ?

– Chacun doit rester à sa place. Lorsqu'on veut jouer un rôle que l'on connaît mal, on risque de commettre un faux pas et de le regretter amèrement.

– Vous m'impressionnez.

– J'en suis heureux; en resterons-nous là ?

– Dans le domaine de la fable, oui.

– Vous êtes plus compréhensif que je ne l'imaginais; vous ne croupirez pas longtemps dans ce bureau minable. Le Doyen du porche est un excellent ami. Quand il saura que vous avez apprécié la situation avec tact et intelligence, il songera à vous pour un poste plus important. S'il me demande mon avis, il sera très favorable.

– Il est agréable d'avoir des amis.

– A Memphis, c'est essentiel; vous êtes sur la bonne voie.

La colère de la dame Nénophar était injustifiée; elle

* Cette fable était un classique. Ésope puisa son inspiration dans les fables égyptiennes, qui connurent leur ultime avatar chez La Fontaine.

avait redouté que Pazair ne ressemblât pas aux autres et elle s'était trompée. Dénès connaissait bien ses semblables ; à l'exception de quelques prêtres réfugiés dans les temples, ils n'avaient d'autre but que la satisfaction de leurs intérêts.

Le transporteur tourna le dos au juge et s'apprêta à sortir.

– Où allez-vous ?

– Accueillir un bateau qui vient du sud.

– Nous n'avons pas tout à fait terminé.

L'homme d'affaires se retourna.

– Voici les chefs d'accusation : prélèvement d'une taxe inique et d'un impôt non prescrit par Pharaon. L'amende sera lourde.

Dénès devint blanc de colère ; sa voix siffla.

– Êtes-vous devenu fou ?

– Inscrivez, greffier : injure à magistrat.

Le transporteur se rua sur Iarrot, lui arracha la tablette et l'écrasa d'un pied rageur.

– Toi, tiens-toi tranquille !

– Destruction de matériel appartenant à la justice, observa Pazair. Vous aggravez votre cas.

– Il suffit !

– Je vous remets ce papyrus ; vous y trouverez les détails juridiques et le montant de la pénalité. Ne récidivez pas, sinon un casier judiciaire à votre nom sera ouvert dans les registres de la grande prison.

– Vous n'êtes qu'un chevreau et vous serez dévoré !

– Dans la fable, c'est le loup qui est vaincu.

Lorsque Dénès traversa le bureau, le greffier Iarrot se cacha derrière un coffre en bois.

*

Branir achevait de préparer un mets raffiné. Il avait retiré les ovaires des muges * femelles achetées à l'un

* Gros poisson comestible.

des meilleurs poissonniers de Memphis et, conformément à la recette du caviar égyptien, les lavait dans une eau légèrement salée avant de les presser entre deux planchettes et de les sécher dans un courant d'air. La boutargue serait succulente. Il ferait griller des côtes de bœuf, servies avec une purée de fèves; figues et gâteaux compléteraient le menu, sans oublier un grand cru provenant du Delta. Partout, dans la maison, des guirlandes de fleurs.

– Suis-je le premier? demanda Pazair.

– Aide-moi à disposer les plats.

– Je me suis attaqué de front à Dénès; mon dossier est solide.

– A quoi le condamnes-tu?

– Forte amende.

– Tu t'es fait un ennemi de taille.

– J'ai appliqué la loi.

– Sois prudent.

Pazair n'eut pas le temps de protester; la vision de Néféret lui fit oublier Dénès, le greffier Iarrot, le bureau, les dossiers.

Vêtue d'une robe à bretelles d'un bleu très pâle qui laissait les épaules nues, elle avait maquillé ses yeux avec un fard vert. A la fois frêle et rassurante, elle illuminait la demeure de son hôte.

– Je suis en retard.

– Au contraire, indiqua Branir; tu nous as laissé le temps de finir la boutargue. Le boulanger vient de me livrer du pain frais; nous pouvons passer à table.

Néféret avait glissé une fleur de lotus dans ses cheveux; fasciné, Pazair ne cessait de la contempler.

– Ton succès me procure une grande joie, avoua Branir; puisque tu es médecin, je t'offre ce talisman. Il te protégera comme il m'a protégé; garde-le toujours sur toi.

– Mais... et vous-même?

– A mon âge, les démons n'ont plus d'emprise.

Il passa au cou de la jeune femme une fine chaînette

en or à laquelle était suspendue une magnifique turquoise.

– Cette pierre provient des mines de la déesse Hathor, dans le désert de l'Est ; elle préserve la jeunesse de l'âme et la joie du cœur.

Néféret s'inclina devant son maître, les mains jointes en signe de vénération.

– Je voudrais vous féliciter moi aussi, dit Pazair, mais je ne sais comment...

– Cette simple pensée me suffit, affirma-t-elle en souriant.

– Je tiens cependant à vous offrir un modeste cadeau.

Pazair lui présenta un bracelet en perles colorées. Néféret ôta sa sandale droite, passa le bijou à son pied nu et en orna sa cheville.

– Grâce à vous, je me sens plus jolie.

Ces quelques mots donnèrent au juge un espoir fou ; pour la première fois, il eut l'impression qu'elle remarquait son existence.

Le banquet fut chaleureux. Détendue, Néféret relata les aspects de son difficile parcours qui ne relevaient pas du secret ; Branir l'assura que rien n'avait changé. Pazair grignota, mais mangea Néféret des yeux et but ses paroles. En compagnie de son maître et de la femme qu'il aimait, il vécut une soirée de bonheur, traversée d'éclairs d'angoisse ; Néféret le repousserait-elle ?

*

Pendant que le juge travaillait, Souti promenait l'âne et le chien, faisait l'amour avec la propriétaire de la basse-cour, se lançait dans de nouvelles conquêtes plutôt prometteuses, et goûtait l'animation de Memphis. Discret, il n'ennuyait guère son ami ; il n'avait pas couché une seule fois chez lui depuis leur rencontre. Sur un seul point, Pazair s'était montré intraitable ; grisé par la réussite de l'opération « cochon de lait », Souti avait émis le désir de la réitérer. Le juge s'y était fermement opposé. Comme sa maîtresse se montrait généreuse, Souti n'avait pas insisté.

Le babouin s'encadra dans la porte. Presque aussi grand qu'un homme, il avait une tête de chien et des crocs de fauve. Bras, jambes et ventre étaient blancs, alors qu'une fourrure teintée de rouge couvrait ses épaules et son torse. Derrière lui, Kem le Nubien.

– Vous voilà enfin !

– L'enquête fut longue et difficile. Iarrot est sorti ?

– Sa fille est malade. Qu'avez-vous récolté ?

– Rien.

– Comment, rien ? C'est invraisemblable !

Le Nubien tâta son nez en bois pour s'assurer qu'il était bien en place.

– J'ai consulté mes meilleurs informateurs. Aucune indication sur le sort du gardien-chef du sphinx. On me renvoie sur le chef de la police, comme si une consigne était appliquée avec la plus grande rigueur.

– J'irai donc voir ce haut personnage.

– Je vous le déconseille ; il n'aime pas les juges.

– Je tâcherai de me montrer aimable.

*

Mentmosé, le chef de la police, possédait deux villas : l'une à Memphis, où il résidait le plus souvent, l'autre à Thèbes. Petit, gras, le visage rond, il inspirait confiance ; mais le nez pointu et la voix nasillarde démentaient l'apparence bonhomme. Célibataire, Mentmosé, depuis son plus jeune âge, n'avait songé qu'à sa carrière et aux honneurs ; la chance l'avait servi en lui offrant une succession de décès opportuns. Alors qu'il se destinait à la surveillance des canaux, le responsable de la sécurité de sa province s'était rompu le cou en tombant d'une échelle ; sans qualification particulière, mais prompt à se présenter, Mentmosé avait obtenu le poste. Sachant à merveille tirer parti du travail de son prédécesseur, il s'était vite forgé une excellente réputation. D'aucuns se seraient satisfaits de cette promotion, mais l'ambition le rongeait; comment ne pas songer à la direction de la police fluviale? Hélas, un homme jeune et entreprenant était à sa tête. A côté de lui, Mentmosé faisait pâle figure. Mais l'encombrant fonctionnaire avait péri noyé lors d'une opération de routine, laissant le champ libre à Mentmosé, aussitôt candidat, appuyé par de nombreuses relations. Élu à la place de concurrents plus sérieux mais moins manœuvriers, il avait appliqué sa fructueuse méthode: s'approprier les efforts d'autrui et en tirer un bénéfice personnel. Déjà haut dans la hiérarchie, il rêvait de son sommet, tout à fait inaccessible, puisque le chef de la police, en pleine force de l'âge, débordait d'activité et ne comptait que des succès. Son unique échec fut un accident de char au cours duquel il périt écrasé sous les roues. Mentmosé postula aussitôt, malgré des opposants notoires; particulièrement habile à se mettre en valeur et à faire valoir ses états de service, il avait remporté la victoire.

Installé au pinacle, Mentmosé se préoccupait surtout d'y demeurer; aussi s'entourait-il de médiocres, incapables de le remplacer. Dès qu'il repérait une forte personnalité, il l'écartait. Agir dans l'ombre, manipuler les individus sans qu'ils le sachent, nouer des intrigues étaient ses passe-temps favoris.

Il étudiait des nominations dans le corps de la police du désert lorsque son intendant l'avertit de la visite du juge Pazair. D'ordinaire, Mentmosé renvoyait les petits magistrats vers ses subordonnés; mais celui-là l'intriguait. Ne venait-il pas d'égratigner Dénès, dont la fortune lui permettait d'acheter n'importe qui? Le jeune juge s'effondrerait bientôt, victime de ses illusions, mais peut-être Mentmosé tirerait-il avantage de son agitation. Qu'il ait l'audace de l'importuner prouvait assez sa détermination.

Le chef de la police reçut Pazair dans la pièce de sa

villa où il exposait ses décorations, colliers d'or, pierres semi-précieuses, bâtons en bois doré.

– Merci de me recevoir.

– Je suis l'auxiliaire dévoué de la justice ; vous plaisez-vous, à Memphis ?

– Je dois vous entretenir d'une étrange affaire.

Mentmosé fit servir de la bière de première qualité et ordonna à son intendant de ne plus le déranger.

– Expliquez-vous.

– Il m'est impossible de ratifier une mutation sans savoir ce que l'intéressé est devenu.

– C'est l'évidence ; de qui s'agit-il ?

– De l'ancien gardien-chef du sphinx de Guizeh.

– Un poste honorifique, si je ne m'abuse ? On le réserve à des vétérans.

– Dans ce cas précis, le vétéran a été déplacé.

– Aurait-il commis une faute grave ?

– Mon dossier n'en fait pas mention. De plus, l'homme a été contraint de quitter son logement de fonction et de se réfugier dans le quartier le plus pauvre de la ville.

Mentmosé parut contrarié.

– Étrange, en effet.

– Il y a plus grave : son épouse, que j'ai interrogée, affirme que son mari est mort. Mais elle n'a pas vu le cadavre et ne sait pas où il a été enterré.

– Pourquoi est-elle convaincue du décès ?

– Des soldats lui ont appris la triste nouvelle ; ils lui ont également ordonné de se taire, si elle tenait à recevoir une pension.

Le chef de la police but lentement une coupe de bière ; alors qu'il s'attendait à évoquer le cas Dénès, il découvrait une énigme déplaisante.

– Brillante enquête, juge Pazair ; votre réputation naissante n'est pas usurpée.

– J'ai l'intention de continuer.

– De quelle manière ?

– Nous devons retrouver le corps et découvrir les causes du trépas.

– Vous n'avez pas tort.

– Votre aide m'est indispensable ; comme vous dirigez la police des villes et des villages, celle du fleuve et celle du désert, vous faciliterez mes investigations.

– C'est malheureusement impossible.

– Vous m'en voyez surpris.

– Vos indices sont trop vagues ; de plus, ce sont un vétéran et des militaires qui sont au centre de cette affaire. Autrement dit, l'armée.

– J'y avais songé ; c'est pourquoi je sollicite votre appui. Si c'est vous qui exigez des explications, la hiérarchie militaire sera obligée de répondre.

– La situation est plus complexe que vous ne l'imaginez ; l'armée est soucieuse de son indépendance à l'égard de la police. Je n'ai pas l'habitude d'empiéter sur le domaine des militaires.

– Vous les connaissez bien, cependant.

– Rumeurs excessives. Je crains que vous ne vous engagiez sur une voie périlleuse.

– Il m'est impossible de laisser une mort inexpliquée.

– Je vous approuve.

– Que me conseillez-vous ?

Mentmosé réfléchit longuement. Ce jeune magistrat ne reculerait pas ; le manipuler ne serait sans doute pas facile. Seules des investigations approfondies lui permettraient de connaître ses points faibles et de les utiliser à bon escient.

– Adressez-vous à l'homme qui a nommé les vétérans aux postes honorifiques : le général Asher.

CHAPITRE 12

L'avaleur d'ombres * se déplaçait comme un chat dans la nuit. Sans faire de bruit, évitant les obstacles, il longeait les murs et se confondait avec les ténèbres. Personne ne pouvait se vanter de l'avoir repéré. Et qui pouvait le soupçonner ?

Le plus pauvre des quartiers de Memphis était endormi. Ici, ni portiers ni veilleurs comme devant les riches villas. L'homme cacha son visage sous un masque de chacal en bois **, à la mâchoire articulée, et s'introduisit dans la demeure de l'épouse du gardien-chef du sphinx.

Quand il recevait un ordre, il ne le discutait pas ; voilà longtemps que tout sentiment avait disparu de son cœur. Faucon humain ***, il surgissait de l'obscurité où il puisait sa force.

La vieille dame se réveilla en sursaut ; la vision d'horreur lui coupa le souffle. Elle poussa un cri déchirant et s'effondra, morte. Le tueur n'avait même pas eu besoin d'utiliser une arme et de maquiller son crime. La bavarde ne parlerait plus.

* Traduction littérale de l'expression égyptienne signifiant « assassin ».

** Type de masque porté par les prêtres jouant le rôle des dieux lors de la célébration des rituels.

*** Expression égyptienne qui correspond à notre « loup-garou ».

*

Le général Asher frappa l'aspirant d'un coup de poing dans le dos ; le soldat s'écroula dans la cour poussiéreuse de la caserne.

– Les mollassons ne méritent pas meilleur sort.

Un archer sortit des rangs.

– Il n'avait commis aucune faute, général.

– Toi, tu parles trop ; quitte immédiatement l'exercice. Quinze jours d'arrêts de rigueur et un long séjour dans une forteresse du Sud t'apprendront la discipline.

Le général ordonna au peloton de courir pendant une heure avec arcs, carquois, boucliers et sacs de nourriture ; lorsqu'il partirait en campagne, il rencontrerait des conditions plus rudes. Si l'un des soldats s'arrêtait, épuisé, il lui tirait les cheveux et l'obligeait à reprendre l'allure. Le récidiviste croupirait dans un cachot.

Asher avait suffisamment d'expérience pour savoir que seule une formation impitoyable menait à la victoire ; chaque souffrance endurée, chaque geste maîtrisé donnaient au combattant une chance supplémentaire de survivre. Après une carrière bien remplie sur les champs de bataille d'Asie, Asher, héros aux exploits retentissants, avait été nommé intendant des chevaux, directeur des recrues et formateur à la caserne principale de Memphis. Avec une joie féroce, il sacrifiait à cette fonction une dernière fois ; sa nouvelle nomination, rendue officielle la veille, le dispenserait désormais de cette corvée. En tant que messager de Pharaon pour les pays étrangers, il transmettrait les ordres royaux aux garnisons d'élite postées aux frontières, pourrait servir de charrier à Sa Majesté et tenir le rôle de porte-étendard à sa droite.

De petite taille, Asher avait un physique déplaisant : cheveux ras, épaules couvertes d'un poil noir et raide, large torse, jambes courtes et musclées. Une cicatrice lui barrait la poitrine, de l'épaule au nombril, souvenir d'une lame qui avait failli lui trancher la vie. Secoué d'un rire inextinguible, il avait étranglé son agresseur à mains nues. Son visage, creusé de rides, ressemblait à celui d'un rongeur.

Après cette ultime matinée passée dans sa caserne favorite, Asher songeait au banquet organisé en son honneur. Il se dirigeait vers les salles de douche lorsqu'un officier de liaison s'adressa à lui dans les formes.

– Pardonnez-moi de vous importuner, général ; un juge aimerait vous parler.

– Qui est-ce ?

– Jamais vu.

– Éconduisez-le.

– Il prétend que c'est urgent et sérieux.

– Motif ?

– Confidentiel. Ne concerne que vous.

– Amenez-le ici.

Pazair fut conduit jusqu'au centre de la cour où se campait le général, mains croisées derrière le dos. Sur sa gauche, des recrues pratiquaient des exercices de musculation ; sur sa droite, l'entraînement au tir à l'arc.

– Votre nom ?

– Pazair.

– Je déteste les juges.

– Que leur reprochez-vous ?

– Ils fouinent partout.

– J'enquête sur une disparition.

– Exclue dans les régiments placés sous mon commandement.

– Même la garde d'honneur du sphinx ?

– L'armée reste l'armée, même lorsqu'elle s'occupe de ses vétérans. La garde du sphinx a été assumée sans défaillance.

– D'après son épouse, l'ex-gardien-chef serait mort ; pourtant, la hiérarchie me demande de régulariser sa mutation.

– Eh bien, régularisez ! On ne conteste pas les directives de la hiérarchie.

– Dans le cas présent, si.

Le général rugit.

– Vous êtes jeune et sans expérience. Décampez.

– Je ne suis pas à vos ordres, général, et je veux savoir la vérité sur ce gardien-chef. C'est bien vous qui l'avez nommé à ce poste ?

– Faites bien attention, petit juge : on n'importune pas le général Asher !

– Vous n'êtes pas au-dessus des lois.

– Vous ignorez qui je suis. Un faux pas de plus, et je vous écrase comme un insecte.

Asher abandonna Pazair au centre de la cour. Sa réaction surprit le juge ; pourquoi tant de véhémence, s'il n'avait rien à se reprocher ?

Alors que Pazair franchissait la porte de la caserne, l'archer mis aux arrêts l'interpella.

– Juge Pazair...

– Que voulez-vous ?

– Peut-être puis-je vous aider ; que cherchez-vous ?

– Des renseignements sur l'ancien gardien-chef du sphinx.

– Son dossier militaire est classé dans les archives de la caserne ; suivez-moi.

– Pourquoi agissez-vous ainsi ?

– Si vous découvrez un indice accablant contre Asher, l'inculperez-vous ?

– Sans hésitation.

– Alors, venez. L'archiviste est un ami ; lui aussi déteste le général.

L'archer et l'archiviste eurent un bref conciliabule.

– Pour consulter les archives de la caserne, indiqua ce dernier, il vous faudrait une autorisation du bureau du vizir. Je m'absente un quart d'heure, le temps d'aller chercher mon repas à la cantine. Si vous êtes encore dans le local quand je reviendrai, je serai obligé de donner l'alerte.

Cinq minutes pour comprendre le mode de classement, trois autres pour mettre la main sur le bon rouleau de papyrus, le reste pour lire le document, le mémoriser, le ranger dans sa case et disparaître.

*

La carrière du gardien-chef était exemplaire : pas la moindre ombre au tableau. La fin du papyrus offrait une information intéressante ; le vétéran dirigeait une équipe de quatre hommes, les deux plus âgés postés contre les flancs du sphinx, les deux autres au bas de la grande rampe menant à la pyramide de Khéphren, à l'extérieur de l'enceinte. Puisqu'il possédait leurs noms, les interroger procurerait probablement la clé de l'énigme.

Kem, ému, pénétra dans le bureau.

– Elle est morte.

– De qui parlez-vous ?

– De la veuve du gardien. J'ai patrouillé dans le quartier, ce matin ; Tueur a perçu quelque chose d'anormal. La porte de la maison était entrouverte. J'ai découvert le corps.

– Traces de violence ?

– Pas la moindre. Elle a succombé à la vieillesse et au chagrin.

Pazair demanda à son greffier de s'assurer que l'armée s'occuperait des obsèques ; si tel n'était pas le cas, le juge réglerait lui-même les frais des funérailles. Sans être responsable du trépas de la pauvre femme, n'avait-il pas troublé ses derniers moments ?

– Avez-vous progressé ? demanda Kem.

– De façon décisive, j'espère ; pourtant, le général Asher ne m'a guère aidé. Voici les quatre noms des vétérans placés sous le commandement du gardien-chef ; obtenez leurs adresses.

Le greffier Iarrot arriva au moment où le Nubien partait.

– Ma femme me persécute, avoua Iarrot, la mine battue ; hier, elle a refusé de préparer le dîner ! Si ça continue, elle m'interdira son lit. Heureusement, ma fille danse de mieux en mieux.

Boudeur et grognon, il classa des tablettes de mauvaise grâce.

– J'allais oublier... je me suis occupé des artisans qui veulent travailler à l'arsenal. Un seul m'intrigue.

– Un délinquant ?

– Un homme mêlé à un trafic d'amulettes.

– Antécédents ?

Iarrot arbora un air satisfait.

– Ils devraient vous intéresser. C'est un menuisier d'occasion ; il était employé comme intendant sur les terres du dentiste Qadash.

*

Dans la salle d'attente de Qadash, où il n'avait pas été admis sans difficulté, Pazair était assis à côté d'un homme de petite taille, plutôt crispé. Ses cheveux et sa moustache noirs, taillés avec soin, sa peau terne, son visage sec et allongé parsemé de grains de beauté, lui donnaient un air sombre et rébarbatif.

Le juge le salua.

– Pénible moment, n'est-ce pas ?

Le petit homme acquiesça.

– Vous souffrez beaucoup ?

Il répondit d'un geste de la main évasif.

– Ma première rage de dents, confessa Pazair ; avez-vous déjà été soigné chez un dentiste ?

Qadash apparut.

– Juge Pazair ! Seriez-vous souffrant ?

– Hélas, oui !

– Connaissez-vous Chéchi ?

– Je n'ai pas cet honneur.

– Chéchi est l'un des plus brillants scientifiques du palais ; en chimie, il n'a pas de rivaux. C'est pourquoi je lui commande emplâtres et plombages ; il vient précisément me proposer une nouveauté. Soyez tranquille, ce ne sera pas long.

Qadash, malgré sa difficulté d'élocution, s'était montré empressé, comme s'il recevait un ami de longue date. Si le dénommé Chéchi demeurait aussi peu loquace, son entrevue avec le praticien risquait d'être brève. De fait, le dentiste vint chercher le juge une dizaine de minutes plus tard.

– Asseyez-vous sur ce fauteuil pliant et penchez la tête en arrière.

– Il n'est pas bavard, votre chimiste.

– Un caractère plutôt renfermé, mais un être droit, sur lequel on peut compter. Que vous arrive-t-il ?

– Une douleur diffuse.

– Voyons ça.

Qadash, utilisant un miroir et jouant avec un rayon de soleil, examina la dentition de Pazair.

– Avez-vous déjà consulté ?

– Une seule fois, au village. Un dentiste ambulant.

– Je vois une minuscule carie. Je vais consolider la dent avec un plombage efficace : résine de térébinthe *, terre de Nubie, miel, éclats de meule, collyre vert et parcelles de cuivre. Si elle tremble, je la relierai à la molaire voisine avec un fil d'or... Non, ce ne sera pas nécessaire. Vous avez une denture saine et solide. En revanche, prenez garde à vos gencives. Contre la pyorrhée, je vous prescris un bain de bouche composé de coloquinte, de gomme, d'anis, et de fruits entaillés du sycomore; vous le laisserez dehors une nuit entière, afin qu'il s'imprègne de rosée. Vous frotterez vos gencives avec une pâte composée de cinnamome, de miel, de gomme et d'huile. Et n'oubliez pas de mâcher souvent du céleri; non seulement c'est une plante tonique et apéritive, mais encore elle affermit les dents. A présent, soyons sérieux; votre état ne nécessitait pas une consultation urgente. Pourquoi désiriez-vous me voir toutes affaires cessantes ?

* Le térébinthe est un pistachier donnant une résine utilisée en médecine et dans les ingrédients rituels.

Pazair se leva, heureux d'échapper aux divers instruments dont le dentiste se servait d'ordinaire.

– Votre intendant.

– J'ai renvoyé cet incapable.

– Je voulais parler du précédent.

Qadash se lava les mains.

– Je ne m'en souviens plus.

– Faites un effort de mémoire.

– Non, vraiment...

– Êtes-vous collectionneur d'amulettes * ?

Bien que soigneusement purifiées, les mains du dentiste demeuraient rouges.

– J'en possède quelques-unes, comme tout un chacun, mais je n'y attache guère d'importance.

– Les plus belles ont une grande valeur.

– Sans doute...

– Votre ancien intendant s'y intéressait ; il a même volé quelques beaux spécimens. D'où mon inquiétude : auriez-vous été sa victime ?

– Il y a de plus en plus de voleurs, puisqu'il y a de plus en plus d'étrangers à Memphis. Bientôt, cette ville ne sera plus égyptienne. Avec son obsession de probité, le vizir Bagey est le grand responsable. Pharaon a tellement confiance en lui que personne ne peut le critiquer. Vous, moins que les autres, puisqu'il est votre patron. Par bonheur, votre modeste rang administratif vous évite de le rencontrer.

– Est-il si terrifiant ?

– Intraitable ; les juges qui l'ont oublié furent démis, mais ils avaient tous commis des fautes. En refusant d'expulser les étrangers sous prétexte de justice, le vizir pourrit le pays. Avez-vous arrêté mon ancien intendant ?

– Il tentait de se faire engager à l'arsenal, mais une vérification de routine a fait ressurgir son passé. Triste

* Figurines, le plus souvent en faïence, représentant des divinités, des symboles comme la croix de vie ou le cœur, etc. Les Égyptiens aimaient les porter pour se protéger des forces nocives.

histoire, en vérité ; il vendait des amulettes dérobées dans une fabrique, a été dénoncé et fut renvoyé par le successeur que vous avez choisi.

– Pour le compte de qui volait-il ?

– Il l'ignore. Si j'avais du temps, je fouillerais ; mais je ne dispose d'aucune piste et tant d'autres affaires m'occupent ! L'essentiel est que vous n'ayez pas souffert de son indélicatesse. Merci pour vos bons soins, Qadash.

*

Le chef de la police avait réuni chez lui ses principaux collaborateurs ; cette séance de travail ne serait mentionnée sur aucun document officiel. Mentmosé avait étudié leurs rapports sur le juge Pazair.

– Pas de vice caché, pas de passion illicite, pas de maîtresse, pas de réseau de relations... Vous me faites le portrait d'un demi-dieu ! Vos enquêtes sont vides.

– Son père spirituel, un dénommé Branir, habite Memphis ; Pazair se rend fréquemment chez lui.

– Un vieux médecin à la retraite, inoffensif et sans pouvoir !

– Il eut l'oreille de la cour, objecta un policier.

– Il l'a perdue depuis longtemps, ironisa Mentmosé. Aucune existence n'est dépourvue d'ombre ; celle de Pazair, pas davantage qu'une autre !

– Il se consacre à son métier, affirma un autre policier, et ne recule pas devant les personnalités comme Dénès ou Qadash.

– Un juge intègre et courageux : qui croirait à cette fable ? Travaillez plus sérieusement et rapportez-moi des éléments vraisemblables.

Mentmosé médita au bord de l'étang où il aimait pêcher. Il éprouvait la désagréable sensation de ne pas maîtriser une situation fuyante, aux contours incertains, et redoutait de commettre une erreur qui ternirait son renom.

Pazair était-il un naïf égaré dans les méandres de Memphis ou bien un caractère hors du commun, décidé à tracer droit son chemin sans se soucier des dangers et des ennemis ? Dans les deux cas, il était condamné à l'échec.

Restait une troisième possibilité, fort inquiétante : que le petit juge fût l'émissaire de quelqu'un d'autre, d'un courtisan retors à la tête d'une machination dont Pazair n'était que la partie visible. Furieux à l'idée qu'un imprudent osât le défier sur son propre terrain, Mentmosé appela son intendant et lui ordonna de préparer son cheval et son char. Une chasse au lièvre, dans le désert, s'imposait ; tuer quelques bêtes affolées lui détendrait les nerfs.

CHAPITRE 13

La main droite de Souti remonta le long du dos de sa maîtresse, lui flatta le cou, redescendit, et lui caressa les reins.

– Encore, supplia-t-elle.

Le jeune homme ne se fit pas davantage prier. Il aimait donner du plaisir. Sa main devint plus insistante.

– Non... je ne veux pas!

Souti continua, félin; il connaissait les goûts de sa compagne et les satisfaisait sans retenue. Elle feignit de résister, se tourna et s'ouvrit pour accueillir son amant.

– Es-tu contente de ton coq?

– Les poules sont ravies. Tu es une bénédiction, mon chéri.

Comblée, la propriétaire de la basse-cour prépara un solide déjeuner et lui extirpa la promesse de revenir le lendemain.

A la tombée du jour, après avoir dormi deux heures sur le port, à l'ombre d'un cargo, il se rendit chez Pazair. Le juge avait allumé les lampes; assis en scribe, son chien contre sa jambe gauche, il écrivait. Vent du Nord laissa passer Souti qui le gratifia d'une caresse.

– Je crains d'avoir besoin de toi, dit le juge.

– Une histoire d'amour?

– Peu probable.

– Il ne s'agit quand même pas de menées policières ?
– Je crains que si.
– Dangereuses ?
– C'est possible.
– Intéressant. Je peux en savoir davantage ou tu me lances en aveugle ?
– J'ai tendu un piège à un dentiste nommé Qadash.

Souti émit un sifflement admiratif.

– Une célébrité ! Il ne soigne que les riches. De quoi est-il coupable ?
– Son comportement m'intrigue. J'aurais dû utiliser les services de mon policier nubien, mais il est occupé ailleurs.
– Dois-je cambrioler ?
– Tu n'y songes pas ! Seulement suivre Qadash s'il sort de chez lui et se comporte de manière étrange.

*

Souti grimpa dans un perséa d'où il voyait l'entrée de la villa du dentiste et l'accès aux communs. Cette soirée de repos ne lui déplaisait pas ; enfin seul, il savourait l'air de la nuit et la beauté du ciel. Après que les lampes furent éteintes et que le silence recouvrit la grande demeure, une silhouette se faufila au-dehors en utilisant la porte des écuries. L'homme s'était vêtu d'un manteau ; les cheveux blancs et la silhouette étaient bien ceux du dentiste que Pazair lui avait décrit.

La filature fut aisée. Qadash, quoique nerveux, marcha lentement et ne se retourna pas. Il se dirigea vers un quartier en reconstruction. D'anciens bâtiments administratifs, vétustes, avaient été détruits ; un amoncellement de briques obstruait la chaussée. Le dentiste contourna une montagne de débris et disparut. Souti l'escalada, prenant soin de ne pas faire dévaler une brique qui trahirait sa présence. Parvenu au sommet, il aperçut un feu autour duquel se tenaient trois hommes, dont Qadash.

Ils ôtèrent leurs manteaux et apparurent nus, à l'exception d'un étui de cuir cachant leur pénis ; dans leurs cheveux, ils fichèrent trois plumes. Brandissant un court bâton de jet dans chaque main, ils dansèrent en faisant mine de s'affronter. Plus jeunes que Qadash, ses partenaires fléchirent brusquement les jambes et sautèrent en poussant un cri barbare. Bien qu'il éprouvât de la peine à suivre la cadence, le dentiste manifesta un bel enthousiasme.

La danse dura plus d'une heure ; soudain, l'un des acteurs ôta l'étui de cuir et manifesta sa virilité, aussitôt imité par ses amis. Comme Qadash donnait des signes de fatigue, ils lui firent boire du vin de palme avant de l'entraîner dans une nouvelle frénésie.

*

Pazair avait écouté le récit de Souti avec la plus grande attention.

– Étrange.

– Tu ne connais pas les coutumes libyennes ; ce genre de festivité est tout à fait typique.

– Leur but ?

– Virilité, fécondité, capacité de séduire... En dansant, ils puisent une nouvelle énergie. Pour Qadash, elle semble difficile à capter.

– Notre dentiste se sentirait donc diminué.

– D'après ce que j'ai constaté, il n'a pas tort. Mais qu'y a-t-il d'illégal dans son comportement ?

– A priori, rien ; lui qui prétend détester les étrangers n'oublie cependant pas ses racines libyennes, et se plonge dans des coutumes que la bonne société, base de sa clientèle, désapprouverait vigoureusement.

– Ai-je été utile, au moins ?

– Irremplaçable.

– La prochaine fois, juge Pazair, fais-moi espionner une danse de femmes.

*

Utilisant leur force de persuasion, Kem et le babouin policier avaient sillonné Memphis et ses faubourgs en tous sens afin de retrouver la trace des quatre subordonnés du gardien-chef disparu.

Le Nubien avait attendu le départ du greffier pour s'entretenir avec le juge; Iarrot ne lui inspirait guère confiance. Lorsque le grand singe entra dans le bureau, Brave se réfugia sous la chaise de son maître.

– Des difficultés, Kem ?

– J'ai obtenu les adresses.

– Sans violence ?

– Aucune trace de brutalité.

– Dès demain matin, nous interrogerons les quatre témoins.

– Ils ont tous disparu.

Stupéfait, Pazair posa son pinceau.

Il n'imaginait pas, en refusant de cautionner un banal document administratif, soulever le couvercle d'un chaudron rempli de mystères.

– Aucune piste ?

– Deux sont partis vivre dans le Delta, deux dans la région thébaine. J'ai le nom des villages.

– Préparez votre sac de voyage.

*

Pazair passa la soirée chez son maître. En s'y rendant, il eut l'impression d'être suivi; il ralentit l'allure, se retourna à deux ou trois reprises, mais ne vit plus l'homme qu'il croyait avoir repéré. Sans doute s'était-il trompé.

Assis face à Branir, sur la terrasse de la demeure fleurie, il goûta la bière fraîche en écoutant le souffle de la grande cité s'ensommeiller. Çà et là, des lumières signalaient les couche-tard ou les scribes affairés.

En compagnie de Branir, le monde s'immobilisait;

Pazair eût aimé retenir cet instant comme un joyau, le garder serré au creux de ses mains, et l'empêcher de se dissoudre dans la noirceur du temps.

– Néféret a-t-elle reçu son affectation ?

– Pas encore, mais c'est imminent. Elle occupe une chambre, à l'école de médecine.

– Qui décide ?

– Une assemblée de praticiens que dirige le médecin-chef Nébamon. Néféret sera appelée à remplir seule une fonction plutôt aisée, puis la difficulté augmentera avec l'expérience. Tu me parais toujours aussi sombre, Pazair ; on jurerait que tu as perdu ta joie de vivre.

Pazair résuma les faits.

– Beaucoup de coïncidences troublantes, n'est-ce pas ?

– Ton hypothèse ?

– Trop tôt pour en formuler une. Une faute a été commise, c'est certain ; mais de quelle nature et de quelle ampleur ? Je suis inquiet, peut-être sans raison ; parfois, j'hésite à continuer, mais je ne peux engager ma responsabilité, si minime soit-elle, sans plein accord avec ma conscience.

– Le cœur dresse les plans et guide l'individu ; quant au caractère, il maintient ce qui fut acquis et préserve les visions du cœur *.

– Mon caractère ne sera pas faible ; ce que j'ai perçu, je l'explorerai.

– Ne perds jamais de vue le bonheur de l'Égypte, ne te soucie pas de ton bien-être. Si ton action est juste, il viendra par surcroît.

– Si l'on admet la disparition d'un homme sans s'insurger, si un document officiel équivaut à un mensonge, la grandeur de l'Égypte n'est-elle pas menacée ?

– Tes craintes sont fondées.

– Si votre esprit est avec le mien, j'affronterai les pires dangers.

* Branir transmet à son disciple les paroles des sages, recueillies dans des « Enseignements », sous forme de maximes.

– Le courage ne te manque pas; deviens plus lucide et sache éviter certains obstacles. Les heurter de front ne te procurera que des blessures. Contourne-les, apprends à utiliser la force de l'adversaire, sois souple comme le roseau et patient comme le granit.

– La patience n'est pas mon fort.

– Construis-toi à la manière d'un architecte travaillant un matériau.

– Me déconseillez-vous d'aller dans le Delta?

– Ta décision est prise.

*

Superbe dans sa robe de lin plissée aux franges colorées, manucuré avec art, altier, Nébamon ouvrit la séance plénière qui se tenait dans la grande salle de l'école de médecine de Memphis. Une dizaine de praticiens réputés, dont aucun n'avait été jugé responsable de la mort d'un malade, devaient confier une première mission aux jeunes médecins agréés. D'ordinaire, les décisions, empreintes de bienveillance, ne donnaient lieu à aucune contestation. Cette fois encore, la tâche serait vite expédiée.

– A présent, le cas Néféret, annonça un chirurgien. Observations élogieuses de Memphis, de Saïs et de Thèbes. Un élément brillant, voire exceptionnel.

– Oui, mais une femme, objecta Nébamon.

– Elle n'est pas la première!

– Néféret est intelligente, je l'admets, mais elle manque d'énergie; l'expérience risque de mettre en pièces ses connaissances théoriques.

– Elle a suivi de nombreux stages, sans défaillance! rappela un généraliste.

– Les stages sont surveillés, indiqua Nébamon, doucereux; lorsqu'elle sera seule en face des malades, ne perdra-t-elle pas pied? Sa capacité de résistance me soucie; je me demande si elle ne s'est pas égarée en suivant notre chemin.

– Que proposez-vous ?

– Une épreuve assez rude et des malades difficiles ; si elle domine la situation, nous nous en féliciterons. Dans le cas contraire, nous aviserons.

Nébamon, sans élever la voix, emporta l'adhésion de ses collègues. Il réservait à Néféret la plus désagréable surprise de sa carrière naissante ; lorsqu'elle serait brisée, il la sortirait de la fosse et la recueillerait dans son giron, reconnaissante et soumise.

*

Atterrée, Néféret s'isola pour pleurer.

Nul effort ne la rebutait ; mais elle ne s'attendait pas à devenir responsable d'une infirmerie militaire où étaient rassemblés des soldats de retour d'Asie, malades et blessés. Une trentaine d'hommes étaient couchés sur des nattes ; les uns râlaient, d'autres déliraient, d'autres encore se vidaient. Le responsable sanitaire de la caserne n'avait donné aucune directive à la jeune femme, se contentant de la planter là. Il obéissait aux ordres.

Néféret se reprit. Quelle que fût la cause de cette brimade, elle devait faire son métier et soigner ces malheureux. Après avoir examiné la pharmacie de la caserne, elle reprit confiance. La tâche la plus urgente consistait à soulager les douleurs violentes ; aussi broya-t-elle des racines de mandragore, fruit charnu aux longues feuilles et aux fleurs vertes, jaunes et orange, afin d'en extraire une substance très active, servant à la fois d'analgésique et de narcotique. Puis elle mélangea de l'aneth odorant, du jus de dattes, du jus de raisin, et fit bouillir le produit dans du vin ; pendant quatre jours consécutifs, elle ferait absorber cette potion aux malades.

Elle héla une jeune recrue qui nettoyait la cour de la caserne.

– Tu vas m'aider.

– Moi ? Mais je...
– Tu es nommé infirmier.
– Le commandant...
– Va le voir sur-le-champ, et dis-lui que trente hommes vont mourir s'il me refuse ton assistance.

Le gradé s'inclina ; le jeu cruel auquel il était contraint de participer ne lui plaisait pas.

En entrant dans l'infirmerie, l'aspirant faillit s'évanouir ; Néféret le réconforta.

– Tu soulèveras doucement leur tête afin que je leur fasse boire le remède ; ensuite, nous les laverons et nous nettoierons le local.

Au début, il ferma les yeux et cessa de respirer ; rassuré par le calme de Néféret, l'infirmier novice oublia son dégoût et fut heureux de voir que la potion agissait vite. Râles et cris s'estompèrent ; plusieurs soldats s'endormirent.

L'un d'eux crocha la jambe droite de la jeune femme.

– Lâchez-moi.
– Sûrement pas, ma belle ; une proie comme ça, on ne l'abandonne pas. Je vais te donner du plaisir.

L'infirmier lâcha la tête du patient qui retomba lourdement sur le sol, et l'assomma d'un coup de poing ; les doigts s'amollirent, Néféret se libéra.

– Merci.
– Vous... vous n'avez pas eu peur ?
– Bien sûr que si.
– Si vous voulez, je les anesthésie tous de la même façon !
– Seulement si c'est nécessaire.
– De quoi souffrent-ils ?
– Dysenterie.
– C'est grave ?
– Une maladie que je connais et que je peux guérir.
– En Asie, ils boivent de l'eau croupie ; moi, je préfère balayer la caserne.

Dès qu'une hygiène parfaite fut respectée, Néféret administra à ses patients des potions à base de coriandre *, afin de calmer les spasmes et de purifier les intestins. Puis elle broya des racines de grenade avec de la levure de bière, filtra le composé dans une étoffe et laissa reposer une nuit entière. Le fruit jaune, rempli de pépins d'un rouge brillant, procurait un remède efficace contre diarrhée et dysenterie.

Néféret traita les cas les plus aigus avec un clystère composé de miel, de mucilage ** fermenté, de bière douce et de sel qu'elle injecta dans l'anus avec une corne en cuivre dont l'extrémité la plus fine avait la forme d'un bec. Cinq jours de soins intensifs donnèrent d'excellents résultats. Lait de vache et miel, seuls aliments autorisés, achèveraient de remettre les malades sur pied.

*

Le médecin-chef Nébamon, de belle humeur, visita les installations sanitaires de la caserne six jours après la prise de fonction de Néféret. Il se déclara satisfait et termina son inspection par l'infirmerie où avaient été isolés les soldats atteints de dysenterie pendant la dernière campagne d'Asie. A bout de nerfs, épuisée, la jeune femme le supplierait de lui accorder un autre poste et accepterait de travailler dans son équipe.

Une recrue balayait le seuil de l'infirmerie, dont la porte était grande ouverte; un courant d'air purifiait le local, vide et passé à la chaux.

– J'ai dû me tromper, dit Nébamon au soldat; savez-vous où travaille le médecin Néféret ?

– Premier bureau sur votre gauche.

La jeune femme inscrivait des noms sur un papyrus.

– Néféret! Où sont les malades ?

– En convalescence.

– Impossible!

* Plante dont le fruit séché fournit un aromate.
** Substance végétale utilisée comme épaississant.

– Voici la liste des patients, la nature des traitements, et la date de sortie de l'infirmerie.
– Mais comment...
– Je vous remercie de m'avoir confié cette tâche qui m'a permis de vérifier la validité de notre médication.
Elle s'exprimait sans animosité, une lumière douce dans le regard.
– Je crois que je me suis trompé.
– De quoi parlez-vous ?
– Je me suis comporté comme un imbécile.
– Telle n'est pas votre réputation, Nébamon.
– Écoutez-moi, Néféret...
– Vous aurez un rapport complet dès demain ; serez-vous assez aimable pour me préciser le plus rapidement possible ma prochaine affectation ?

*

Mentmosé enrageait. Dans la grande villa, pas un serviteur n'oserait bouger tant que la colère froide du chef de la police ne serait pas apaisée.
Pendant les périodes d'extrême tension, son crâne le démangeait, et il se grattait jusqu'au sang. A ses pieds, des lambeaux de papyrus, misérables restes des rapports déchirés de ses subordonnés.
Rien.
Aucun indice consistant, aucune faute notoire, aucun début de malversation : Pazair se comportait comme un juge honnête, donc dangereux. Mentmosé n'avait pas coutume de sous-estimer l'adversaire ; celui-là appartenait à une espèce redoutable et ne serait pas facile à contrecarrer. Aucune action décisive avant d'avoir répondu à une question : qui le manipulait ?

CHAPITRE 14

Le vent gonflait la voile large du bateau à mât unique qui voguait dans les étendues aquatiques du Delta. Le pilote maniait le gouvernail avec habileté et profitait du courant, tandis que ses passagers, le juge Pazair, Kem et son babouin policier se reposaient dans la cabine construite au milieu de l'embarcation ; sur le toit, leurs bagages. A l'avant, le capitaine sondait la profondeur au moyen d'une grande perche et donnait des ordres à l'équipage. L'œil d'Horus, dessiné à la proue et à la poupe, protégeait la navigation.

Pazair sortit de la cabine et s'accouda au bastingage, afin de contempler un paysage qu'il découvrait. Comme était lointaine la vallée, avec ses cultures enserrées entre deux déserts ! Ici, le fleuve se divisait en bras et en canaux irriguant villes, villages, palmeraies, champs et vignes ; des centaines d'oiseaux, hirondelles, huppes, hérons blancs, corneilles, alouettes, passereaux, cormorans, pélicans, oies sauvages, canards, grues, cigognes, sillonnaient un ciel bleu tendre, parfois nuageux. Le juge avait le sentiment de contempler une mer peuplée de roseaux et de papyrus ; sur les buttes émergées, des bosquets de saules et d'acacias protégeaient des maisons blanches sans étage. Ne s'agissait-il pas du marais primordial dont parlaient les vieux auteurs, de l'incarnation terrestre de l'océan qui environnait le monde et d'où surgissait, chaque matin, le nouveau soleil ?

Des chasseurs d'hippopotames firent signe au bateau de changer de route ; ils pourchassaient un mâle. Blessé, il venait de plonger et risquait de ressurgir brusquement en faisant chavirer une embarcation, même de bonne taille. Le monstre se battrait avec férocité.

Le capitaine ne négligea pas l'avertissement ; il emprunta « les eaux de Rê », formant la branche la plus orientale du Nil, en direction du nord-est. Près de Bubastis, la cité de la déesse Bastet symbolisée par un chat, il s'engagea dans le « canal de l'eau douce », le long du Ouadi Toumilat, vers les Lacs amers. Le vent soufflait fort ; sur la droite, au-delà d'un étang où se baignaient des buffles, un hameau, à l'abri des tamaris.

Le bateau accosta ; on jeta une passerelle. Pazair, qui n'avait pas le pied marin, la franchit en tanguant. A la vision du babouin, un groupe d'enfants s'enfuit. Leurs cris alertèrent les paysans ; ils vinrent à la rencontre des arrivants, fourches brandies.

– Vous n'avez rien à craindre ; je suis le juge Pazair, accompagné de forces de police.

Les fourches se baissèrent, et l'on conduisit le magistrat auprès du chef de la localité, un vieillard bourru.

– J'aimerais m'entretenir avec le vétéran revenu chez lui, voici quelques semaines.

– Sur cette terre, c'est impossible.

– Décédé ?

– Des soldats ont transporté son corps. Nous l'avons enterré dans notre cimetière.

– Cause de la mort ?

– Vieillesse.

– Avez-vous examiné le cadavre ?

– Il était momifié.

– Que vous ont dit ces soldats ?

– Ils ne furent pas bavards.

Exhumer une momie eût été un sacrilège. Pazair et ses compagnons remontèrent sur le bateau et partirent en direction du village où résidait le second vétéran.

– Il vous faudra marcher dans le marais, précisa le capitaine; il existe des îlots dangereux, dans ce coin-là. Je dois rester éloigné de la rive.

Le babouin n'aimait pas l'eau; Kem lui parla longuement et réussit à le convaincre de s'aventurer sur un chemin ouvert dans les roseaux. Le singe, inquiet, ne cessait de se retourner et de regarder à droite et à gauche. Le juge marchait devant, impatient, vers de petites maisons regroupées au sommet d'une butte. Kem guettait les réactions de l'animal; sûr de sa force, il ne se comportait pas ainsi sans raison.

Le babouin poussa un cri strident, bouscula le juge et agrippa la queue d'un petit crocodile qui serpentait dans l'eau boueuse. Au moment où le saurien ouvrait la gueule, il le tira en arrière. « Le grand poisson », comme l'appelaient les riverains, savait tuer par surprise moutons et chèvres venus boire dans les mares.

Le crocodile se débattit; mais il était trop jeune et de trop courte taille pour résister à la fureur du cynocéphale qui l'arracha à la fange et le projeta à plusieurs mètres.

– Vous le remercierez, dit Pazair au Nubien. J'envisagerai une promotion.

Le chef du village était assis sur un siège bas qui se composait d'un plan incliné et d'un dossier arrondi contre lequel il appuyait son dos; bien calé, à l'ombre d'un sycomore, il dégustait un copieux repas composé de volaille, d'oignons et d'une cruche de bière posés dans une corbeille à fond plat.

Il invita ses hôtes à partager les nourritures; le babouin, dont l'exploit courait déjà de bouche à oreille à travers les marais, déchira à belles dents une cuisse de poulet.

– Nous recherchons un vétéran venu passer sa retraite ici.

– Hélas, juge Pazair, nous ne l'avons revu que sous forme d'une momie ! L'armée s'est chargée du transport et a réglé les frais de sépulture. Notre cimetière est modeste, mais l'éternité n'y est pas moins heureuse qu'ailleurs.

– Vous a-t-on donné les causes du décès ?

– Les soldats ne furent guère loquaces, mais j'ai insisté. Un accident, paraît-il.

– De quel ordre ?

– Je n'en sais pas davantage.

Sur le bateau qui le ramenait à Memphis, Pazair ne cacha pas sa déception.

– Échec total : le gardien-chef disparu, deux de ses subordonnés décédés, les deux autres probablement momifiés, eux aussi.

– Renoncez-vous à un nouveau voyage ?

– Non, Kem ; je veux en avoir le cœur net.

– Je serai heureux de revoir Thèbes.

– Quel est votre sentiment ?

– Que tous ces hommes soient morts vous empêche de découvrir la clé de l'énigme, et c'est heureux.

– Ne désirez-vous pas connaître la vérité ?

– Lorsqu'elle est trop dangereuse, je préfère l'ignorer. Elle m'a déjà coûté mon nez ; celle-là pourrait vous prendre la vie.

*

Quand Souti rentra, à l'aube, Pazair était déjà au travail, son chien à ses pieds.

– Tu n'as pas dormi ? Moi non plus. J'ai besoin de repos... ma propriétaire de basse-cour m'épuise. Elle est insatiable et avide de toutes les excentricités. J'ai apporté des galettes chaudes ; le boulanger vient de les cuire.

Brave fut le premier servi ; les deux amis prirent ensemble le petit déjeuner. Bien qu'il tombât de sommeil, Souti s'aperçut que Pazair était tourmenté.

– Ou bien la fatigue, ou bien un souci sérieux ; ton inconnue inaccessible ?

– Je n'ai pas le droit d'en parler.

– Le secret de l'enquête, même pour moi ? Ce doit être vraiment grave.

– Je piétine, Souti, mais je suis certain d'avoir mis le doigt sur une affaire criminelle.

– Avec... un assassin ?

– Probable.

– Méfie-toi, Pazair; les crimes sont rares, en Égypte. N'as-tu pas levé une bête féroce ? Tu risques de contrarier des personnages importants.

– Les aléas du métier.

– Le crime n'est-il pas du ressort du vizir ?

– A condition d'être prouvé.

– Qui soupçonnes-tu ?

– Je n'ai qu'une certitude : des soldats ont prêté leur concours à une machination. Des soldats qui doivent obéir au général Asher.

Souti émit un sifflement admiratif.

– Tu frappes très haut ! Un complot militaire ?

– Je ne l'exclus pas.

– Dans quelle intention ?

– Je l'ignore.

– Je suis ton homme, Pazair !

– Que veux-tu dire ?

– Mon engagement dans l'armée n'est pas un rêve. Je deviendrai vite un excellent soldat, un officier, peut-être général ! En tout cas, un héros. Je saurai tout sur Asher. S'il s'est rendu coupable d'un délit quelconque, je l'apprendrai, donc tu l'apprendras.

– Trop risqué.

– Exaltant, au contraire ! Enfin, l'aventure que je désirais tant ! Et si nous sauvions l'Égypte, à nous deux ? Qui dit complot militaire, dit prise du pouvoir par une caste.

– Vaste projet, Souti ; mais je ne suis pas encore sûr que la situation soit si désespérée.

– Qu'en sais-tu ? Laisse-moi agir !

*

Un lieutenant de la charrerie, accompagné de deux archers, se présenta au bureau de Pazair au milieu de la matinée. L'homme était rude et discret.

– Je suis mandaté pour régulariser un transfert de poste soumis à votre approbation.

– Ne serait-ce pas celui de l'ex-gardien-chef du sphinx ?

– Affirmatif.

– Je refuse d'apposer mon cachet tant que ce vétéran n'aura pas comparu devant moi.

– J'ai précisément pour mission de vous amener là où il se trouve, afin de clore le dossier.

Souti dormait à poings fermés, Kem patrouillait, le greffier n'était pas encore arrivé. Pazair chassa l'impression de danger ; quel corps constitué, fût-ce l'armée, oserait attenter à l'existence d'un juge ? Il accepta de monter à bord du char de l'officier, après avoir caressé Brave dont le regard était inquiet.

Le véhicule traversa les faubourgs à vive allure, sortit de Memphis, emprunta une route qui longeait les cultures et s'enfonça dans le désert. Là trônaient les pyramides des pharaons de l'Ancien Empire, entourées de tombeaux magnifiques où peintres et sculpteurs avaient exprimé un génie inégalé. La pyramide à degrés de Saqqarah, œuvre de Djeser et d'Imhotep, dominait le paysage ; les gigantesques marches de pierre formaient un escalier vers le ciel, permettant à l'âme du roi de monter vers le soleil et d'en descendre. Seul le sommet du monument était visible, car l'enceinte à redans, percée d'une seule porte gardée en permanence, l'isolait du monde profane. Dans la grande cour intérieure, Pharaon vivrait les rites de régénération lorsque sa puissance et sa capacité de gouverner seraient érodées.

Pazair respira à pleins poumons l'air du désert, vif et

sec ; il aimait cette terre rouge, cette mer de roches brûlées et de sable blond, ce vide rempli de la voix des ancêtres. Ici, l'homme se dépouillait du superflu.

– Où m'emmenez-vous ?

– Nous arrivons.

Le char s'arrêta devant une maison percée de minuscules fenêtres, loin de toute agglomération ; appuyés contre les murs, plusieurs sarcophages. Le vent soulevait des nuages de sable. Pas un arbrisseau, pas une fleur ; au loin, pyramides et tombeaux. Une colline rocailleuse empêchait de voir les palmeraies et les cultures. A la lisière de la mort, au cœur de la solitude, l'endroit paraissait abandonné.

– C'est ici.

Le gradé frappa dans ses mains.

Intrigué, Pazair descendit du char. Le lieu était idéal pour un guet-apens, et personne ne savait où il se trouvait. Il songea à Néféret ; disparaître sans lui avoir révélé sa passion serait un échec éternel.

La porte de la demeure s'ouvrit en grinçant. S'immobilisa sur le seuil un homme maigre, à la peau très blanche, aux mains interminables et aux jambes grêles. De son visage tout en longueur ressortaient des sourcils noirs et épais qui se rejoignaient au-dessus du nez ; les lèvres minces semblaient privées de sang. Sur son tablier en peau de chèvre, des taches brunâtres.

Les yeux noirs fixèrent Pazair. Le juge n'avait jamais subi un regard comme celui-là, intense, glacial, coupant comme une lame. Il lui résista.

– Djoui est le momificateur officiel, expliqua le lieutenant de charrerie.

L'interpellé inclina la tête.

– Suivez-moi, juge Pazair.

Djoui s'effaça pour laisser passer le gradé, suivi du magistrat qui découvrit l'atelier d'embaumement où, sur une table de pierre, il momifiait les corps. Crochets de fer, couteaux d'obsidienne et pierres aiguisées étaient accrochés aux murs ; sur des étagères, des pots d'huile et d'onguents, et des sacs remplis de natron, indispensable à la momification. Conformément à la loi, le momificateur devait habiter en dehors de la ville ; il appartenait à une caste redoutée, formée d'êtres sauvages et silencieux.

Les trois hommes descendirent les premières marches de l'escalier qui conduisait à une immense cave. Elles étaient usées et glissantes. La torche que tenait Djoui vacillait. Sur le sol, des momies de tailles diverses. Pazair tressaillit.

– J'ai reçu un rapport concernant l'ex-gardien-chef du sphinx, expliqua le lieutenant. La demande vous a été transmise par erreur. En réalité, il est décédé lors d'un accident.

– Terrible accident, en vérité.

– Pourquoi cette remarque ?

– Parce qu'il a tué au moins trois vétérans, sinon davantage.

Le gradé se haussa du col.

– Je ne suis pas au courant.

– Circonstances du drame ?

– Les précisions manquent. On a retrouvé le gardien-chef mort sur le site, et son cadavre fut acheminé ici. Malheureusement, un scribe s'est trompé ; au lieu d'ordonner l'inhumation, il a demandé une mutation. Simple erreur administrative.

– Le corps ?

– Je tenais à vous le montrer afin de mettre un terme à cette regrettable affaire.

– Momifié, bien entendu ?

– Bien entendu.

– Le corps a-t-il été déposé dans le sarcophage ?

Le lieutenant parut perdu. Il regarda le momificateur qui hocha la tête négativement.

– Les derniers rites n'ont donc pas été célébrés, conclut Pazair.

– C'est exact, mais...

– Eh bien, montrez-moi cette momie.

Djoui emmena le juge et l'officier au plus profond de la cave. Il désigna la dépouille du gardien-chef, debout dans une anfractuosité, enveloppée de bandelettes. Elle portait un numéro écrit à l'encre rouge.

Le momificateur présenta au lieutenant l'étiquette qui serait fixée sur la momie.

– Il ne vous reste plus qu'à apposer votre sceau, suggéra l'officier au magistrat.

Djoui se tenait derrière Pazair.

La lumière vacillait de plus en plus.

– Que cette momie demeure ici, lieutenant, et dans cet état. Si elle disparaît, ou si on la dégrade, je vous en tiendrai responsable.

CHAPITRE 15

– Pourriez-vous m'indiquer l'endroit où travaille Néféret ?

– Tu sembles préoccupé, remarqua Branir.

– C'est très important, insista Pazair. Je détiens peut-être une preuve matérielle, mais je ne peux l'exploiter sans le concours d'un médecin.

– Je l'ai vue hier soir. Elle a brillamment enrayé une épidémie de dysenterie et guéri une trentaine de soldats en moins d'une semaine.

– Des soldats ? Quelle mission lui avait-on confiée ?

– Une brimade imposée par Nébamon.

– Je le rosserai jusqu'à ce qu'il rende gorge.

– Est-ce bien conforme aux devoirs d'un juge ?

– Ce tyran mérite d'être condamné.

– Il s'est contenté d'exercer son autorité.

– Vous savez bien que non. Dites-moi la vérité : à quelle nouvelle épreuve cet incapable l'a-t-il soumise ?

– Il s'est amendé, semble-t-il ; Néféret occupe un poste de pharmacien.

*

Près du temple de la déesse Sekhmet, des laboratoires * pharmaceutiques traitaient des centaines de plantes qui servaient de base aux préparations magistrales. Des livraisons quotidiennes garantissaient la fraîcheur des potions expédiées aux médecins des villes et des campagnes. Néféret surveillait la bonne exécution des ordonnances. Par rapport à sa précédente fonction, il s'agissait d'une rétrogradation ; Nébamon la lui avait présentée comme une phase obligatoire et un temps de repos avant de soigner de nouveau des malades. Fidèle à sa ligne de conduite, la jeune femme n'avait pas protesté.

A midi, les pharmaciens quittèrent le laboratoire et se rendirent à la cantine. On discutait volontiers entre collègues, on évoquait de nouveaux remèdes, on déplorait les échecs. Deux spécialistes conversaient avec Néféret, souriante ; Pazair fut certain qu'ils lui faisaient la cour.

Son cœur battit plus vite ; il osa les interrompre.

– Néféret...

Elle s'arrêta.

– Me cherchiez-vous ?

– Branir m'a parlé des injustices que vous aviez subies. Elles me révoltent.

– J'ai eu le bonheur de guérir. Le reste n'a pas d'importance.

– Votre science m'est indispensable.

– Seriez-vous souffrant ?

– Une enquête délicate qui exige la collaboration d'un médecin. Une simple expertise, rien de plus.

* Près des temples se trouvaient des laboratoires chargés d'expérimenter et de fabriquer différents types de remèdes. Leur étude est encore dans l'enfance, en raison des difficultés de traduction des termes techniques.

*

Kem conduisait le char d'une main sûre ; son babouin, accroupi, évitait de regarder la route. Néféret et Pazair se tenaient côte à côte, leurs poignets fixés par des lanières à la caisse du véhicule, afin d'éviter une chute. Au hasard des cahots, leurs corps s'effleuraient. Néféret semblait indifférente, alors que Pazair éprouvait une joie aussi secrète qu'intense. Il souhaitait que ce court voyage fût interminable et la piste de plus en plus mauvaise. Lorsque sa jambe droite toucha celle de la jeune femme, il ne la retira pas ; il redoutait une réprimande, mais elle ne vint pas. Être si près d'elle, sentir son parfum, croire qu'elle acceptait ce contact... Le rêve était sublime.

Devant l'atelier de momification, deux soldats montaient la garde.

– Je suis le juge Pazair. Laissez-nous passer.

– Nos ordres sont formels : personne n'entre. L'endroit est réquisitionné.

– Nul ne peut s'opposer à la justice. Oublieriez-vous que nous sommes en Égypte ?

– Nos ordres...

– Écartez-vous.

Le babouin se déploya et montra les dents ; debout, les yeux fixes, les bras fléchis, il était prêt à bondir. Kem relâchait peu à peu la chaîne.

Les deux soldats cédèrent. Kem poussa la porte d'un coup de pied.

Assis sur la table de momification, Djoui mangeait du poisson séché.

– Conduisez-nous, ordonna Pazair.

Kem et le babouin, méfiants, fouillèrent la pièce obscure pendant que le juge et le médecin descendaient dans l'antre, éclairés par Djoui.

– Quel lieu horrible, murmura Néféret. Moi qui aime tant l'air et la lumière !

– Pour être honnête, je ne me sens guère à l'aise.

Ne modifiant pas son allure habituelle, le momificateur posa ses pas dans ses marques.

La momie n'avait pas été déplacée ; Pazair constata que personne n'y avait touché.

– Voici votre patient, Néféret. Je le démaillote sous votre contrôle.

Le juge ôta les bandelettes avec précaution ; apparut une amulette en forme d'œil, posée sur le front. Au cou, une profonde blessure, sans doute causée par une flèche.

– Inutile d'aller plus loin ; à votre avis, quel est l'âge du défunt ?

– Une vingtaine d'années, estima Néféret.

*

Mentmosé se demandait comment résoudre les problèmes de circulation qui empoisonnaient la vie quotidienne des Memphites : trop d'ânes, trop de bœufs, trop de chars, trop de vendeurs ambulants, trop de badauds encombraient les ruelles et bouchaient le passage. Chaque année, il rédigeait des décrets plus inapplicables les uns que les autres, et ne les soumettait même pas au vizir. Il se contentait de promettre des améliorations auxquelles personne ne croyait. De temps à autre, une descente de police calmait les esprits ; on dégageait une rue où l'on interdisait le stationnement pendant quelques jours, on infligeait des amendes aux contrevenants, puis les mauvaises habitudes reprenaient le dessus.

Mentmosé faisait peser les responsabilités sur les épaules de ses subordonnés et se gardait bien de leur donner les moyens d'éliminer les difficultés ; en se maintenant au-dessus de la mêlée et en y plongeant ses collaborateurs, il préservait son excellente réputation.

Lorsqu'on lui annonça la présence du juge Pazair dans la salle d'attente, il sortit de son bureau afin de le saluer. Des égards de ce type lui attiraient bien des sympathies.

Le visage sombre du magistrat ne présageait rien de bon.

– Ma matinée est chargée, mais je suis prêt à vous recevoir.

– Je crois que c'est indispensable.

– Vous semblez bouleversé.

– Je le suis.

Mentmosé se gratta le front. Il emmena le juge dans son bureau d'où il expulsa son secrétaire particulier. Tendu, il s'assit sur une superbe chaise à pattes de taureau. Pazair demeura debout.

– Je vous écoute.

– Un lieutenant de la charrerie m'a conduit chez Djoui, le momificateur officiel de l'armée. Il m'a montré la momie de l'homme que je recherche.

– L'ex-gardien-chef du sphinx ? Il est donc mort !

– Du moins, on a tenté de me le faire croire.

– Que voulez-vous dire ?

– Comme les rites ultimes n'avaient pas été célébrés, j'ai démaillոté la partie supérieure de la momie sous le contrôle du médecin Néféret. Le corps est celui d'un homme d'une vingtaine d'années, sans doute mortellement blessé par une flèche. Il ne s'agit pas, à l'évidence, de celui du vétéran.

Le chef de la police parut abasourdi.

– Cette histoire est invraisemblable.

– De plus, continua le juge, imperturbable, deux soldats ont tenté de m'interdire l'accès de l'atelier d'embaumement. Lorsque j'en suis ressorti, ils avaient disparu.

– Le nom du lieutenant de charrerie ?

– Je l'ignore.

– Sérieuse lacune.

– Ne croyez-vous pas qu'il m'a menti ?

A contrecœur, Mentmosé acquiesça.

– Où est le cadavre ?

– Chez Djoui, et sous sa garde. J'ai rédigé un rapport détaillé ; il comportera les témoignages du médecin Néféret, du momificateur, et de mon policier, Kem.

Mentmosé fronça les sourcils.

– En êtes-vous satisfait ?

– Il est exemplaire.

– Son passé ne plaide pas en sa faveur.

– Il me seconde de manière efficace.

– Méfiez-vous de lui.

– Revenons à cette momie, voulez-vous ?

Le chef de la police détestait ce genre de situation où il ne possédait pas la maîtrise du jeu.

– Mes hommes iront la chercher et nous l'examinerons ; il faut découvrir son identité.

– Il faudra également savoir si nous sommes en présence d'un décès consécutif à un engagement militaire ou d'un crime.

– Un crime ! Vous n'y songez pas ?

– De mon côté, je continue l'enquête.

– Dans quelle direction ?

– Je suis tenu au silence.

– Vous méfieriez-vous de moi ?

– Question inopportune.

– Je suis aussi perdu que vous dans cet imbroglio. Ne devrions-nous pas travailler en parfait accord ?

– L'indépendance de la justice me paraît préférable.

*

La colère de Mentmosé fit trembler les murs des locaux de la police. Cinquante hauts fonctionnaires furent sanctionnés le jour même, et privés de nombreux avantages matériels. Pour la première fois depuis sa conquête du sommet de la hiérarchie policière, il n'avait pas été informé de manière correcte. Une telle défaillance ne condamnait-elle pas son système ? Il ne se laisserait pas abattre sans lutter.

Hélas, l'armée semblait l'instigatrice de ces

manœuvres dont les raisons demeuraient incompréhensibles. S'avancer sur ce terrain comportait des risques que Mentmosé ne courrait pas ; si le général Asher, que ses promotions récentes rendaient intouchable, était la tête pensante, le chef de la police n'avait aucune chance de la terrasser.

Laisser libre cours au petit juge présentait de nombreux avantages. Il n'engageait que lui-même et, avec la fougue de la jeunesse, ne s'entourait guère de précautions. Il risquait de forcer des portes interdites et de bousculer des lois qu'il ignorait. En le suivant à la trace, Mentmosé exploiterait, dans l'ombre, les résultats de son enquête. Autant s'en faire un allié objectif, jusqu'au jour où il n'aurait plus besoin de lui.

Demeurait une question irritante : pourquoi cette mise en scène ? Son auteur avait mésestimé Pazair, persuadé que l'étrangeté du lieu, son climat étouffant et la présence oppressante de la mort empêcheraient le juge de se pencher sur la momie et le contraindraient à s'éclipser après avoir apposé son sceau. Le résultat obtenu avait été l'inverse ; loin de se désintéresser de l'affaire, le magistrat en avait perçu l'ampleur.

Mentmosé tenta de se rassurer : la disparition d'un modeste vétéran, titulaire d'un poste honorifique, ne pouvait quand même pas ébranler l'État ! Sans doute s'agissait-il d'un crime crapuleux, commis par un soldat que protégeait un militaire de haut rang, Asher ou l'un de ses acolytes. C'est dans cette direction qu'il faudrait creuser.

CHAPITRE 16

Le premier jour du printemps, l'Égypte honora les morts et les ancêtres. Au sortir d'un hiver pourtant clément, les nuits devinrent brusquement fraîches à cause du vent du désert qui soufflait en rafales. Dans toutes les grandes nécropoles, les familles vénérèrent la mémoire des disparus en déposant des fleurs dans les chapelles des tombes, ouvertes sur l'extérieur. Aucune frontière étanche ne séparait la vie de la mort ; c'est pourquoi les vivants banquetaient avec les trépassés dont l'âme s'incarnait dans la flamme d'une lampe. La nuit s'illumina, célébrant la rencontre de l'ici-bas et de l'au-delà. A Abydos *, la ville sainte d'Osiris, où se célébraient les mystères de la résurrection, les prêtres placèrent de petites barques sur la superstructure des tombeaux afin d'évoquer le voyage vers les paradis.

Après avoir allumé des feux devant les tables d'offrande des principaux temples de Memphis, Pharaon se dirigea vers Guizeh. Comme chaque année, à la même date, Ramsès le Grand se préparait à entrer seul dans la grande pyramide et à se recueillir devant le sarcophage de Khéops. Au cœur de l'immense monument, le roi puisait la puissance nécessaire pour unir les

* Abydos, en Moyenne-Égypte, où l'on peut encore visiter un admirable temple d'Osiris.

Deux Terres, la Haute et la Basse-Égypte, et les rendre prospères. Il contemplerait le masque d'or du bâtisseur et la coudée du même métal, inspiratrice de son action. Quand le temps serait venu, il prendrait en main le testament des dieux, et le présenterait au pays, lors du rituel de sa régénération.

La pleine lune éclairait le plateau où se dressaient les trois pyramides.

Ramsès passa la porte de l'enceinte de Khéops, placée sous la protection d'un corps d'élite. Le roi n'était vêtu que d'un simple pagne blanc et d'un large collier d'or. Les soldats s'inclinèrent et tirèrent les verrous. Ramsès le Grand franchit le seuil de granit et s'engagea dans la chaussée montante, couverte de dalles de calcaire. Bientôt, il serait devant l'entrée de la grande pyramide dont il était seul à connaître le mécanisme secret, qu'il révélerait à son successeur.

Cette rencontre avec Khéops et l'or d'immortalité, le roi la vivait chaque année plus intensément. Régner sur l'Égypte était une tâche exaltante, mais écrasante; les rites donnaient au souverain l'énergie indispensable.

Ramsès grimpa lentement la grande galerie et pénétra dans la salle du sarcophage, ignorant encore que le centre énergétique du pays s'était transformé en enfer stérile.

*

Sur les docks, c'était jour de fête; les bateaux s'ornaient de fleurs, la bière coulait à flots, les marins dansaient avec des filles peu farouches, des musiciens ambulants réjouissaient la foule nombreuse. Pazair, après une brève promenade avec son chien, s'éloignait de cette agitation lorsqu'une voix connue l'interpella.

– Juge Pazair! Vous partez déjà?

Le visage lourd et carré de Dénès, agrémenté d'une fine barbe blanche, émergea d'une masse de fêtards. Le transporteur bouscula ses voisins et rejoignit le magistrat.

– Quelle belle journée! Tout le monde s'amuse, les soucis sont oubliés.

– Je n'apprécie pas le bruit.

– Vous êtes trop sérieux pour votre âge.

– Difficile de modifier son caractère.

– La vie s'en chargera.

– Vous paraissez bien gai.

– Les affaires sont bonnes, mes marchandises circulent sans retard, mon personnel m'obéit au doigt et à l'œil : de quoi me plaindrais-je ?

– Vous ne me gardez pas rancune, semble-t-il.

– Vous avez fait votre devoir, que vous reprocherais-je ? Et puis, il y a cette bonne nouvelle.

– Laquelle ?

– A l'occasion de cette fête, plusieurs condamnations mineures ont été annulées par le palais. Une vieille coutume memphite, plus ou moins oubliée. J'ai eu la chance de figurer parmi les heureux bénéficiaires.

Pazair pâlit. Il maîtrisa mal sa colère.

– Comment avez-vous procédé ?

– Je vous l'ai dit : la fête, rien que la fête! Dans votre dossier d'accusation, vous avez omis de préciser que mon cas devait échapper à cette clémence. Soyez beau joueur : vous avez gagné, je n'ai pas perdu.

Volubile, Dénès tentait de faire partager sa jovialité.

– Je ne suis pas votre ennemi, juge Pazair. Dans les affaires, on prend parfois de mauvaises habitudes. Ma femme et moi estimons que vous avez eu raison de nous donner une bonne leçon; nous en tiendrons compte.

– Êtes-vous sincère ?

– Je le suis. Pardonnez-moi, on m'attend.

Pazair avait été impatient et vaniteux, trop pressé de rendre la justice en négligeant la lettre. Contrit, le juge vit son chemin interrompu par une parade militaire que dirigeait le général Asher, triomphant.

*

– Si je vous ai convoqué, juge Pazair, c'est pour vous donner des nouvelles de mon enquête.

Mentmosé était sûr de lui.

– La momie est celle d'une jeune recrue tuée en Asie lors d'une escarmouche ; atteint d'une flèche, le soldat est mort sur le coup. A cause d'une quasi-homonymie, son dossier s'est confondu avec celui du gardien-chef du sphinx. Les scribes responsables plaident non coupables ; en réalité, personne n'a cherché à vous égarer. Nous avons imaginé un complot là où il n'y avait que méprise administrative. Sceptique ? Vous avez tort. J'ai vérifié chaque point.

– Je ne mets pas votre parole en doute.

– J'en suis heureux.

– Néanmoins, le gardien-chef reste introuvable.

– Étrange, je vous le concède ; et s'il se cachait pour échapper à un contrôle de l'armée ?

– Deux vétérans, placés sous ses ordres, sont morts lors d'un *accident*.

Pazair avait appuyé sur ce terme ; Mentmosé se gratta le crâne.

– Qu'y a-t-il de suspect ?

– L'armée en aurait trace, et vous auriez été averti.

– Certainement pas. Ce type d'incident ne me concerne pas.

Le juge tentait de pousser le chef de la police dans ses derniers retranchements. D'après Kem, il était capable d'ourdir cette machination afin de procéder à une vaste purge dans sa propre administration où certains fonctionnaires commençaient à critiquer ses méthodes.

– Ne dramatisons-nous pas la situation ? Cette affaire est un enchaînement de circonstances malheureuses.

– Deux vétérans et la femme du gardien-chef décédés, lui-même disparu, voilà les faits. Ne pourriez-vous demander aux autorités militaires de vous communiquer leur rapport sur... l'accident ?

Mentmosé fixa l'extrémité de son pinceau.

– Cette démarche serait considérée comme inconvenante. L'armée n'aime pas beaucoup la police, et...

– Je m'en occuperai moi-même.

Les deux hommes se saluèrent de manière glaciale.

*

– Le général Asher vient de partir en mission pour l'étranger, indiqua le scribe de l'armée au juge Pazair.

– Dans combien de temps rentre-t-il ?

– Secret militaire.

– A qui dois-je m'adresser, en son absence, pour obtenir un rapport sur l'accident qui s'est récemment produit près du grand sphinx ?

– Je peux sans doute vous aider. Ah, j'allais oublier ! Le général Asher m'a confié un document que je devais vous faire parvenir sous peu. Puisque vous êtes là, je vous le remets en mains propres. Vous signerez le registre.

Pazair ôta la ficelle de lin qui maintenait le papyrus roulé.

Le texte relatait les circonstances regrettables qui avaient causé la mort du gardien-chef du sphinx de Guizeh et de ses quatre subordonnés, à la suite d'une inspection de routine. Les cinq vétérans étaient montés sur la tête de la statue géante, afin de s'assurer du bon état de la pierre et de signaler d'éventuelles dégradations dues au vent de sable. L'un d'eux, maladroit, avait glissé et entraîné ses compagnons dans une mauvaise chute. Les vétérans avaient été inhumés dans leur village d'origine, deux dans le Delta, deux dans le Sud. Quant à la dépouille du gardien-chef, en raison du caractère honorifique de son poste, elle était conservée dans une chapelle de l'armée et bénéficierait d'une momification longue et soignée. A son retour d'Asie, le général Asher dirigerait lui-même les funérailles.

Pazair signa le registre, attestant qu'il avait bien reçu le document.

– D'autres formalités à entreprendre ? demanda le scribe.

– Ce ne sera pas nécessaire.

*

Pazair regrettait d'avoir accepté l'invitation de Souti. Avant de s'engager, son ami voulait fêter l'événement dans la plus célèbre maison de bière de Memphis. Le juge songeait sans cesse à Néféret, à ce visage solaire qui illuminait ses rêves. Perdu parmi des fêtards qu'émerveillait l'endroit, Pazair ne s'intéressait pas aux danseuses nues, de jeunes Nubiennes aux formes sveltes.

Les clients étaient assis sur des coussins moelleux ; devant eux, des jarres de vin et de bière.

– On ne touche pas aux petites, expliqua Souti, radieux ; elles sont là pour nous exciter. Sois tranquille, Pazair ; la patronne fournit un contraceptif d'excellente qualité, composé d'épines d'acacia broyées, de miel et de dattes.

Chacun savait que les épines d'acacia contenaient de l'acide lactique qui détruisait le pouvoir fécondant du sperme ; dès leurs premiers ébats amoureux, les adolescents utilisaient ce moyen simple de s'adonner au plaisir.

Une quinzaine de jeunes femmes, couvertes d'un voile de lin transparent, sortirent des chambrettes disposées autour de la salle centrale. Très maquillées, les yeux soulignés d'épais traits de fard, les lèvres peintes en rouge, une fleur de lotus dans leurs cheveux dénoués, de lourds bracelets aux poignets et aux chevilles, elles s'approchèrent d'hôtes conquis. Les couples se formèrent d'instinct et disparurent dans les chambrettes isolées les unes des autres par des rideaux.

Comme Pazair avait repoussé les offres de deux danseuses ravissantes, il demeura seul en compagnie de Souti qui ne voulait pas l'abandonner.

Apparut une femme d'une trentaine d'années, dont le

seul vêtement était une ceinture de coquillages et de perles colorées. Ils s'entrechoquèrent lorsqu'elle dansa sur un rythme lent, en jouant de la lyre. Fasciné, Souti remarqua ses tatouages : une fleur de lys sur la cuisse gauche, près du pubis, et un dieu Bès au-dessus de la toison noire de son sexe, afin d'écarter les maladies vénériennes. Coiffée d'une lourde perruque aux boucles claires, Sababou, la propriétaire de la maison de bière, était plus fascinante que la plus belle de ses filles. Fléchissant ses longues jambes épilées, elle fit des pas lascifs avant de réaliser une série de pointes sans perdre le rythme de la mélodie. Ointe de ladanum *, elle diffusait un parfum envoûtant.

Quand elle s'approcha des deux hommes, Souti ne put contrôler sa passion.

– Tu me plais, lui dit-elle, et je crois que je te plais.

– Je n'abandonne pas mon ami.

– Laisse-le tranquille ; tu ne vois pas qu'il est amoureux ? Son âme n'est pas ici. Viens avec moi.

Sababou entraîna Souti dans la plus spacieuse des chambrettes. Elle le fit asseoir sur un lit bas, couvert de coussins multicolores, s'agenouilla et l'embrassa. Il voulut la prendre par les épaules, mais elle l'écarta doucement.

– Nous possédons la nuit, ne te hâte pas. Apprends à retenir ton plaisir, à le faire croître dans tes reins, à savourer le feu qui circule dans ton sang.

Sababou ôta sa ceinture de coquillages et s'allongea sur le ventre.

– Masse-moi le dos.

Souti se prêta au jeu quelques secondes ; la vision de ce corps admirable entretenu avec le plus grand soin, le contact avec cette peau parfumée, l'empêchèrent de se contenir plus longtemps. Percevant l'intensité de son désir, Sababou ne s'y opposa plus. Tout en la couvrant de baisers, il lui fit l'amour avec fougue.

* Aromate tiré d'une gomme-résine.

*

– Tu m'as donné du plaisir. Tu ne ressembles pas à la plupart de mes clients ; ils boivent trop, deviennent flasques et mous.

– Ne pas rendre hommage à tes charmes serait un péché contre l'esprit.

Souti lui caressait les seins, attentif à la moindre de ses réactions ; grâce aux mains savantes de son amant, Sababou retrouvait des sensations oubliées.

– Es-tu scribe ?

– Bientôt soldat. Avant de devenir un héros, je voulais connaître les plus douces aventures.

– En ce cas, je dois tout t'offrir.

Du bout des lèvres, par petites touches de sa langue, Sababou fit renaître le désir de Souti. Ils s'enlacèrent et, une seconde fois, jouirent ensemble, libérant un cri. Ils reprirent leur souffle, les yeux dans les yeux.

– Tu m'as séduite, mon bélier, car tu aimes l'amour.

– Est-il plus belle illusion ?

– Tu es pourtant bien réel.

– Comment es-tu devenue patronne d'une maison de bière ?

– Par mépris des faux nobles et des grands aux discours hypocrites. Ils sont comme toi et moi, soumis aux exigences de leur sexe et de leurs passions. Si tu savais...

– Raconte-moi.

– Voudrais-tu me dérober mes secrets ?

– Pourquoi pas ?

Malgré son expérience, malgré tant de corps d'hommes, beaux ou laids, Sababou résistait mal aux caresses de son nouvel amant. Il réveillait en elle une volonté de se venger d'un monde où elle avait si souvent été humiliée.

– Quand tu seras un héros, auras-tu honte de moi ?

– Au contraire ! Je suis persuadé que tu reçois beaucoup de notoriétés.

– Tu n'as pas tort.
– Comme ce doit être amusant...
Elle plaça son petit doigt sur la bouche du jeune homme.
– Seul mon journal intime est au courant. Si je suis sereine, c'est à cause de lui.
– Tu notes les noms de tes clients ?
– Leur nom, leurs habitudes, leurs confidences.
– Un véritable trésor !
– Si on me laisse tranquille, je ne l'utiliserai pas. Quand je serai vieille, je relirai mes souvenirs.
Souti s'allongea sur elle.
– Je suis toujours curieux. Donne-moi au moins un nom.
– Impossible.
– Pour moi, pour moi seul.
Le jeune homme baisa la pointe de ses seins. Frissonnante, elle se cabra.
– Un nom, juste un nom.
– Je te parlerais bien d'un modèle de vertu. Lorsque je divulguerai ses vices, sa carrière sera terminée.
– Comment s'appelle-t-il ?
– Pazair.
Souti s'écarta du corps somptueux de sa maîtresse.
– De quelle mission t'a-t-on chargée ?
– Répandre des rumeurs.
– Le connais-tu ?
– Je ne l'ai jamais vu.
– Tu te trompes.
– Comment...
– Pazair est mon meilleur ami. Il est chez toi, ce soir, mais ne songe qu'à la femme dont il est amoureux et à la cause qu'il défend. Qui t'a ordonné de le salir ?
Sababou garda le silence.
– Pazair est un juge, reprit Souti, le plus honnête des juges. Renonce à le calomnier ; tu es assez puissante pour ne pas être inquiétée.
– Je ne te promets rien.

CHAPITRE 17

Assis côte à côte au bord du Nil, Pazair et Souti assistèrent à la naissance du jour. Vainqueur des ténèbres et du serpent monstrueux qui avait tenté de le détruire pendant son voyage nocturne, le nouveau soleil jaillit du désert, ensanglanta le fleuve, et fit bondir de joie les poissons.

– Es-tu un juge sérieux, Pazair ?

– De quoi m'accuses-tu ?

– Un magistrat qui apprécie trop la gaudriole risque d'avoir l'esprit confus.

– C'est toi qui m'as entraîné dans cette maison de bière. Pendant que tu batifolais, je songeais à mes dossiers.

– Plutôt à ta bien-aimée, non ?

Le fleuve scintillait. Déjà, le sang de l'aube s'estompait, laissant la place aux ors de la première heure.

– Combien de fois es-tu venu dans cet antre de plaisirs défendus ?

– Tu as bu, Souti.

– Tu n'as donc jamais rencontré Sababou ?

– Jamais.

– Pourtant, elle était prête à confier, à qui voulait l'entendre, que tu figures au nombre de ses meilleurs clients.

Pazair pâlit. Il songeait moins à sa réputation de juge, à jamais ternie, qu'à l'opinion de Néféret.

– On l'a soudoyée!

– Exact.

– Qui ?

– Nous avons si bien fait l'amour qu'elle m'a pris en affection. Elle m'a parlé de la machination à laquelle elle était mêlée, mais pas de son commanditaire. Facile à identifier, d'après moi ; ce sont les méthodes habituelles du chef de la police, Mentmosé.

– Je me défendrai.

– Inutile. Je l'ai convaincue de se taire.

– Ne rêvons pas, Souti. A la première occasion, elle nous trahira, toi et moi.

– Je n'en suis pas persuadé. Cette fille-là a de la morale.

– Permets-moi d'être sceptique.

– En certaines circonstances, une femme ne ment pas.

– Je veux quand même m'entretenir avec elle.

*

Peu avant midi, le juge Pazair se présenta à la porte de la maison de bière en compagnie de Kem et du babouin. Épouvantée, une jeune Nubienne se cacha sous des coussins ; l'une de ses collègues, moins peureuse, osa affronter le magistrat.

– Je voudrais voir la propriétaire.

– Je ne suis qu'une employée, et...

– Où se trouve la dame Sababou ? Ne mentez pas. Un faux témoignage vous conduirait en prison.

– Si je vous l'avoue, elle me battra.

– Si vous vous taisez, je vous inculpe pour entrave à la justice.

– Je n'ai rien fait de mal!

– Vous n'êtes pas encore accusée ; dites-moi la vérité.

– Elle est partie pour Thèbes.

– Une adresse ?
– Non.
– Quand reviendra-t-elle ?
– Je l'ignore.
Ainsi, la prostituée avait préféré s'enfuir et se cacher. Désormais, le juge serait en danger au moindre faux pas. Dans l'ombre, on agissait contre lui. Quelqu'un, sans doute Mentmosé, avait payé Sababou pour le salir ; si la prostituée cédait à la menace, elle n'hésiterait pas à le diffamer. Le juge ne devait son salut provisoire qu'au pouvoir de séduction de Souti.

Parfois, estima Pazair, la débauche n'était pas tout à fait condamnable.

*

Après longue réflexion, le chef de la police avait pris une décision lourde de conséquence : demander une audience privée au vizir Bagey. Nerveux, il avait répété plusieurs fois sa déclaration devant un miroir de cuivre, afin d'étudier les expressions de son visage. Comme chacun, il connaissait l'intransigeance du Premier ministre de l'Égypte. Avare de paroles, Bagey avait horreur de perdre son temps. Sa fonction le contraignait à recevoir toute plainte, d'où qu'elle vienne, à condition qu'elle fût fondée ; importuns, falsificateurs et menteurs regrettaient amèrement leur démarche. Face au vizir, chaque mot, chaque attitude comptaient.

Mentmosé se rendit au palais en fin de matinée. A sept heures, Bagey s'était entretenu avec le roi ; puis il avait donné des directives à ses principaux collaborateurs et consulté les rapports provenant des provinces. Ensuite s'était ouverte son audience quotidienne, au cours de laquelle avaient été traitées les multiples affaires que les autres tribunaux n'avaient pu résoudre. Avant un déjeuner frugal, le vizir acceptait quelques entretiens particuliers, lorsque l'urgence les justifiait.

Il reçut le chef de la police dans un bureau austère,

dont le décor dépouillé n'évoquait pas la grandeur de sa fonction : chaise à dossier, natte, coffres de rangement et casiers à papyrus. On se serait cru face à un simple scribe, si Bagey n'avait été vêtu d'une longue robe en tissu épais d'où seules les épaules émergeaient. A son cou, un collier auquel était suspendu un énorme cœur en cuivre, évoquant son inépuisable capacité à recevoir plaintes et doléances.

Grand, voûté, le visage en longueur dévoré par un nez proéminent, les cheveux frisés, les yeux bleus, le vizir Bagey, âgé de soixante ans, était un homme au corps raide. Il n'avait pratiqué aucun sport ; sa peau redoutait le soleil. Ses mains, fines et élégantes, avaient le sens du dessin ; après avoir été artisan, il était devenu professeur dans la salle d'écriture, puis géomètre expert. A ce titre, il avait fait preuve d'une rigueur sans égale. Remarqué par le palais, il avait été nommé géomètre en chef, juge principal de la province de Memphis, Doyen du porche et enfin vizir. Bien des courtisans avaient, en vain, tenté de le prendre en faute ; craint et respecté, Bagey s'inscrivait dans la lignée des grands vizirs qui, depuis Imhotep, maintenaient l'Égypte sur le droit chemin. Si on lui reprochait parfois la sévérité de ses jugements et leur application inflexible, nul n'en contestait le bien-fondé.

Jusqu'à présent, Mentmosé s'était contenté d'obéir aux ordres du vizir et de ne pas lui déplaire. Cette rencontre le mettait mal à l'aise.

Le vizir, fatigué, semblait sommeiller.

– Je vous écoute, Mentmosé. Soyez bref.

– Ce n'est pas si simple...

– Simplifiez.

– Plusieurs vétérans sont morts dans un accident, en tombant du grand sphinx.

– L'enquête administrative ?

– L'armée l'a menée.

– Des anomalies ?

– Il ne semble pas. Je n'ai pas consulté les documents officiels, mais...

– Mais vos contacts vous ont permis d'en connaître le contenu. Ce n'est pas très régulier, Mentmosé.

Le chef de la police redoutait cette attaque.

– Ce sont de vieilles habitudes.

– Il faudra les modifier. S'il n'existe pas d'anomalie, quelle est la raison de votre visite ?

– Le juge Pazair.

– Un magistrat indigne ?

La voix de Mentmosé devint plus nasillarde.

– Je ne formule pas d'accusation, c'est son comportement qui m'inquiète.

– Ne respecterait-il pas la loi ?

– Il est persuadé que la disparition du gardien-chef, un vétéran à l'excellente réputation, s'est produite dans des circonstances anormales.

– Possède-t-il des preuves ?

– Aucune. J'ai le sentiment que ce jeune juge veut semer une certaine agitation afin de se forger une réputation. Je déplore cette attitude.

– Vous m'en voyez réjoui, Mentmosé. Sur le fond de l'affaire, quelle est votre opinion ?

– Elle n'a guère de valeur.

– Au contraire. Je suis impatient de la connaître.

Le piège était grand ouvert.

Le chef de la police avait horreur de s'engager dans un sens ou dans l'autre, de peur qu'une prise de position nette ne lui soit reprochée.

Le vizir ouvrit les yeux. Son regard, bleu et froid, perçait l'âme.

– Il est probable qu'aucun mystère n'entoure la mort de ces malheureux, mais je connais trop mal le dossier pour pouvoir me prononcer de manière définitive.

– Si le chef de la police lui-même émet un doute, pourquoi un juge ne serait-il pas dubitatif ? Son premier devoir est de ne pas admettre les vérités toutes faites.

– Bien entendu, murmura Mentmosé.

– On ne nomme pas un incapable à Memphis ; Pazair fut certainement remarqué pour ses qualités.

– L'atmosphère d'une grande ville, l'ambition, le maniement de pouvoirs excessifs... Ce jeune homme ne porte-t-il pas de trop lourdes responsabilités ?

– Nous verrons bien, décida le vizir ; si c'est le cas, je le démettrai. En attendant, laissons-le continuer. Je compte sur vous pour lui prêter main-forte.

Bagey pencha la tête en arrière et ferma les yeux. Persuadé qu'il l'observait à travers ses paupières closes, Mentmosé se leva, s'inclina et sortit, réservant sa colère à ses serviteurs.

*

Solide, râblé, la peau brunie par le soleil, Kani se présenta au bureau du juge Pazair peu après l'aube. Il s'assit devant la porte fermée, à côté de Vent du Nord. Un âne, Kani en rêvait. Il l'aiderait à porter les lourdes charges et soulagerait son dos usé par le poids des cruches d'eau, déversées une à une pour arroser le jardin. Comme Vent du Nord ouvrait grandes ses oreilles, il lui parla des journées éternellement semblables, de son amour de la terre, du soin qu'il prenait à creuser les rigoles d'irrigation, du plaisir de voir les plantes s'épanouir.

Ses confidences furent interrompues par Pazair, dont le pas était alerte.

– Kani... désirez-vous me voir ?

Le jardinier hocha la tête affirmativement.

– Entrez.

Kani hésita. Le bureau du juge l'effrayait, de même que la ville. Loin de la campagne, il se sentait mal à l'aise. Trop de bruit, trop d'odeurs nauséabondes, trop d'horizons bouchés. Si son avenir n'avait pas été en jeu, jamais il ne se serait aventuré dans les ruelles de Memphis.

– Je me suis perdu dix fois, expliqua-t-il.

– De nouveaux ennuis avec Qadash ?

– Oui.

– De quoi vous accuse-t-il ?
– Je veux partir, il refuse.
– Partir ?
– Cette année, mon jardin a produit trois fois plus de légumes que la quantité fixée. Par conséquent, je peux devenir travailleur indépendant.
– C'est légal.
– Qadash le nie.
– Décrivez-moi votre lopin de terre.

*

Le médecin-chef reçut Néféret dans le parc ombragé de sa somptueuse villa. Assis sous un acacia en fleur, il buvait du vin rosé, frais et léger. Un serviteur l'éventait.
– Belle Néféret, comme je suis heureux de vous voir !
La jeune femme, vêtue de manière stricte, était coiffée d'une perruque courte à l'ancienne.
– Vous êtes bien sévère, aujourd'hui ; cette robe n'est-elle pas démodée ?
– Vous m'avez interrompue dans mon travail, au laboratoire ; j'aimerais connaître la raison de votre convocation.
Nébamon ordonna à son serviteur de s'éloigner. Sûr de son charme, persuadé que la beauté des lieux enchanterait Néféret, il était décidé à lui offrir une dernière chance.
– Vous ne m'aimez pas beaucoup.
– J'attends votre réponse.
– Goûtez cette magnifique journée, ce vin délicieux, le paradis où nous vivons. Vous êtes belle et intelligente, plus douée pour la médecine que le plus titré de nos praticiens. Mais vous ne possédez ni fortune ni expérience ; si je ne vous aide pas, vous végéterez dans un village. Au début, votre force morale vous permettra de surmonter l'épreuve ; la maturité venue, vous regretterez votre prétendue pureté. Une carrière ne se bâtit pas sur l'idéal, Néféret.

Bras croisés, la jeune femme contemplait le plan d'eau où des canards s'ébattaient entre des lotus.

– Vous apprendrez à m'aimer, moi et ma manière d'agir.

– Vos ambitions ne me concernent pas.

– Vous êtes digne de devenir l'épouse du médecin-chef de la cour.

– Détrompez-vous.

– Je connais bien les femmes.

– En êtes-vous si sûr ?

Le sourire enjôleur de Nébamon se crispa.

– Oublieriez-vous que je suis maître de votre avenir ?

– Il est entre les mains des dieux, non des vôtres.

Nébamon se leva, le visage grave.

– Délaissez les dieux et préoccupez-vous de moi.

– N'y comptez pas.

– C'est mon dernier avertissement.

– Puis-je retourner au laboratoire ?

– D'après les rapports que je viens de recevoir, vos connaissances en pharmacologie sont très insuffisantes.

Néféret ne perdit pas contenance ; décroisant les bras, elle fixa son accusateur.

– Vous savez bien que c'est faux.

– Les rapports sont formels.

– Leurs auteurs ?

– Des pharmaciens qui tiennent à leur poste et mériteront un avancement pour leur vigilance. Si vous êtes incapable de préparer des remèdes complexes, je n'ai pas le droit de vous intégrer dans un corps d'élite. Vous savez ce que cela signifie, je suppose ? L'impossibilité de progresser dans la hiérarchie. Vous stagnerez, sans pouvoir utiliser les meilleurs produits des laboratoires ; puisqu'ils dépendent de moi, leur accès vous sera interdit.

– Ce sont les malades que vous condamnez.

– Vous confierez vos patients à des confrères plus compétents que vous. Quand la médiocrité de votre existence sera trop pesante, vous ramperez à mes pieds.

*

La chaise à porteurs de Dénès le déposa devant la villa de Qadash au moment où le juge Pazair s'adressait au portier.

– Mal aux dents ? demanda le transporteur.

– Problème juridique.

– Tant mieux pour vous ! Moi, je souffre de déchaussement. Qadash aurait-il des ennuis ?

– Simple détail à régler.

Le dentiste aux mains rouges salua ses clients.

– Par lequel dois-je commencer ?

– Dénès est votre patient ; en ce qui me concerne, je viens trancher l'affaire Kani.

– Mon jardinier ?

– Il ne l'est plus. Son travail lui donne le droit à l'indépendance.

– Balivernes ! Il est mon employé et le restera.

– Apposez votre cachet sur ce document

– Je refuse.

La voix de Qadash tremblait.

– En ce cas, j'engage une procédure contre vous.

Dénès intervint.

– Ne nous énervons pas ! Laisse donc partir ce jardinier, Qadash ; je t'en procurerai un autre.

– Question de principe, protesta le dentiste.

– Mieux vaut un bon arrangement qu'un mauvais procès ! Oublie ce Kani.

Bougon, Qadash suivit les conseils de Dénès.

*

Létopolis était une petite cité du Delta entourée de champs de blé ; son collège de prêtres se consacrait aux mystères du dieu Horus, le faucon aux ailes aussi vastes que le cosmos.

Néféret fut reçue par le supérieur, un ami de Branir,

auquel elle n'avait pas caché son exclusion du corps des médecins officiels. Le dignitaire lui donna accès à la chapelle contenant une statue d'Anubis, dieu à corps d'homme et à tête de chacal, qui avait révélé les secrets de la momification et ouvrait aux âmes des justes les portes de l'autre monde. Il transformait la chair inerte en corps de lumière.

Néféret contourna la statue; sur le pilier dorsal, était inscrit un long texte hiéroglyphique, véritable traité de médecine consacré au traitement des maladies infectieuses et à la purification de la lymphe. Elle le grava dans sa mémoire. Branir avait décidé de lui transmettre un art de guérir auquel Nébamon n'aurait jamais accès.

*

La journée avait été épuisante.

Pazair se détendait en goûtant la paix du soir sur la terrasse de Branir. Brave, qui avait surveillé le bureau, prenait, lui aussi, un repos bien mérité. La lumière mourante traversait le firmament et courait jusqu'aux extrémités du ciel.

– Ton enquête a-t-elle progressé ? demanda Branir.

– L'armée tente de l'étouffer. De plus, un complot se trame contre moi.

– L'instigateur ?

– Comment ne pas soupçonner le général Asher ?

– N'aie pas d'idées préconçues.

– Une masse de documents administratifs, que je dois contrôler, m'empêche de bouger. Je dois probablement cet afflux à Mentmosé. J'ai renoncé au voyage que j'avais prévu.

– Le chef de la police est un personnage redoutable. Il a détruit bien des carrières pour asseoir la sienne.

– J'ai au moins fait un heureux, le jardinier Kani ! Il est devenu travailleur libre et a déjà quitté Memphis pour le Sud.

– Il fut l'un de mes fournisseurs de plantes médicinales. Un caractère difficile, mais il aime son métier. Qadash n'a pas dû apprécier ton intervention.

– Il a écouté les conseils de Dénès et s'est incliné devant la loi.

– Prudence obligée.

– Dénès prétend avoir retenu la leçon.

– Il est avant tout commerçant.

– Croyez-vous à la sincérité de son revirement ?

– La plupart des hommes se comportent en fonction de leurs intérêts.

– Avez-vous revu Néféret ?

– Nébamon ne lâche pas prise. Il lui a proposé le mariage.

Pazair blêmit. Brave, percevant aussitôt le trouble de son maître, leva les yeux vers lui.

– A-t-elle... refusé ?

– Néféret est tendre et douce, mais personne ne la contraindra à agir contre son gré.

– Elle a refusé, n'est-ce pas ?

Branir sourit.

– Imagines-tu un seul instant un couple formé de Nébamon et de Néféret ?

Pazair ne cacha pas son soulagement. Rassuré, le chien se rendormit.

– Nébamon veut la soumettre, reprit Banir. Sur la base de faux rapports, il a décrété son incompétence et l'a chassée du corps des médecins officiels.

Le juge serra les poings.

– J'attaquerai ces faux témoignages.

– Tu n'as aucune chance ; nombre de médecins et de pharmaciens sont à la solde de Nébamon et maintiendront leurs mensonges.

– Elle doit être désespérée...

– Elle a décidé de quitter Memphis et de s'installer dans un village, près de Thèbes.

CHAPITRE 18

– Nous partons pour Thèbes, annonça Pazair à Vent du Nord.

L'âne accueillit la nouvelle avec satisfaction. Quand le greffier Iarrot s'aperçut des préparatifs du voyage, il s'en inquiéta.

– Une longue absence ?

– Je l'ignore.

– Où pourrai-je vous joindre, en cas de nécessité ?

– Vous mettrez les dossiers en attente.

– Mais...

– Tâchez d'être ponctuel ; votre fille n'en souffrira pas.

*

Kem habitait près de l'arsenal, dans un immeuble de deux étages où avaient été aménagés une dizaine de logements de deux et trois pièces. Le juge avait choisi le jour de repos du Nubien, espérant le trouver au nid.

Le babouin, les yeux fixes, ouvrit la porte.

La pièce principale était remplie de couteaux, de lances et de frondes. Le policier réparait un arc.

– Vous, ici ?

– Votre sac est-il prêt ?

– N'aviez-vous pas renoncé à vous déplacer ?

– J'ai changé d'avis.
– A vos ordres.

*

Fronde, lance, poignard, massue, gourdin, hache, bouclier en bois rectangulaire, Souti avait manié ces armes pendant trois jours avec une belle dextérité. Forçant l'admiration des officiers chargés d'encadrer les futures recrues, il avait montré l'assurance d'un soldat chevronné.

A l'issue de la période d'essai, les candidats à la vie militaire avaient été rassemblés dans la grande cour de la principale caserne de Memphis. Sur l'un des côtés, les stalles des chevaux qui observaient le spectacle, intrigués ; au centre, un énorme réservoir d'eau.

Souti avait visité les écuries, bâties sur des pavements de galets sillonnés de caniveaux où s'écoulaient les eaux usées. Les cavaliers et les charriers bichonnaient leurs chevaux ; bien nourris, propres, soignés, ils bénéficiaient des meilleures conditions d'existence. Le jeune homme avait également apprécié les logements des soldats qu'ombrageait une allée d'arbres.

Mais il demeurait allergique à la discipline. Trois jours d'ordres et d'aboiements de petits gradés lui avaient fait passer le goût de l'aventure en uniforme.

La cérémonie du recrutement se déroulait selon des règles précises ; s'adressant aux volontaires, un gradé tentait de les convaincre en leur décrivant les bonheurs dont ils jouiraient dans les rangs de l'armée. Sécurité, respectabilité, retraite confortable figuraient parmi les principaux avantages. Des porte-enseignes tenaient haut les étendards des principaux régiments, dédiés aux dieux Amon, Rê, Ptah et Seth. Un scribe royal s'apprêtait à noter sur ses registres les noms des engagés. Derrière lui s'entassaient des couffins remplis de victuailles ; les généraux offriraient un banquet au cours duquel l'on consommerait bœuf, volailles, légumes et fruits.

– A nous la belle vie, murmura l'un des compagnons de Souti.

– Pas pour moi.

– Tu renonces ?

– Je préfère la liberté.

– Tu es fou ! D'après le capitaine, tu es le mieux noté de la promotion ; on t'aurait attribué d'emblée un bon poste.

– Je cherche l'aventure, pas l'embrigadement.

– A ta place, je réfléchirais.

Un messager du palais, porteur d'un papyrus, traversa la grande cour à pas pressés. Il montra le document au scribe royal. Ce dernier se leva, et distribua quelques ordres brefs. En moins d'une minute, toutes les portes de la caserne furent fermées.

Parmi les volontaires, des murmures s'élevèrent.

– Du calme, exigea l'officier au discours lénifiant. Nous venons de recevoir des instructions. Par décret de Pharaon, vous êtes tous engagés. Les uns rejoindront les casernes de province, les autres partiront dès demain pour l'Asie.

– L'état d'urgence ou la guerre, commenta le compagnon de Souti.

– Je m'en moque.

– Ne fais pas l'idiot. Si tu tentes de t'enfuir, tu seras considéré comme déserteur.

L'argument ne manquait pas de poids. Souti évalua ses chances de franchir le mur et de disparaître dans les ruelles avoisinantes : nulles. Il ne se trouvait plus à l'école des scribes, mais dans une caserne peuplée d'archers et de manieurs de lances.

Un à un, les enrôlés d'office passèrent devant le scribe royal. Comme les autres militaires, il avait troqué son sourire avenant contre une expression butée.

– Souti... excellents résultats. Affectation : armée d'Asie. Tu seras archer, aux côtés de l'officier de char. Départ demain à l'aube. Suivant.

Souti vit son nom inscrit sur une tablette. A présent,

déserter devenait impossible, à moins de demeurer à l'étranger, de ne jamais revoir l'Égypte et Pazair. Il était condamné à devenir un héros.

– Serai-je sous les ordres du général Asher ?

Le scribe leva des yeux courroucés.

– J'ai dit : suivant.

Souti reçut une chemise, une tunique, un manteau, une cuirasse, des jambières de cuir, un casque, une petite hache à double tranchant, et un arc en bois d'acacia, nettement plus épais au centre. Haute d'un mètre soixante-dix, difficile à bander, l'arme lançait des flèches à soixante mètres en tir direct et à cent quatre-vingts mètres en tir parabolique.

– Et le banquet ?

– Voici du pain, une livre de viande séchée, de l'huile et des figues, répondit l'officier d'intendance. Mange, puise de l'eau dans la citerne, et dors. Demain, tu dégusteras de la poussière.

*

Sur le bateau voguant vers le sud, on ne parlait que du décret de Ramsès le Grand, largement diffusé par quantité de hérauts. Pharaon avait ordonné de purifier tous les temples, de recenser tous les trésors du pays, d'inventorier le contenu des greniers et des réserves publiques, de doubler les offrandes aux dieux et de préparer une expédition militaire en Asie.

La rumeur avait amplifié ces mesures, annonçant un désastre imminent, des troubles armés dans les villes, des révoltes dans les provinces et une prochaine invasion hittite. Pazair, comme les autres juges, devait veiller au maintien de l'ordre public.

– Ne valait-il pas mieux rester à Memphis ? demanda Kem.

– Notre voyage sera bref. Les maires des villages nous déclareront que les deux vétérans, victimes d'un accident, ont été momifiés et inhumés.

– Vous n'êtes guère optimiste.

– Cinq chutes mortelles : voilà la vérité officielle.

– Vous n'y croyez pas.

– Et vous ?

– Quelle importance ? Si une guerre est déclarée, je serai rappelé.

– Ramsès prône la paix avec les Hittites et les principautés d'Asie.

– Ils ne renonceront jamais à envahir l'Égypte.

– Notre armée est trop forte.

– Pourquoi cette expédition et ces mesures étranges ?

– Je suis perplexe. Peut-être un problème de sécurité intérieure.

– Le pays est riche et heureux, le roi bénéficie de l'affection de son peuple, chacun mange à sa faim, les routes sont sûres. Aucun désordre ne nous menace.

– Vous avez raison, mais l'avis de Pharaon semble quelque peu différent.

L'air leur fouettait les joues ; la voile abaissée, le bateau utilisait le courant. Des dizaines d'autres embarcations circulaient sur le Nil, dans les deux sens, obligeant le capitaine et son équipage à une vigilance permanente.

A une centaine de kilomètres au sud de Memphis, un bateau rapide de la police fluviale se porta bord à bord, leur ordonnant de ralentir. Un policier s'agrippa aux cordages et sauta sur le pont.

– Le juge Pazair fait-il partie des passagers ?

– Me voici.

– Je dois vous ramener à Memphis.

– Pour quelle raison ?

– Une plainte a été déposée contre vous.

*

Souti fut le dernier levé et habillé. Le responsable de chambrée le bouscula afin qu'il rattrapât son retard.

Le jeune homme avait rêvé de Sababou, de ses caresses et de ses baisers. Elle lui avait offert d'insoupçonnés sentiers de jouissance qu'il était décidé à explorer de nouveau sans trop tarder.

Sous le regard envieux des autres recrues, Souti monta dans un char de guerre où l'appelait un lieutenant d'une quarantaine d'années, à la musculature impressionnante.

– Tiens-toi, mon garçon, recommanda-t-il d'une voix très grave.

A peine Souti avait-il eu le temps de passer son poignet gauche dans une sangle que le lieutenant lança ses chevaux à pleine vitesse. Le char fut le premier à sortir de la caserne et à s'élancer vers le nord.

– As-tu déjà combattu, petit ?

– Contre des scribes.

– Tu les as tués ?

– Je ne crois pas.

– Ne désespère pas : je vais t'offrir beaucoup mieux.

– Où allons-nous ?

– Sus à l'ennemi, et en tête ! On traverse le Delta, on longe la côte, et on va bousculer le Syrien et le Hittite. A mon avis, ce décret sent plutôt bon. Voilà longtemps que je n'ai pas piétiné l'un de ces barbares. Bande ton arc.

– Vous ne comptez pas ralentir ?

– Un bon archer atteint sa cible dans les pires conditions.

– Si je la rate ?

– Je coupe la lanière qui t'attache à mon char et je t'envoie mordre la poussière.

– Vous êtes rude.

– Dix campagnes d'Asie, cinq blessures, deux fois l'or des braves en récompense, des félicitations de la part de Ramsès lui-même, ça te suffira ?

– Aucun droit à l'erreur ?

– Ou tu gagnes, ou tu perds.

Devenir un héros serait plus difficile que prévu.

Souti respira à fond, banda son arc au maximum, oublia le char, les soubresauts, la route cahoteuse.

– Touche l'arbre, loin devant!

La flèche partit vers le ciel, décrivit une courbe gracieuse, et se ficha dans le tronc de l'acacia au pied duquel le char passa à vive allure.

– Bravo, petit!

Souti émit un long soupir.

– De combien d'archers vous êtes-vous débarrassé?

– Je ne les compte plus! J'ai horreur des amateurs. Ce soir, je t'offre à boire.

– Sous la tente?

– Les officiers et leurs assistants ont droit à l'auberge.

– Et... aux femmes?

Le lieutenant gratifia Souti d'un formidable coup de poing dans le dos.

– Sacré gaillard, tu étais né pour l'armée! Après le vin, nous partagerons une ribaude qui nous videra les bourses.

Souti embrassa son arc. La chance ne l'abandonnait pas.

*

Pazair avait mésestimé la capacité de réaction de ses ennemis. D'une part, ils voulaient l'empêcher de quitter Memphis et d'enquêter à Thèbes; d'autre part, lui ôter sa qualité de juge afin d'interrompre définitivement ses investigations. C'était donc bien un meurtre, voire plusieurs, que Pazair tentait de mettre en lumière.

Hélas, il était trop tard.

Comme il le craignait, Sababou, créature du chef de la police, l'avait accusé de débauche. La corporation des magistrats stigmatiserait l'existence dissolue de Pazair, incompatible avec sa fonction.

Kem entra dans le bureau, la tête basse.

– Avez-vous déniché Souti ?
– Il a été enrôlé dans l'armée d'Asie.
– Parti ?
– Comme archer sur un char de guerre.
– Mon seul témoin à décharge est donc inaccessible.
– Je peux le remplacer.
– Je refuse, Kem. On démontrera que vous ne vous trouviez pas chez Sababou et vous serez condamné pour faux témoignage.
– Vous voir calomnié me révolte !
– J'ai eu tort de soulever le voile.
– Si personne, pas même un juge, ne peut proclamer la vérité, est-il nécessaire de vivre ?
La détresse du Nubien était poignante.
– Je ne renoncerai pas, Kem, mais je ne dispose d'aucune preuve.
– On vous fermera la bouche.
– Je ne me tairai pas.
– Je serai à vos côtés, avec mon babouin.
Les deux hommes se donnèrent l'accolade.

*

Le procès se tint sous le porche en bois bâti devant le palais, deux jours après le retour du juge Pazair. La rapidité de la procédure s'expliquait en raison de la personnalité de l'accusé ; qu'un magistrat fût soupçonné de violer la loi méritait un examen immédiat.

Pazair n'espérait aucune indulgence de la part du Doyen du porche ; il fut cependant stupéfait de l'étendue du complot en découvrant les membres du jury : le transporteur Dénès, son épouse Nénophar, le chef de la police, Mentmosé, un scribe du palais et un prêtre du temple de Ptah. Ses ennemis possédaient la majorité, et peut-être l'unanimité, si le scribe et le prêtre étaient des comparses.

Le crâne rasé, vêtu d'un pagne à devanteau, la mine renfrognée, le Doyen du porche siégeait au fond de la salle d'audience. A ses pieds, une coudée en bois de sycomore évoquait la présence de Maât. Les jurés se tenaient sur sa gauche ; à sa droite, un greffier. Derrière Pazair, de nombreux badauds.

– Vous êtes bien le juge Pazair ?

– En poste à Memphis.

– Dans votre personnel figure un greffier nommé Iarrot.

– C'est exact.

– Que comparaisse la plaignante.

Iarrot et Sababou : alliance imprévue ! Il avait donc été trahi par son collaborateur le plus proche.

Ce ne fut pas Sababou qui s'avança dans la salle d'audience, mais une brunette courte sur pattes, aux formes épaisses et au visage ingrat.

– Vous êtes l'épouse du greffier Iarrot.

– C'est bien moi, affirma-t-elle d'une voix aigre et sans intelligence.

– Vous vous exprimez sous serment. Formulez vos accusations.

– Mon mari boit de la bière, beaucoup trop de bière, surtout le soir. Depuis une semaine, il m'insulte et me bat en présence de notre fille. Elle a peur, la pauvre petite. J'ai reçu des coups ; un médecin a relevé les marques.

– Connaissez-vous le juge Pazair ?

– Seulement de nom.

– Que demandez-vous au tribunal ?

– Que mon mari et son employeur, responsable de sa moralité, soient condamnés. Je veux deux robes neuves, dix sacs de grain et cinq oies rôties. Le double, si Iarrot recommence à me battre.

Pazair était éberlué.

– Que l'accusé principal comparaisse.

Penaud, Iarrot obéit. Le visage affligé d'une couperose plus voyante que d'ordinaire, lourdaud, il présenta sa défense.

– Ma femme me provoque, elle refuse de préparer

les repas. Je l'ai frappée sans le vouloir. Une réaction malheureuse. Il faut me comprendre : je travaille très dur chez le juge Pazair, les horaires sont impitoyables, la quantité des dossiers à traiter exigerait la présence d'un autre greffier.

– Une objection, juge Pazair ?

– Ces affirmations sont inexactes. Nous avons beaucoup de travail, il est vrai, mais j'ai respecté la personnalité du greffier Iarrot, admis ses difficultés familiales, et lui ai accordé des horaires souples.

– Des témoignages en votre faveur ?

– Les gens du quartier, je suppose.

Le Doyen du porche s'adressa à Iarrot.

– Devons-nous les faire comparaître et contestez-vous l'opinion du juge Pazair ?

– Non, non... Mais je n'ai quand même pas tout à fait tort.

– Juge Pazair, saviez-vous que votre greffier battait son épouse ?

– Non.

– Vous êtes responsable de la moralité de votre personnel.

– Je ne le nie pas.

– Par négligence, vous avez omis de vérifier les aptitudes morales de Iarrot.

– Je n'en ai pas eu le temps.

– Négligence est le seul terme exact.

Le Doyen du porche tenait Pazair à sa merci. Il demanda aux protagonistes s'ils désiraient reprendre la parole ; seule l'épouse de Iarrot, excitée, réitéra ses accusations.

Le jury se réunit.

Pazair avait presque envie de rire. Être condamné à cause d'une querelle de ménage, comment l'imaginer ? La veulerie de Iarrot et la bêtise de sa femme formaient des pièges imprévisibles, mis à profit par ses adversaires. Les formes juridiques seraient respectées, et l'on mettrait le jeune juge à l'écart sans coup de force.

La délibération dura moins d'une heure.

Le Doyen du porche, toujours aussi bougon, en donna le résultat.

– A l'unanimité, le greffier Iarrot est reconnu coupable de mauvaise conduite à l'égard de son épouse. Il est condamné à offrir à la victime ce qu'elle demande et à recevoir trente coups de bâton. S'il récidive, le divorce sera immédiatement prononcé à ses torts. L'accusé proteste-t-il contre la sentence ?

Trop heureux de s'en tirer à si bon compte, Iarrot présenta son dos à l'exécuteur du châtiment. Le droit égyptien ne plaisantait pas avec les brutes qui maltraitaient une femme. Le greffier geignit et pleurnicha ; un policier l'emmena à l'infirmerie du quartier.

– A l'unanimité, reprit le Doyen du porche, le juge Pazair est déclaré innocent. La cour lui recommande de ne pas renvoyer son greffier et de lui accorder une chance de s'amender.

*

Mentmosé se contenta de saluer Pazair ; pressé, il siégeait dans un autre jury appelé à juger un voleur. Dénès et son épouse congratulèrent le magistrat.

– Accusation grotesque, souligna la dame Nénophar, dont la robe multicolore faisait jaser le tout-Memphis.

– N'importe quel tribunal vous aurait acquitté, déclara Dénès avec emphase. Nous avons besoin d'un juge comme vous, à Memphis.

– C'est vrai, reconnut Nénophar. Le commerce ne se développe que dans une société paisible et juste. Votre fermeté nous a beaucoup impressionnés ; mon mari et moi apprécions les hommes courageux. Dorénavant, nous vous consulterons s'il subsiste un doute juridique dans la conduite de nos affaires.

CHAPITRE 19

Après un voyage rapide et tranquille, le bateau transportant le juge Pazair, son âne, son chien, Kem, le babouin policier et quelques autres passagers, parvint en vue de Thèbes.

Chacun fit silence.

Sur la rive gauche, les temples de Karnak et de Louxor déployaient leurs architectures divines. Derrière les hauts murs, à l'abri des regards profanes, un petit nombre d'hommes et de femmes célébraient les divinités afin qu'elles demeurent sur terre. Acacias et tamaris ombrageaient les allées de béliers qui menaient aux pylônes, portes monumentales donnant accès aux sanctuaires.

Cette fois, la police fluviale n'avait pas intercepté le bateau. Pazair retrouvait avec joie sa province d'origine; depuis son départ, il avait subi des épreuves, s'était aguerri et, surtout, avait découvert l'amour. Pas un instant, Néféret ne le quittait. Il perdait l'appétit, éprouvait de plus en plus de difficultés à se concentrer; la nuit, il gardait les yeux ouverts, espérant la voir surgir de l'obscurité. Absent de lui-même, il sombrait peu à peu dans un vide qui le dévorait de l'intérieur. Seule la femme aimée pourrait le guérir, mais identifierait-elle sa maladie? Ni les dieux ni les prêtres ne lui redonneraient le goût de vivre, aucun triomphe ne dissiperait sa douleur, aucun livre ne l'apaiserait.

Thèbes, où se cachait Néféret, était son dernier espoir.

Pazair ne croyait plus en son enquête. Désabusé, il savait que le complot avait été bâti à la perfection. Quels que fussent ses soupçons, il n'atteindrait pas la vérité. Juste avant le départ, il avait appris l'inhumation de la momie du gardien-chef du sphinx. Comme la mission du général Asher en Asie n'était pas limitée dans le temps, les autorités militaires avaient jugé bon de ne pas différer les funérailles. S'agissait-il du vétéran, ou d'un autre cadavre ? Le disparu était-il encore vivant, caché quelque part ? Pazair demeurerait à jamais dans le doute.

Le bateau accosta peu avant le temple de Louxor.

– Nous sommes observés, remarqua Kem. Un jeune, à la poupe. Il a embarqué le dernier.

– Perdons-nous dans la ville ; nous verrons s'il nous suit.

L'homme ne les lâcha pas.

– Mentmosé ?

– Probablement.

– Dois-je vous en débarrasser ?

– J'ai une autre idée.

Le juge se présenta au poste de police principal où il fut reçu par un fonctionnaire obèse dont le bureau était rempli de petits paniers de fruits et de pâtisseries.

– N'êtes-vous pas né dans la région ?

– Si, dans un village de la rive ouest. J'ai été nommé à Memphis, où j'ai eu le privilège de rencontrer votre supérieur, Mentmosé.

– Vous voilà de retour.

– Un court séjour.

– Repos ou travail ?

– Je m'occupe de l'impôt bois *. Mon prédécesseur a

* Le bois était un matériau assez rare en Égypte ; c'est pourquoi sa valeur n'était pas négligeable.

rédigé des notes incomplètes et obscures sur ce point capital.

L'obèse avala quelques raisins secs.

– Memphis serait-elle à court de combustible ?

– Certes pas ; l'hiver fut doux, nous n'avons pas épuisé nos réserves de bois de chauffage. Mais le service rotatif des coupeurs de branches ne me paraît pas assuré de manière correcte : trop de Memphites, pas assez de Thébains. Je voudrais consulter vos listes, village par village, afin de repérer les fraudeurs. Certains n'ont pas envie de ramasser le petit bois, les broussailles et les fibres de palmier pour les porter aux centres de tri et de redistribution. N'est-il pas temps d'intervenir ?

– Sûrement, sûrement.

Par courrier, Mentmosé avait averti le responsable de la police thébaine de l'arrivée de Pazair, décrit comme un juge redoutable, acharné et trop curieux ; à la place de ce personnage inquiétant, l'obèse découvrait un magistrat tatillon, préoccupé de sujets mineurs.

– La comparaison des quantités de bois mort fournies par le Nord et par le Sud est éloquente, continua Pazair ; à Thèbes, on ne découpe pas correctement les souches des arbres secs. Existerait-il un trafic ?

– C'est possible.

– Veuillez enregistrer l'objet de mon enquête sur le terrain.

– Soyez tranquille.

Lorsque l'obèse reçut le jeune policier chargé de filer le juge Pazair, il lui rendit compte de l'entretien. Les deux fonctionnaires tombèrent d'accord : le magistrat avait oublié ses motivations premières et sombrait dans la routine. Cette attitude sensée leur épargnait bien des soucis.

*

L'avaleur d'ombres se méfiait du singe et du chien. Il savait à quel point les animaux étaient perceptifs et décelaient les intentions perverses. Aussi épiait-il Pazair et Kem à bonne distance.

En abandonnant sa filature, l'autre suiveur, sans doute un policier de Mentmosé, lui facilitait la tâche. Si le juge s'approchait du but, l'avaleur d'ombres serait obligé d'intervenir ; dans le cas contraire, il se contenterait d'observer.

Les ordres étaient formels, et il ne désobéissait jamais aux ordres. Il ne donnerait pas la mort sans nécessité évidente. Seule l'insistance de Pazair avait causé la disparition de l'épouse du gardien-chef.

*

Après le drame du sphinx, le vétéran s'était réfugié dans le petit village de la rive ouest où il était né. Il y passerait une retraite heureuse, après avoir loyalement servi l'armée. La thèse de l'accident lui convenait à merveille. A son âge, pourquoi mener un combat perdu d'avance ?

Depuis son retour, il avait réparé le four à pain et remplissait l'office de boulanger, pour la plus grande satisfaction des villageois. Après avoir débarrassé le grain de ses impuretés en le passant au crible, les femmes le broyaient sur la meule et l'écrasaient dans un mortier avec un pilon à long manche. Elles obtenaient une première farine, grossière, qu'elles tamisaient plusieurs fois afin de la rendre fine. En l'humectant, elles préparaient une pâte consistante à laquelle était ajouté du levain. Les unes utilisaient une jarre à large col où elles pétrissaient la pâte, les autres la disposaient sur une dalle en pente qui facilitait l'écoulement de l'eau. Intervenait alors le boulanger, qui faisait cuire les pains les plus simples sur la braise et les plus élaborés dans un four composé de trois dalles verticales recouvertes d'une dalle horizontale, sous laquelle était allumé le feu. Il se servait aussi de moules à gâteaux percés de trous et de plaques en pierre où il versait la pâte, de façon à préparer des miches rondes, des pains oblongs, ou des galettes. Lorsque les enfants le lui demandaient, il dessinait un veau couché qu'ils mordaient à belles dents. Lors de la fête de Min, le dieu de la fécondité, il cuisait des phallus à la croûte dorée et à la mie blanche que l'on consommait au milieu des épis d'or.

Il avait oublié les bruits des combats et les cris des blessés ; comme lui semblait doux le chant de la flamme, comme il appréciait le moelleux des pains chauds ! De son passé militaire, il gardait un caractère autoritaire ; lorsqu'il mettait les plaques à chauffer, il écartait les femmes et ne tolérait que son aide, un robuste adolescent d'une quinzaine d'années, son fils adoptif qui lui succéderait.

Ce matin, le garçon était en retard. Le vétéran s'irritait, lorsque des pas résonnèrent sur le sol dallé du fournil. Le boulanger se retourna.

– Je vais te... Qui êtes-vous ?

– Je remplace votre assistant. Il souffre d'une migraine.

– Vous n'habitez pas le village.

– Je travaille chez un autre boulanger, à une demi-heure d'ici. Le chef du village m'a fait venir.

– Aide-moi.

Comme le four était profond, le vétéran devait y engager la tête et le buste afin d'introduire tout au fond le maximum de moules et de pains ; son assistant le tenait par les cuisses afin de le tirer en arrière au moindre incident.

Le vétéran se croyait en sécurité. Mais aujourd'hui même, le juge Pazair visiterait son village, apprendrait sa véritable identité et l'interrogerait. L'avaleur d'ombres n'avait plus le choix.

Il agrippa les deux chevilles, les souleva de terre et, de toutes ses forces, poussa le vétéran à l'intérieur du four.

*

L'entrée du bourg était déserte. Pas une femme sur le pas de sa porte, pas un homme endormi sous un arbre, pas un enfant jouant avec une poupée en bois. Le juge eut la certitude qu'un événement anormal venait de se produire ; il demanda à Kem de ne pas bouger. Le babouin et le chien regardaient en tous sens.

Pazair progressa vite dans la rue principale, bordée de maisons basses.

Autour du four, pas un habitant ne manquait. On criait, on se bousculait, on invoquait les dieux. Un adolescent expliquait pour la dixième fois qu'il avait été assommé en sortant de chez lui, alors qu'il se préparait à aider le boulanger, son père adoptif. Il se reprochait l'affreux accident et pleurait à chaudes larmes.

Pazair fendit la foule.

– Que s'est-il passé ?

– Notre boulanger vient de mourir d'une manière horrible, répondit le chef du village. Il a dû glisser et s'est effondré à l'intérieur de son four. D'habitude, son assistant le retient par les jambes afin d'éviter ce genre de drame.

– S'agissait-il d'un vétéran revenu de Memphis ?

– En effet.

– Quelqu'un a-t-il assisté à... l'accident ?

– Non. Pourquoi ces questions ?

– Je suis le juge Pazair et je venais interroger le malheureux.

– A quel propos ?

– Sans importance.

Une femme hystérique agrippa Pazair par le bras gauche.

– Ce sont les démons de la nuit qui l'ont tué, parce qu'il avait accepté de livrer du pain, notre pain, à Hattousa, à l'étrangère qui règne sur le harem.

Le juge l'écarta sans rudesse.

– Puisque vous faites appliquer la loi, vengez notre boulanger et arrêtez cette diablesse!

*

Pazair et Kem déjeunèrent dans la campagne, près d'un puits. Le babouin éplucha avec délicatesse des oignons doux. Il commençait à admettre, sans trop de défiance, la présence du juge. Brave se régalait de pain frais et de concombre, Vent du Nord mâchait de la luzerne.

Le juge, nerveux, serrait contre lui une outre d'eau fraîche.

– Un accident et cinq victimes! L'armée a menti, Kem. Son rapport est un faux.

– Simple erreur administrative.

– C'est un meurtre, un nouveau meurtre.

– Aucune preuve. Le boulanger a eu un accident. Le fait s'est déjà produit.

– Un assassin est passé avant nous, parce qu'il savait que nous arrivions au village. Personne n'aurait dû retrouver la trace du quatrième vétéran, personne n'aurait dû s'occuper de cette affaire.

– N'allez pas plus loin. Vous avez déniché un règlement de comptes entre militaires.

– Si la justice renonce, la violence régnera à la place de Pharaon.

– Votre vie n'est-elle pas plus importante que la loi ?

– Non, Kem.

– Vous êtes l'homme le plus inébranlable que j'aie jamais rencontré.

Comme le Nubien se trompait! Pazair ne parvenait pas à chasser Néféret de son esprit, même en ces heures dramatiques. A la suite de cet épisode qui lui démontrait le bien-fondé de ses soupçons, il aurait dû se concentrer sur son enquête; mais l'amour, violent comme le vent du sud, emportait sa résolution. Il se leva et s'adossa au puits, les yeux clos.

– Vous vous sentez mal ?
– Ça va passer.
– Le quatrième vétéran était encore vivant, rappela Kem ; qu'en est-il du cinquième ?
– Si nous pouvions l'interroger, nous percerions le mystère.
– Son village n'est sans doute pas éloigné.
– Nous n'irons pas.
Le Nubien sourit.
– Enfin, vous êtes raisonnable !
– Nous n'irons pas, parce que nous sommes suivis et précédés. C'est à cause de notre venue que le boulanger fut assassiné. Si le cinquième vétéran est encore de ce monde, nous le condamnerons à mort en procédant de cette façon.
– Que proposez-vous ?
– Je ne sais pas encore. Dans l'immédiat, rentrons à Thèbes. Celui ou ceux qui nous épient croiront que nous sortons de la bonne piste.

*

Pazair examina les résultats de l'impôt bois de l'année précédente. Le fonctionnaire obèse ouvrit ses archives et se régala de jus de caroube. Le petit juge, décidément, n'avait aucune envergure. Pendant qu'il compulsait quantité de tablettes comptables, le fonctionnaire thébain écrivit une lettre à Mentmosé afin de le rassurer. Pazair ne provoquerait aucune tempête.

En dépit de la chambre confortable qui lui fut offerte, le juge passa une nuit blanche, déchiré entre l'obsession de revoir Néféret et la nécessité de poursuivre ses investigations. La revoir, alors qu'il lui était indifférent ; poursuivre ses investigations, alors que l'affaire était déjà enterrée.

Souffrant du désarroi de son maître, Brave s'allongea contre lui. Sa chaleur lui communiquerait l'énergie dont il avait besoin. Le juge caressa son chien, songeant à ses randonnées le long du Nil, lorsqu'il était un jeune homme insouciant, persuadé de mener une existence paisible dans son village, où les saisons succédaient aux saisons.

Le destin s'emparait de lui avec la brutalité et la violence d'un rapace ; en renonçant à ses rêves fous, à Néféret, à la vérité, ne retrouverait-il pas la sérénité d'antan ?

Se mentir était vain. Néféret serait son seul amour.

*

L'aube lui avait apporté un espoir. Un homme pouvait l'aider. Aussi se rendit-il sur les quais de Thèbes où, chaque jour, s'organisait un grand marché. Dès que les denrées étaient débarquées, de petits commerçants les exposaient sur leurs étals. Hommes et femmes tenaient des magasins en plein air, vendant les aliments les plus variés, des étoffes, des vêtements, et mille et un objets. Sous le toit en jonc d'une échoppe, des marins buvaient de la bière, admirant les jolies bourgeoises en quête de nouveautés. Un poissonnier, assis devant un panier de roseaux tressés contenant des perches du Nil, échangeait deux belles pièces contre un petit pot d'onguent ; un pâtissier troquait des gâteaux contre un collier et une paire de sandales, un épicier des fèves contre un balai. Lors de chaque transaction, la discussion s'animait et se terminait par une conciliation. Si la contestation portait sur le poids des marchandises, on avait recours à une balance que surveillait un scribe.

Enfin, Pazair le vit.

Comme il le supposait, Kani vendait sur le marché des pois chiches, des concombres et des poireaux.

Le babouin, tirant sur sa laisse avec une violence inattendue, se jeta sur un voleur que personne n'avait remarqué. Il dérobait deux magnifiques salades. Le singe planta ses dents dans la cuisse du délinquant. Hurlant sa douleur, il tenta, sans succès, de repousser l'agresseur. Kem intervint avant qu'il ne déchiquette les chairs. Le voleur fut remis entre les mains de deux policiers.

– Vous êtes mon protecteur, constata le jardinier.

– J'ai besoin de votre aide, Kani.

– Dans deux heures, j'aurai tout vendu. Nous irons chez moi.

*

A l'orée du jardin potager, des bordures de bleuets, de mandragores et de chrysanthèmes. Kani avait tracé des plates-bandes très régulières délimitant les parcelles ; chacune contenait un légume, fèves, pois chiches, lentilles, concombres, oignons, poireaux, salades, fenugrec. Au fond du lopin de terre, une palmeraie le protégeait du vent ; sur son flanc gauche, une vigne et un verger. Kani livrait l'essentiel de sa production au temple et écoulait le surplus sur le marché.

– Êtes-vous satisfait de votre nouvel état ?

– Le travail est toujours aussi dur, mais j'en tire bénéfice. L'intendant du temple m'apprécie.

– Cultivez-vous des plantes médicinales ?

– Venez.

Kani montra à Pazair l'œuvre dont il était le plus fier : un carré de simples, d'herbes guérisseuses et de plantes fournissant des remèdes. Salicaire, moutarde, pyrèthre, menthe-pouliot, camomille n'étaient que quelques exemples.

– Savez-vous que Néféret réside à Thèbes ?

– Vous vous trompez, juge. Elle occupe un poste important à Memphis.

– Nébamon l'en a chassée.

Une émotion intense troubla le regard du jardinier.

– Il a osé... ce crocodile a osé !

– Néféret n'appartient plus au corps principal des médecins et n'a plus accès aux grands laboratoires. Elle devra se contenter d'un village et enverra les malades gravement atteints à des confrères plus qualifiés.

Kani piétina la terre, rageur.

– C'est honteux, injuste !

– Aidez-la.

Le jardinier leva des yeux interrogateurs.

– De quelle manière ?

– Si vous lui fournissez des plantes médicinales rares et coûteuses, elle saura préparer les remèdes et guérira ses patients. Nous lutterons pour rétablir sa réputation.

– Où est-elle ?

– Je l'ignore.

– Je la trouverai. C'était cela, la mission que vous désiriez me confier ?

– Non.

– Parlez.

– Je cherche un vétéran de la garde d'honneur du sphinx. Il est revenu chez lui, sur la rive ouest, pour y prendre sa retraite. Il se cache.

– Pourquoi ?

– Parce qu'il détient un secret. S'il me parle, il est en danger de mort. J'allais m'entretenir avec son collègue, devenu boulanger ; il fut victime d'un accident.

– Que souhaitez-vous ?

– Repérez-le. Ensuite, j'interviendrai avec la plus grande discrétion. Quelqu'un m'épie ; si j'effectue moi-même les recherches, le vétéran sera assassiné avant que je lui parle.

– Assassiné !

– Je ne dissimule ni la gravité de la situation ni le danger encouru.

– En tant que juge, vous...

– Je ne dispose d'aucune preuve, et je m'occupe d'une affaire classée par l'armée.

– Et si vous vous trompiez ?

– Quand j'entendrai le témoignage du vétéran, s'il vit encore, les doutes seront dissipés.

– Je connais bien les villages et les bourgs de la rive ouest.

– Vous risquez gros, Kani. Quelqu'un n'hésite pas à tuer et à perdre son âme.
– Pour cette fois, laissez-moi juge.

*

Chaque fin de semaine, Dénès donnait une réception afin de gratifier les capitaines de ses navires de transport et quelques hauts fonctionnaires qui signaient plus volontiers les autorisations de circuler, de charger et de décharger. Tous appréciaient la splendeur du vaste jardin, les plans d'eau et la volière peuplée d'oiseaux exotiques. Dénès allait de l'un à l'autre, adressait un mot aimable, demandait des nouvelles de la famille. La dame Nénophar paradait.

Ce soir-là, l'atmosphère était moins gaie. Le décret de Ramsès le Grand avait semé le trouble dans les élites dirigeantes. Les uns soupçonnaient les autres de détenir des informations confidentielles et de les garder pour eux. Dénès, flanqué de deux collègues dont il comptait absorber l'entreprise après avoir racheté leurs bateaux, salua un hôte rare, le chimiste Chéchi. Il passait l'essentiel de son existence dans le laboratoire le plus secret du palais et fréquentait peu la noblesse. De petite taille, la mine sombre et rébarbative, on le disait compétent et modeste.

– Votre présence nous honore, cher ami!

Le chimiste esquissa un demi-sourire.

– Comment se déroulent vos dernières expériences? Motus et bouche cousue, bien sûr, mais on en parle dans toute la ville! Vous auriez réalisé un alliage extraordinaire qui nous permettrait de fabriquer des épées et des lances qu'aucun choc ne brisera.

Chéchi hocha la tête, dubitatif.

– Secret militaire, évidemment! Tâchez de réussir. Avec ce qui nous attend...

– Précisez, exigea un convive.

– D'après le décret de Pharaon, une belle guerre!

Ramsès veut écraser les Hittites et nous débarrasser des petits princes d'Asie, prompts à se révolter.

– Ramsès aime la paix, objecta un capitaine de navire marchand.

– Le discours officiel d'un côté, les actes de l'autre.

– C'est inquiétant.

– Pas du tout ! De qui ou de quoi l'Égypte aurait-elle peur ?

– Ne murmure-t-on pas que ce décret traduit un affaiblissement du pouvoir ?

Dénès éclata de rire.

– Ramsès est le plus grand et il le restera ! Ne transformons pas en tragédie un incident mineur.

– Vérifier nos réserves de nourriture, tout de même...

La dame Nénophar intervint.

– La démarche est claire : préparation d'un nouvel impôt et réforme fiscale.

– Il faut financer un nouvel armement, surenchérit Dénès ; s'il le voulait, Chéchi nous le décrirait et justifierait la décision de Ramsès.

Les regards convergèrent vers le chimiste. Chéchi demeura muet. En habile maîtresse de maison, Nénophar guida ses invités vers un kiosque où leur furent servis des rafraîchissements.

Mentmosé, le chef de la police, prit Dénès par le bras et l'entraîna à l'écart.

– Vos ennuis avec la justice sont terminés, j'espère ?

– Pazair n'a pas insisté. Il est plus raisonnable que je ne l'imaginais. Un jeune magistrat plein d'ambition, c'est certain ; mais n'est-ce pas louable ? Nous avons connu cette période, vous et moi, avant de devenir des notables.

Mentmosé fit la moue.

– Son caractère entier...

– Il s'améliorera avec le temps.

– Vous êtes optimiste.

– Réaliste. Pazair est un bon juge.

– Un incorruptible, d'après vous ?

– Un incorruptible intelligent et respectueux de ceux qui observent la loi. Grâce à des hommes de cette trempe, le commerce est prospère et le pays paisible. Que souhaiter de mieux ? Croyez-moi, cher ami : favorisez la carrière de Pazair.

– Avis précieux.

– Avec lui, pas de malversations.

– Ce n'est pas négligeable, en effet.

– Vous demeurez réticent.

– Ses initiatives m'effraient un peu ; le sens des nuances ne semble pas être son fort.

– Jeunesse et inexpérience. Qu'en pense le Doyen du porche ?

– Il partage votre opinion.

– Vous voyez bien !

Les nouvelles que le chef de la police avait reçues de Thèbes par courrier spécial confortaient les appréciations de Dénès. Mentmosé s'était angoissé sans raison aucune. Le juge ne se préoccupait-il pas de l'impôt bois et de la sincérité des contribuables ?

Peut-être n'aurait-il pas dû alerter si tôt le vizir. Mais prenait-on jamais assez de précautions ?

CHAPITRE 20

Longue promenade dans la campagne en compagnie de Vent du Nord et de Brave, consultation de dossiers dans les bureaux de la police, établissement d'une liste correcte de contribuables au titre de l'impôt bois, inspection des villages répertoriés, entretiens administratifs avec les maires et les propriétaires, ainsi se déroulaient les journées thébaines du juge Pazair, qui se terminaient par une visite à Kani.

A l'attitude du jardinier, tête baissée vers ses plantations, Pazair savait qu'il n'avait découvert ni Néféret ni le cinquième vétéran.

Une semaine s'écoula. Les fonctionnaires à la solde de Mentmosé lui expédiaient des rapports sans surprise sur l'activité du juge, Kem se contentait de parcourir les marchés et d'arrêter les voleurs. Bientôt, il faudrait rentrer à Memphis.

Pazair traversa la palmeraie, emprunta un chemin de terre longeant le canal d'irrigation et descendit l'escalier menant au jardin de Kani. Quand le soleil commençait à décliner, il s'occupait des plantes médicinales qui réclamaient des soins réguliers et attentifs. Il dormait dans une cabane, après avoir irrigué une partie de la nuit.

Le jardin semblait désert.

Étonné, Pazair en fit le tour, puis ouvrit la porte de

la cabane. Vide. Il s'assit sur un muret, goûta le coucher du soleil. La pleine lune argenta le fleuve. Plus les minutes passaient, plus l'angoisse lui serrait le cœur. Kani avait peut-être identifié le cinquième vétéran, peut-être avait-il été suivi, peut-être... Pazair se reprochait d'avoir mêlé le jardinier à une enquête qui les dépassait. Si un malheur était advenu, il se considérerait comme le principal responsable.

Quand la fraîcheur tomba sur ses épaules, le juge ne bougea pas. Il patienterait jusqu'à l'aube, et saurait que Kani ne reviendrait plus. Les dents serrées, les muscles douloureux, Pazair déplorait sa légèreté.

Une barque traversa le fleuve.

Le juge se leva et courut vers la berge.

– Kani !

Le jardinier accosta, attacha la barque à un piquet, et grimpa lentement la pente.

– Pourquoi rentrez-vous si tard ?

– Vous tremblez ?

– J'ai froid.

– Le vent du printemps rend malade. Allons dans la cabane.

Le jardinier s'assit sur une souche, le dos calé contre les planches, Pazair sur un coffre à outils.

– Le vétéran ?

– Aucune piste.

– Avez-vous été en danger ?

– A aucun moment. J'achète des plantes rares, ici et là, et j'échange des confidences avec les anciens.

Pazair posa la question qui lui brûlait les lèvres.

– Néféret ?

– Je ne l'ai pas vue, mais je connais l'endroit où elle réside.

*

Le laboratoire de Chéchi occupait trois grandes pièces dans le sous-sol d'une caserne annexe. Le régiment qui y logeait ne regroupait que des soldats de seconde classe, affectés à des travaux de terrassement. Chacun croyait que le chimiste travaillait au palais, alors qu'il poursuivait ses véritables recherches dans ce cadre discret. En apparence, aucune surveillance particulière ; mais quiconque tentait de s'engager dans l'escalier descendant dans les profondeurs du bâtiment était intercepté sans ménagement et interrogé avec rudesse.

Chéchi avait été recruté par les services techniques du palais en raison de ses exceptionnelles connaissances dans le domaine de la résistance des matériaux. Bronzier d'origine, il ne cessait d'améliorer le traitement du cuivre brut indispensable pour la fabrication des ciseaux de tailleur de pierre.

En raison de ses succès et de son sérieux, il n'avait cessé de monter en grade ; le jour où il avait fourni des outils d'une surprenante résistance pour façonner les blocs du temple « des millions d'années » de Ramsès le Grand *, construit sur la rive ouest de Thèbes, sa réputation était parvenue aux oreilles du roi.

Chéchi avait convoqué ses trois principaux collaborateurs, hommes d'âge mûr et scientifiques expérimentés. Des lampes, dont la mèche ne fumait pas, éclairaient le sous-sol. Chéchi, lent et méticuleux, rangeait les papyrus sur lesquels il avait noté ses derniers calculs.

Les trois techniciens patientèrent, mal à l'aise. Le silence du chimiste ne présageait rien de bon, quoiqu'il fût peu loquace. Cette convocation soudaine et impérative n'entrait pas dans ses habitudes.

Le petit homme à la moustache noire tournait le dos à ses interlocuteurs.

– Lequel a bavardé ?

Aucun ne répondit.

* Il s'agit du Ramesseum, le temple funéraire de Ramsès II, sur la rive ouest de Thèbes, dont la fonction est d'offrir des « millions d'années » de règne dans l'au-delà au *kd* du pharaon.

– Je ne répéterai pas ma question.
– Elle n'a aucun sens.
– Lors d'une réception, un notable a parlé d'alliages et d'armes nouvelles.
– Impossible ! On vous a menti.
– J'étais présent. Qui a bavardé ?
De nouveau, le mutisme.
– Je n'ai pas la possibilité de mener une enquête incertaine. Même si les informations répandues sont incomplètes, donc inexactes, la confiance est rompue.
– Autrement dit...
– Autrement dit, vous êtes révoqués.

*

Néféret avait choisi le village le plus pauvre et le plus reculé de la région thébaine. Situé à la limite du désert, mal irrigué, il comptait un nombre anormalement élevé de maladies de peau. La jeune femme n'était ni triste ni abattue ; avoir échappé aux griffes de Nébamon la réjouissait, même si elle avait échangé sa liberté contre une carrière prometteuse. Elle soignerait les plus pauvres avec les moyens dont elle disposerait, et se satisferait d'une existence solitaire à la campagne. Lorsqu'un bateau sanitaire descendrait le fleuve vers Memphis, elle irait voir son maître Branir. La connaissant, il ne tenterait pas de la faire changer d'avis.

Dès le second jour de son arrivée, Néféret avait guéri le personnage le plus important du bourg, un spécialiste du gavage des oies, souffrant d'arythmie cardiaque. Un long massage et une manipulation vertébrale le remirent sur pied. Assis sur le sol, à côté d'une table basse sur laquelle étaient posées des boulettes de farine sorties d'un récipient d'eau, il empoignait une oie par le cou. Le volatile se débattait, mais le technicien ne le lâchait pas, et glissait doucement les pâtons dans son gosier, accompagnant l'opération de mots affectueux. Gavée, l'oie se dandinait, comme ivre; puis elle se lançait dans une promenade digestive. Le gavage des grues réclamait davantage d'attention, car les beaux oiseaux volaient les boulettes. Quant aux foies gras, ils figuraient parmi les plus réputés de la région.

A la suite de cette première guérison, jugée miraculeuse, Néféret était devenue l'héroïne du village. Les paysans lui avaient demandé de les conseiller afin de lutter contre les ennemis des récoltes et des vergers, notamment les sauterelles et les criquets; mais la jeune femme avait préféré lutter contre un autre fléau qui lui semblait à l'origine des infections cutanées frappant les enfants comme les adultes : les mouches et les moustiques. Leur abondance s'expliquait par la présence d'une mare d'eau croupie qui n'avait pas été drainée depuis trois ans. Néféret la fit assécher, recommanda à l'ensemble des villageois de désinfecter leurs maisons, et soigna les piqûres avec de la graisse de loriot et des onctions d'huile fraîche.

Seul le cas d'un vieillard au cœur usé lui causait du souci; si son état empirait, il faudrait l'hospitaliser à Thèbes. Certaines plantes rares lui auraient évité ce désagrément. Alors qu'elle se trouvait à son chevet, un garçonnet l'avertit de la présence d'un étranger, qui posait des questions à son sujet.

Même ici, Nébamon ne la laissait pas en paix! De quoi l'accuserait-on encore, vers quelle déchéance la pousserait-il? Elle devait se cacher. Les villageois se tairaient, l'émissaire du médecin-chef repartirait.

*

Pazair sentait que ses interlocuteurs mentaient; le nom de Néféret leur était familier, malgré leur mutisme. Replié sur lui-même, ses maisons menacées par le désert, le bourg redoutait une intrusion; la plupart des portes se fermèrent.

Dépité, il s'apprêtait à quitter les lieux lorsqu'il vit une femme se diriger vers les collines pierreuses.

– Néféret!

Intriguée, elle se retourna. Elle le reconnut et revint sur ses pas.

– Juge Pazair... que faites-vous ici?

– Je désirais vous parler.

Elle avait du soleil dans les yeux. L'air de la campagne avait bruni sa peau. Pazair voulait lui révéler ses sentiments, traduire ce qu'il ressentait, mais fut incapable de prononcer le premier mot de sa déclaration.

– Allons au sommet de cette butte.

Il l'aurait suivie jusqu'à l'extrémité de la terre, au fond de la mer, au cœur des ténèbres. Marcher à ses côtés, s'asseoir tout près d'elle, entendre sa voix, étaient des bonheurs enivrants.

– Branir m'a informé. Désirez-vous porter plainte contre Nébamon?

– Elle serait inutile. De nombreux médecins lui doivent leur carrière et témoigneront contre moi.

– Je les inculperai pour faux témoignages.

– Ils sont trop nombreux, et Nébamon vous empêchera d'agir.

Malgré la douce chaleur du printemps, Pazair frissonnait. Il ne put contenir un éternuement.

– Refroidissement?

– J'ai passé la nuit dehors, j'attendais le retour de Kani.

– Le jardinier?

– C'est lui qui vous a retrouvée. Il vit à Thèbes, y exploite son propre jardin. Voici votre chance, Néféret : il produit des plantes médicinales, et saura cultiver les plus rares!

– Monter un laboratoire, ici?

– Pourquoi pas? Vos connaissances pharmacologiques vous l'autorisent. Non seulement vous soignerez des maladies graves, mais encore votre réputation sera-t-elle rétablie.

– Je n'ai guère envie d'entreprendre cette lutte. Ma condition actuelle me suffit.

– Ne gâchez pas vos dons. Faites-le pour les malades.

Pazair éternua une seconde fois.

– Ne seriez-vous pas le premier concerné ? Les traités affirment que le coryza brise les os, fracasse le crâne et creuse le cerveau. Je dois éviter ce désastre.

Son sourire, où la bonté excluait l'ironie, le ravit.

– Acceptez-vous l'aide de Kani ?

– Il est têtu. Si sa décision est prise, comment m'y opposerais-je ? Occupons-nous de l'urgence : le rhume est une affection sérieuse. Jus de palme dans vos narines et, s'il résiste, lait de femme et gomme odorante.

Le rhume résista et s'amplifia. Néféret fit entrer le juge dans la modeste demeure qu'elle occupait, au centre du village. Comme la toux apparaissait, elle lui prescrivit le réalgar, sulfure naturel d'arsenic, que le peuple nommait « celui qui épanouit le cœur ».

– Tentons d'interrompre l'évolution. Asseyez-vous sur cette natte et ne bougez plus.

Elle donnait des directives sans hausser la voix, aussi tendre que son regard. Le juge espéra que les effets du refroidissement seraient durables et qu'il séjournerait le plus longtemps possible dans cette humble pièce.

Néféret mélangea du réalgar, de la résine, des feuilles de plantes désinfectantes, broya et réduisit en une pâte qu'elle chauffa. Elle l'étala sur une pierre qu'elle posa devant le juge, puis la masqua avec un pot retourné, au fond percé d'un trou.

– Prenez ce roseau, dit-elle au patient, placez-le dans le trou, et aspirez, tantôt par la bouche, tantôt par le nez. La fumigation vous soulagera.

Un échec n'eût pas déplu à Pazair, mais la médication se révéla efficace. La congestion s'atténua, il respira mieux.

– Plus de frissons ?

– Une sensation de fatigue.

– Pendant quelques jours, je vous recommande une nourriture riche et plutôt grasse : viande rouge, de l'huile fraîche sur les aliments. Un peu de repos serait le bienvenu.

– Je dois y renoncer.

– Qu'est-ce qui vous amène à Thèbes ?

Il eut envie de crier : « Vous, Néféret, vous seule ! », mais les mots ne sortirent pas de sa gorge. Il était certain qu'elle percevait sa passion, attendait qu'elle lui offrît la possibilité de l'exprimer, n'osait pas briser sa sérénité avec une folie qu'elle désapprouverait sans doute.

– Peut-être un crime, peut-être plusieurs crimes.

Il la sentit troublée par un drame qui ne la concernait pas. Avait-il le droit de la mêler à cette affaire dont lui-même ignorait la nature réelle ?

– J'éprouve une totale confiance en vous, Néféret, mais je ne souhaite pas vous importuner avec mes soucis.

– N'êtes-vous pas tenu au secret ?

– Jusqu'au moment où je formule des conclusions.

– Des assassinats... seraient-ce vos conclusions ?

– Mon intime conviction.

– Voilà tant d'années qu'aucun meurtre n'a été commis !

– Cinq vétérans, composant la garde d'honneur du grand sphinx, sont morts en tombant de sa tête, au cours d'une inspection. Accident : telle est la version officielle de l'armée. Or, l'un d'eux se cachait dans un village de la rive ouest où il remplissait la fonction de boulanger. J'aurais aimé l'interroger, mais il était vraiment mort, cette fois. Un nouvel accident. Le chef de la police me fait suivre, comme si j'étais coupable de mener une enquête. Je suis perdu, Néféret. Oubliez mes confidences.

– Souhaitez-vous renoncer ?

– J'ai un goût ardent pour la vérité et pour la justice. Si je renonçais, je me détruirais.

– Puis-je vous aider ?

Une autre fièvre emplit les yeux de Pazair.

– Si nous pouvions converser, de temps à autre, j'aurais davantage de courage.

– Un refroidissement peut avoir des conséquences secondaires qu'il vaut mieux surveiller de près. D'autres consultations seront nécessaires.

CHAPITRE 21

La nuit à l'auberge avait été aussi joyeuse qu'épuisante. Tranches de bœuf grillées, aubergines à la crème, gâteaux à volonté, et une superbe Libyenne de quarante ans qui avait fui son pays pour distraire les soldats égyptiens. Le lieutenant de char n'avait pas menti à Souti : un seul homme ne lui suffisait pas. Lui qui se croyait le plus énergique des amants avait dû baisser pavillon et passer le relais à son supérieur. La Libyenne adoptait les positions les plus invraisemblables, rieuse et enflammée.

Lorsque le char reprit la route, Souti ouvrit les yeux avec difficulté.

– Il faut savoir se passer de sommeil, mon garçon ! N'oublie pas que l'ennemi attaque lorsque tu es fatigué. Une bonne nouvelle : nous sommes l'avant-garde de l'avant-garde ! Les premiers coups seront pour nous. Si tu voulais devenir un héros, tu as ta chance.

Souti serra l'arc contre sa poitrine.

Le char longea les Murs du roi *, formidable alignement de forteresses construit par les souverains du Moyen-Empire, et sans cesse amélioré par leurs successeurs ; véritable grande muraille dont les divers ouvrages étaient reliés entre eux grâce à des signaux

* Ensemble d'ouvrages défensifs protégeant la frontière nord-est de l'Égypte.

optiques, elle empêchait toute tentative d'invasion de la part des Bédouins et des Asiatiques. Depuis les rives de la Méditerranée jusqu'à Héliopolis, les Murs du roi abritaient à la fois des garnisons permanentes, des soldats spécialisés dans la surveillance des frontières, et des douaniers. Personne n'entrait en Égypte ou n'en sortait sans avoir donné son nom et le motif de son voyage ; les commerçants précisaient la nature de leurs marchandises et payaient une taxe. La police refoulait les étrangers indésirables et ne délivrait des laissez-passer qu'après un examen attentif des dossiers, dûment visés par un fonctionnaire de la capitale, en charge de l'immigration. Comme le proclamait la stèle de Pharaon : « Quiconque franchit cette frontière devient l'un de mes fils. »

Le lieutenant présenta ses papiers au commandant d'une forteresse dont les murs à double pente, hauts de six mètres, étaient entourés de fossés. Aux créneaux, des archers ; dans les donjons, des guetteurs.

– On a renforcé la garde, remarqua l'officier. Ils ont vraiment des têtes de planqués.

Dix hommes armés entourèrent le char.

– Descendez, ordonna le chef de poste.

– Vous plaisantez ?

– Vos papiers ne sont pas en règle.

Le lieutenant serra les rênes, prêt à lancer ses chevaux au grand galop. Lances et flèches se pointèrent vers lui.

– Descendez immédiatement.

Le lieutenant se tourna vers Souti.

– Qu'en penses-tu, petit ?

– Nous avons de meilleurs combats en perspective.

Ils mirent pied à terre.

– Il manque le cachet du premier fortin des Murs du roi, précisa le chef de poste. Demi-tour.

– Nous sommes en retard.

– Le règlement est le règlement.

– On peut discuter ?

– Dans mon bureau, mais n'ayez aucun espoir.

L'entretien fut de courte durée. Le lieutenant sortit du local administratif en courant, bondit sur les rênes, et lança le char sur la route de l'Asie.

Les roues grincèrent, soulevant un nuage de poussière.

– Pourquoi cette hâte ? Nous sommes en règle, à présent.

– Plus ou moins. J'ai cogné fort, mais cet idiot pourrait se réveiller plus vite que prévu. Ce genre d'obstiné a la tête dure. J'ai régularisé moi-même nos papiers. Dans l'armée, petit, il faut savoir improviser.

Les premières journées de voyage furent paisibles. Longues étapes, soins des chevaux, vérification du matériel, nuits à la belle étoile, ravitaillement dans des bourgades où le lieutenant contactait un messager de l'armée ou un membre des services secrets chargés de prévenir le gros de la troupe que rien ne contrarierait sa progression.

Le vent tourna, devint piquant.

– Les printemps d'Asie sont souvent frais ; mets ton manteau.

– Vous paraissez inquiet.

– Le danger approche. Je le flaire, comme un chien. Nourriture ?

– Il nous reste des galettes, des boulettes de viande, des oignons, et de l'eau pour trois jours.

– Ça devrait suffire.

Le char entra dans un village silencieux ; sur la place principale, personne. Le ventre de Souti se noua.

– Pas de panique, petit. Ils sont peut-être aux champs.

Le char avança très lentement. Le lieutenant avait empoigné une lance et regardait autour de lui d'un œil acéré. Il s'arrêta devant le bâtiment officiel où logeaient le délégué militaire et l'interprète. Vide.

– L'armée ne recevra pas de rapport. Elle saura qu'un grave incident s'est produit. Rébellion caractérisée.

– On reste ici ?
– Je préfère aller de l'avant. Pas toi ?
– Ça dépend.
– De quoi, petit ?
– Où se trouve le général Asher ?
– Qui t'a parlé de lui ?
– Son nom est célèbre, à Memphis. J'aimerais servir sous ses ordres.
– Tu es vraiment chanceux. C'est lui que nous devons rejoindre.
– Aurait-il évacué ce village ?
– Certainement pas.
– Alors, qui ?
– Les Bédouins *. Les êtres les plus vils, les plus fanatiques et les plus fourbes. Razzias, pillages, prises d'otages, voilà leur stratégie. Si nous ne réussissons pas à les exterminer, ils pourriront l'Asie, la péninsule entre l'Égypte et la mer Rouge, les provinces environnantes. Ils sont prêts à s'allier avec n'importe quel envahisseur, méprisent les femmes autant que nous les aimons, crachent sur la beauté et sur les dieux. Je n'ai peur de rien mais eux, je les redoute, avec leurs barbes mal taillées, leurs tissus enroulés autour de la tête et leurs longues robes. Souviens-toi, petit : ce sont des lâches. Ils frappent par-derrière.
– Auraient-ils massacré tous les habitants ?
– Probable.
– Le général Asher serait donc isolé, coupé de l'armée principale ?
– Possible.

Les longs cheveux noirs de Souti dansaient dans le vent. Malgré sa belle carrure et son torse puissant, le jeune homme se sentait faible et vulnérable.
– Entre lui et nous, des Bédouins. Combien ?
– Dix, cent, mille...

* Les Bédouins furent, avec les Libyens, des fauteurs de troubles permanents que les Égyptiens combattirent dès les premières dynasties. A l'époque ancienne, on les appelait « les coureurs de sable ».

– Dix, je prends. Cent, j'hésite.

– Mille, petit, c'est pour un vrai héros. Tu ne m'abandonnerais pas ?

Le lieutenant fit repartir les chevaux. Ils galopèrent jusqu'à l'entrée d'un ravin bordé de parois abruptes. Des buissons, accrochés à la roche, s'entremêlaient et ne laissaient qu'un étroit passage.

Les chevaux hennirent et se cabrèrent ; le lieutenant les calma.

– Ils pressentent le piège.

– Moi aussi, petit. Les Bédouins se terrent dans les buissons. Ils tenteront de couper les jambes des chevaux à coups de hache, de nous faire tomber, et de nous trancher la gorge et les testicules.

– Le prix de l'héroïsme me paraît trop élevé.

– Grâce à toi, nous ne risquons presque rien. Une flèche dans chaque buisson, une bonne allure, et nous gagnons.

– Sûr de vous ?

– En douterais-tu ? Réfléchir est mauvais.

Le lieutenant tira sur les rênes. A contrecœur, les chevaux s'élancèrent dans le ravin. Souti n'eut pas le temps d'avoir peur. Il décocha flèche sur flèche. Les deux premières se perdirent dans des buissons inoccupés, la troisième se ficha dans l'œil d'un Bédouin qui sortit de son abri en hurlant.

– Continue, petit !

Les cheveux dressés sur la tête, le sang glacé, Souti visait chaque buisson, se tournant sur sa droite puis sur sa gauche à une vitesse dont il se serait cru incapable. Les Bédouins s'abattaient, touchés au ventre, à la poitrine, à la tête.

Des pierres et des ronces barraient la sortie du ravin.

– Tiens-toi, petit, on saute !

Souti cessa de tirer pour s'accrocher au rebord de la caisse. Deux ennemis, qu'il n'avait pu transpercer, lancèrent leurs haches en direction des Égyptiens.

A pleine vitesse, les deux chevaux enjambèrent le

barrage à son point le plus bas. Les ronces leur griffèrent les jambes, une pierre brisa les rayons de la roue droite, une autre défonça le flanc droit de la caisse. Un instant, le char vacilla ; d'un ultime coup de reins, les destriers franchirent l'obstacle.

Le char parcourut plusieurs kilomètres sans ralentir. Ballotté, étourdi, conservant son équilibre à grand-peine, Souti s'accrocha à son arc. A bout de souffle, couverts de sueur, les naseaux écumants, les chevaux s'immobilisèrent au pied d'une colline.

– Lieutenant !

Une hache enfoncée entre les omoplates, l'officier s'effondra sur les rênes. Souti tenta de le relever.

– Souviens-toi, petit... les lâches attaquent toujours par-derrière...

– Ne mourez pas, lieutenant !

– Maintenant, tu es le seul héros...

Les yeux chavirèrent et le souffle s'éteignit.

Souti serra longtemps le cadavre contre lui. Le lieutenant ne bougerait plus, ne l'encouragerait plus, ne tenterait plus l'impossible. Il était seul, perdu dans un pays hostile, lui, le héros dont seul un mort pouvait vanter les vertus.

Souti enterra le gradé, prenant soin de fixer les lieux dans sa mémoire. S'il survivait, il viendrait chercher le corps et le ramènerait en Égypte. Il n'était pas plus cruelle destinée, pour un enfant des Deux Terres, que d'être inhumé loin de son pays.

Retourner en arrière, c'était retomber dans le piège ; progresser, risquer de se heurter à d'autres adversaires. Il adopta pourtant cette dernière solution, espérant établir au plus vite la jonction avec les soldats du général Asher, à supposer qu'ils n'aient pas été exterminés.

Les chevaux acceptèrent de reprendre la route. Si une nouvelle embuscade était tendue, Souti ne pourrait à la fois conduire le char et manier son arc. La gorge serrée, il suivit un chemin caillouteux qui aboutissait à une maison délabrée. Le jeune homme sauta à terre et s'empara d'une épée. De la fumée sortait d'une cheminée rudimentaire.

– Sortez de là!

Sur le seuil, une sauvageonne vêtue de haillons, les cheveux sales. Elle brandit un couteau grossier.

– Rassure-toi et lâche ton arme.

La silhouette semblait frêle, incapable de se défendre. Souti ne s'en méfia pas. Quand il fut près d'elle, elle se jeta en avant et tenta de lui enfoncer la lame dans le cœur. Il esquiva, mais sentit une brûlure au biceps gauche. Déchaînée, elle frappa de nouveau. D'un coup de pied, il la désarma, puis la plaqua au sol. Du sang coulait le long de son bras.

– Calme-toi, ou je t'attache.

Elle se débattit comme une furie. Il la retourna et l'assomma d'une manchette sur la nuque. Ses rapports avec les femmes, en tant que héros, prenaient mauvaise tournure. Il la porta à l'intérieur de la masure, au sol de terre battue. Murs pouilleux, mobilier misérable, âtre recouvert de suie. Souti déposa sa pauvre capture sur une natte trouée, et lui lia les poignets et les chevilles avec une corde.

Brutale, la fatigue l'accabla. Il s'assit le dos à la cheminée, la tête dans les épaules, et trembla de tout son être. La peur sortait de sa chair.

La crasse le rebutait. Derrière la maison, un puits. Il remplit des cruches, nettoya sa blessure superficielle, et lava l'unique pièce.

– Tu as besoin d'un décrassage, toi aussi.

Il aspergea la jeune fille, elle se réveilla et hurla. Le contenu d'une nouvelle cruche étouffa ses cris. Quand il lui ôta son vêtement sale, elle se trémoussa à la manière d'un serpent.

– Je ne veux pas te violer, idiote!

Perçut-elle ses intentions? Elle se soumit. Debout, nue, elle sembla apprécier la douche. Quand il l'essuya, elle esquissa un sourire. La blondeur de ses cheveux le surprit.

– Tu es jolie. On t'a déjà embrassée ?

A sa manière d'ouvrir les lèvres et de remuer la langue, Souti comprit qu'il n'était pas le premier.

– Si tu me promets d'être gentille, je te détache.

Ses yeux implorèrent. Il ôta la corde qui entravait les pieds, caressa ses mollets, ses cuisses, et posa la bouche sur les boucles dorées de son sexe. Elle se tendit comme un arc. Les mains libres, elle l'enlaça.

*

Souti avait dormi dix heures, d'un sommeil sans rêve. Sa blessure l'aiguillonna, il se leva d'un bond et sortit de la masure.

Elle avait volé ses armes et coupé les rênes du char. Les chevaux s'étaient enfuis.

Plus d'arc, plus de poignard, plus d'épée, plus de bottes, plus de manteau. Le char s'enliserait là, inutile, sous la pluie battante qui tombait depuis le milieu de la matinée. Le héros, réduit au rang d'imbécile berné par une sauvageonne, n'avait plus qu'à marcher vers le nord.

Furieux, il cassa le char à coups de pierre afin qu'il ne tombât pas entre les mains de l'ennemi. Vêtu d'un simple pagne et chargé comme un baudet, Souti marcha sous les averses ininterrompues. Dans un sac, du pain rassis, un morceau du timon portant une inscription hiéroglyphique qui donnait le nom du lieutenant, des cruches remplies d'eau fraîche et la natte trouée.

Il franchit un col, traversa une forêt de pins et dévala une pente raide venant mourir dans un lac qu'il contourna en longeant la berge.

La montagne devint inhospitalière. Après une nuit passée à l'abri d'un rocher brisant le vent d'est, il grimpa un sentier glissant et s'aventura dans une région aride. Ses réserves de nourriture furent vite épuisées. Il commença à souffrir de la soif.

Alors qu'il se désaltérait en buvant quelques gorgées

dans une mare d'eau saumâtre, Souti entendit des branches craquer. Plusieurs hommes approchaient. En rampant, il se dissimula derrière le tronc d'un pin géant.

Cinq hommes poussaient un prisonnier, mains liées derrière le dos. Leur chef, de petite taille, l'agrippa par les cheveux et l'obligea à s'agenouiller. Souti était trop loin pour entendre ce qu'il disait, mais les cris du supplicié brisèrent bientôt le calme de la montagne.

Un contre cinq, et sans armes... le jeune homme n'avait aucune chance de sauver le malheureux.

Le tortionnaire le roua de coups, l'interrogea, le battit de nouveau, puis ordonna à ses acolytes de le traîner vers une grotte. A l'issue d'un dernier interrogatoire, il lui trancha la gorge.

Après que les criminels se furent éloignés, Souti demeura immobile plus d'une heure. Il songea à Pazair, à son amour de la justice et de l'idéal ; comment aurait-il réagi devant cette barbarie ? Il ignorait que, si près de l'Égypte, existait un monde sans lois où la vie humaine n'avait aucune valeur.

Il se força à descendre jusqu'à la grotte. Ses jambes chancelaient, les cris du mourant résonnaient encore dans sa tête. Le supplicié avait rendu l'âme. D'après son pagne et son allure, l'homme était un Égyptien, sans doute un soldat de l'armée d'Asher tombé aux mains des rebelles. Souti lui creusa une tombe avec ses mains, à l'intérieur de la grotte.

Choqué, épuisé, il poursuivit sa route, s'en remettant au destin. Face à l'ennemi, il n'aurait plus la force de se défendre.

Quand deux soldats casqués l'interpellèrent, il s'affala sur la terre humide.

*

Une tente.

Un lit, un coussin sous la tête, une couverture.

Souti se redressa. La pointe d'un couteau le contraignit à s'allonger.

– Qui es-tu ?

Le questionneur était un officier égyptien, au visage buriné.

– Souti, archer de la charrerie.

– D'où viens-tu ?

Il narra ses exploits.

– Peux-tu prouver tes dires ?

– Dans mon sac, il y a un morceau du char avec le nom de mon lieutenant.

– Qu'est-il devenu ?

– Les Bédouins l'ont tué, je l'ai enterré.

– Toi, tu t'es enfui.

– Bien sûr que non ! Avec mes flèches, j'en ai atteint une bonne quinzaine.

– Date de ton engagement ?

– Début du mois.

– Quinze jours à peine, et tu serais déjà un archer d'élite !

– Un don.

– Je ne crois qu'à l'entraînement. Si tu disais la vérité ?

Souti rejeta la couverture.

– C'est la vérité.

– N'aurais-tu pas supprimé le lieutenant ?

– Vous divaguez !

– Un séjour prolongé dans un cul-de-basse-fosse te remettra les idées en place.

Souti se rua vers l'extérieur. Deux soldats lui bloquèrent les bras, un troisième le frappa au ventre, et l'assomma d'un coup de poing sur la nuque.

– Nous avons eu raison de soigner cet espion. Il parlera d'abondance.

CHAPITRE 22

Attablé dans l'une des tavernes de Thèbes les plus fréquentées, Pazair lança la conversation sur Hattousa, l'une des épouses diplomatiques de Ramsès le Grand. Lors de la conclusion du traité de paix avec les Hittites, Pharaon avait reçu l'une des filles du souverain asiatique en gage de sincérité. Placée à la tête du harem de Thèbes, elle y vivait une existence luxueuse.

Inaccessible, invisible, Hattousa n'était pas populaire. Les ragots l'accablaient; ne pratiquait-elle pas la magie noire, ne se liait-elle pas aux démons de la nuit, ne refusait-elle pas d'apparaître lors des grandes fêtes ?

– A cause d'elle, déclara le propriétaire de la taverne, le prix des onguents a doublé.

– Pourquoi est-elle responsable ?

– Ses dames de compagnie, dont le nombre va croissant, se maquillent la journée durant. Le harem utilise une quantité incroyable d'onguents de première qualité, les achète cher, et entraîne une hausse des tarifs. Pour l'huile, c'est pareil. Quand serons-nous débarrassés de cette étrangère ?

Personne ne prit la défense de Hattousa.

*

Une végétation luxuriante entourait les bâtiments composant le harem de la rive est. Un canal desservait le site; abondante, l'eau irriguait plusieurs jardins réservés aux dames de la cour, veuves et âgées, un grand verger, et un parc floral où se détendaient les fileuses et les tisserandes. Comme les autres harems d'Égypte, celui de Thèbes abritait de nombreux ateliers, des écoles de danse, de musique et de poésie, un centre de production d'herbes odoriférantes et de produits de beauté; des spécialistes y travaillaient le bois, l'émail et l'ivoire; on y créait de superbes robes de lin et l'on s'y adonnait à l'art raffiné des compositions florales. Sans cesse en activité, le harem était aussi un centre éducatif où se formaient Égyptiens et étrangers destinés à la haute administration. A côté des élégantes, parées des bijoux les plus éclatants, passaient des artisans, des enseignants et des gestionnaires chargés d'approvisionner les pensionnaires en denrées fraîches.

Le juge Pazair se présenta tôt le matin au palais central. Sa qualité lui permit de franchir le barrage des gardes et de s'entretenir avec l'intendant de Hattousa. Ce dernier reçut la requête du juge et la montra à sa patronne qui, à la surprise de son employé, ne la repoussa pas.

Le magistrat fut introduit dans une pièce à quatre colonnes, aux murs décorés de peintures représentant des oiseaux et des fleurs. Un dallage multicolore ajoutait au charme de l'endroit. Autour de Hattousa, assise sur un trône en bois doré, deux coiffeuses virevoltaient. Elles maniaient des pots et des cuillers à fard, des boîtes à parfum, et terminaient la toilette du matin par l'opération la plus délicate, l'ajustement de la perruque, à laquelle la plus habile ajoutait de fausses mèches après avoir remplacé les boucles défectueuses.

La trentaine triomphante, le port de tête dédaigneux,

la princesse hittite contemplait sa beauté dans un miroir dont le manche doré évoquait une tige de lotus.

– Un juge chez moi, à une heure aussi matinale ! Je suis intriguée. Quel est le motif de votre visite ?

– J'aimerais vous poser quelques questions.

Elle posa le miroir et congédia les coiffeuses.

– Un entretien en tête à tête vous convient-il ?

– A merveille.

– Enfin un peu de distraction ! La vie est si ennuyeuse, dans ce palais.

La peau très blanche, les mains longues et fines, les yeux noirs, Hattousa était à la fois attirante et inquiétante. Mutine, piquante, rapide, elle n'avait aucune indulgence pour ses interlocuteurs et prenait plaisir à stigmatiser leurs faiblesses, défaut d'élocution, attitude maladroite ou imperfection physique.

Elle considéra Pazair avec attention.

– Vous n'êtes pas le plus bel homme d'Égypte, mais une femme peut tomber très amoureuse de vous et vous rester fidèle. Impatient, passionné, épris d'idéal... vous collectionnez de graves défauts. Et si sérieux, presque grave, au point de gâcher votre jeunesse !

– Me permettez-vous de vous interroger ?

– Démarche audacieuse ! Êtes-vous conscient de votre impudence ? Je suis l'une des épouses du grand Ramsès et pourrais vous faire révoquer sur l'heure.

– Vous savez bien que non. Je défendrais ma cause devant le tribunal du vizir et vous seriez convoquée pour abus de pouvoir.

– L'Égypte est un étrange pays. Non seulement ses habitants croient en la justice, mais encore ils la respectent et veillent sur son application. Ce miracle ne durera pas.

Hattousa reprit le miroir afin d'examiner une à une les boucles de sa perruque.

– Si vos questions m'amusent, j'y répondrai.

– Qui vous livre le pain frais ?

La Hittite ouvrit des yeux ébahis.

– Mon pain vous soucie ?

– Plus exactement, le boulanger de la rive ouest qui désirait travailler pour vous.

– Tout le monde veut travailler pour moi ! On connaît ma générosité.

– Pourtant, le peuple ne vous aime guère.

– C'est réciproque. Le peuple est stupide, ici comme ailleurs. Je suis une étrangère, et fière de le rester. Des dizaines de serviteurs sont à mes pieds, parce que le roi m'a confié la direction de ce harem, le plus prospère de tous.

– Le boulanger ?

– Voyez mon intendant, il vous renseignera. Si ce boulanger a livré du pain, vous le saurez. Est-ce si important ?

– Avez-vous connaissance d'un drame qui s'est produit près du sphinx de Guizeh ?

– Que cachez-vous, juge Pazair ?

– Rien d'essentiel.

– Ce jeu m'ennuie, comme les fêtes, comme les courtisans ! Je n'ai qu'un désir : retourner chez moi. Ce serait amusant, si les armées hittites écrasaient vos soldats et envahissaient l'Égypte. Une belle revanche, en vérité ! Mais je crains de mourir ici, épouse du plus puissant des rois, d'un homme que je n'ai vu qu'une seule fois, le jour de notre mariage scellé par des diplomates et des juristes, afin d'assurer la paix et le bonheur de nos peuples. Mon bonheur, à moi, qui s'en préoccupe ?

– Merci de votre coopération, altesse.

– C'est à moi de rompre l'entrevue, pas à vous !

– Je ne cherchais pas à vous offenser.

– Sortez.

L'intendant de Hattousa précisa qu'il avait bien commandé des pains à un excellent boulanger de la rive ouest ; mais aucune livraison n'avait été effectuée.

Perplexe, Pazair sortit du harem. Conformément à ses habitudes, il avait tenté d'exploiter le plus petit indice, sans craindre d'importuner l'une des plus grandes dames du royaume.

Était-elle mêlée, de près ou de loin, au complot ? Encore une question sans réponse.

*

L'adjoint au maire de Memphis ouvrit la bouche, angoissé.

– Détendez-vous, recommanda Qadash.

Le dentiste n'avait pas dissimulé la vérité : il fallait arracher la molaire. Malgré des soins intensifs, il n'avait pu la sauver.

– Ouvrez plus grand.

Certes, la main de Qadash n'était plus aussi ferme qu'autrefois, mais elle continuerait longtemps encore à prouver son talent. Après une anesthésie locale, il passa à la première phase de l'extraction et fixa sa pince de part et d'autre de la dent.

Imprécis, tremblant, il blessa la gencive. Néanmoins, il s'acharna. Énervé, il ne maîtrisa pas l'opération et déclencha une hémorragie en s'attaquant aux racines. Il se précipita sur un foret dont il plaça l'extrémité pointue dans une cavité creusée à l'intérieur d'un bloc de bois, lui imprima un mouvement de rotation rapide au moyen d'un archet, et fit jaillir une étincelle. Dès que la flamme fut suffisante, il chauffa une lancette avec laquelle il cautérisa la plaie du patient.

La mâchoire douloureuse et enflée, l'adjoint au maire sortit du cabinet sans remercier le dentiste. Qadash perdait un client important qui ne manquerait pas de le dénigrer.

Le praticien se trouvait à la croisée des chemins. Il n'acceptait ni de vieillir ni de perdre son art. Certes, la danse avec les Libyens le réconforterait et lui réinsufflerait une énergie passagère, mais elle ne lui suffisait plus. Si proche, la solution demeurait si lointaine !

Qadash devait utiliser d'autres armes, parfaire sa technique, démontrer qu'il restait le meilleur.

Un autre métal : voici ce dont il avait besoin.

*

Le bac partait.

D'un bond, Pazair réussit à sauter sur les planches disjointes de l'embarcation à fond plat où se tassaient bêtes et gens.

Le bac effectuait une navette incessante entre les deux rives ; malgré la brièveté du parcours, on y échangeait des nouvelles et l'on y traitait même des affaires. Le juge fut poussé par l'arrière-train d'un bœuf remuant et heurta une femme qui lui tournait le dos.

– Pardonnez-moi.

Elle ne répondit pas et masqua son visage sous ses mains. Intrigué, Pazair l'observa.

– Ne seriez-vous pas la dame Sababou ?

– Laissez-moi en paix.

Robe brune, châle marron sur les épaules, coiffure en désordre, Sababou avait l'air d'une pauvresse.

– Ne devrions-nous pas échanger quelques confidences ?

– Je ne vous connais pas.

– Rappelez-vous mon ami Souti. Il vous a convaincue de ne pas me diffamer.

Affolée, elle se pencha vers le fleuve, animé d'un fort courant. Pazair la retint par le bras.

– Le Nil est dangereux, à cet endroit. Vous pourriez vous noyer.

– Je ne sais pas nager.

Des gamins sautèrent sur la rive dès que le bac accosta. Les suivirent ânes, bœufs et paysans. Pazair et Sababou descendirent les derniers. Il n'avait pas lâché la prostituée.

– Pourquoi m'importunez-vous ? Je suis une simple servante, je...

– Votre système de défense est grotesque. N'avez-vous pas affirmé à Souti que j'étais l'un de vos fidèles clients ?

– Je ne comprends pas.

– Je suis le juge Pazair, souvenez-vous.

Elle tenta de s'enfuir, mais l'étau ne se desserra pas.

– Soyez raisonnable.

– Vous me faites peur !

– Vous cherchiez à me déshonorer.

Elle éclata en sanglots. Gêné, il la libéra. Fût-elle une ennemie, sa détresse le touchait.

– Qui vous avez donné l'ordre de me calomnier ?

– Je l'ignore.

– Vous mentez.

– Un sous-fifre m'a contactée.

– Un policier ?

– Comment savoir ? Je ne pose pas de questions.

– Comment êtes-vous rémunérée ?

– On me laisse tranquille.

– Pourquoi m'aidez-vous ?

Elle esquissa un pauvre sourire.

– Tant de souvenirs et de jours heureux... Mon père était juge de campagne, je l'adorais. Quand il est mort, j'ai pris mon village en horreur et j'ai habité Memphis. De mauvaise rencontre en mauvaise rencontre, je suis devenue une putain. Une putain riche et respectée. On me paye pour obtenir des renseignements confidentiels sur les personnalités qui fréquentent ma maison de bière.

– Mentmosé, n'est-ce pas ?

– Concluez vous-même. Jamais je n'avais été obligée de salir un juge. Par respect pour la mémoire de mon père, je vous ai épargné. Si vous êtes en danger, tant pis pour vous.

– Ne redoutez-vous pas des représailles ?

– Mes souvenirs me protègent.

– Supposez que votre commanditaire se moque de cette menace.

Elle baissa les yeux.

– C'est pourquoi j'ai quitté Memphis pour me cacher ici. A cause de vous, j'ai tout perdu.

– Le général Asher est-il venu chez vous ?

– Non.

– La vérité jaillira, je vous le promets.

– Je ne crois plus aux promesses.

– Ayez confiance.

– Pourquoi veut-on vous détruire, juge Pazair ?

– J'enquête sur un accident qui s'est produit à Guizeh. Cinq vétérans de la garde d'honneur y ont, officiellement, trouvé la mort.

– Aucun bruit n'a circulé sur cette affaire.

La tentative du juge avait échoué. Ou elle ne savait rien, ou elle se taisait.

Soudain, elle porta la main droite à son épaule gauche et poussa un cri de douleur.

– De quoi souffrez-vous ?

– Rhumatisme aigu. Parfois, je ne peux plus remuer le bras.

Pazair n'hésita pas longtemps. Elle l'avait aidé, il devait la secourir.

*

Néféret soignait un ânon blessé à une patte lorsque Pazair lui présenta Sababou. Elle avait promis au juge de cacher son identité.

– J'ai rencontré cette femme sur le bac. Elle souffre de l'épaule, pourriez-vous la soulager ?

Néféret se lava longuement les mains.

– Douleur ancienne ?

– Plus de cinq ans, répondit Sababou, agressive. Savez-vous qui je suis ?

– Une malade que je vais essayer de guérir.

– Je suis Sababou, prostituée et tenancière d'une maison de bière.

Pazair était blême.

– La fréquence des rapports sexuels et la fréquentation de partenaires à l'hygiène douteuse sont peut-être les causes de votre mal.

– Examinez-moi.

Sababou ôta la robe sous laquelle elle était nue.

Pazair devait-il fermer les yeux, se retourner ou disparaître sous terre ? Néféret ne lui pardonnerait pas cet affront. Client d'une fille de joie, voilà la révélation qu'il lui offrait ! Ses dénégations seraient aussi ridicules qu'inutiles.

Néféret palpa l'épaule, suivit avec son index la ligne d'un nerf, décela les points d'énergie, et vérifia la courbure de l'omoplate.

– C'est sérieux, conclut-elle. Le rhumatisme est déjà déformant. Si vous ne vous soignez pas, vos membres se paralyseront.

Sababou perdit sa morgue.

– Que... que me conseillez-vous ?

– D'abord, cesser de boire de l'alcool ; ensuite, absorber chaque jour de la teinture mère d'écorce de saule ; enfin, recevoir quotidiennement une application de baume, composé de natron, d'huile blanche, de résine de térébinthe, d'oliban, de miel, et de graisses d'hippopotame, de crocodile, de silure et de muge *. Ces produits sont coûteux, je n'en dispose pas. Il vous faudra consulter un médecin, à Thèbes.

Sababou se rhabilla.

– Ne tardez pas, recommanda Néféret ; l'évolution me semble rapide.

Mortifié, Pazair raccompagna la prostituée à l'entrée du village.

– Suis-je libre ?

– Vous n'avez pas tenu parole.

– Cela vous surprendra mais, parfois, j'ai horreur du mensonge. Devant une femme comme elle, se dissimuler est impossible.

Pazair s'assit dans la poussière, sur le rebord du che-

* Silure et muge : des poissons du Nil.

min. Sa naïveté l'avait conduit au désastre. Sababou, d'une manière inattendue, avait fini par remplir sa mission ; le juge se sentait brisé. Lui, le magistrat intègre, complice d'une prostituée, hypocrite et débauché aux yeux de Néféret !

Sababou la bonne fée, Sababou respectueuse des juges et de la mémoire de son père, Sababou qui n'avait pas hésité à le trahir dès la première occasion. Demain, elle le vendrait à Mentmosé, si ce n'était déjà fait.

La légende prétendait que les noyés bénéficiaient de l'indulgence d'Osiris, lorsqu'ils comparaissaient devant le tribunal de l'autre monde. Les eaux du Nil les purifiaient. Amour perdu, nom souillé, idéal dévasté... Le suicide l'attirait.

La main de Néféret se posa sur son épaule.

– Votre rhume est-il guéri ?

Il n'osa pas bouger.

– Je suis désolé.

– Que déplorez-vous ?

– Cette femme... Je vous jure que...

– Vous m'avez amené une malade, j'espère qu'elle se soignera sans délai.

– Elle a tenté de ruiner ma réputation, et prétend avoir renoncé.

– Une prostituée au grand cœur ?

– Je l'ai pensé.

– Qui vous le reprochera ?

– Je suis allé chez Sababou, avec mon ami Souti, pour fêter son engagement dans l'armée.

Néféret n'ôta pas sa main.

– Souti est un être merveilleux, à la fougue inépuisable. Il adore le vin et les femmes, veut devenir un grand héros, refuse toute contrainte. Entre lui et moi, c'est à la vie, à la mort. Pendant que Sababou l'accueillait dans sa chambre, je suis resté assis, enfermé dans mon enquête. Je vous supplie de me croire.

– Un vieillard me soucie. Il faudrait le laver et désinfecter sa maison. Accepteriez-vous de m'aider ?

CHAPITRE 23

– Lève-toi.

Souti s'extirpa de la prison où on l'avait enfermé. Sale, affamé, il n'avait cessé de chanter des chansons paillardes et de songer aux heures merveilleuses passées dans les bras des belles Memphites.

– Avance.

Le soldat qui lui donnait des ordres était un mercenaire. Ancien pirate *, il avait choisi l'armée égyptienne en raison de la retraite avantageuse qu'elle offrait à ses vétérans. La tête couverte d'un casque à pointe, armé d'un glaive court, il ignorait les états d'âme.

– C'est toi, le dénommé Souti ?

Comme le jeune homme tardait à répondre, le mercenaire le frappa au ventre. Plié en deux, il ne mit pas le genou à terre.

– Tu es fier et costaud. Il paraît que tu as combattu contre les Bédouins. Moi, je n'y crois pas. Quand on tue un ennemi, on lui coupe la main et on la présente à son supérieur. A mon avis, tu t'es enfui comme un lapin.

– Avec un morceau de timon de char, de mon char ?

– Produit d'un pillage. Tu maniais l'arc, on va vérifier.

* Les pirates de la Méditerranée quittaient parfois leur existence aventureuse pour s'engager comme mercenaires dans l'armée égyptienne.

– J'ai faim.

– On verra après. Même à bout de forces, un vrai guerrier est capable de se battre.

Le mercenaire conduisit Souti à l'orée d'un bois et lui remit un arc d'un poids considérable. Sur la face frontale du noyau en bois, un revêtement en corne; sur le dos, de l'écorce. La corde de tension était un tendon de bœuf recouvert de fibres de lin, bloqué par des nœuds aux deux extrémités.

– Cible à soixante mètres, sur le chêne, droit devant toi. Tu as deux flèches pour la toucher.

Quand il banda l'arc, Souti crut que les muscles de son dos se déchiraient. Des points noirs dansèrent devant ses yeux. Maintenir la pression, disposer la flèche, viser, oublier l'enjeu, intérioriser la cible, devenir l'arc et la flèche, voler dans l'air, se planter au cœur de l'arbre.

Il ferma les yeux et tira.

Le mercenaire avança de quelques pas.

– Presque au centre.

Souti ramassa la seconde flèche, retendit l'arc et visa le soldat.

– Tu es imprudent.

Le mercenaire lâcha son glaive.

– J'ai dit la vérité, affirma Souti.

– Entendu, entendu!

Le jeune homme laissa partir la flèche. Elle se planta dans la cible, à droite de la précédente. Le soldat soupira.

– Qui t'a appris à manier l'arc?

– C'est un don.

– A la rivière, soldat. Décrassage, vêture et déjeuner.

Équipé de son arc préféré, en bois d'acacia, doté de bottes, d'un manteau de laine, d'un poignard, correctement nourri, lavé et parfumé, Souti comparut devant l'officier qui commandait la centaine de fantassins. Cette fois, il l'écouta avec attention et rédigea un rapport.

– Nous sommes coupés de nos bases et du général Asher. Il campe à trois journées de marche d'ici, avec un corps d'élite. J'envoie deux messagers vers le sud, afin que l'armée principale progresse plus vite.

– Une révolte ?

– Deux roitelets asiatiques, une tribu iranienne, et des Bédouins coalisés. Leur chef est un Libyen exilé, Adafi. Prophète d'un dieu vengeur, il a décidé de détruire l'Égypte et de monter sur le trône de Ramsès. Un pantin pour les uns, un fou dangereux pour les autres. Il aime frapper par surprise, sans tenir compte des traités. Si nous restons ici, nous serons massacrés ; entre Asher et nous, un fortin bien défendu. Nous le prendrons d'assaut.

– Disposons-nous de chars ?

– Non, mais de plusieurs échelles et d'une tour montée sur des roues. Il nous manquait un archer d'élite.

*

Dix fois, cent fois, Pazair avait tenté de lui parler. Il s'était contenté de soulever un vieillard, de le porter sous un palmier, à l'abri du vent et du soleil, de nettoyer sa maison et de seconder Néféret. Il guetta un signe de désapprobation, un regard chargé de reproche. Concentrée sur son travail, elle semblait indifférente.

La veille, le juge s'était rendu au jardin de Kani, dont les investigations n'avaient pas abouti. Prudent, il avait pourtant visité la plupart des villages et conversé avec des dizaines de paysans et d'artisans. Aucune trace d'un vétéran revenu de Memphis. Si l'homme résidait sur la rive ouest, il se cachait bien.

– Dans une dizaine de jours, Kani vous apportera un premier lot de plantes médicinales.

– Le chef du village m'a attribué une maison abandonnée, à la lisière du désert ; elle me servira de cabinet médical.

– L'eau ?

– On raccordera une canalisation dès que possible.
– Votre logement ?
– Petit, mais propre et agréable.
– Hier Memphis, aujourd'hui cet endroit perdu.
– Ici, je n'ai pas d'ennemis. Là-bas, c'était la guerre.
– Nébamon ne régnera pas éternellement sur la corporation des médecins.
– Au destin de décider.
– Vous retrouverez votre rang.
– Quelle importance ? J'ai oublié de vous questionner à propos de votre rhume.
– Le vent du printemps ne me réussit pas.
– Une nouvelle inhalation est indispensable.

Pazair s'y soumit. Il aimait l'entendre préparer la pâte désinfectante, manipuler le remède, et le disposer sur la pierre avant de le recouvrir d'un pot au fond troué. Quels que fussent ses gestes, il les savourait.

*

La chambre du juge avait été fouillée de fond en comble. Même sa moustiquaire avait été arrachée, roulée en boule, et jetée sur le plancher de bois. Sac de voyage vidé, tablettes et papyrus éparpillés, natte piétinée, pagne, tunique et manteau lacérés.

Pazair s'agenouilla, à la recherche d'un indice.

Le cambrioleur n'avait laissé aucune trace derrière lui.

*

Le juge porta sa plainte au fonctionnaire obèse, stupéfait et outré.
– Des soupçons ?
– Je n'ose pas les formuler.
– Je vous en prie !
– On m'a suivi.
– Avez-vous identifié le suiveur ?

– Non.
– Une description ?
– Impossible.
– Regrettable. Mon enquête ne sera pas facile.
– Je le comprends.
– De même que les autres postes de police de la région, j'ai reçu un message pour vous. Votre greffier vous cherche partout.
– Motif ?
– Non précisé. Il vous demande de regagner Memphis au plus tôt. Quand partez-vous ?
– Eh bien... demain.
– Souhaitez-vous une escorte ?
– Kem me suffira.
– A votre guise, mais soyez prudent.
– Qui oserait s'en prendre à un juge ?

*

Le Nubien s'était muni d'un arc, de flèches, d'une épée, d'un gourdin, d'une lance, et d'un bouclier à armature de bois revêtu d'une peau de bœuf, bref de l'équipement classique d'un policier assermenté, reconnu apte à pratiquer des interventions délicates. Le babouin se contentait de ses crocs.
– Qui a payé cet armement ?
– Les commerçants du marché. Mon babouin a arrêté un par un les membres d'une bande de voleurs qui sévissait depuis plus d'un an. Les marchands ont tenu à me remercier.
– Avez-vous obtenu les autorisations de la police thébaine ?
– Mes armes ont été répertoriées et numérotées, je suis en règle.
– Un ennui, à Memphis, nous devons rentrer. Le cinquième vétéran ?
– Sur le marché, aucun écho. Et vous ?
– Rien.

– Il est mort, comme les autres.
– En ce cas, pourquoi a-t-on fouillé ma chambre ?
– Je ne vous quitte plus d'un pouce.
– Vous êtes à mes ordres, rappelez-vous.
– Mon devoir est de vous protéger.
– Si je l'estime nécessaire. Attendez-moi ici et soyez prêt à partir.
– Dites-moi au moins où vous allez.
– Je ne serai pas long.

*

Néféret devenait la reine d'un village perdu de la rive ouest de Thèbes. Bénéficier de la présence permanente d'un médecin représentait, pour la petite communauté, un présent inestimable. L'autorité souriante de la jeune femme faisait merveille ; enfants et adultes écoutaient ses conseils et ne redoutaient plus la maladie.

Néféret tenait au strict respect de règles d'hygiène connues de tous, mais parfois négligées : fréquent lavage des mains, impératif avant chaque repas, douche quotidienne, lavage des pieds avant d'entrer dans une maison, purification de la bouche et des dents, rasage régulier des poils et coupe des cheveux, utilisation d'onguents, de cosmétiques et de déodorants à base de caroube. Chez les pauvres comme chez les riches, on se servait d'une pâte composée de sable et de graisse ; ajoutée au natron, elle nettoyait et désinfectait la peau.

Sur l'insistance de Pazair, Néféret avait accepté de se promener au bord du Nil.

– Êtes-vous heureuse ?
– Je crois être utile.
– Je vous admire.
– D'autres médecins mériteraient votre estime.
– Je dois quitter Thèbes. On me rappelle à Memphis.
– A cause de cette étrange affaire ?
– Mon greffier ne le précise pas.

– Avez-vous progressé ?

– Le cinquième vétéran demeure introuvable. S'il avait occupé un emploi stable sur la rive ouest, je l'aurais appris. Mon enquête s'éteint.

Le vent changeait, le printemps devenait tendre et chaud. Bientôt soufflerait le vent de sable ; pendant plusieurs jours, il contraindrait les Égyptiens à se terrer chez eux.

Partout, la nature fleurissait.

– Reviendrez-vous ?

– Le plus tôt possible.

– Je vous sens inquiet.

– On a fouillé ma chambre.

– Un moyen de vous dissuader.

– On a cru que je détenais un document essentiel. A présent, on sait que c'est faux.

– Ne prenez-vous pas trop de risques ?

– A cause de mon incompétence, je commets trop d'erreurs.

– Soyez moins cruel avec vous-même ; vous n'avez rien à vous reprocher.

– Je veux vaincre l'injustice qui vous frappe.

– Vous m'oublierez.

– Jamais !

Elle sourit, attendrie.

– Nos serments de jeunesse s'évanouissent dans la brise du soir.

– Pas les miens.

Pazair s'immobilisa, se tourna vers elle, et lui prit les mains.

– Je vous aime, Néféret. Si vous saviez comme je vous aime...

L'inquiétude voila son regard.

– Ma vie est ici, la vôtre à Memphis. Le destin a choisi.

– Je me moque de ma carrière. Si vous m'aimez, qu'importe le reste !

– Ne soyez pas enfantin.

– Vous êtes le bonheur, Néféret. Sans vous, mon existence n'a aucun sens.

Elle retira doucement ses mains.

– Je dois réfléchir, Pazair.

Il eut envie de la prendre dans ses bras, de la serrer si fort contre lui que personne ne pourrait les séparer. Mais il ne fallait pas briser la fragile espérance qui illuminait sa réponse.

*

L'avaleur d'ombres assista au départ de Pazair. Il quittait Thèbes sans s'être entretenu avec le cinquième vétéran et n'emportait aucun document compromettant. La fouille de sa chambre s'était révélée stérile.

Lui-même n'avait pas abouti. Maigre moisson : le cinquième vétéran avait séjourné dans une bourgade, au sud de la grande cité, où il comptait s'établir comme réparateur de chars. Paniqué par le décès tragique de son collègue, le boulanger, il avait disparu.

Ni le juge ni l'avaleur d'ombres n'étaient parvenus à le localiser.

Le vétéran se savait en danger. Donc, il tiendrait sa langue. Rassuré, l'avaleur d'ombres prendrait le prochain bateau pour Memphis.

CHAPITRE 24

Le vizir Bagey souffrait des jambes. Elles étaient lourdes, gonflées, au point d'effacer le creux des chevilles. Il se chaussait avec de larges sandales aux lanières lâches, sans avoir le temps de s'octroyer d'autres soins. Plus il demeurait assis à son bureau, plus l'enflure augmentait ; mais le service du royaume ne tolérait ni repos ni absence.

Son épouse, Nédyt, avait refusé la grande villa de fonction que Pharaon attribuait au vizir. Bagey s'était rangé à son avis, car il préférait la ville à la campagne. Aussi habitaient-ils dans une modeste maison du centre de Memphis que la police surveillait jour et nuit. Le Premier ministre des Deux Terres jouissait d'une parfaite sécurité ; jamais, depuis les origines de l'Égypte, un vizir n'avait été assassiné ni même agressé.

Placé au sommet de la hiérarchie administrative, il ne s'enrichissait pas. Sa mission passait avant son bien-être. Nédyt avait mal supporté l'ascension de son époux ; désavantagée par des traits épais, une petite taille et un embonpoint qu'elle ne parvenait pas à réduire, elle refusait les mondanités et n'apparaissait dans aucun banquet officiel. Elle regrettait l'époque où Bagey occupait un poste obscur, aux responsabilités limitées. Il rentrait tôt chez lui, la secondait à la cuisine et s'occupait de ses enfants.

En marchant vers le palais, le vizir songea à son fils et à sa fille. Son fils, d'abord artisan, s'était signalé au maître menuisier par sa paresse. Sitôt informé, le vizir avait obtenu son exclusion de l'atelier et imposé une embauche comme préparateur de briques crues. Jugeant cette décision injuste, Pharaon avait blâmé son vizir, l'accusant de trop de sévérité envers les membres de sa propre famile. Tout vizir devait veiller à ne pas privilégier les siens, mais l'excès inverse était condamnable *. Aussi le fils de Bagey avait-il gravi un échelon en devenant vérificateur de briques cuites. Nulle autre ambition ne l'animait; son unique passion était le jeu de dames, en compagnie des garçons de son âge. Sa fille donnait au vizir davantage de satisfaction; elle compensait un physique ingrat par un grand sérieux dans son comportement, et rêvait d'entrer au temple comme tisserande. Son père ne l'aiderait d'aucune façon; seules ses qualités propres lui permettraient de réussir.

Las, le vizir délaissa sa chaise et s'assit sur un siège bas, légèrement incurvé vers le centre, formé de cordes tressées en arêtes de poisson. Avant son entretien quotidien avec le roi, il devait prendre connaissance des rapports provenant des divers ministères. Voûté, les pieds douloureux, il s'obligea à se concentrer.

Son secrétaire particulier interrompit sa lecture.

– Désolé de vous importuner.

– Que se passe-t-il ?

– Un messager de l'armée d'Asie au rapport.

– Résumez.

– Le régiment d'élite du général Asher est coupé du gros de nos troupes.

– Révolte ?

– Le Libyen Adafi, deux roitelets asiatiques et des Bédouins.

– Encore eux ! Nos services secrets se sont laissé surprendre.

* On connaît le cas d'un vizir démis de ses fonctions car, par crainte d'être accusé de favoritisme, il s'était montré injuste envers ses proches.

– Envoyons-nous des renforts ?

– Je consulte immédiatement Sa Majesté.

Ramsès ordonna à deux nouveaux régiments de partir pour l'Asie, et à l'armée principale de hâter sa progression. Le roi prenait l'affaire très au sérieux ; Asher, s'il avait survécu, devrait éliminer les rebelles.

Depuis la proclamation du décret qui avait frappé la Cour de stupeur, le vizir ne savait plus où donner de la tête afin de faire appliquer les directives de Pharaon. Grâce à sa gestion rigoureuse, l'inventaire des richesses de l'Égypte et de ses réserves diverses ne prendrait que quelques mois ; mais ses émissaires devaient interroger les supérieurs de chaque temple et les gouverneurs de chaque province, rédiger une masse impressionnante de comptes rendus et débusquer les inexactitudes. Les exigences du souverain déclenchaient une sourde hostilité ; aussi Bagey, considéré comme le véritable responsable de cette inquisition administrative, s'employait-il à apaiser bien des susceptibilités et à dissiper l'irritation de nombreux dignitaires.

En fin d'après-midi, Bagey eut la confirmation que ses consignes avaient été exécutées à la lettre. Dès le lendemain, il ferait doubler la garnison des Murs du roi, déjà en alerte permanente.

*

Au campement, la soirée fut sinistre. Demain, les Égyptiens attaqueraient le fortin rebelle afin de briser leur isolement et de tenter d'établir une liaison avec le général Asher. L'assaut s'annonçait difficile. Beaucoup ne rentreraient pas au pays.

Souti dînait avec le soldat le plus âgé, un baroudeur originaire de Memphis. Il dirigerait les manœuvres de la tour montée sur roues.

– Dans six mois, révéla-t-il, je serai à la retraite. Ma dernière campagne d'Asie, gamin ! Tiens, mange de l'ail frais. Ça te purgera et ça t'évitera les coups de froid.

– Il serait meilleur avec un peu de coriandre et du vin rosé.

– Le festin, après la victoire ! D'ordinaire, dans ce régiment, on est bien nourri. Le bœuf et les gâteaux ne sont pas rares, la fraîcheur des légumes est acceptable, la bière abondante. Autrefois, les soldats volaient par-ci, par-là ; Ramsès a interdit ces pratiques et chassé les pillards de l'armée. Moi, je n'ai volé personne. On me donnera une maison à la campagne, un lopin de terre et une servante. Je paierai peu d'impôts et transmettrai ma propriété à la personne de mon choix. Tu as eu raison de t'engager, gamin ; ton avenir est assuré.

– A condition de sortir de ce guêpier.

– Nous démolirons ce fortin. Surtout, méfie-toi sur ta gauche. La mort mâle vient de ce côté-là, la femelle par la droite.

– Pas de femmes, chez l'ennemi ?

– Si, et des vaillantes !

Souti n'oublierait ni la gauche ni la droite ; il se souviendrait aussi du dos, en mémoire du lieutenant de la charrerie.

*

Les soldats égyptiens se lancèrent dans une danse sauvage, faisant tournoyer leurs armes au-dessus de leur tête, et les dressant vers le ciel afin d'obtenir un destin favorable et le courage de combattre jusqu'à la mort. Selon les conventions internationales, la bataille aurait lieu une heure après l'aube ; seuls les Bédouins attaquaient sans prévenir.

Le vieux soldat ficha une plume dans les longs cheveux noirs de Souti.

– C'est la coutume, pour les archers d'élite. Elle évoque celle de la déesse Maât ; grâce à elle, ton cœur sera ferme et tu viseras juste.

Les fantassins portèrent les échelles ; en tête, l'ancien pirate. Souti monta dans la tour d'assaut aux côtés du vieux. Une dizaine d'hommes la poussèrent en direction du fortin. Le génie avait égalisé tant bien que mal un chemin de terre où les roues de bois circuleraient sans trop de peine.

– A gauche, ordonna le conducteur.

Le terrain s'aplanissait. Du haut du fortin, les archers ennemis tirèrent. Deux Égyptiens furent tués, une flèche rasa la tête de Souti.

– A toi, gamin.

Souti banda l'arc au revêtement de corne; lancés en parabole, les traits porteraient à plus de deux cents mètres. La corde tendue au maximum, il se concentra, expira en relâchant la pression.

Un Bédouin, frappé en plein cœur, tomba d'un créneau. Ce succès effaça la peur des fantassins, ils coururent sus à l'ennemi.

Souti changea d'arme à une centaine de mètres du but. Son arc en acacia, plus précis et moins fatigant à manier, lui permit de faire mouche à tout coup et de dégarnir la moitié des créneaux. Bientôt, les Égyptiens purent dresser leurs échelles.

Alors que la tour n'était plus qu'à une vingtaine de mètres de l'objectif, le conducteur s'effondra, une flèche dans le ventre. La vitesse s'accentua, la tour vint heurter le mur du fortin. Pendant que ses camarades bondissaient sur les créneaux et s'introduisaient à l'intérieur du bastion, Souti se préoccupa du vieux soldat.

La blessure était mortelle.

– Une belle retraite, gamin, tu verras... moi, c'est la malchance.

Sa tête tomba sur son épaule.

Avec un bélier, les Égyptiens enfoncèrent la porte; à la hache, l'ancien pirate acheva de la démolir. Paniqués, leurs adversaires se débandèrent. Le roitelet local sauta sur le dos de son cheval et piétina le gradé qui le sommait de se rendre. Furieux, les Égyptiens se déchaînèrent et ne firent pas de quartier.

Alors que le feu dévastait le fortin, un fuyard en

haillons échappa à la vigilance des vainqueurs et se rua vers la forêt. Souti le rattrapa, agrippa la tunique rapiécée et la déchira.

Une femme, jeune et vigoureuse. La sauvageonne qui l'avait volé.

Nue, elle continua à courir. Sous les rires et les encouragements de ses frères d'armes, Souti la cloua au sol.

Folle de peur, elle se débattit longtemps. Souti la releva, lui lia les mains et la couvrit de son pauvre vêtement.

– Elle t'appartient, déclara un fantassin.

Les quelques survivants, mains sur la tête, avaient abandonné arcs, boucliers, sandales et gourdes. Selon les expressions consacrées, ils perdaient leur âme, quittaient leur nom et se vidaient de leur sperme. Les vainqueurs s'emparèrent de la vaisselle de bronze, des bœufs, des ânes et des chèvres, brûlèrent la caserne, le mobilier et les tissus. Du fortin, il ne resterait qu'un tas de pierres disjointes et calcinées.

L'ancien pirate se dirigea vers Souti.

– Le chef est mort, le conducteur de la tour aussi. Tu es le plus vaillant d'entre nous et un archer d'élite. A toi le commandement.

– Je n'ai aucune expérience.

– Tu es un héros. Tous, nous témoignerons; sans toi, nous aurions échoué. Conduis-nous vers le nord.

Le jeune homme se soumit à la volonté de ses camarades. Il leur demanda de traiter correctement les prisonniers. Au cours d'interrogatoires rapides, ils affirmèrent que l'instigateur de la révolte, Adafi, ne se trouvait pas dans le fortin.

Souti marcha en tête de la colonne, l'arc à la main. A sa droite, sa prisonnière.

– Ton nom?

– Panthère.

Sa beauté le fascinait. Farouche, les cheveux blonds, les yeux de braise, elle avait un corps superbe, et des lèvres attirantes. Sa voix était chaude, envoûtante.

– D'où viens-tu ?

– De Libye. Mon père était un assommé vivant.

– Que veux-tu dire ?

– Lors d'une razzia, un glaive égyptien lui avait ouvert le crâne. Il aurait dû mourir. Prisonnier de guerre, il a travaillé comme agriculteur dans le Delta. Il a oublié sa langue, son peuple, est devenu un Égyptien ! Je l'ai haï et ne suis pas allée à ses funérailles. Moi, j'ai repris le combat !

– Que nous reproches-tu ?

La question surprit Panthère.

– Nous sommes ennemis depuis deux mille ans ! s'exclama-t-elle.

– Ne serait-il pas opportun de conclure une trêve ?

– Jamais !

– J'essaierai de te convaincre.

Le charme de Souti ne demeura pas inopérant. Panthère accepta de lever les yeux vers lui.

– Deviendrai-je ton esclave ?

– Il n'existe pas d'esclaves en Égypte.

Un soldat poussa un cri. Tous se jetèrent sur le sol. Sur la crête d'une colline, les fourrés bougeaient. En sortit une meute de loups qui observa les voyageurs et passa son chemin. Soulagés, les Égyptiens remercièrent les dieux.

– On me délivrera, affirma Panthère.

– Ne compte que sur toi-même.

– A la première occasion, je te trahirai.

– La sincérité est une vertu rare. Je commence à t'apprécier.

Boudeuse, elle s'enferma dans sa colère.

Ils progressèrent pendant deux heures dans un terrain pierreux, puis suivirent le lit d'un torrent asséché. Les yeux rivés sur les escarpements rocheux, Souti guettait le moindre signe d'une présence inquiétante.

Quand une dizaine d'archers égyptiens leur barrèrent la route, ils surent qu'ils étaient sauvés.

*

Lorsque Pazair se présenta à son bureau, vers onze heures du matin, la porte était fermée.

– Allez me chercher Iarrot, ordonna-t-il à Kem.

– Avec le babouin ?

– Avec le babouin.

– S'il est souffrant ?

– Ramenez-le-moi sur l'heure, dans n'importe quel état.

Kem se hâta.

Le teint très rouge, les paupières gonflées, Iarrot s'expliqua en geignant.

– Je me reposais, à la suite d'une indigestion. J'ai absorbé des grains de cumin dans du lait, mais les nausées subsistaient. Le médecin m'a prescrit une infusion de baies de genévrier et deux jours d'arrêt de travail.

– Pourquoi avez-vous inondé de messages la police thébaine ?

– Deux urgences !

La colère du juge retomba.

– Expliquez-vous.

– Première urgence : nous manquons de papyrus. Deuxième urgence : le contrôle du contenu des greniers qui dépendent de votre juridiction. D'après la note des services techniques, il manquerait la moitié de la réserve de blé dans le silo principal.

Iarrot baissa la voix.

– Un énorme scandale en perspective.

*

Après que les prêtres eurent présenté les premiers grains de la récolte à Osiris et offert du pain à la déesse des moissons, une longue litanie de porteurs de couffins, contenant la précieuse denrée, se dirigea vers les silos en chantant : « Un jour heureux est né pour nous. » Ils montaient des escaliers conduisant sur le toit des greniers, les uns en forme de rectangles, les autres de cylindres, et y déversaient leurs trésors par une lucarne que fermait un trappon. Une porte permettait d'évacuer le grain.

L'intendant des greniers reçut le juge avec une rare froideur.

– Le décret royal m'impose de contrôler les réserves de grain.

– Un technicien l'a fait pour vous.

– Ses conclusions ?

– Il ne me les a pas communiquées. Elles ne regardent que vous.

– Faites dresser une grande échelle contre la façade du grenier principal.

– Dois-je me répéter ? Un technicien a déjà vérifié.

– Vous opposeriez-vous à la loi ?

L'intendant devint plus aimable.

– Je songe à votre sécurité, juge Pazair. Grimper là-haut est dangereux. Vous n'êtes pas habitué à ce genre d'escalade.

– Vous ignoriez donc que la moitié de vos réserves avait disparu.

L'intendant sembla stupéfait.

– Quel désastre !

– Explication ?

– La vermine, c'est certain.

– N'est-elle pas votre principale préoccupation ?

– Je m'en remets au service de l'hygiène ; c'est lui, le fautif !

– La moitié des réserves, c'est énorme.

– Quand la vermine s'y met...

– Dressez l'échelle.

– C'est inutile, je vous assure. Ce n'est pas le rôle d'un juge !

– Lorsque j'aurai apposé mon cachet sur le rapport officiel, vous serez responsable devant la justice.

Deux employés apportèrent une grande échelle et la

plaquèrent contre la façade du silo. Pazair grimpa, mal à l'aise; les barreaux grinçaient, la stabilité laissait à désirer. A mi-parcours, il vacilla.

– Calez-la! réclama-t-il.

L'intendant regarda derrière lui, comme s'il songeait à s'enfuir.

Kem lui posa la main sur l'épaule, le babouin s'approcha de sa jambe.

– Obéissons au juge, recommanda le Nubien. Vous ne souhaiteriez pas un accident?

Ils firent contrepoids. Rassuré, Pazair continua à grimper. Il parvint au sommet, huit mètres au-dessus du sol, poussa un loquet, ouvrit une lucarne.

Le silo était plein à ras bords.

*

– Incompréhensible, estima l'intendant. Le vérificateur vous a menti.

– Autre hypothèse, estima Pazair : votre complicité.

– J'ai été abusé, soyez-en sûr!

– J'hésite à vous croire.

Le babouin émit un grognement et montra ses crocs.

– Il déteste les menteurs, indiqua le Nubien.

– Retenez ce fauve!

– Je n'exerce aucun contrôle sur lui lorsqu'un témoin l'irrite.

L'intendant baissa la tête.

– Il m'avait promis une bonne rétribution, à condition de cautionner son expertise. Nous aurions écoulé le grain prétendument manquant. Une belle opération en vue. Puisque le délit n'a pas eu lieu, conserverai-je mon poste?

*

Pazair travailla tard. Il signa l'acte de révocation de l'intendant, arguments à l'appui, et chercha en vain le vérificateur dans les listes de fonctionnaires. Un faux nom, sans nul doute. Le détournement de grain n'était pas rare, mais la faute n'avait jamais pris de telles proportions. Acte individuel limité à un silo de Memphis, ou corruption généralisée ? Cette dernière justifierait le surprenant décret de Pharaon. Le souverain ne comptait-il pas sur les juges pour rétablir l'équité et redresser les bâtons tordus ? Si chacun agissait avec justesse, que sa fonction fût modeste ou importante, le mal serait vite guéri.

Dans la flamme de la lampe, le visage de Néféret, ses yeux, ses lèvres. A cette heure, elle devait dormir.

Pensait-elle à lui ?

CHAPITRE 25

Pazair, accompagné de Kem et du babouin, prit un bateau rapide à destination de la plus grande plantation de papyrus du Delta, exploitée par Bel-Tran sous licence royale. Dans la boue et les marécages, les plantes à l'ombelle chevelue et à la tige de section triangulaire pouvaient atteindre une hauteur de six mètres et former des fourrés épais. Serrées les unes contre les autres, les fleurs en forme de parasol couronnaient le précieux végétal. Avec les racines ligneuses, on fabriquait des meubles ; avec les fibres et l'écorce, des nattes, des paniers, des filets, des câbles, des cordes, et même des sandales et des pagnes pour les plus pauvres. Quant à la sève spongieuse, abondante sous l'écorce, elle bénéficiait d'un traitement approprié pour devenir le fameux papyrus que le monde enviait à l'Égypte.

Bel-Tran ne se contentait pas du cycle naturel ; aussi, dans son immense domaine, avait-il cultivé le papyrus afin de développer la production et d'en exporter une partie. Pour tout Égyptien, les tiges verdoyantes signifiaient vigueur et jeunesse ; le sceptre des déesses avait la forme d'un papyrus, les colonnes des temples étaient des papyrus de pierre.

Un large chemin avait été ouvert dans les fourrés ; Pazair croisa des paysans nus qui portaient de lourdes bottes sur le dos. Ils mâchaient les pousses tendres, absorbaient le jus et crachaient la pulpe. Devant les grands entrepôts où, au sec, on conservait le matériau dans des caisses en bois ou dans des vases en terre cuite, les spécialistes nettoyaient les fibres sélectionnées avec soin, avant de les étaler sur des nattes ou des planches.

Les lamelles, d'une section de quarante centimètres, étaient découpées dans le sens de la longueur, et disposées en deux lits superposés à angle droit. Une nouvelle catégorie de techniciens recouvraient l'ensemble d'un linge humide et frappaient longtemps avec un maillet en bois. Venait le moment délicat où les bandes de papyrus devaient se coller les unes aux autres en séchant, sans additif quelconque.

– Magnifique, n'est-ce pas ?

L'homme trapu qui s'adressait à Pazair avait une tête ronde, lunaire, des cheveux noirs et plaqués avec un cosmétique. Mains et pieds dodus, lourdement charpenté, il semblait cependant très dynamique, presque agité.

– Votre visite m'honore, juge Pazair ; mon nom est Bel-Tran. Je suis le propriétaire de ce domaine.

Il remonta son pagne et réajusta sa chemise de lin fin. Bien qu'il s'habillât chez la meilleure tisserande de Memphis, ses vêtements semblaient toujours trop petits, trop grands ou trop larges.

– Je désire vous acheter des papyrus.

– Venez voir mes plus beaux spécimens.

Bel-Tran entraîna Pazair dans la remise où il conservait ses exemplaires de luxe, des rouleaux composés d'une vingtaine de feuillets. Le fabricant en déroula un.

– Contemplez cette splendeur, sa trame fine, sa superbe couleur jaune. Aucun concurrent n'a réussi à m'imiter. L'un des secrets est le temps d'exposition au soleil, mais il existe bien d'autres points importants sur lesquels ma bouche est scellée.

Le juge toucha l'extrémité du rouleau.

– Il est parfait.

Bel-Tran ne dissimula pas sa fierté.

– Je le destine aux scribes qui copient les anciennes *Sagesses* * et les complètent. La bibliothèque du palais m'en a commandé une dizaine pour le mois prochain. Je fournis également des exemplaires du *Livre des morts* qui sont déposés dans les tombes.

– Vos affaires semblent florissantes.

– Elles le sont, à condition de travailler nuit et jour ! Je ne m'en plains pas, car mon métier me passionne. Fournir un support aux textes et aux hiéroglyphes, n'est-ce pas essentiel ?

– Mes crédits sont limités, je n'ai pas les moyens d'acheter d'aussi beaux papyrus.

– Je dispose d'une qualité inférieure, mais encore remarquable. Solidité garantie.

Le lot convenait au juge, mais le prix demeurait trop élevé.

Bel-Tran se gratta la nuque.

– Vous m'êtes très sympathique, juge Pazair, et j'espère que c'est réciproque. J'aime la justice, car elle est la clé du bonheur. M'accordez-vous la joie de vous offrir ce lot ?

– Je suis sensible à votre générosité, mais je suis contraint de refuser.

– Permettez-moi d'insister.

– Tout cadeau, sous quelque forme que ce soit, serait qualifié de corruption. Si vous m'accordez des délais de paiement, il faudra le notifier et l'enregistrer.

– Eh bien, d'accord ! J'ai entendu dire que vous n'hésitiez pas à vous attaquer aux gros commerçants qui ne respectent pas la loi. C'est très courageux.

– Un simple devoir.

– A Memphis, ces derniers temps, la moralité des négociants a tendance à baisser. Je suppose que le décret de Pharaon stoppera cette fâcheuse évolution.

* Recueils de maximes transmises de génération en génération.

– Mes collègues et moi nous y emploierons, bien que je connaisse mal les mœurs memphites.

– Vous vous habituerez vite. Ces dernières années, la concurrence entre les marchands fut plutôt âpre ; ils n'ont pas hésité à se porter des coups sévères.

– En avez-vous reçu ?

– Comme les autres, mais je me bats. Au début, j'étais employé comme aide-comptable dans un grand domaine du Delta où le papyrus était mal exploité. Salaire minuscule et nombreuses heures de labeur. J'ai proposé des améliorations au maître du domaine, il les a acceptées, et m'a élevé au rang de comptable. J'aurais vécu tranquille, si le malheur ne m'avait accablé.

Les deux hommes sortirent de l'entrepôt et s'engagèrent dans l'allée bordée de fleurs qui conduisait à la demeure de Bel-Tran.

– Puis-je vous offrir à boire ? Ce n'est pas de la corruption, je vous assure !

Pazair sourit. Il sentait que le fabricant avait envie de parler.

– Quel fut ce malheur ?

– Une mésaventure peu glorieuse. J'avais épousé une femme plus âgée que moi, originaire d'Éléphantine ; nous nous entendions bien, malgré quelques heurts sans gravité. Je rentrais tard, elle l'acceptait. Un après-midi, je fus victime d'un malaise ; surmenage, probablement. On me ramena chez moi. Mon épouse se trouvait au lit, avec le jardinier. J'eus envie de la tuer, puis de la faire condamner pour adultère... mais le châtiment est lourd *. Je me suis contenté d'un divorce, aussitôt prononcé.

– Une pénible épreuve.

– Je fus profondément blessé, et me suis consolé en travaillant deux fois plus. Le maître du domaine m'a offert une terre dont personne ne voulait. Un système

* L'adultère était considéré comme une faute grave, car il s'agissait d'une trahison de la parole donnée, alors que le mariage reposait sur une confiance mutuelle.

d'irrigation que j'ai conçu moi-même l'a mise en valeur : premières récoltes réussies, des prix corrects, des clients satisfaits... et l'agrément du palais! En devenant fournisseur de la Cour, je fus comblé. On m'attribua les marais que vous avez traversés.

– Félicitations.

– L'effort est toujours récompensé. Êtes-vous marié ?

– Non.

– J'ai tenté l'aventure, une seconde fois, et j'ai eu raison.

Bel-Tran avala une pastille composée d'oliban, de souchet * et de roseau de Phénicie, mélange garant d'une bonne haleine.

– Je vais vous présenter ma jeune épouse.

*

La dame Silkis, désespérée, redoutait l'apparition de la première ride. Aussi s'était-elle procuré une huile de fenugrec qui effaçait les imperfections de la peau. Le parfumeur séparait gousses et graines, préparait une pâte et la chauffait. A la surface perlait l'huile. Prudente, Silkis s'appliqua un masque de beauté, formé de miel, de natron rouge et de sel du nord, puis massa le reste de son corps avec de la poudre d'albâtre.

Grâce à la chirurgie de Nébamon, son visage et ses formes s'étaient affinés, selon le désir de son mari; certes, elle se jugeait encore trop lourde et un peu ronde, mais Bel-Tran ne lui reprochait pas ses cuisses épanouies. Avant de l'accueillir pour un copieux déjeuner, elle se passa de l'ocre rouge sur les lèvres, une crème douce sur les joues, et un fard vert autour des yeux. Puis elle se frictionna le cuir chevelu avec une lotion désinfectante, dont les principaux ingrédients, cire d'abeille et résine, évitaient l'apparition des cheveux blancs.

* L'oliban est une résine proche de l'encens; le souchet un roseau odorant.

Le miroir lui renvoyant une image satisfaisante, Silkis se coiffa d'une perruque de vrais cheveux, pourvue de mèches parfumées. Son mari lui avait offert ce petit trésor lors de la naissance de leur deuxième enfant, un garçon.

Sa servante l'avertit de l'arrivée de Bel-Tran, en compagnie d'un invité.

Paniquée, Silkis reprit son miroir. Plairait-elle, ou serait-elle critiquée à cause d'un défaut qu'elle n'avait pas remarqué ? Elle n'avait plus le temps de se maquiller de manière différente ou de changer de robe.

Téméraire, elle sortit de sa chambre.

*

– Silkis, ma chérie ! Je te présente le juge Pazair, de Memphis.

La jeune femme sourit, avec une gêne et une pudeur convenables.

– Nous recevons beaucoup d'acheteurs et de techniciens, continua Bel-Tran, mais vous êtes notre premier juge ! C'est beaucoup d'honneur.

La villa neuve du vendeur de papyrus comprenait une dizaine de pièces peu éclairées. La dame Silkis redoutait le soleil, car il rougissait sa peau.

Une servante apporta de la bière fraîche, suivie de deux enfants, une fillette rousse et un garçonnet qui ressemblait à son père. Ils saluèrent le magistrat et coururent en criant.

– Ah, ces enfants ! Nous les adorons, mais ils sont parfois épuisants.

Silkis approuva d'un hochement de tête. Par bonheur, ses accouchements s'étaient déroulés sans difficulté et n'avaient pas abîmé son corps, grâce à de longues périodes de repos. Elle dissimulait quelques rondeurs rebelles sous une ample robe de lin de première qualité, discrètement ornée de petites franges rouges. Ses boucles d'oreilles, composées d'un anneau et d'un cabochon d'ivoire, étaient importées de Nubie.

Pazair fut invité à prendre place dans une chaise longue en papyrus.

– Originale, n'est-ce pas ? J'aime les innovations, précisa Bel-Tran. Si la forme plaît, je la commercialiserai.

Le juge s'étonna de la disposition de la villa, tout en longueur, très basse, et sans terrasse.

– J'ai le vertige. Sous cet appentis, nous sommes à l'abri de la chaleur.

– Vous plaisez-vous à Memphis ? demanda Silkis.

– Je préférais mon village.

– Où habitez-vous ?

– Au-dessus de mon bureau. Les locaux sont un peu exigus ; depuis mon entrée en fonction, les enquêtes diverses ne manquent pas, et les archives s'accumulent. Dans quelques mois, je risque d'être à l'étroit.

– Détail facile à régler, estima Bel-Tran. L'une de mes meilleures relations d'affaires est le responsable de l'archivage, au palais. C'est lui qui distribue les emplacements, dans les entrepôts d'État.

– Je n'aimerais pas jouir d'un privilège.

– Ce n'en sera pas un. Vous êtes appelé à le rencontrer, tôt ou tard ; or, le plus tôt sera le mieux. Je vous donne son nom, et vous vous débrouillez.

La bière était délicieuse ; les grandes jarres, prévues pour sa conservation, la gardaient fraîche.

– Cet été, révéla Bel-Tran, j'ouvrirai un dépôt de papyrus près de l'arsenal. La livraison aux administrations sera beaucoup plus rapide.

– Vous vous installerez donc dans ma juridiction.

– J'en suis ravi. Si j'apprécie bien votre tempérament, vos contrôles seront rigoureux et efficaces. Ainsi, ma réputation sera fermement établie. Malgré les occasions qui se présentent, j'ai horreur de frauder ; un jour ou l'autre, on est pris la main dans le sac ! L'Égypte n'aime pas les tricheurs. Comme le dit le proverbe, le mensonge ne trouvera pas de bac et ne traversera pas le fleuve.

– Avez-vous entendu parler d'un trafic de céréales ?

– Quand le scandale éclatera, les sanctions seront sévères.

– Qui serait concerné ?

– On murmure qu'une partie des récoltes engrangées dans les silos serait détournée au profit de particuliers. Simples rumeurs, mais insistantes.

– La police n'a-t-elle pas enquêté ?

– Sans succès. Accepteriez-vous de déjeuner avec nous ?

– Je ne voudrais pas être importun.

– Mon épouse et moi-même vous accueillons avec joie.

Silkis pencha le cou en avant et offrit au juge un sourire approbateur.

Pazair apprécia l'excellence des mets : foie gras d'oie, salade aux fines herbes et à l'huile d'olive, petits pois frais, grenades et pâtisseries, l'ensemble accompagné d'un vin rouge du Delta datant de la première année de règne de Ramsès le Grand. Les enfants mangèrent à part, mais réclamèrent des gâteaux.

– Comptez-vous fonder une famille ? interrogea Silkis.

– Ma fonction m'absorbe, répondit Pazair.

– Une femme et des enfants, n'est-ce pas le but de l'existence ? Il n'existe pas de plus grande satisfaction, affirma Bel-Tran.

Croyant passer inaperçue, la rouquine chaparda une pâtisserie. Son père la saisit par le poignet.

– Tu seras privée de jeux et de promenades.

La fillette éclata en sanglots et trépigna.

– Tu es trop intransigeant, protesta Silkis. Ce n'est pas si grave.

– Avoir tout ce que l'on désire et voler, c'est affligeant !

– Ne l'as-tu pas imitée, lorsque tu étais enfant ?

– Mes parents étaient pauvres, je n'ai rien volé à personne, et je n'admets pas que ma fille se comporte de cette façon.

L'accusée pleura de plus belle.

– Emmène-la, veux-tu ?

Silkis obéit.

– Les aléas de l'éducation ! Grâce aux dieux, les joies sont plus nombreuses que les peines.

Bel-Tran montra à Pazair le lot de feuilles de papyrus qu'il lui destinait. Il lui proposa de renforcer les extrémités et d'ajouter quelques rouleaux de moins bonne qualité, de couleur blanchâtre ; ils serviraient de brouillons.

Les deux hommes se saluèrent avec chaleur.

*

Le crâne chauve de Mentmosé rougit, trahissant la colère qu'il contenait à grand-peine.

– Des rumeurs, juge Pazair, rien que des rumeurs !

– Vous avez pourtant enquêté.

– Routine.

– Aucun résultat ?

– Aucun ! Qui oserait détourner du blé stocké dans un silo d'État ? Grotesque ! Et pourquoi vous occupez-vous de cette affaire ?

– Parce que le silo est placé sous ma juridiction.

Le chef de la police baissa d'un ton.

– C'est vrai, j'avais oublié. Votre preuve ?

– La plus belle : un écrit.

Mentmosé lut le document.

– Le vérificateur a noté que la moitié de la réserve a été utilisée... qu'y a-t-il d'anormal ?

– Le silo est plein, je l'ai constaté moi-même.

Le chef de la police se leva, tourna le dos au juge et regarda par la fenêtre.

– Cette note est signée.

– Un faux nom. Il ne figure pas dans la liste des fonctionnaires accrédités. N'êtes-vous pas le mieux placé pour retrouver cet étrange personnage ?

– Vous avez interrogé l'intendant des greniers, je suppose ?

– Il prétend ne pas connaître le vrai nom de l'homme avec lequel il a traité et ne l'avoir vu qu'une seule fois.

– De votre point de vue, mensonges ?

– Peut-être pas.

Malgré la présence du babouin, l'intendant n'avait rien dit de plus ; aussi Pazair croyait-il en sa sincérité.

– Un véritable complot !

– Possible.

– A l'évidence, l'intendant en est l'instigateur.

– Je me méfie des évidences.

– Confiez-moi ce bandit, juge Pazair. Je le ferai parler.

– Hors de question.

– Que proposez-vous ?

– Une surveillance permanente et discrète du silo. Quand le voleur et ses acolytes viendront chercher le grain, vous les prendrez en flagrant délit, et vous obtiendrez le nom de tous les coupables.

– La disparition de l'intendant les aura alertés.

– C'est pourquoi il doit continuer à occuper son poste.

– Plan compliqué et hasardeux.

– Au contraire. Si vous avez mieux, je m'incline.

– Je ferai le nécessaire.

CHAPITRE 26

La maison de Branir était l'unique havre de paix où s'atténuaient les tourments qui oppressaient Pazair. Il avait écrit une longue lettre à Néféret où il lui déclarait de nouveau son amour, en la suppliant de répondre avec son cœur. Il se reprochait de l'importuner, mais il ne pouvait dissimuler sa passion. Désormais, sa vie se trouvait entre les mains de Néféret.

Branir offrait des fleurs au buste des ancêtres, dans la première pièce de sa demeure. Pazair se recueillit à son côté. Bleuets à calices verts et fleurs jaunes de perséa luttaient contre l'oubli et prolongeaient la présence des sages vivant dans les paradis d'Osiris.

La cérémonie achevée, le maître et son disciple montèrent sur la terrasse. Pazair aimait cette heure où mourait la lumière du jour pour renaître dans celle de la nuit.

– Ta jeunesse s'en va comme une peau usée. Elle fut heureuse et tranquille. A présent, il te faut réussir ta vie.

– Vous savez tout de moi.

– Même ce que tu refuses de me confier ?

– Avec vous, le bavardage est inutile. Croyez-vous qu'elle m'acceptera ?

– Néféret ne joue jamais la comédie. Elle agira selon la vérité.

Par instants, des bouffées d'angoisse serraient la gorge de Pazair.

– Peut-être suis-je devenu fou.

– Il n'est qu'une folie : convoiter ce qui appartient à autrui.

– J'oublie ce que vous m'avez appris, construire son intelligence par la droiture en demeurant posé et précis, ne pas se soucier de son propre bonheur, agir en sorte que les hommes cheminent en paix, les temples soient construits et les vergers fleurissent pour les dieux *. Ma passion me brûle, et je nourris son feu.

– C'est bien ainsi. Va jusqu'à l'extrémité de ton être, à ce point où tu ne retourneras plus en arrière. Fasse le ciel que tu ne t'écartes pas de la voie juste.

– Je ne néglige pas mes devoirs.

– L'affaire du sphinx ?

– Horizon bouché.

– Aucun espoir ?

– Soit mettre la main sur le cinquième vétéran, soit obtenir des révélations sur le général Asher, grâce à Souti.

– C'est bien mince.

– Je ne renoncerai pas, dussé-je patienter plusieurs années avant d'obtenir un nouvel indice. N'oubliez pas que je possède la preuve du mensonge de l'armée : cinq vétérans officiellement morts, alors que l'un d'eux était devenu boulanger à Thèbes.

– Le cinquième est vivant, déclara Branir, comme s'il le voyait près de lui. Ne renonce pas, car le malheur rôde.

Un long silence s'établit. La solennité du ton avait bouleversé le juge. Son maître possédait des dons de voyance ; parfois, une réalité, encore invisible, s'imposait à lui.

– Je vais bientôt quitter cette maison, annonça-t-il. L'heure est venue de résider au temple pour y finir mes

* Texte inscrit sur les stèles des sages déposées à l'intérieur des temples.

jours. Le silence des dieux de Karnak emplira mes oreilles, et je dialoguerai avec les pierres d'éternité. Chaque jour sera plus serein que le précédent, et j'irai vers le grand âge qui prépare à la comparution devant le tribunal d'Osiris.

Pazair se révolta.

– J'ai besoin de votre enseignement.

– Quels conseils pourrais-je te donner ? Demain, je prendrai mon bâton de vieillesse et marcherai vers le Bel Occident, d'où personne ne revient.

– Si j'ai débusqué une maladie redoutable pour l'Égypte et s'il m'est possible de la combattre, votre autorité morale me sera indispensable. Votre intervention pourrait se révéler décisive. Patientez, je vous en prie.

– Quoi qu'il en soit, cette maison t'appartiendra dès que je me serai retiré au temple.

*

Chéchi alluma le feu avec des noyaux de datte et du charbon de bois, posa sur la flamme un creuset en forme de corne et l'activa à l'aide d'un soufflet. Il tenta, une fois de plus, de mettre au point une nouvelle méthode de fusion du métal en déversant la coulée dans des moules spéciaux. Doté d'une mémoire exceptionnelle, il ne notait rien, de peur d'être trahi. Ses deux assistants, gaillards robustes et infatigables, étaient capables de pousser le feu des heures durant en soufflant dans de longues tiges creuses.

L'arme incassable serait bientôt prête; équipés d'épées et de lances d'une robustesse à toute épreuve, les soldats de Pharaon briseraient les casques et transperceraient les armures des Asiatiques.

Cris et bruits de lutte interrompirent ses réflexions. Chéchi ouvrit la porte du laboratoire et se heurta à deux gardes qui tenaient par les bras un homme d'âge mûr aux cheveux blancs et aux mains rouges; il soufflait comme un cheval épuisé, ses yeux larmoyaient, son pagne était déchiré.

– Il s'est introduit dans la réserve des métaux, expliqua l'un des gardes. Nous l'avons interpellé, il a tenté de s'enfuir.

Chéchi reconnut aussitôt le dentiste Qadash, mais ne manifesta pas la moindre surprise.

– Libérez-moi, brutes! exigea le praticien.

– Vous êtes un voleur, répliqua le chef des gardes.

Quelle folie avait traversé la tête de Qadash ? Voilà longtemps qu'il rêvait du fer céleste pour fabriquer ses instruments chirurgicaux et devenir un dentiste sans rival. Pour son bénéfice personnel, il avait perdu la tête, oubliant le plan des conjurés.

– J'envoie l'un de mes hommes au bureau du Doyen du porche, annonça l'officier. Il nous faut un juge sur l'heure.

Sous peine de devenir suspect, Chéchi ne pouvait s'opposer à cette démarche.

*

Importuné au milieu de la nuit, le greffier du Doyen du porche n'estima pas nécessaire de réveiller son patron, fort chatouilleux sur le respect de ses heures de sommeil. Il consulta la liste des magistrats, et choisit le dernier nommé, un certain Pazair. Étant le moins élevé dans la hiérarchie, il devait apprendre son métier.

Pazair ne dormait pas. Il rêvait de Néféret, l'imaginait près de lui, tendre, rassurante. Il lui aurait parlé de ses enquêtes, elle de ses patients. Portant à deux le poids de leur fardeau respectif, ils goûteraient la saveur d'un bonheur simple, renaissant avec chaque soleil.

Vent du Nord se mit à braire, Brave aboya. Le juge se leva, ouvrit la fenêtre. Un garde armé lui montra l'ordre de réquisition émis par le greffier du Doyen du porche. Une courte cape sur les épaules, Pazair suivit le garde jusqu'à la caserne.

Devant l'escalier menant au sous-sol, deux soldats croisaient leurs lances. Ils les écartèrent pour laisser passer le juge que Chéchi accueillit sur le seuil de son laboratoire.

– J'attendais le Doyen du porche.

– Désolé de vous décevoir, j'ai été commis d'office. Que vous arrive-t-il ?

– Une tentative de vol.

– Un suspect ?

– Le coupable a été arrêté.

– Il suffira de relater les faits, de procéder à l'inculpation, et de le juger sans délai.

Chéchi semblait gêné.

– Je dois l'interroger. Où est-il ?

– Dans le couloir, sur votre gauche.

Assis sur une enclume, et surveillé par un garde armé, le coupable sursauta en voyant Pazair.

– Qadash ! Que faites-vous ici ?

– Je me promenais près de cette caserne, quand j'ai été agressé et amené de force dans cet endroit.

– Inexact, protesta le garde. Cet homme s'est introduit dans une réserve, et nous l'avons intercepté.

– Mensonge ! Je porte plainte pour coups et blessures.

– Plusieurs témoins vous accusent, rappela Chéchi.

– Que contient cette réserve ? demanda Pazair.

– Des métaux, surtout du cuivre.

Pazair s'adressa au dentiste.

– Manqueriez-vous de matière première pour vos instruments ?

– Je suis victime d'une méprise.

Chéchi s'approcha du juge et lui murmura quelques mots à l'oreille.

– Comme vous voudrez.

Ils s'isolèrent dans le laboratoire.

– Les recherches que je poursuis ici exigent la plus grande discrétion. Pourriez-vous organiser un procès à huis clos ?

– Certes pas.
– Dans des cas particuliers...
– N'insistez pas.
– Qadash est un dentiste honorable et riche. Je ne m'explique pas son geste.
– Quelle est la nature de vos recherches ?
– Armement. Vous comprenez ?
– Il n'existe pas de loi spécifique pour votre activité. Si Qadash est accusé de vol, il se défendra comme il l'entend et vous comparaîtrez.
– Je devrai donc répondre aux questions.
– Bien entendu.
Chéchi lissa les poils de sa moustache.
– En ce cas, je préfère ne pas porter plainte.
– C'est votre droit.
– C'est surtout l'intérêt de l'Égypte. Des oreilles indiscrètes, au tribunal ou ailleurs, seraient une catastrophe. Je vous abandonne Qadash ; de mon point de vue, il ne s'est rien passé. Quant à vous, juge Pazair, n'oubliez pas que vous êtes tenu au secret.
Pazair sortit de la caserne en compagnie du dentiste.
– Aucune charge n'est retenue contre vous.
– Moi, j'accuse !
– Témoignages défavorables, présence insolite en cet endroit à une heure indue, suspicion de vol... votre dossier est affligeant.
Qadash toussa, éructa et cracha.
– Entendu, j'abandonne.
– Pas moi.
– Pardon ?
– J'accepte de me lever au milieu de la nuit, d'enquêter dans n'importe quelles conditions, mais pas d'être pris pour un imbécile. Expliquez-vous, ou je vous inculpe pour injure à magistrat.
La parole du dentiste devint embarrassée.
– Du cuivre de première qualité avec un degré de pureté parfait ! J'en rêve depuis des années.
– Comment avez-vous appris l'existence de ce dépôt ?

– Le gradé qui supervise la caserne est un client... bavard. Il s'est vanté, j'ai tenté ma chance. Autrefois, les casernes n'étaient pas aussi bien gardées.

– Vous aviez décidé de voler.

– Non, de payer ! J'aurais échangé le métal contre plusieurs bœufs gras. Les militaires en sont friands. Et mon matériel eût été merveilleux, léger, précis ! Mais ce petit moustachu, quelle froideur... Impossible de conclure un marché avec lui.

– L'Égypte entière n'est pas corrompue.

– Corruption ? Qu'est-ce que vous imaginez ! Dès que deux individus effectuent une transaction, ils ne sont pas obligatoirement des trafiquants. Vous avez une vision pessimiste de l'espèce humaine.

Qadash s'éloigna en bougonnant.

Pazair erra dans la nuit. Les explications du dentiste ne le convainquaient pas. Une réserve de métaux, une caserne... l'armée, encore ! Cet incident ne semblait pourtant pas se relier à la disparition des vétérans, mais bien à la détresse d'un dentiste en perdition, niant la défaillance de sa main.

La lune était pleine. Selon la légende, un lièvre armé d'un couteau l'habitait ; génie belliqueux, il coupait la tête des ténèbres. Le juge l'aurait volontiers engagé comme greffier. Le soleil de la nuit croissait et décroissait, se remplissait et se vidait de lumière ; la barque aérienne porterait ses pensées à Néféret.

*

L'eau du Nil était réputée pour ses qualités digestives. Légère, elle faisait sortir du corps les humeurs nocives. Certains médecins supposaient que ses pouvoirs guérisseurs provenaient des herbes médicinales qui poussaient sur les berges et transmettaient leurs vertus au flot. Lorsque la crue se déclenchait, il se chargeait de particules végétales et de sels minéraux. Les Égyptiens remplissaient des milliers de jarres où le précieux liquide se conservait sans s'altérer.

Néanmoins, Néféret vérifia les réserves de l'an passé ; lorsqu'elle jugea trouble le contenu d'un récipient, elle y jeta une amande douce. Vingt-quatre heures plus tard, l'eau était transparente et délicieuse. Certaines jarres, vieilles de trois ans, demeuraient excellentes.

Rassurée, la jeune femme observa le comportement du blanchisseur. Au palais, ce poste était attribué à un homme de confiance, car la propreté des vêtements était considérée comme essentielle ; dans toute communauté, petite ou grande, il en allait de même. Après avoir lavé et tordu le linge, le blanchisseur devait le frapper avec un battoir en bois, puis le secouer en levant haut les bras, avant de le suspendre à une corde placée entre deux piquets.

– Seriez-vous malade ?

– Pourquoi dites-vous ça ?

– Parce que vous manquez d'énergie. Le linge est gris, depuis quelques jours.

– Eh quoi ! Le métier est difficile. Les linges souillés des femmes, c'est ma hantise.

– L'eau ne suffit pas. Utilisez ce désinfectant et ce parfum.

Bourru, le blanchisseur accepta les deux vases que lui offrait le médecin. Son sourire l'avait désarmé.

Pour éviter les attaques des insectes, Néféret faisait verser de la cendre de bois dans les réserves de grains, stérilisateur efficace et peu coûteux. A quelques semaines de la crue, elle sauvegarderait les céréales.

Alors qu'elle inspectait le dernier compartiment du grenier, elle reçut une nouvelle livraison de la part de Kani : persil, romarin, sauge, cumin et menthe. Séchées ou réduites en poudre, les herbes médicinales servaient de base aux remèdes que Néféret prescrivait. Les potions avaient soulagé les douleurs du vieillard, si heureux de demeurer auprès des siens que sa santé s'améliorait.

Malgré la discrétion du médecin, ses succès ne passèrent pas inaperçus ; le bouche à oreille propagea vite sa réputation et de nombreux paysans de la rive ouest vinrent consulter. La jeune femme ne renvoya personne et prit le temps nécessaire ; après des journées épuisantes, elle passait une partie de la nuit à préparer pilules, onguents et emplâtres, assistée de deux veuves, choisies en fonction de leur méticulosité. Quelques heures de sommeil, et la procession des patients s'organisait, dès l'aube.

Ce n'était pas ainsi qu'elle avait imaginé sa carrière, mais elle aimait guérir ; voir revenir une expression joyeuse sur un visage inquiet la récompensait de ses efforts. Nébamon lui avait rendu service en l'obligeant à se former au contact des plus humbles. Ici, les beaux discours d'un médecin mondain auraient échoué ; le laboureur, le pêcheur, la mère de famille désiraient une guérison prompte et à peu de frais.

Lorsque la lassitude la gagnait, Coquine, le petit singe vert qu'elle avait fait venir de Memphis, la dissipait par ses jeux. Elle lui rappelait sa première rencontre avec Pazair, si entier, si absolu, à la fois inquiétant et attirant. Quelle femme pourrait vivre avec un juge dont la vocation primait ?

Une dizaine de porteurs de paniers déposèrent leur fardeau devant le nouveau laboratoire de Néféret. Coquine bondit de l'un à l'autre. Ils contenaient de l'écorce de saule, du natron, de l'huile blanche, de l'oliban, du miel, de la résine de térébinthe, et diverses graisses animales en grande quantité.

– C'est pour moi ?

– Vous êtes bien le docteur Néféret ?

– Oui.

– Alors, ça vous appartient.

– Le prix de ces produits...

– C'est payé.

– Par qui ?

– Nous, on se contente de livrer. Vous me signez un reçu.

Abasourdie et ravie, Néféret écrivit son nom sur une

tablette en bois. Elle pourrait exécuter des ordonnances complexes et traiter seule des maladies graves.

*

Quand Sababou franchit la porte de sa demeure, au coucher du soleil, elle ne fut pas étonnée.

– Je vous attendais.

– Vous aviez deviné ?

– La pommade antirhumatismale sera bientôt prête. Il ne manque aucun ingrédient.

Sababou, la chevelure ornée de joncs odorants et le cou paré d'un collier de fleurs de lotus en cornaline, ne ressemblait plus à une pauvresse. Une robe de lin, transparente à partir de la taille, offrait en spectacle ses longues jambes.

– Je veux être soignée par vous, et seulement par vous. Les autres médecins sont des charlatans et des voleurs.

– N'est-ce pas excessif ?

– Je sais ce que je dis. Votre prix sera le mien.

– Votre cadeau est somptueux. Je dispose d'une quantité suffisante de produits coûteux pour traiter des centaines de cas.

– Le mien d'abord.

– Auriez-vous fait fortune ?

– J'ai repris mes activités. Thèbes est une moins grande ville que Memphis, son esprit est plus religieux et moins cosmopolite, mais ses bourgeois fortunés apprécient autant les maisons de bière et leurs jolies pensionnaires. J'ai recruté quelques jeunes femmes, loué une jolie maison au centre de la ville, donné son dû au chef de la police locale, et ouvert les portes d'un établissement dont la renommée fut vite établie. La preuve, vous l'avez devant vous !

– Vous êtes très généreuse.

– Détrompez-vous. Je souhaite être bien soignée.

– Observerez-vous mes conseils ?

– A la lettre. Je dirige, mais je ne pratique plus.

– Les sollicitations ne doivent pas manquer.

– J'accepte de donner du plaisir à un homme, mais sans contrepartie. Me voici inaccessible.

Néféret avait rosi.

– Docteur! Vous aurais-je choquée?

– Non, bien sûr que non.

– Vous donnez beaucoup d'amour, mais en recevez-vous?

– Cette question n'a aucun sens.

– Je sais : vous êtes vierge. Heureux l'homme qui saura vous séduire.

– Dame Sababou, je...

– Dame, moi? Vous plaisantez!

– Fermez la porte, ôtez votre robe. Jusqu'à complète guérison, vous viendrez chaque jour ici et je vous appliquerai le baume.

Sababou s'étendit sur la dalle de massage.

– Vous aussi, docteur, vous méritez d'être vraiment heureuse.

CHAPITRE 27

Un fort courant rendait le bras d'eau dangereux. Souti souleva Panthère et la porta sur son épaule.

– Cesse de te débattre. Si tu tombes, tu te noies.

– Tu ne cherches qu'à m'humilier.

– Veux-tu vérifier ?

Elle s'apaisa. Dans l'eau jusqu'à mi-corps, Souti suivit un chemin courbe, en s'appuyant sur de grosses pierres.

– Monte sur mon dos et accroche-toi à mon cou.

– Je sais presque nager.

– Tu te perfectionneras plus tard.

Le jeune homme perdit pied, Panthère poussa un cri. Pendant qu'il progressait, souple et rapide, elle se colla davantage à lui.

– Fais-toi légère et bats des pieds.

L'angoisse l'étreignit. Une vague furieuse recouvrit la tête de Souti, mais il prit l'avantage et gagna la rive.

Il enfonça un piquet, y fixa une corde, la lança sur l'autre berge où un soldat l'attacha solidement. Panthère aurait pu s'enfuir.

Les rescapés de l'assaut et le détachement d'archers du général Asher franchirent l'obstacle. Le dernier fantassin, présumant de ses forces, s'amusa à lâcher la corde. Alourdi par ses armes, il heurta un bloc affleurant, s'assomma et sombra.

Souti plongea.

Comme s'il se réjouissait d'engloutir deux proies, le courant s'amplifia. Nageant sous l'eau, Souti repéra le malheureux. Des deux mains, il l'agrippa par les aisselles, stoppa sa descente, tenta de le remonter. Le noyé reprit conscience, écarta son sauveteur d'un coup de coude dans la poitrine et disparut dans les profondeurs du torrent. Les poumons en feu, Souti fut contraint d'abandonner.

*

– Tu n'es pas responsable, affirma Panthère.

– Je n'aime pas la mort.

– Ce n'était qu'un stupide Égyptien !

Il la gifla. Ahurie, elle lui lança un regard haineux.

– Jamais personne ne m'a traitée de la sorte !

– Dommage.

– On bat les femmes, dans ton pays ?

– Elles ont les mêmes droits et les mêmes devoirs que les hommes. A la réflexion, tu ne méritais pas mieux qu'une fessée.

Il se leva, menaçant.

– Recule !

– Regrettes-tu tes paroles ?

Les lèvres de Panthère demeurèrent closes.

Le bruit d'une cavalcade intrigua Souti. Les soldats sortaient des tentes en courant. Il s'empara de son arc et de son carquois.

– Si tu veux t'en aller, déguerpis.

– Tu me retrouverais et tu me tuerais.

Il haussa les épaules.

– Maudits soient les Égyptiens !

Il ne s'agissait pas d'une attaque surprise, mais de l'arrivée du général Asher et de sa troupe d'élite. Déjà, les nouvelles circulaient. L'ancien pirate donna l'accolade à Souti.

– Je suis fier de connaître un héros ! Asher t'attribuera au moins cinq ânes, deux arcs, trois lances de bronze et un bouclier rond. Tu ne seras pas longtemps simple soldat. Tu es courageux, garçon, et ce n'est pas fréquent, même dans l'armée.

Souti exultait. Enfin, il touchait au but. A lui de savoir tirer des renseignements de l'entourage du général et de repérer la faille. Il n'échouerait pas, Pazair serait fier de lui.

Un colosse casqué l'interpella.

– C'est toi, Souti ?

– C'est lui, affirma l'ancien pirate. Il nous a permis d'emporter le fortin ennemi et il a risqué sa vie pour sauver le noyé.

– Le général Asher te nomme officier de char. Dès demain, tu nous aideras à poursuivre cette canaille d'Adafi.

– En fuite ?

– Il ressemble à une anguille. Mais la rébellion est écrasée, et nous finirons par nous emparer de ce lâche. Des dizaines de braves ont péri dans les embuscades qu'il a tendues. Il tue la nuit, comme la mort ravisseuse, corrompt les chefs de tribus, et ne songe qu'à semer le trouble. Viens avec moi, Souti. Le général tient à te décorer lui-même.

Bien qu'il eût horreur de ce genre de cérémonies, où la vanité des uns ne faisait qu'accroître la forfanterie des autres, Souti accepta. Voir le général face à face le récompensait des dangers encourus.

Le héros passa entre deux rangées de soldats enthousiastes qui frappaient sur leur bouclier avec leur casque, et hurlaient le nom du triomphateur. De loin, le général Asher n'avait rien d'un grand guerrier ; petit, tassé sur lui-même, il évoquait davantage un scribe rompu aux roueries de l'administration.

A dix mètres de lui, Souti s'arrêta net.

On le poussa aussitôt dans le dos.

– Vas-y, le général t'attend !

– N'aie pas peur, mon gars !

Le jeune homme avança, livide. Asher fit un pas vers lui.

– Heureux de connaître l'archer dont chacun vante les mérites. Officier de char Souti, je te décore de la mouche d'or * des braves. Conserve ce bijou ; il est la preuve de ta vaillance.

Souti ouvrit la main. Ses camarades le congratulèrent ; tous voulaient voir et toucher la décoration tant convoitée.

Le héros semblait absent. On attribua son attitude à l'émotion.

Quand il regagna sa tente, après une beuverie autorisée par le général, Souti fut l'objet des quolibets les plus égrillards. La belle Panthère ne lui réservait-elle pas d'autres assauts ?

Souti s'étendit sur le dos, les yeux ouverts. Il ne la voyait pas, elle n'osa lui parler et se recroquevilla loin de lui. Ne ressemblait-il pas à un démon privé de sang, avide de celui de ses victimes ?

Le général Asher... Souti ne se détachait plus du visage de l'officier supérieur, de ce même homme qui avait torturé et assassiné un Égyptien, à quelques mètres de lui.

Le général Asher, un lâche, un menteur et un traître.

*

Passant entre les barreaux d'une fenêtre haute, la lumière du matin éclaira l'une des cent trente-quatre colonnes de l'immense salle couverte, d'une profondeur de cinquante-trois mètres et d'une largeur de cent deux mètres. Les architectes avaient offert au temple de Karnak la plus vaste forêt de pierre du pays, décorée de scènes rituelles où Pharaon faisait offrande aux divinités. Les couleurs, vives et chatoyantes, ne se révélaient qu'à certaines heures ; il fallait vivre là une année

* Décoration très prisée, dont on a retrouvé des exemplaires. La mouche évoquait le caractère agressif et insistant du bon soldat.

entière pour suivre le parcours des rayons qui dévoilaient les rites cachés aux profanes en illuminant colonne après colonne, scène après scène.

Deux hommes devisaient en marchant lentement dans l'allée centrale, bordée de lotus de pierre aux calices ouverts. Le premier était Branir, le second le grand prêtre d'Amon, un homme de soixante-dix ans, chargé d'administrer la cité sacrée du dieu, de veiller sur ses richesses et d'y maintenir la hiérarchie.

– J'ai eu vent de votre requête, Branir. Vous qui avez guidé tant de jeunes êtres sur le chemin de la sagesse, désirez vous retirer du monde et résider dans le temple intérieur.

– Tel est mon souhait. Mes yeux s'affaiblissent, et mes jambes rechignent à marcher.

– La vieillesse ne semble pas vous handicaper à ce point.

– L'apparence est trompeuse.

– Votre carrière est loin d'être terminée.

– J'ai transmis toute ma science à Néféret et ne reçois plus de patients. Quant à ma demeure de Memphis, elle est d'ores et déjà léguée au juge Pazair.

– Nébamon n'a pas encouragé votre protégée.

– Il la soumet à rude épreuve, mais ignore sa véritable nature. Son cœur est aussi fort que son visage est doux.

– Pazair n'est-il pas originaire de Thèbes ?

– En effet.

– Votre confiance en lui semble totale.

– Un feu l'habite.

– La flamme peut détruire.

– Maîtrisée, elle illumine.

– Quel rôle comptez-vous lui faire jouer ?

– Le destin s'en chargera.

– Vous avez le sens des êtres, Branir ; une retraite prématurée priverait l'Égypte de votre don.

– Un successeur se présentera.

– Je songe, moi aussi, à me retirer.

– Votre charge est écrasante.

– Chaque jour davantage, il est vrai. Trop d'administration, plus assez de recueillement. Pharaon et son conseil ont accepté ma requête ; dans quelques semaines, j'occuperai une petite demeure sur la rive est du lac sacré et me consacrerai à l'étude des textes anciens.

– Nous serons donc voisins.

– Je crains que non. Votre résidence sera beaucoup plus somptueuse.

– Que voulez-vous dire ?

– Vous êtes mon successeur désigné, Branir.

*

Dénès et son épouse, la dame Nénophar, avaient accepté l'invitation de Bel-Tran, bien qu'il fût un nouveau riche à l'ambition trop voyante. Le qualificatif de parvenu, soulignait-elle, lui convenait à merveille. Néanmoins, le fabricant de papyrus n'était plus quantité négligeable ; son entregent, sa capacité de travail et ses compétences en faisaient un homme d'avenir. N'avait-il pas reçu l'agrément du palais où il comptait quelques amitiés influentes ? Dénès ne pouvait se permettre de négliger un commerçant de cette envergure ; aussi avait-il persuadé son épouse, fort contrariée, d'assister à la réception qu'organisait Bel-Tran pour fêter l'inauguration de son nouvel entrepôt de Memphis.

La crue s'annonçait convenable ; les cultures seraient correctement irriguées, chacun mangerait à sa faim, et l'Égypte exporterait du blé vers ses protectorats d'Asie. Memphis la magnifique regorgeait de richesses.

Dénès et Nénophar se déplacèrent dans une superbe chaise à porteurs à haut dossier, équipée d'un tabouret où ils posèrent leurs pieds. Des accoudoirs sculptés favorisaient le bien-être et l'élégance du maintien. Un baldaquin les protégeait du vent et de la poussière, deux porte-parasol des clartés parfois aveuglantes du couchant. Quarante porteurs avançaient à vive allure, sous le regard des badauds. Les brancards étaient si longs et le nombre de jambes si élevé que l'on surnommait l'ensemble « le mille-pattes », tandis que les serviteurs chantaient « Nous aimons mieux la chaise pleine que vide », en songeant aux honoraires élevés qu'ils toucheraient en échange de cette prestation exceptionnelle.

Éblouir autrui justifiait la dépense. Dénès et Nénophar excitèrent la convoitise de l'assemblée réunie autour de Bel-Tran et de Silkis. De mémoire de Memphite, on n'avait jamais vu une aussi belle chaise à porteurs. Dénès balaya les compliments d'un revers de la main, et Nénophar déplora une absence de dorures.

Deux échansons offrirent aux invités de la bière et du vin; le tout-Memphis du négoce fêtait l'admission de Bel-Tran dans le cercle étroit des hommes de pouvoir. A lui de pousser la porte entrouverte et de prouver ses qualités en s'imposant de manière définitive. Le jugement de Dénès et de son épouse aurait un poids considérable; nul n'avait accédé à l'élite des négociants sans leur assentiment.

Bel-Tran, nerveux, salua aussitôt les arrivants, et leur présenta Silkis, qui avait reçu l'ordre de ne pas ouvrir la bouche. Nénophar la considéra avec dédain. Dénès observa les locaux.

– Entrepôt ou magasin de vente ?

– Les deux, répondit Bel-Tran. Si tout se passe bien, je m'étendrai et séparerai les deux fonctions.

– Projet ambitieux.

– Vous déplairait-il ?

– La gourmandise n'est pas une qualité commerciale. Ne redoutez-vous pas les indigestions ?

– Je jouis d'un excellent appétit et je digère avec facilité.

Nénophar se désintéressa de la conversation, préférant s'entretenir avec de vieux amis. Son époux comprit qu'elle venait de rendre son verdict; Bel-Tran lui apparaissait comme un individu déplaisant, agressif et sans consistance. Ses prétentions s'effriteraient comme un mauvais calcaire.

Dénès toisa son hôte.

– Memphis est une ville moins accueillante qu'il n'y paraît ; songez-y. Dans votre propriété du Delta, vous régnez sans partage. Ici, vous subirez les difficultés d'une grande cité, et vous vous épuiserez dans une agitation inutile.

– Vous êtes pessimiste.

– Suivez mon conseil, cher ami. Chaque homme a ses limites, n'outrepassez pas les vôtres.

– Pour être franc, je ne les connais pas encore ; c'est pourquoi l'expérience me passionne.

– Plusieurs fabricants et marchands de papyrus, installés depuis longtemps à Memphis, donnent toute satisfaction.

– Je tâcherai de les étonner en proposant des produits de meilleure qualité.

– N'est-ce pas de la vantardise ?

– Je suis confiant en mon travail et je perçois mal vos... mises en garde.

– Je ne songe qu'à votre intérêt. Admettez la réalité, et vous éviterez bien des désagréments.

– Ne devriez-vous pas vous contenter des vôtres ?

Les lèvres minces de Dénès devinrent blanches.

– Soyez plus précis.

Bel-Tran serra la ceinture de son pagne long qui avait tendance à glisser.

– J'ai entendu parler d'infractions et de procès. Vos entreprises ne possèdent plus un visage aussi attrayant qu'autrefois.

Le ton monta. Les invités tendirent l'oreille.

– Vos accusations sont blessantes et inexactes. Le nom de Dénès est respecté dans toute l'Égypte, celui de Bel-Tran y est inconnu.

– Les temps changent.

– Vos ragots et vos calomnies ne méritent même pas de réponse.

– Ce que j'ai à dire, je le proclame sur la place publique. Je laisse à d'autres les insinuations et les trafics.

– Me mettriez-vous en cause ?

– Vous sentiriez-vous coupable ?

La dame Nénophar prit son mari par le bras.

– Nous nous sommes assez attardés.

– Soyez prudent, recommanda Dénès, ulcéré. Une mauvaise récolte, et vous êtes ruiné !

– Mes précautions sont prises.

– Vos rêves ne sont que chimères.

– Ne serez-vous pas mon premier client ? J'étudierai une gamme de produits et de prix à votre intention.

– J'y songerai.

L'assistance était partagée. Dénès avait écarté bien des utopistes, mais Bel-Tran semblait sûr de sa force. Le duel s'annonçait passionnant.

CHAPITRE 28

Le char de Souti progressait sur un chemin difficile, le long d'une paroi rocheuse. Depuis une semaine, la troupe d'élite du général Asher pourchassait en vain les derniers rebelles. Estimant la région pacifiée, le général donna l'ordre du retour.

Flanqué d'un archer, Souti demeurait muet. La mine sombre, il se concentrait sur la conduite du véhicule. Panthère bénéficiait d'un traitement de faveur ; elle voyageait assise sur un âne, à la différence des autres prisonniers, condamnés aux marches forcées. Asher avait accordé ce privilège au héros de la campagne qui se terminait, et personne n'y trouvait à redire.

La Libyenne dormait dans la tente de Souti, stupéfaite de la transformation du jeune homme. Lui, d'ordinaire ardent et expansif, s'enfermait dans une étrange tristesse. N'y tenant plus, elle voulut en connaître la cause.

– Tu es un héros, tu seras fêté, tu deviendras riche, et tu ressembles à un vaincu ! Explique-toi.

– Une prisonnière ne doit rien exiger.

– Je te combattrai ma vie durant, à condition que tu sois en état de lutter. Aurais-tu perdu le goût de vivre ?

– Avale tes questions et tais-toi.

Panthère ôta sa tunique.

Nue, elle rejeta en arrière ses cheveux blonds et

dansa lentement en tournant sur elle-même, de manière à mettre en valeur toutes les facettes de son corps. Ses mains décrivaient des courbes, effleuraient ses seins, ses hanches, ses cuisses. Elle ondulait avec la souplesse innée des femmes de sa race.

Lorsqu'elle avança, féline, il ne réagit pas. Elle dénoua son pagne, embrassa son torse et s'étendit sur lui. Avec joie, elle constata que la vigueur du héros n'avait pas disparu. Même s'il s'en défendait, il avait envie d'elle. Elle glissa le long de son amant et, de ses lèvres chaudes, l'embrasa.

*

– Quel sera mon sort ?

– En Égypte, tu seras libre.

– Tu ne me garderas pas auprès de toi ?

– Un seul homme ne te suffira pas.

– Deviens riche, je m'en contenterai.

– En femme honorable, tu t'ennuierais. N'oublie pas que tu as promis de me trahir.

– Tu m'as vaincue, je te vaincrai.

Elle continuait à séduire avec sa voix, aux inflexions graves et aux tonalités caressantes. Allongée sur le ventre, les cheveux défaits, les jambes écartées, elle l'appelait. Souti la pénétra avec fougue, conscient que la diablesse devait user de magie pour ranimer ainsi son désir.

– Tu n'es plus triste.

– N'essaie pas de lire dans mon cœur.

– Parle-moi.

– Demain, quand je stopperai le char, descends de ton âne, approche-toi et obéis-moi.

*

– La roue droite grince, dit Souti à son archer.

– Je n'entends rien.

– Moi, j'ai l'ouïe fine. Ce bruit-là annonce une panne ; mieux vaut vérifier.

Souti occupait la tête de la colonne. Il sortit de la route, et plaça le char face à un sentier qui se perdait dans un bois.

– Voyons ça.

L'archer obtempéra. Souti mit un genou à terre, examina la roue incriminée.

– Mauvais, jugea-t-il. Deux rayons sur le point de se briser.

– On peut réparer ?

– Attendons le passage des charpentiers du génie.

Ces derniers marchaient en queue de colonne, juste après les prisonniers. Quand Panthère descendit de son âne et s'approcha de Souti, les soldats ne se privèrent pas de commentaires grivois.

– Monte.

Souti bouscula l'archer, s'empara des rênes et lança le char à vive allure en direction du bois. Personne n'avait eu le temps de réagir. Pétrifiés, ses camarades de combat se demandèrent pourquoi le héros désertait.

Panthère elle-même avoua sa stupéfaction.

– Es-tu devenu fou ?

– Une promesse à tenir.

Une heure plus tard, le char s'arrêta sur le site où Souti avait enterré le lieutenant tué par les Bédouins. Panthère, horrifiée, assista à l'exhumation. L'Égyptien enveloppa la dépouille dans un vaste linge qu'il ficela aux extrémités.

– Qui est-ce ?

– Un vrai héros qui reposera dans sa terre et près des siens.

Souti n'ajouta pas que le général Asher n'eût probablement pas autorisé sa démarche. Alors qu'il achevait sa funèbre tâche, la Libyenne hurla.

Souti se retourna, ne put éviter la griffe d'un ours qui lui déchira l'épaule gauche. Il tomba, roula sur lui-même, tenta de se dissimuler derrière un rocher.

Debout, haut de trois mètres, à la fois lourd et habile, le plantigrade écumait. Affamé, furieux, il ouvrit la gueule et émit un cri terrifiant qui fit s'envoler les oiseaux alentour.

– Mon arc, vite!

La Libyenne jeta l'arc et le carquois en direction de Souti. Elle n'osait pas se priver de l'illusoire protection du char. Au moment où le jeune homme s'emparait de ses armes, la patte de l'ours s'abattit une seconde fois, et lui déchira le dos. Face contre terre, ensanglanté, il ne bougea plus.

Panthère hurla de nouveau, attirant l'attention du monstre. Pataud, il se dirigea vers elle, incapable de fuir.

Souti s'agenouilla. Un brouillard rouge passa devant ses yeux. Puisant dans ses ultimes ressources, il banda son arc et tira dans la direction de la masse brune. Touché au flanc, l'ours se retourna. A quatre pattes, gueule ouverte, il courut vers son agresseur. Au bord de l'évanouissement, Souti tira une seconde fois.

*

Le médecin-chef de l'hôpital militaire de Memphis n'avait plus d'espoir. Les blessures de Souti étaient si profondes et si nombreuses qu'il n'aurait pas dû survivre. Bientôt, il céderait à la souffrance.

L'archer d'élite, d'après le récit de la Libyenne, avait tué l'ours d'une flèche dans l'œil, sans éviter un dernier coup de griffe. Panthère avait traîné le corps ensanglanté jusqu'au char, le hissant à l'intérieur au prix d'un effort surhumain. Puis elle s'était préoccupée du linceul. Toucher un cadavre la répugnait, mais Souti n'avait-il pas risqué sa vie pour le ramener en Égypte ?

Par bonheur, les chevaux s'étaient montrés dociles. D'instinct, ils avaient rebroussé chemin et guidé la Libyenne plus qu'elle ne les conduisait. Le cadavre d'un lieutenant de charrerie, un déserteur agonisant et une étrangère en fuite, voilà le curieux équipage qu'avait intercepté l'arrière-garde du général Asher.

Grâce aux explications de Panthère et à l'identification du lieutenant, les faits avaient été établis. Le gradé, mort au champ d'honneur, avait été décoré à titre posthume et momifié à Memphis; Panthère, placée comme ouvrière agricole dans un grand domaine; Souti, félicité pour son courage et blâmé pour son indiscipline.

*

Kem avait tenté de s'exprimer à mots couverts.

– Souti, à Memphis? s'étonna Pazair.

– L'armée d'Asher est revenue victorieuse, la révolte est écrasée. Il ne manque que le meneur, Adafi.

– Quand Souti est-il arrivé?

– Hier.

– Pourquoi n'est-il pas ici?

Le Nubien se détourna, gêné.

– Il ne peut se déplacer.

Le juge s'enflamma.

– Soyez plus clair!

– Il est blessé.

– Gravement?

– Son état...

– La vérité!

– Son état est désespéré.

– Où est-il?

– A l'hôpital militaire. Je ne vous garantis pas qu'il soit encore vivant.

*

– Il a perdu trop de sang, déclara le médecin-chef de l'hôpital militaire; l'opérer serait une folie. Laissons-le mourir en paix.

– Est-ce là toute votre science ? s'insurgea Pazair.
– Je ne peux plus rien pour lui. Cet ours l'a mis en lambeaux ; sa résistance me stupéfie, mais elle ne lui donne aucune chance de survivre.
– Est-il transportable ?
– Bien sûr que non.

Le juge avait pris une décision : Souti ne s'éteindrait pas dans une salle commune.

– Procurez-moi un brancard.
– Vous ne déplacerez pas ce mourant.
– Je suis son ami et je connais son vœu : vivre ses dernières heures dans son village. Si vous persistez dans votre refus, vous serez responsable devant lui et devant les dieux.

Le praticien ne prit pas la menace à la légère. Un mort mécontent devenait un revenant, et les revenants exerçaient leur hargne sans pitié, même sur les médecins-chefs.

– Signez-moi une décharge.

*

Pendant la nuit, le juge mit en ordre une vingtaine de dossiers mineurs qui donneraient du travail au greffier pour trois semaines. Si Iarrot avait besoin de le joindre, il adresserait son courrier au tribunal principal de Thèbes. Pazair aurait volontiers consulté Branir, mais ce dernier séjournait à Karnak afin de préparer sa retraite définitive.

Au petit matin, Kem et deux infirmiers sortirent Souti de l'hôpital et le transportèrent dans la cabine confortable d'un bateau léger.

Pazair demeura à son côté, prit sa main droite dans la sienne. Quelques instants, il crut que Souti s'éveillait et que ses doigts se contractaient. Mais l'illusion se dissipa.

*

– Vous êtes mon dernier espoir, Néféret. Le médecin militaire a refusé d'opérer Souti. Acceptez-vous de l'examiner ?

A la dizaine de patients qui attendaient assis au pied des palmiers, elle expliqua qu'une urgence l'obligeait à s'absenter. Kem, sur ses directives, emporta plusieurs pots contenant des remèdes.

– Opinion de mon confrère ?

– Les blessures infligées par l'ours sont très profondes.

– Comment votre ami a-t-il supporté le voyage ?

– Il n'est pas sorti du coma. Sauf un instant, peut-être, où j'ai senti sa vie palpiter.

– Est-il robuste ?

– Solide comme une stèle.

– Maladies graves ?

– Aucune.

L'examen de Néféret dura plus d'une heure. Quand elle sortit de la cabine, elle formula son diagnostic : « Un mal contre lequel je me battrai. »

– Le risque est grand, ajouta-t-elle. Si je n'interviens pas, il mourra. Si je réussis, il survivra peut-être.

Elle commença l'opération à la fin de la matinée. Pazair servit d'assistant, et lui passa les instruments chirurgicaux qu'elle demandait. Néféret avait pratiqué une anesthésie générale en utilisant une pierre siliceuse mélangée à de l'opium et à de la racine de mandragore ; l'ensemble, réduit en poudre, devait être absorbé à petites doses. Lorsqu'elle s'attaquait à une plaie, elle délayait la poudre dans du vinaigre. S'en dégageait un acide qu'elle recueillait dans une corne en pierre, et qu'elle appliquait localement afin de supprimer la douleur. Elle vérifiait la durée d'action des produits en consultant son horloge de poignet.

Avec des couteaux et des scalpels en obsidienne, plus

tranchante que le métal, elle incisa. Ses gestes étaient précis et sûrs. Elle remodela les chairs, rapprocha les lèvres de chaque plaie en cousant avec une très fine lanière obtenue à partir d'un intestin de bovidé; les nombreux points de suture furent consolidés par des bandes d'adhésif, sous forme d'une toile collante.

Au terme de cinq heures d'opération, Néféret était épuisée, Souti vivait.

Sur les blessures les plus graves, le chirurgien posa de la viande fraîche, de la graisse et du miel. Dès le lendemain matin, elle changerait les pansements; composés d'un tissu végétal doux et protecteur, ils éviteraient l'infection et hâteraient la cicatrisation.

Trois jours s'écoulèrent. Souti sortit du coma, absorba de l'eau et du miel. Pazair n'avait pas quitté son chevet.

– Tu es sauvé, Souti, sauvé!

– Où suis-je?

– Sur un bateau, près de notre village.

– Tu t'es souvenu... je voulais mourir ici.

– Néféret t'a opéré, tu guériras.

– Ta fiancée?

– Un extraordinaire chirurgien et le meilleur des médecins.

Souti tenta de soulever le buste; la douleur lui arracha un cri, il retomba.

– Surtout, ne remue pas!

– Moi, immobile...

– Sois un peu patient.

– Cet ours m'a déchiqueté.

– Néféret t'a recousu, tes forces reviendront.

Les yeux de Souti chavirèrent. Affolé, Pazair crut qu'il sombrait; mais il serra sa main avec violence.

– Asher! Il fallait que je survive pour te parler de ce monstre!

– Calme-toi.

– Tu dois connaître la vérité, juge, toi qui dois faire respecter la justice dans ce pays!

– Je t'écoute, Souti, mais ne t'emporte pas, je t'en prie.

La colère du blessé s'apaisa.

– J'ai vu le général Asher torturer et assassiner un soldat égyptien. Il était en compagnie d'Asiatiques, de rebelles qu'il prétend combattre.

Pazair se demanda si la fièvre ne faisait pas délirer son ami ; mais Souti s'était exprimé posément, quoiqu'il martelât chaque mot.

– Tu avais raison de le soupçonner, et moi, je t'apporte la preuve dont tu manquais.

– Un témoignage, rectifia le juge.

– N'est-ce pas suffisant ?

– Il niera.

– Ma parole vaut la sienne !

– Dès que tu seras sur pied, nous songerons à une stratégie. Ne parle à personne.

– Je vivrai. Je vivrai pour voir ce misérable condamné à mort.

Un rictus de douleur déforma le visage de Souti.

– Es-tu fier de moi, Pazair ?

– Nous n'avons qu'une parole, toi et moi.

*

Sur la rive ouest, le renom de Néféret grandissait. La réussite de l'opération stupéfia ses collègues ; certains firent appel à la jeune praticienne pour traiter des cas difficiles. Elle ne refusa pas, à condition de privilégier le village qui l'avait accueillie, et d'obtenir l'hospitalisation de Souti à Deir el-Bahari *. Les autorités sanitaires acceptèrent ; héros des champs de bataille, le miraculé devenait une gloire de la médecine.

Le temple de Deir el-Bahari vénérait Imhotep, le plus grand thérapeute de l'Ancien Empire, auquel était

* Sur ce site de la rive occidentale de Thèbes, la célèbre reine-pharaon Hatchepsout construisit un grand temple que l'on visite encore aujourd'hui.

consacrée une chapelle creusée dans la roche. Les médecins s'y recueillaient et quêtaient la sagesse de leur ancêtre, indispensable à la pratique de leur art. Quelques malades étaient admis à passer leur convalescence en ce lieu magnifique; ils déambulaient sous les colonnades, admiraient les reliefs narrant les exploits de la reine-pharaon, Hatchepsout, et se promenaient dans les jardins afin d'y respirer la résine odoriférante des arbres à encens, importés du mystérieux pays de Pount, près de la côte des Somalies. Des tuyaux de cuivre reliaient des bassins à des systèmes de drainage souterrains et véhiculaient une eau guérisseuse, recueillie dans des récipients également en cuivre; Souti en viderait une vingtaine par jour, évitant ainsi infection et complications post-opératoires. Grâce à sa prodigieuse vitalité, il guérirait vite.

Pazair et Néféret descendaient la longue rampe fleurie qui reliait entre elles les terrasses de Deir el-Bahari.

– Vous l'avez sauvé.

– J'ai eu de la chance, lui aussi.

– Des séquelles ?

– Quelques cicatrices.

– Elles ajouteront à son charme.

Un soleil brûlant atteignit le zénith. Ils s'assirent à l'ombre d'un acacia, au bas de la rampe.

– Avez-vous réfléchi, Néféret ?

Elle garda le silence. Sa réponse lui apporterait bonheur ou malheur. Sous la chaleur de midi, la vie s'arrêtait. Dans les champs, les paysans déjeunaient à l'abri de huttes en roseaux où ils s'astreindraient à une longue sieste. Néféret ferma les yeux.

– Je vous aime de tout mon être, Néféret. Je voudrais vous épouser.

– Une vie ensemble... en sommes-nous capables ?

– Je n'aimerai aucune autre femme.

– Comment pouvez-vous en être certain ? Un chagrin d'amour est vite oublié.

– Si vous me connaissiez...

– J'ai conscience de la gravité de votre démarche. C'est elle qui m'effraie.

– Êtes-vous éprise d'un autre ?

– Non.

– Je ne l'aurais pas supporté.

– Jaloux ?

– Au-delà de tout.

– Vous m'imaginez comme une femme idéale, sans défaut, parée de toutes les vertus.

– Vous n'êtes pas un rêve.

– Vous me rêvez. Un jour, vous vous réveillerez, et vous serez déçu.

– Je vous vois vivre, je respire votre parfum, vous êtes près de moi... est-ce une illusion ?

– J'ai peur. Si vous vous trompez, si nous nous trompons, la souffrance sera atroce.

– Jamais vous ne me décevrez.

– Je ne suis pas une déesse. Lorsque vous en prendrez conscience, vous ne m'aimerez plus.

– Tenter de me décourager est inutile. Dès notre première rencontre, dès l'instant où je vous ai vue, j'ai su que vous seriez le soleil de ma vie. Vous rayonnez, Néféret ; personne ne peut nier la lumière qui émane de vous. Mon existence vous appartient, que vous le vouliez ou non.

– Vous vous égarez. Il faut vous habituer à l'idée de vivre loin de moi ; votre carrière se déroulera à Memphis, la mienne à Thèbes.

– Qu'importe ma carrière !

– Ne trahissez pas votre vocation. Admettriez-vous que je renonce à la mienne ?

– Exigez, et j'obéirai.

– Tel n'est pas votre tempérament.

– Mon ambition est de vous aimer toujours davantage.

– N'êtes-vous pas excessif ?

– Si vous refusez de devenir mon épouse, je disparaîtrai.

– Me soumettre à un chantage est indigne de vous.

– Ce n'est pas mon intention. Acceptez-vous de m'aimer, Néféret ?

Elle ouvrit les yeux et le contempla avec tristesse.

– Vous abuser serait indigne.

Elle s'éloigna, légère et gracieuse. Malgré la chaleur, Pazair était glacé.

CHAPITRE 29

Souti n'était pas homme à goûter longtemps la paix et le silence des jardins du temple. Comme les prêtresses, quoique jolies, ne s'occupaient pas des malades et demeuraient inaccessibles, il n'avait de contact qu'avec un infirmier bourru, chargé de changer ses pansements.

Moins d'un mois après l'opération, il bouillait d'impatience. Lorsque Néféret l'examina, il ne tint pas en place.

– Je suis rétabli.

– Pas tout à fait, mais votre état est remarquable. Aucun point de suture n'a cédé, les plaies sont cicatrisées, aucune infection ne s'est déclarée.

– Donc, je peux sortir !

– A condition de vous ménager.

N'y résistant pas, il l'embrassa sur les deux joues.

– Je vous dois la vie, et je ne suis pas un ingrat. Si vous m'appelez, j'accours. Parole de héros !

– Vous emporterez avec vous une jarre d'eau guérisseuse et boirez trois coupelles par jour.

– La bière n'est plus interdite ?

– Pas davantage que le vin, à petites doses.

Souti tendit les bras et bomba le torse.

– Comme c'est bon de revivre ! Toutes ces heures de souffrances... Seules les femmes les effaceront.

– Ne comptez-vous pas en épouser une ?

– Que la déesse Hathor me protège de ce désastre ! Moi, avec une épouse fidèle, et une kyrielle de piailleurs accrochés à mon pagne ? Une maîtresse, puis une autre, et une autre encore, voilà mon merveilleux destin. Aucune ne ressemble à l'autre, chacune possède ses secrets.

– Vous semblez très différent de votre ami Pazair, remarqua-t-elle en souriant.

– Ne vous fiez pas à son allure réservée : c'est un passionné, plus que moi, peut-être. S'il a osé vous parler...

– Il a osé.

– Ne prenez pas ses paroles à la légère.

– Elles m'ont effrayée.

– Pazair n'aimera qu'une seule fois. Il appartient à cette race d'hommes qui tombent amoureux fous et préservent leur folie une vie durant. Une femme les comprend mal, car elle a besoin de s'habituer, de prendre du temps avant de s'engager. Pazair est un torrent furieux, pas un feu de paille ; sa passion ne faiblira pas. Il est maladroit, trop timide ou empressé, d'une sincérité absolue. Il a refusé les amourettes et les aventures, car il n'est capable que d'un grand amour.

– Et s'il se trompe ?

– Il ira jusqu'au terme de son idéal. N'espérez pas la moindre concession.

– Admettez-vous mes craintes ?

– En amour, les arguments raisonnables sont inutiles. Je vous souhaite d'être heureuse, quelle que soit votre décision.

Souti comprenait Pazair. La beauté de Néféret était lumineuse.

*

Assis au pied d'un palmier, il ne s'alimentait plus. La tête sur les genoux, en posture de deuil, il ne distinguait plus le jour de la nuit. Même les enfants ne le taquinaient pas, tant il ressemblait à un bloc de pierre.

– Pazair ! C'est moi, Souti.

Le juge ne réagit pas.

– Tu es persuadé qu'elle ne t'aime pas.

Souti se cala le dos contre le tronc, à côté de son ami.

– Il n'y aura pas d'autre femme, je sais aussi. Je ne tenterai pas de te consoler, partager ton malheur est impossible. Il ne reste que ta mission.

Pazair garda le silence.

– Ni toi ni moi ne pouvons laisser Asher triompher. Si nous renonçons, le tribunal de l'autre monde nous condamnera à la seconde mort, et nous n'aurons aucune justification de notre lâcheté.

Le juge resta inerte.

– A ta guise, meurs d'inanition en pensant à elle. Je me battrai seul contre Asher.

Pazair sortit de sa torpeur et regarda Souti.

– Il te détruira.

– Chacun son épreuve. Toi, tu ne supportes pas l'indifférence de Néféret ; moi, le visage d'un assassin qui m'obsède pendant mon sommeil.

– Je t'aiderai.

Pazair tenta de se lever, mais la tête lui tourna ; Souti le prit par les épaules.

– Pardonne-moi, mais...

– Tu m'as souvent recommandé de ne pas gâcher la parole. L'essentiel, c'est de te restaurer.

*

Les deux hommes empruntèrent le bac, aussi chargé qu'à l'habitude. Du bout des lèvres, Pazair avait mangé du pain et des oignons. Le vent lui fouetta le visage.

– Contemple le Nil, recommanda Souti. Il est la noblesse. Face à lui, nous sommes médiocres.

Le juge fixa l'eau claire.

– A quoi songes-tu, Pazair ?

– Comme si tu l'ignorais...
– Comment peux-tu être certain que Néféret ne t'aime pas ? J'ai parlé avec elle, et...
– Inutile, Souti.
– Les noyés sont peut-être béatifiés, mais ils sont quand même noyés. Et tu as promis d'inculper Asher.
– Sans toi, je renoncerais.
– Parce que tu n'es plus toi-même.
– Au contraire, je ne suis plus que moi-même, réduit à la pire des solitudes.
– Tu oublieras.
– Tu ne comprends pas.
– Le temps est le seul remède.
– Il n'effacera rien.
A peine le bac toucha-t-il la rive qu'une foule bruyante débarqua, poussant devant elle ânes, moutons et bœufs. Les deux amis laissèrent s'écouler le flot, grimpèrent un escalier et marchèrent jusqu'au bureau du juge principal de Thèbes. Le service des postes n'avait reçu aucun message à l'intention de Pazair.
– Regagnons Memphis, exigea Souti.
– Es-tu si pressé ?
– Je suis impatient de revoir Asher. Si tu me résumais tes investigations ?
D'une voix monocorde, Pazair retraça les épisodes de son enquête. Souti écouta avec attention.
– Qui t'a suivi ?
– Aucune idée.
– Les méthodes du chef de la police ?
– Pourquoi pas ?
– Avant de quitter Thèbes, passons voir Kani.
Docile, Pazair accepta. Indifférent, il se détachait de la réalité. Le refus de Néféret lui rongeait l'âme.
Kani ne travaillait plus seul dans son jardin, équipé de plusieurs systèmes d'irrigation à balancier. Une intense activité régnait dans la partie du terrain consacrée aux légumes. Le jardinier s'occupait des plantes médicinales. Râblé, la peau de plus en plus ridée, le

geste lent, il supportait le poids de la grande perche aux extrémités de laquelle étaient accrochés deux lourds pots remplis d'eau. Il n'accordait à personne le privilège de nourrir ses protégées.

Pazair lui présenta Souti. Kani le dévisagea.

– Votre ami ?

– Vous pouvez parler devant lui.

– J'ai continué à rechercher le vétéran, de manière systématique. Menuisiers, charpentiers, porteurs d'eau, blanchisseurs, paysans... je ne néglige aucune activité. Un maigre indice : notre homme fut quelques jours réparateur de chars avant de disparaître.

– Pas si maigre, rectifia Souti. Il est donc vivant !

– Espérons-le.

– Aurait-il été supprimé, lui aussi ?

– En tout cas, il est introuvable.

– Continuez, recommanda Pazair. Le cinquième vétéran est toujours de ce monde.

*

Existait-il plus suave douceur que celle des soirées thébaines, lorsque le vent du nord apportait la fraîcheur sous les tonnelles et les pergolas où l'on buvait de la bière en admirant le coucher du soleil ? La fatigue des corps s'estompait, le tourment des âmes s'apaisait, la beauté de la déesse du silence se déployait dans l'occident rougeoyant. Des ibis traversaient le crépuscule.

– Demain, Néféret, je pars pour Memphis.

– Votre travail ?

– Souti a été témoin d'une forfaiture. Je préfère ne pas en dire davantage, pour votre sécurité.

– Le danger serait-il si pressant ?

– L'armée est en jeu.

– Songez à vous-même, Pazair.

– Vous préoccuperiez-vous de mon sort ?

– Ne soyez pas amer. Je souhaite tant votre bonheur.

– Vous seule pouvez me l'accorder.
– Vous êtes si absolu, si...
– Venez avec moi.
– C'est impossible. Je ne suis pas animée du même feu que vous; admettez que je suis différente, que la hâte m'est étrangère.
– Tout est si simple : je vous aime et vous ne m'aimez pas.
– Non, tout n'est pas si simple. Le jour ne succède pas brutalement à la nuit, une saison à l'autre.
– Me donneriez-vous un espoir ?
– M'engager serait mentir.
– Vous voyez bien.
– Vos sentiments sont si violents, si impatients... Vous ne pouvez exiger que j'y réponde avec la même ardeur.
– Ne tentez pas de vous justifier.
– Je ne vois pas clair en moi-même, comment vous offrir une certitude ?
– Si je pars, nous ne nous reverrons jamais.
Pazair s'éloigna à pas lents, espérant des paroles qui ne furent pas prononcées.

*

Le greffier Iarrot avait évité les erreurs lourdes en ne prenant aucune responsabilité. Le quartier était calme, aucun délit sérieux n'avait été commis. Pazair régla des détails, et se rendit chez le chef de la police qui avait déposé une convocation.

La voix nasillarde, empressé, Mentmosé était plus souriant qu'à l'ordinaire.
– Mon cher juge ! Ravi de vous revoir. Vous étiez en voyage ?
– Déplacement obligé.
– Votre juridiction fut des plus tranquilles; votre réputation porte ses fruits. On sait que vous ne transigez pas avec la loi. Sans vous offenser, vous me semblez fatigué.

– Sans importance.

– Bien, bien...

– Le motif de votre convocation ?

– Une affaire délicate et... regrettable. J'ai suivi votre plan à la lettre en ce qui concerne le silo suspect. Souvenez-vous : je doutais de son efficacité. Entre nous, je n'avais pas tort.

– L'intendant s'est-il enfui ?

– Non, non... Je n'ai rien à lui reprocher. Il ne se trouvait pas sur place lorsque l'incident s'est produit.

– Quel incident ?

– La moitié du contenu du silo a été volée pendant la nuit.

– Vous plaisantez ?

– Hélas, non ! C'est la triste réalité.

– Pourtant, vos hommes le surveillaient !

– Oui et non. Une rixe, non loin des greniers, les a obligés à intervenir d'urgence. Qui pourrait le leur reprocher ? Lorsqu'ils ont repris la faction, ils ont constaté le vol. A présent, c'est surprenant, l'état du silo correspond au rapport de l'intendant !

– Les coupables ?

– Aucune piste sérieuse.

– Pas de témoins ?

– Le quartier était désert, et l'opération fut rondement menée. Il ne sera pas facile d'identifier les voleurs.

– Je suppose que vos meilleurs éléments sont sur l'affaire.

– Comptez sur moi.

– Entre nous, Mentmosé, quelle opinion avez-vous de moi ?

– Eh bien... Je vous considère comme un juge conscient de ses devoirs.

– M'accordez-vous un peu d'intelligence ?

– Mon cher Pazair, vous vous sous-estimez !

– En ce cas, vous savez que je n'accorde aucun crédit à votre histoire.

*

La dame Silkis, en proie à l'une de ses fréquentes crises d'angoisse, bénéficiait des soins attentifs d'un spécialiste des troubles psychiques, l'interprète des rêves. Son cabinet, peint en noir, était plongé dans l'obscurité. Chaque semaine, elle s'allongeait sur une natte, lui racontait ses cauchemars et quêtait ses conseils.

L'interprète des rêves était un Syrien installé à Memphis depuis de nombreuses années ; utilisant quantité de grimoires et de clés des songes *, il flattait une clientèle de dames nobles et de bourgeoises aisées. Aussi ses honoraires étaient-il très élevés ; n'apportait-il pas un réconfort régulier à de pauvres créatures à l'esprit fragile ?

L'interprète insistait sur la durée illimitée du traitement ; avait-on jamais fini de rêver ? Or lui seul pouvait donner la signification des images et des phantasmes qui agitaient un cerveau ensommeillé. Très prudent, il repoussait la plupart des avances de ses patientes en mal d'affection, et ne cédait qu'à des veuves encore appétissantes.

Silkis se rongeait les ongles.

– Vous êtes-vous disputée avec votre mari ?

– A cause des enfants.

– Quelle faute ont-ils commise ?

– Ils mentent. Ce n'est quand même pas si grave ! Mon mari s'énerve, je les défends, le ton monte.

– Vous frappe-t-il ?

– Un peu, mais je me défends.

– Est-il satisfait de votre transformation corporelle ?

– Oh oui ! Il me mange dans la main... parfois, je lui fais faire ce que je veux, à condition que je ne m'occupe pas de ses affaires.

– Vous intéressent-elles ?

* Certaines clés des songes ont été retrouvées ; elles indiquent la nature des rêves et fournissent une interprétation.

– Pas du tout. Nous sommes riches, c'est l'essentiel.

– Après la dernière dispute, comment vous êtes-vous comportée ?

– Comme d'habitude. Je me suis enfermée dans ma chambre, et j'ai hurlé. Après, je me suis endormie.

– De longs rêves ?

– Toujours les mêmes images. D'abord, j'ai vu un brouillard qui montait du fleuve. Quelque chose, sans doute un bateau, tentait de le percer. Grâce au soleil, le brouillard s'est dissipé. L'objet était un gigantesque phallus qui avançait, droit devant lui ! Je me suis détournée, et j'ai voulu me réfugier dans une maison, au bord du Nil. Ce n'était pas une bâtisse, mais un sexe de femme qui m'attirait et m'effrayait en même temps.

Silkis haletait.

– Méfiez-vous, recommanda l'interprète ; d'après les clés des songes, voir un phallus annonce un vol.

– Et un sexe de femme ?

– La misère.

*

Échevelée, la dame Silkis se rendit sans délai à l'entrepôt. Son mari apostrophait deux hommes, les bras ballants et l'air navré.

– Pardonne-moi de t'importuner, mon chéri. Il faut prendre garde, on va te voler et nous risquons la misère !

– Ton avertissement est tardif. Ces capitaines m'expliquent, comme leurs confrères, qu'il n'existe aucun bateau disponible pour transporter mes papyrus du Delta à Memphis. Notre entrepôt restera vide.

CHAPITRE 30

Le juge Pazair essuya la colère de Bel-Tran.

– Qu'attendez-vous de moi ?

– Que vous interveniez pour entrave à la liberté de circulation des marchandises. Les commandes affluent, je ne peux en livrer aucune !

– Dès qu'un bateau sera disponible...

– Aucun bateau ne le sera.

– Malveillance ?

– Enquêtez, vous la prouverez. Chaque heure qui passe me conduit à la ruine.

– Revenez demain. J'espère obtenir des éléments concrets.

– Je n'oublierai pas ce que vous faites pour moi.

– Pour la justice, Bel-Tran, pas pour vous.

*

La mission amusait Kem, et plus encore son babouin. Muni de la liste des transporteurs fournie par Bel-Tran, ils leur demandèrent la raison de leur refus. Explications embrouillées, déplorations, mensonges patents leur offrirent l'assurance que le fabricant de papyrus ne se trompait pas. A l'extrémité d'un dock, à l'heure de la sieste, Kem jeta son dévolu sur un quartier-maître généralement bien informé.

– Connais-tu Bel-Tran ?
– Entendu parler.
– Pas de bateau disponible, pour ses papyrus ?
– Il paraît.
– Pourtant, le tien est à quai, et vide.

Le babouin ouvrit la gueule, sans émettre un son.

– Retiens ton fauve !
– La vérité, et nous te laissons en paix.
– Dénès a loué tous les bateaux pendant une semaine.

En fin d'après-midi, le juge Pazair observa la procédure réglementaire en interrogeant lui-même les armateurs, obligés de lui montrer leurs contrats de location.

Tous étaient au nom de Dénès.

*

D'un chaland à voile, des marins débarquaient nourritures, jarres et meubles. Un autre bateau de charge s'apprêtait à partir pour le Sud. A son bord, peu de rameurs ; la quasi-totalité de l'embarcation à la coque massive était prise par des cabines où l'on entreposait les marchandises. Le barreur, qui maniait l'aviron-gouvernail, occupait déjà son poste ; manquait l'homme de proue. De sa longue canne, il sonderait le fond à intervalles réguliers. Sur le quai, Dénès s'entretenait avec le capitaine, au milieu du brouhaha. Les marins chantaient ou s'apostrophaient, des charpentiers réparaient un voilier, des tailleurs de pierre consolidaient un débarcadère.

– Puis-je vous consulter ? demanda Pazair, accompagné de Kem et du babouin.
– Avec plaisir, mais plus tard.
– Pardonnez-moi d'insister, mais je suis pressé.
– Pas au point de retarder le départ d'un bateau !
– Justement, si.
– Motif ?

Pazair déroula un papyrus d'un bon mètre.

– Voici la liste des infractions que vous avez commises : louage forcé, intimidation d'armateurs, tentative de monopole, entrave à la circulation des biens.

Dénès consulta le document. Les accusations du juge étaient formulées avec précision et selon les règles.

– Je conteste votre interprétation des faits, dramatique et grandiloquente ! Si j'ai loué tant de bateaux, c'est en vue de transports exceptionnels.

– Lesquels ?

– Matériaux divers.

– Trop vague.

– Dans mon métier, il est bon de prévoir l'imprévu.

– Bel-Tran est victime de votre manœuvre.

– Nous y voilà ! Je l'avais prévenu : son ambition le conduirait à l'échec.

– Afin de casser le monopole de fait, qui est incontestable, j'exerce le droit de réquisition.

– A votre guise. Prenez n'importe quelle barge du quai ouest.

– Votre bateau me conviendra.

Dénès se plaça devant la passerelle.

– Je vous interdis d'y toucher !

– Je préfère n'avoir rien entendu. Contester la loi est un délit sérieux.

Le transporteur s'adoucit.

– Soyez raisonnable... Thèbes attend ce chargement.

– Bel-Tran subit un préjudice dont vous êtes l'auteur ; la justice implique que vous le dédommagiez. Il accepte de ne pas porter plainte afin de préserver vos relations futures. A cause du retard, son stock est énorme ; ce navire de transport sera à peine suffisant.

Pazair, Kem et le babouin montèrent à bord. Non seulement le juge voulait rendre justice à Bel-Tran, mais encore suivait-il une intuition.

Plusieurs cabines, construites en planches jointives percées de trous afin d'assurer une circulation d'air, abritaient des chevaux, des bœufs, des boucs et des veaux. Certains étaient en liberté, d'autres attachés à des anneaux fixés dans le pont. Ceux qui avaient le pied marin se promenaient à l'avant. D'autres cabines, simples châssis en bois léger couverts d'un toit, contenaient des tabourets, des chaises et des guéridons.

A l'arrière, une grande bâche cachait une trentaine de silos portatifs.

Pazair appela Dénès.

– D'où provient ce blé ?

– Des entrepôts.

– Qui vous l'a livré ?

– Consultez le quartier-maître.

Interrogé, l'homme produisit un document officiel, portant un sceau indéchiffrable. Pourquoi y aurait-il prêté attention, alors que ce type de marchandise était banal ? Selon les besoins de telle ou telle province, Dénès transportait du grain tout au long de l'année. Les réserves des silos d'État évitaient toute famine.

– Qui a donné l'ordre d'acheminement ?

Le quartier-maître l'ignorait. Le juge se retourna vers son patron qui, sans hésitation, le conduisit à son bureau du port.

– Je n'ai rien à cacher, avoua Dénès, nerveux. Certes, j'ai tenté de donner une leçon à Bel-Tran, mais il ne s'agissait que d'une plaisanterie. Pourquoi mon chargement vous intrigue-t-il ?

– Secret de l'instruction.

Les archives étaient bien tenues. Dénès, docile, s'empressa d'en extraire la tablette d'argile qui intéressait le juge.

L'ordre de transport émanait de Hattousa, princesse hittite, supérieure du harem de Thèbes, épouse diplomatique de Ramsès le Grand.

*

Grâce au général Asher, le calme était revenu dans les principautés d'Asie. Une fois de plus, il avait prouvé sa parfaite connaissance du terrain. Deux mois après son retour, au milieu de l'été, alors qu'une crue bienfaisante déposait le limon fertilisant sur les deux rives, une grandiose cérémonie était organisée en son honneur. Asher n'avait-il pas ramené un tribut composé de mille chevaux, cinq cents prisonniers, dix mille moutons, huit cents chèvres, quatre cents bœufs, quarante chars ennemis, des centaines de lances, d'épées, de cottes d'armes, de boucliers, et deux cent mille sacs de céréales ?

Devant le palais royal s'étaient rassemblés les corps d'élite, garde de Pharaon et police du désert, et des représentants des quatre régiments d'Amon, de Rê, de Ptah et de Seth, comprenant la charrerie, l'infanterie et les archers. Pas un gradé ne manquait à l'appel. La puissance militaire égyptienne déployait ses fastes et célébrait son officier supérieur le plus décoré. Ramsès lui remettrait cinq colliers d'or et décréterait trois jours de fête dans le pays entier. Asher devenait l'un des premiers personnages de l'État, le bras armé du roi et le rempart contre l'invasion.

Souti n'était pas absent de la fête. Le général lui avait attribué un char neuf pour parader, sans l'obliger à acheter le timon et la caisse, comme la plupart des officiers ; trois soldats s'occuperaient des deux chevaux.

Avant le défilé, le héros de la récente campagne reçut les félicitations du général.

– Continuez à servir votre pays, Souti ; je vous promets un brillant avenir.

– Mon âme est tourmentée, général.

– Vous m'étonnez.

– Tant que nous n'aurons pas fait Adafi prisonnier, je ne dormirai pas tranquille.

– Je reconnais là un héros brillant et généreux.

– Je m'interroge... malgré notre quadrillage, comment s'est-il échappé ?

– Le gredin est habile.

– Ne jurerait-on pas qu'il devine nos plans ?

Une ride creusa le front du général Asher.

– Vous me donnez une autre idée... la présence d'un espion dans nos rangs.

– Invraisemblable.

– Le fait s'est déjà produit. Rassurez-vous : mon état-major et moi-même nous pencherons sur ce problème. Soyez certain que ce vil rebelle ne restera plus très longtemps en liberté.

Asher tapota la joue de Souti, puis s'occupa d'un autre brave. Les insinuations, pourtant appuyées, ne l'avaient pas troublé.

Un instant, Souti se demanda s'il ne s'était pas trompé ; mais l'horrible scène demeurait vivace dans sa mémoire. Naïf, il avait espéré que le traître perdrait son sang-froid.

*

Pharaon prononça un long discours dont l'essentiel fut répété par des hérauts, dans chaque ville et chaque village. Chef suprême des armées, il garantissait la paix et veillait sur les frontières. Les quatre grands régiments, forts de vingt mille soldats, protégeraient l'Égypte de toute tentative d'invasion. Charrerie et infanterie, où s'étaient engagés nombre de Nubiens, de Syriens et de Libyens, étaient attachées au bonheur des Deux Terres et les défendraient contre les agresseurs, fussent-ils d'anciens compatriotes. Le roi ne tolérerait aucun manquement à la discipline, le vizir exécuterait ses consignes à la lettre.

En échange de ses bons et loyaux services, le général Asher était responsable de l'instruction des officiers chargés d'encadrer les troupes qui effectueraient des missions de surveillance en Asie. Son expérience leur serait précieuse ; déjà porte-étendard à la droite du roi, le général serait consulté en permanence sur les options tactiques et stratégiques.

*

Pazair ouvrait un dossier, le refermait, classait des documents déjà classés, donnait des ordres contradictoires à son greffier, et oubliait de promener son chien. Iarrot n'osait plus lui poser de questions, car le juge répondait à côté.

Pazair subissait chaque jour les assauts de Souti, de plus en plus impatient ; voir Asher en liberté devenait insupportable. Le juge excluait toute précipitation, sans rien proposer de concret, et arrachait à son ami la promesse de ne pas intervenir de manière insensée. Attaquer le général à la légère n'aboutirait qu'à un échec.

Souti constatait que Pazair ne s'intéressait guère à son propos ; perdu dans de douloureuses pensées, il s'éteignait peu à peu.

Le juge avait cru que son travail l'étourdirait et lui ferait oublier Néféret. Au contraire, l'éloignement augmentait sa détresse. Conscient que le temps l'aggraverait encore, il décida de devenir une ombre. Après avoir dit adieu à son chien et à son âne, il sortit de Memphis en direction de l'ouest, vers le désert libyque. Lâche, il ne s'était pas confié à Souti, imaginant à l'avance ses arguments. Rencontrer l'amour et ne pouvoir le vivre avaient transformé son existence en supplice.

Pazair marcha sous un soleil ardent, dans le sable brûlant. Il gravit une butte et s'assit sur une pierre, les yeux vers l'immensité. Le ciel et la terre se refermeraient sur lui, la chaleur le dessécherait, les hyènes et les vautours détruiraient sa dépouille. En négligeant sa sépulture, il injuriait les dieux et se condamnait à subir la seconde mort, qui excluait la résurrection ; mais une éternité sans Néféret ne serait-elle pas le pire des châtiments ?

Absent de lui-même, indifférent au vent et à la morsure des grains de sable, Pazair s'enfonça dans le néant. Soleil vide, lumière immobile... Il n'était pas si facile de disparaître. Le juge ne bougeait pas, persuadé de glisser dans le dernier sommeil.

Quand la main de Branir se posa sur son épaule, il ne réagit pas.

– Une promenade fatigante, à mon âge. En revenant de Thèbes, je comptais me reposer ; et tu m'obliges à te retrouver dans ce désert. Même avec la radiesthésie, ce fut une rude tâche. Bois un peu.

Branir tendit une outre fraîche à son disciple. D'une main hésitante, il l'empoigna, plaça le goulot entre ses lèvres exsangues et absorba une rasade.

– Refuser eût été insultant, mais je ne vous concéderai rien d'autre.

– Tu es résistant, ta peau n'est pas brûlée, et ta voix tremble à peine.

– Le désert prendra ma vie.

– Il te refusera la mort.

Pazair tressaillit.

– Je serai patient.

– Ta patience sera inutile, car tu es un parjure.

Le juge sursauta.

– Vous, mon maître, vous...

– La vérité est pénible.

– Je n'ai pas manqué à ma parole !

– La mémoire te fait défaut. En acceptant ton premier poste, à Memphis, tu as prêté un serment dont une pierre fut témoin. Regarde le désert, autour de nous ; cette pierre est devenue un millier, elle te rappelle l'engagement sacré que tu as pris devant Dieu, devant les hommes et devant toi-même. Tu le savais, Pazair ; un juge n'est pas un homme ordinaire. Ton existence ne t'appartient plus. Gâche-la, dévaste-la, c'est sans importance ; le parjure est condamné à errer parmi les ombres haineuses qui s'entre-déchirent.

Pazair défia son maître.

– Je ne peux vivre sans elle.

– Tu dois remplir ta fonction de juge.

– Sans joie et sans espoir ?

– La justice ne se nourrit pas d'états d'âme, mais de rectitude.

– Oublier Néféret est impossible.

– Parle-moi de tes enquêtes.

L'énigme du sphinx, le cinquième vétéran, le général Asher, le blé volé... Pazair rassembla les faits, ne cacha ni ses incertitudes ni ses doutes.

– Toi, modeste magistrat, situé au bas de l'échelle hiérarchique, es en charge d'affaires exceptionnelles que le destin t'a confiées. Elles dépassent ta personne et engagent peut-être l'avenir de l'Égypte. Seras-tu assez médiocre pour les négliger ?

– J'agirai, puisque vous le souhaitez.

– Ta fonction l'exige. Crois-tu que la mienne est plus légère ?

– Vous jouirez bientôt du silence du temple couvert.

– Pas de son silence, Pazair, mais de sa vie entière. Contre mon désir, on m'a désigné comme grand prêtre de Karnak.

Le visage du juge s'illumina.

– Quand recevrez-vous l'anneau d'or ?

– Dans quelques mois.

*

Pendant deux jours, Souti avait cherché Pazair dans tout Memphis. Il le savait assez désespéré pour mettre fin à ses jours.

Il réapparut à son bureau, le visage brûlé par le soleil. Souti l'entraîna dans une formidable beuverie, peuplée de souvenirs d'enfance. Au matin, ils se baignèrent dans le Nil, sans parvenir à dissiper la migraine qui leur battait les tempes.

– Où te cachais-tu ?

– Une méditation dans le désert. Branir m'a ramené.

– Qu'as-tu vraiment décidé ?

– Même si la route est terne et grise, je respecterai mon serment de juge.

– Le bonheur viendra.
– Tu sais bien que non.
– Nous combattrons ensemble. Par où commences-tu ?
– Thèbes.
– A cause d'elle ?
– Je ne la reverrai pas. Il me faut éclaircir un trafic de blé et retrouver le cinquième vétéran. Son témoignage sera essentiel.
– Et s'il est mort ?
– Grâce à Branir, je suis sûr qu'il se cache. Sa baguette de sourcier ne se trompe pas.
– Ça risque d'être long.
– Surveille Asher, étudie ses faits et gestes, tente de repérer une faille.

*

Le char de Souti soulevait un nuage de poussière. Le nouveau lieutenant entonnait une chanson paillarde, vantant l'infidélité des femmes. Souti était optimiste ; même si Pazair demeurait neurasthénique, il ne trahirait pas sa parole. A la première occasion, il lui ferait connaître une joyeuse donzelle qui dissiperait sa mélancolie.

Asher n'échapperait pas à la justice, Souti devait rendre la sienne.

Le char passa entre les deux bornes qui marquaient l'entrée du domaine. La chaleur était si lourde que la plupart des paysans se reposaient sous les ombrages. Devant la ferme, un drame se nouait ; un âne venait de renverser son chargement.

Souti s'arrêta, sauta à terre, écarta l'ânier qui brandissait un bâton pour punir l'animal. Le lieutenant immobilisa le quadrupède affolé en lui tenant les oreilles, et le calma en le caressant.

– On ne frappe pas un âne.
– Et mon sac de grain ! Ne vois-tu pas qu'il l'a fait tomber ?

– Ce n'est pas lui, corrigea un adolescent.

– Qui, alors ?

– La Libyenne. Elle s'amuse à lui piquer le derrière avec des épines.

– Ah, celle-là ! Elle mérite dix fois le bâton.

– Où est-elle ?

– Près de l'étang. Si on veut l'attraper, elle grimpe dans le saule.

– Je m'en occupe.

Dès qu'il approcha, Panthère escalada l'arbre et s'allongea sur une branche maîtresse.

– Descends.

– Va-t'en ! C'est à cause de toi que je suis réduite à l'esclavage !

– Je devrais être mort, souviens-toi, et je viens te délivrer. Tombe dans mes bras.

Elle n'hésita pas. Souti fut renversé, heurta durement le sol et grimaça. Panthère effleura du doigt les cicatrices.

– Les autres femmes te repoussent ?

– J'ai besoin d'une infirmière dévouée, pendant quelque temps. Tu me masseras.

– Tu es poussiéreux.

– J'ai forcé l'allure, tant j'étais impatient de te revoir.

– Menteur !

– J'aurais dû me laver, tu as raison.

Il se releva, la garda dans les bras, et courut vers l'étang où ils plongèrent en s'embrassant.

*

Nébamon essayait des perruques d'apparat qu'avait préparées son coiffeur. Aucune ne lui plaisait. Trop lourdes, trop compliquées. Il devenait de plus en plus difficile de suivre la mode. Débordé par les demandes de dames riches désireuses de préserver leurs charmes en remodelant leur corps, contraint de présider des commissions administratives et d'écarter les candidats à sa succession, il regrettait l'absence, à ses côtés, d'une femme comme Néféret. Son échec l'irritait.

Son secrétaire particulier s'inclina devant lui.

– J'ai obtenu les informations que vous souhaitiez.

– Misère et détresse ?

– Pas exactement.

– A-t-elle abandonné la médecine ?

– Au contraire.

– Te moquerais-tu de moi ?

– Néféret a fondé un dispensaire de campagne, un laboratoire, pratiqué des interventions chirurgicales, et obtenu la bienveillance des autorités sanitaires de Thèbes. Sa renommée ne cesse de croître.

– C'est insensé ! Elle ne possède aucune fortune. Comment se procure-t-elle les produits rares et coûteux ?

Le secrétaire particulier sourit.

– Vous devriez être content de moi.

– Parle.

– J'ai remonté une étrange filière. La réputation de la dame Sababou est-elle parvenue à vos oreilles ?

– Ne tenait-elle pas une maison de bière, à Memphis ?

– La plus fameuse. Elle a brusquement quitté son établissement, pourtant fort rentable.

– Quel rapport avec Néféret ?

– Non seulement Sababou est l'une de ses patientes, mais encore sa pourvoyeuse de fonds. Elle offre à la clientèle thébaine de jeunes et jolies filles, tire bénéfice de ce commerce, et en fait profiter sa protégée. La morale n'est-elle pas bafouée ?

– Un médecin financé par une prostituée... je la tiens !

CHAPITRE 31

– Votre réputation est flatteuse, dit Nébamon à Pazair. La fortune ne vous impressionne pas, vous ne craignez pas de vous attaquer aux privilèges, bref la justice est votre pain quotidien et l'intégrité votre seconde nature.

– N'est-ce pas le minimum, pour un juge ?

– Certes, certes... c'est pourquoi je vous ai choisi.

– Dois-je en être flatté ?

– Je compte sur votre probité.

Pazair, depuis l'enfance, supportait mal les séducteurs au sourire forcé et aux attitudes calculées. Le médecin-chef l'irritait au plus haut point.

– Un horrible scandale est sur le point d'éclater, murmura Nébamon, de manière à ne pas être entendu du greffier. Un scandale qui pourrait dénaturer ma profession et jeter l'opprobre sur tous les médecins.

– Soyez plus explicite.

Nébamon tourna la tête vers Iarrot.

Avec l'assentiment du juge, ce dernier s'éclipsa.

– Les plaintes, les tribunaux, la lourdeur administrative... Ne pourrions-nous éviter ces ennuyeuses formalités ?

Pazair demeura silencieux.

– Vous désirez en savoir davantage, c'est bien normal. Puis-je compter sur votre discrétion ?

Le juge se maîtrisa.

– L'une de mes élèves, Néféret, a commis des fautes que j'ai sanctionnées. A Thèbes, elle aurait dû observer une prudente réserve, et s'en remettre à des confrères plus compétents. Elle m'a beaucoup déçu.

– De nouvelles erreurs ?

– Des faux pas de plus en plus regrettables. Activité incontrôlée, prescriptions hors de saison, laboratoire privé.

– Est-ce illégal ?

– Non, mais Néféret ne disposait d'aucun moyen matériel pour s'installer.

– Les dieux lui furent favorables.

– Pas les dieux, juge Pazair, mais une femme de mauvaise vie, Sababou, une tenancière de maison de bière venant de Memphis.

Tendu, grave, Nébamon espérait une réaction indignée.

Pazair semblait indifférent.

– La situation est très inquiétante, reprit le médecin-chef ; un jour ou l'autre, quelqu'un découvrira la vérité et salira de respectables praticiens.

– Vous-même, par exemple ?

– Évidemment, puisque je fus le professeur de Néféret ! Je ne puis tolérer plus longtemps un pareil risque.

– Je compatis, mais je perçois mal mon rôle.

– Une intervention discrète, mais ferme, supprimerait ce désagrément. Puisque la maison de bière de Sababou appartient à votre secteur, puisqu'elle travaille à Thèbes sous une fausse identité, vous ne manquerez pas de motifs d'inculpation. Menacez Néféret de sanctions très lourdes si elle persiste dans ses entreprises irraisonnées. La mise en garde la ramènera à une médecine de village à sa mesure. Bien entendu, je ne quémande pas une aide gratuite. Une carrière se construit ; je vous donne une belle occasion de progresser dans la hiérarchie.

– J'y suis sensible.

– Je savais que nous nous entendrions. Vous êtes jeune, intelligent et ambitieux, à la différence de tant de vos collègues, si pointilleux sur la lettre de la loi qu'ils en perdent le sens commun.

– Et si j'échoue ?

– Je porterai plainte contre Néféret, vous présiderez le tribunal, et nous choisirons les jurés. Je ne souhaite pas en arriver là ; montrez-vous persuasif.

– Je n'économiserai pas mes efforts.

Nébamon, détendu, se félicitait de sa démarche. Il avait bien jugé le juge.

– Je suis heureux d'avoir frappé à la bonne porte. Entre gens de qualité, il est aisé d'aplanir les difficultés.

*

Thèbes la divine, où il avait connu le bonheur et le malheur. Thèbes la charmeuse, où la splendeur des aubes s'alliait aux féeries du soir. Thèbes l'implacable, où le destin le ramenait en quête d'une vérité fuyante comme un lézard affolé.

C'est sur le bac qu'il l'aperçut.

Elle revenait de la rive est, il traversait pour se rendre au village où elle exerçait. Contrairement à ses craintes, elle ne le repoussa pas.

– Mes paroles n'étaient pas légères. Jamais cette rencontre n'aurait dû avoir lieu.

– M'avez-vous un peu oubliée ?

– Pas un instant.

– Vous vous torturez.

– Pour vous, quelle importance ?

– Votre souffrance m'attriste. Croyez-vous nécessaire de l'accentuer en nous revoyant ?

– C'est le juge qui s'adresse à vous, seulement le juge.

– De quoi suis-je accusée ?

– D'accepter les largesses d'une prostituée. Nébamon exige que vos activités se restreignent au village et que vous remettiez les cas sérieux à vos collègues.

– Sinon ?
– Sinon il tentera de vous faire condamner pour immoralité, donc de vous interdire d'exercer.
– La menace est-elle sérieuse ?
– Nébamon est un homme d'influence.
– Je lui avais échappé, il n'admet pas que je lui résiste.
– Préférez-vous renoncer ?
– Que penseriez-vous de mon attitude ?
– Nébamon compte sur moi pour vous convaincre.
– Il vous connaît mal.
– C'est notre chance. Avez-vous confiance en moi ?
– Sans réserve.
La tendresse de sa voix le ravit. Ne sortait-elle pas de l'indifférence, ne lui accordait-elle pas un autre regard, moins distant ?
– Ne soyez pas inquiète, Néféret. Je vous aiderai.
Il l'accompagna jusqu'au village, espérant que le chemin de terre ne finirait jamais.

*

L'avaleur d'ombres était rassuré.
Le voyage du juge Pazair semblait d'ordre tout à fait privé. Loin de rechercher le cinquième vétéran, il faisait la cour à la belle Néféret.
Contraint de prendre mille précautions à cause de la présence du Nubien et de son singe, l'avaleur d'ombres finissait par croire que le cinquième vétéran était décédé de mort naturelle ou s'était enfui si loin vers le sud que l'on n'entendrait plus parler de lui. Seul comptait son silence.
Prudent, il continuerait pourtant à filer le juge.

*

Le babouin était inquiet.
Kem scruta les environs, ne remarqua rien d'anor-

mal. Des paysans et leurs ânes, des ouvriers réparant les digues, des porteurs d'eau. Pourtant, le singe policier sentait un danger.

Redoublant d'attention, le Nubien se rapprocha du juge et de Néféret. Pour la première fois, il appréciait son patron. Le jeune magistrat était pétri d'idéal et d'utopie, à la fois fort et fragile, réaliste et rêveur ; mais la rectitude le guidait. A lui seul, il ne supprimerait pas la malignité de la nature humaine, mais en contesterait le règne. A ce titre, il donnerait espoir à ceux qui souffraient de l'injustice.

Kem eût préféré qu'il ne s'engageât pas dans une aventure aussi dangereuse où, tôt ou tard, il serait broyé ; comment le lui reprocher, puisque de pauvres bougres avaient été assassinés ? Tant que la mémoire des gens simples ne serait pas bafouée, tant qu'un juge n'accorderait pas de privilèges aux grands en raison de leur fortune, l'Égypte continuerait à rayonner.

*

Néféret et Pazair ne se parlèrent pas. Il rêvait d'une promenade comme celle-ci où, main dans la main, ils se contenteraient d'être ensemble. Leur démarche s'accordait, comme celle d'un couple uni. Il volait des instants de bonheur impossible, grappillait un mirage plus précieux que la réalité.

Néféret marchait vite, aérienne ; ses pieds semblaient effleurer le sol, elle se déplaçait sans fatigue. Il jouissait du privilège inestimable de l'accompagner et lui aurait proposé de devenir son serviteur, obscur et zélé, s'il n'avait été contraint de demeurer juge pour la défendre contre les orages qui s'annonçaient. S'illusionnait-il, ou se montrait-elle moins réticente à son égard ? Peut-être avait-elle besoin de ce silence à deux, peut-être s'habituerait-elle à sa passion, à condition qu'il la taise.

Ils entrèrent dans le laboratoire où Kani triait des plantes médicinales.

– La récolte fut excellente.

– Elle risque d'être inutile, déplora Néféret; Nébamon veut m'empêcher de continuer.

– S'il n'était pas interdit d'empoisonner les gens...

– Le médecin-chef échouera, affirma Pazair. Je m'interposerai.

– Il est plus dangereux qu'une vipère. Vous aussi, il vous mordra.

– De nouveaux éléments?

– Le temple m'a confié une grande parcelle de terrain à exploiter. Je deviens son fournisseur officiel.

– Vous le méritez, Kani.

– Je n'oublie pas notre enquête. J'ai pu converser avec le scribe du recensement; aucun vétéran memphite n'a été engagé dans les ateliers ou dans les fermes depuis six mois. Tout soldat à la retraite est tenu de signaler sa présence, sinon il perd ses droits. Ce serait se condamner à la misère.

– Notre homme a tellement peur qu'il la préfère à une existence en plein jour.

– Et s'il s'était exilé?

– Je suis persuadé qu'il se cache sur la rive ouest.

*

Pazair était en proie à des sentiments contraires. D'un côté, il se sentait léger, presque joyeux; de l'autre, sombre et déprimé. Avoir revu Néféret, la sentir plus proche, plus amicale, le faisait revivre; admettre qu'elle ne serait jamais son épouse le désespérait.

Lutter pour elle, pour Souti et pour Bel-Tran l'empêchait de remâcher ses pensées. Les paroles de Branir l'avaient remis à sa juste place; un juge d'Égypte se devait à autrui.

Au harem de Thèbes ouest, c'était jour de fête; on célébrait le retour victorieux de l'expédition d'Asie, la grandeur de Ramsès, la paix assurée et le renom du général Asher. Tisserandes, musiciennes, danseuses, spécialistes de l'émail, éducatrices, coiffeuses, créatrices de compositions florales se promenaient dans les jardins, et papotaient en dégustant des pâtisseries. Sous un kiosque abrité du soleil, on servait des jus de fruits. On admirait les parures, on se jalousait, et l'on se critiquait.

Pazair tombait mal ; il réussit néanmoins à s'approcher de la maîtresse des lieux, dont la beauté éclipsait celle des courtisanes. Possédant au plus haut degré l'art du maquillage, Hattousa affichait son dédain à l'égard d'élégantes aux fards imparfaits. Très entourée, elle lançait des piques aux flatteurs.

– Ne seriez-vous pas le petit juge de Memphis ?

– Si Votre Altesse m'autorise à l'importuner en un pareil moment, un entretien privé me comblerait.

– Quelle heureuse idée ! Ces mondanités m'ennuient. Allons près du bassin.

Qui était ce magistrat d'allure modeste pour conquérir ainsi la plus inaccessible des princesses ? Hattousa avait probablement décidé de jouer avec lui, puis de le jeter comme une poupée désarticulée. Les extravagances de l'étrangère ne se comptaient plus.

Lotus blancs et lotus bleus s'entremêlaient à la surface du plan d'eau, animé d'une brise légère. Hattousa et Pazair s'assirent sur des pliants, disposés sous un parasol.

– On va beaucoup jaser, juge Pazair. Nous ne respectons guère l'étiquette.

– Je vous en sais gré.

– Prendriez-vous goût aux splendeurs de mon harem ?

– Le nom de Bel-Tran vous est-il familier ?

– Non.

– Et celui de Dénès ?

– Pas davantage. S'agirait-il d'un interrogatoire ?

– Votre témoignage m'est nécessaire.

– Ces gens ne font pas partie de mon personnel, que je sache.

– Un ordre, émis par vous, a été adressé à Dénès, le principal transporteur de Memphis.

– Que m'importe ! Croyez-vous que je m'intéresse à ces détails ?

– Sur le bateau, qui devait décharger ici, était entreposé du grain volé.

– Je crains de mal comprendre.

– Le bateau, le grain, et l'ordre d'expédition portant votre sceau sont sous séquestre.

– M'accuseriez-vous de vol ?

– J'aimerais une explication.

– Qui vous envoie ?

– Personne.

– Vous agiriez de votre propre chef... Je ne vous crois pas !

– Vous avez tort.

– On cherche de nouveau à me nuire et, cette fois, on utilise les services d'un petit juge, inconscient et facile à manipuler !

– L'outrage à magistrat, doublé de calomnie, est puni de coups de bâton.

– Vous êtes insensé ! Savez-vous à qui vous parlez ?

– A une dame de très haut rang, soumise à la loi comme la plus humble des paysannes. Or, vous êtes impliquée dans un détournement frauduleux de céréales appartenant à l'État.

– Je m'en moque.

– Impliquée ne signifie pas coupable. C'est pourquoi j'attends vos justifications.

– Je ne m'abaisserai pas.

– Si vous êtes innocente, que craignez-vous ?

– Vous osez mettre ma probité en doute !

– Les faits m'y obligent.

– Vous êtes allé trop loin, juge Pazair, beaucoup trop loin.

Courroucée, elle se leva et marcha droit devant elle. Des courtisans s'écartèrent, inquiets d'une colère dont ils subiraient les conséquences.

*

Le juge principal de Thèbes, un homme pondéré dans la force de l'âge, proche du grand prêtre de Karnak, reçut Pazair trois jours plus tard. Il prit le temps d'examiner les pièces du dossier.

– Votre travail est tout à fait remarquable, dans le fond comme dans la forme.

– Étant en dehors de ma juridiction, je vous laisse le soin de poursuivre. Si vous estimez mon intervention nécessaire, je suis prêt à convoquer un tribunal.

– Quelle est votre intime conviction ?

– L'existence du trafic de grain est prouvée. Dénès me semble hors de cause.

– Le chef de la police ?

– Sans doute informé, mais jusqu'à quel point ?

– La princesse Hattousa ?

– Elle a refusé de me donner la moindre explication.

– C'est fort ennuyeux.

– On ne peut effacer son sceau.

– Certes, mais qui l'a apposé ?

– Elle-même. Il s'agit de son cachet personnel, qu'elle porte en bague. Comme tous les grands du royaume, elle ne s'en sépare jamais.

– Nous avançons en terrain dangereux. Hattousa n'est pas très populaire, à Thèbes ; trop hautaine, trop critique, trop autoritaire. Même s'il partage l'avis général, Pharaon est obligé de la défendre.

– Voler la nourriture destinée au peuple est un délit sérieux.

– J'en conviens, mais je souhaite éviter un procès public qui pourrait nuire à Ramsès. D'après vos propres remarques, l'instruction n'est d'ailleurs pas terminée.

Le visage de Pazair se ferma.

– Ne soyez pas inquiet, mon cher collègue ; en tant que juge principal de Thèbes, je n'ai pas l'intention d'oublier votre dossier au milieu d'une pile d'archives. Je tiens simplement à étayer l'accusation, puisque le plaignant sera l'État lui-même.

– Merci de ces précisions. Quant au procès public...

– Il serait préférable, je le sais ; mais voulez-vous d'abord la vérité, ou la tête de la princesse Hattousa ?

– Je n'éprouve aucune animosité particulière à son égard.

– Je tenterai de la convaincre de parler et lui adresserai une convocation officielle, s'il le faut. Laissons-la maîtresse de son destin, voulez-vous ? Si elle est coupable, elle paiera.

Le haut magistrat paraissait sincère.

– Mon concours vous est-il nécessaire ?

– Pour le moment, non, d'autant plus que vous êtes rappelé d'urgence à Memphis.

– Mon greffier ?

– Le Doyen du porche.

CHAPITRE 32

La dame Nénophar ne décolérait pas. Comment son mari avait-il pu se comporter d'une manière aussi stupide ? Comme d'ordinaire, il jugeait mal les hommes et avait cru que Bel-Tran s'inclinerait sans se défendre. Le résultat était catastrophique : un procès en perspective, un bateau de charge réquisitionné, une suspicion de vol et le triomphe de ce jeune crocodile.

– Ton bilan est remarquable.

Dénès ne se démonta pas.

– Reprends de l'oie grillée, elle est excellente.

– Tu nous mènes au déshonneur et à la faillite.

– Rassure-toi, la chance tourne.

– La chance, mais pas ta stupidité !

– Un bateau immobilisé quelques jours, quelle importance ? Le chargement a été transbordé, il arrivera bientôt à Thèbes.

– Et Bel-Tran ?

– Il ne porte pas plainte. Nous avons trouvé un terrain d'entente. Plus de guerre entre nous, mais une coopération au mieux de nos intérêts respectifs. Il n'est pas de taille à prendre notre place ; la leçon lui a été profitable. Nous transporterons même une partie de son stock, à un prix correct.

– L'accusation de vol ?

– Irrecevable. Documents et témoins prouveront

mon innocence. De plus, je n'y suis vraiment pour rien. Hattousa m'a manipulé.

– Les griefs de Pazair ?

– Gênants, je te le concède.

– Donc, un procès perdu, notre réputation souillée, et des amendes !

– Nous n'en sommes pas là.

– Croirais-tu aux miracles ?

– En les organisant, pourquoi pas ?

*

Silkis trépignait de joie. Elle venait de recevoir un aloé, tige haute de dix mètres, couronnée de fleurs jaunes, orange et rouges. Son jus contenait une huile dont elle frotterait ses parties génitales afin d'éviter toute inflammation. Elle servirait aussi à soigner la maladie de peau qui couvrait les jambes de son mari de plaques rouges urticantes. De plus, Silkis lui appliquerait une pâte formée de blancs d'œufs et de fleurs d'acacia.

Lorsque Bel-Tran avait appris sa convocation au palais, une crise de démangeaison s'était déclenchée. Bravant le mal, le fabricant de papyrus s'était rendu avec angoisse dans les bureaux de l'administration.

En l'attendant, Silkis préparait le baume adoucissant.

Bel-Tran rentra au début de l'après-midi.

– Nous ne retournerons pas de sitôt dans le Delta. Je nommerai un responsable local.

– On nous supprime l'agrément officiel ?

– Au contraire. J'ai reçu les plus vives félicitations pour ma gestion et l'extension de l'entreprise à Memphis. En réalité, le palais surveillait de près mes activités depuis deux ans.

– Qui cherche à te nuire ?

– Mais... personne ! Le surintendant des greniers a suivi mon ascension et se demandait comment je réagirais au succès. Comme il m'a vu travailler de plus en plus, il m'appelle auprès de lui.

Silkis était émerveillée. Le surintendant des greniers fixait les impôts, les recueillait en nature, veillait à la redistribution dans les provinces, dirigeait un corps de scribes spécialisés, inspectait les centres de collecte provinciaux, rassemblait les listes de revenus fonciers et agricoles, et les envoyait à la Double Maison blanche où étaient gérées les finances du royaume.

– Auprès de lui... tu veux dire...

– Je suis nommé trésorier principal des greniers.

– C'est merveilleux !

– Elle lui sauta au cou.

– Nous allons être plus riches encore ?

– C'est probable, mais mes occupations me prendront davantage. Je ferai de courts séjours en province et serai obligé de satisfaire les desiderata de mon supérieur. Tu t'occuperas des enfants.

– Je suis si fière... tu peux compter sur moi.

*

Le greffier Iarrot était assis à côté de l'âne, devant la porte du bureau de Pazair sur laquelle avaient été apposés des scellés.

– Qui s'est permis ?

– Le chef de la police en personne, sur les ordres du Doyen du porche.

– Motif ?

– Il a refusé de me l'indiquer.

– C'est illégal.

– Comment lui résister ? Je n'allais pas me battre !

Pazair se rendit aussitôt chez le haut magistrat qui le fit attendre une longue heure avant de le recevoir.

– Vous voilà enfin, juge Pazair ! Vous voyagez beaucoup.

– Raisons professionnelles.

– Eh bien, vous allez vous reposer ! Comme vous l'avez constaté, vous êtes suspendu de vos fonctions.
– Pour quel motif ?
– L'insouciance de la jeunesse ! Être juge ne vous place pas au-dessus des règlements.
– Lequel ai-je violé ?
La voix du Doyen devint féroce.
– Celui du fisc. Vous avez omis de payer vos impôts.
– Je n'ai reçu aucun avis !
– Je vous l'ai porté moi-même voici trois jours, mais vous étiez absent.
– J'ai trois mois pour régler.
– En province, pas à Memphis. Ici, vous ne disposez que de trois jours. Le délai est écoulé.
Pazair était abasourdi.
– Pourquoi agissez-vous ainsi ?
– Par simple respect de la loi. Un juge doit montrer l'exemple, ce n'est pas votre cas.
Pazair réprima la fureur qui montait en lui. Agresser le Doyen aggraverait sa situation.
– Vous me persécutez.
– Pas de grands mots ! Quels qu'ils soient, je dois contraindre les mauvais payeurs à se mettre en règle.
– Je suis prêt à m'acquitter de ma dette.
– Voyons... deux sacs de grain.
Le juge fut soulagé.
– Le montant de l'amende, c'est différent. Disons... un bœuf gras.
Pazair se révolta.
– C'est disproportionné !
– Votre fonction m'impose cette sévérité.
– Qui est derrière vous ?
Le Doyen du porche désigna la porte de son bureau.
– Sortez.

*

Souti se promettait de galoper jusqu'à Thèbes, de pénétrer dans le harem, et de faire rendre gorge à la

Hittite. D'après l'analyse de Pazair, qui d'autre pouvait être à l'origine de cette invraisemblable sanction ? La fiscalité, d'ordinaire, ne se discutait pas. Les plaintes étaient aussi rares que les fraudes. En attaquant Pazair par ce biais, et en utilisant la réglementation des grandes villes, elle réduisait le petit juge au silence.

– Je te déconseille un coup d'éclat. Tu perdrais ta qualité d'officier et toute crédibilité lors du procès.

– Quel procès ? Tu n'as plus la capacité de l'organiser !

– Souti... ai-je déjà renoncé ?

– Presque.

– Presque, tu as raison. Mais l'attaque est trop injuste.

– Comment peux-tu rester aussi calme ?

– L'adversité m'aide à réfléchir, ton hospitalité aussi.

En tant que lieutenant de la charrerie, Souti disposait d'une maison de quatre pièces, précédée d'un jardin où l'âne et le chien de Pazair dormaient à satiété. Sans aucun enthousiasme, Panthère s'occupait de la cuisine et du ménage. Par bonheur, Souti interrompait fréquemment les tâches domestiques pour l'entraîner vers des jeux plus divertissants.

Pazair ne quittait pas sa chambre. Il se remémorait les divers aspects de ses principaux dossiers, indifférent aux ébats amoureux de son ami et de sa belle maîtresse.

– Réfléchir, réfléchir... et que tires-tu de tes réflexions ?

– Grâce à toi, nous pouvons peut-être progresser. Qadash, le dentiste, a tenté de dérober du cuivre dans une caserne où le chimiste Chéchi tient un laboratoire secret.

– Armement ?

– Sans nul doute.

– Un protégé du général Asher ?

– Je l'ignore. Les explications de Qadash ne m'ont pas convaincu. Pourquoi rôdait-il à cet endroit-là ? D'après lui, c'est le responsable de la caserne qui l'avait renseigné. Vérifier te sera facile.

– Je m'en occupe.

Pazair nourrit son âne, promena son chien, et déjeuna avec Panthère.

– Vous me faites peur, avoua-t-elle.

– Suis-je si effrayant ?

– Trop sérieux. N'êtes-vous jamais amoureux ?

– Plus que vous ne l'imaginez.

– Tant mieux. Vous êtes différent de Souti, mais il ne jure que par vous. Il m'a parlé de vos ennuis ; comment paierez-vous l'amende ?

– Franchement, je m'interroge. S'il le faut, je travaillerai aux champs pendant quelques mois.

– Un juge, paysan !

– J'ai grandi dans un village. Semer, labourer, moissonner ne me rebutent pas.

– Moi, je volerais. Le fisc n'est-il pas le plus grand des voleurs ?

– La tentation est toujours présente ; c'est pourquoi les juges existent.

– Vous, vous êtes honnête ?

– C'est mon ambition.

– Pourquoi vous jugule-t-on ?

– Lutte d'influences.

– Y aurait-il quelque chose de pourri au royaume d'Égypte ?

– Nous ne sommes pas meilleurs que les autres hommes, mais nous en sommes conscients. Si la pourriture existe, nous assainirons.

– Vous seul ?

– Souti et moi. Si nous échouons, d'autres nous remplaceront.

Panthère cala un menton boudeur sur son poing.

– A votre place, je me laisserais corrompre.

– Lorsqu'un juge trahit, c'est un pas vers la guerre.

– Mon peuple aime se battre, pas le vôtre.
– Est-ce une faiblesse ?
Les yeux noirs flamboyèrent.
– La vie est un combat que je veux gagner, de n'importe quelle manière, et à n'importe quel prix.

*

Souti, enthousiaste, vida la moitié d'une cruche de bière.
Assis à califourchon sur le muret du jardin, il savourait les rayons du soleil couchant. Pazair, assis en scribe, caressait Brave.
– Mission accomplie ! Le responsable de la caserne était flatté d'accueillir un héros de la dernière campagne. De plus, il est bavard.
– Sa dentition ?
– En excellent état. Il n'a jamais été le patient de Qadash.
Souti et Pazair topèrent. Ils venaient de mettre en lumière un superbe mensonge.
– Ce n'est pas tout.
– Ne me fais pas languir.
Souti se pavanait.
– Dois-je te supplier ?
– Un héros doit avoir le triomphe modeste. L'entrepôt contenait du cuivre de première qualité.
– Je le savais.
– Tu ignorais que Chéchi, aussitôt après ton interrogatoire, avait fait déménager une caisse sans inscription. Elle contenait un matériau lourd, puisque quatre hommes la portaient avec peine.
– Des soldats ?
– La garde affectée à la personne du chimiste.
– Destination ?
– Inconnue. Je trouverai.
– De quoi Chéchi a-t-il besoin pour fabriquer des armes incassables ?

– Le matériau le plus rare et le plus onéreux, c'est le fer.

– C'est également mon avis. Si nous avons raison, voilà le trésor que convoitait Qadash ! Des instruments de dentiste en fer... Il croyait recouvrer son habileté grâce à eux. Reste à savoir qui lui avait indiqué la cachette.

– Comment s'est comporté Chéchi, lors de votre entrevue ?

– La discrétion avant tout. Il n'a pas porté plainte.

– Plutôt bizarre. Il aurait dû se réjouir de l'arrestation d'un voleur.

– Ce qui signifie...

– ... qu'ils sont complices !

– Nous n'avons aucune preuve.

– Chéchi a révélé l'existence du fer à Qadash, qui a tenté d'en voler une partie pour son usage personnel. Qadash ayant échoué, il n'avait pas envie d'envoyer son complice devant un tribunal où il aurait dû témoigner.

– Le laboratoire, le fer, les armes... tout nous oriente vers l'armée. Mais pourquoi Chéchi, si peu bavard, aurait-il adressé des confidences à Qadash ? Et que vient faire un dentiste dans un complot militaire ? Absurde !

– Notre reconstitution n'est peut-être pas parfaite, mais elle contient des vérités.

– Nous nous égarons.

– Ne sois pas défaitiste ! Le personnage clé, c'est Chéchi. Je l'épierai jour et nuit, je questionnerai son entourage, je percerai le mur que ce savant si discret et si effacé a érigé autour de lui.

– Si je pouvais agir...

– Patiente un peu.

Pazair leva des yeux remplis d'espoir.

– Quelle solution ?

– Vendre mon char.

– Tu serais chassé de l'armée.

Souti frappa le muret du poing.

– Il faut te sortir de là, et vite ! Sababou ?

– Tu n'y songes pas. La dette d'un juge acquittée par une prostituée ! Le Doyen me radierait.

Brave étendit les pattes et roula des yeux confiants.

CHAPITRE 33

Brave avait l'eau en horreur. Aussi se tenait-il à une sage distance de la berge ; il courait à perdre haleine, revenait sur ses traces, flairait, rejoignait son maître, et repartait. Les abords du canal d'irrigation étaient déserts et silencieux. Pazair songeait à Néféret et tentait d'interpréter en sa faveur le moindre signe ; ne lui avait-elle pas fait ressentir une inclination nouvelle ou, du moins, n'acceptait-elle pas de l'écouter ?

Derrière un tamaris, une ombre bougea. Brave n'avait rien remarqué. Rassuré, le juge continua sa promenade. Grâce à Souti, l'enquête avait progressé ; mais serait-il capable d'aller plus loin ? Un petit juge sans expérience était à la merci de sa hiérarchie. Le Doyen du porche le lui avait rappelé de la manière la plus brutale.

Branir avait réconforté son disciple. Si nécessaire, il troquerait sa maison afin de permettre au magistrat d'effacer sa dette. Certes, l'intervention du Doyen ne devait pas être prise à la légère ; têtu, acharné, il s'attaquait volontiers aux jeunes juges afin de leur former le caractère.

Brave stoppa net, le nez au vent.

L'ombre sortit de l'abri et marcha vers Pazair. Le chien grogna, son maître le retint par le collier.

– N'aie pas peur, nous sommes deux.

De sa truffe, Brave toucha la main du juge.

Une femme.

Une femme élancée, le visage caché par une étoffe sombre. Elle marchait d'un pas assuré et s'immobilisa à un mètre de Pazair.

Brave se pétrifia.

– Vous n'avez rien à craindre, affirma-t-elle.

Elle se dévoila.

– La nuit est douce, princesse Hattousa, et propice à la méditation.

– Je tenais à vous voir seul, en dehors de tout témoin.

– Officiellement, vous êtes à Thèbes.

– Jolie perspicacité.

– Votre vengeance fut efficace.

– Ma vengeance ?

– Je suis suspendu, comme vous le souhaitiez.

– Je ne comprends pas.

– Ne vous moquez pas davantage.

– Par le nom de Pharaon, je ne suis pas intervenue contre vous.

– Ne suis-je pas allé trop loin, selon vos propres termes ?

– Vous m'avez horripilée, il est vrai, mais j'apprécie votre courage.

– Reconnaîtriez-vous le bien-fondé de ma démarche ?

– Une preuve vous suffira : je me suis entretenue avec le juge principal de Thèbes.

– Résultat ?

– Il connaît la vérité, l'incident est clos.

– Pas pour moi.

– L'avis de votre supérieur ne vous suffirait-il pas ?

– Dans le cas présent, non.

– C'est pourquoi je suis ici. Le juge principal supposait, à juste titre, que cette visite serait indispensable. Je vais vous confier cette vérité, mais j'exige le silence.

– Je n'accepte aucun chantage.
– Vous êtes intraitable.
– Espériez-vous un compromis ?
– Vous ne m'aimez guère, comme la plupart de vos compatriotes.
– Vous devriez dire : de nos compatriotes. Vous êtes égyptienne, à présent.
– Qui saurait oublier ses origines ? Je me préoccupe du sort des Hittites amenés en Égypte comme prisonniers de guerre. Certains s'intègrent, d'autres survivent avec difficulté. J'ai le devoir de les aider ; aussi leur ai-je procuré du blé qui provenait des silos de mon harem. Mon intendant m'a signalé que nos réserves seraient épuisées avant la prochaine récolte. Il m'a proposé un arrangement avec l'un de ses collègues de Memphis, j'ai donné mon accord. Je porte donc l'entière responsabilité de ce transfert.
– Le chef de la police était-il informé ?
– Bien entendu. Nourrir les plus pauvres ne lui apparaissait pas criminel.
Quel tribunal la condamnerait ? Il ne l'accuserait que d'une faute administrative, d'ailleurs rejetée sur les deux intendants. Mentmosé nierait, le transporteur serait mis hors de cause, Hattousa ne comparaîtrait même pas.
– Le juge principal de Thèbes et son homologue memphite ont régularisé les documents, ajouta-t-elle. Si vous estimez la procédure illégale, vous êtes libre d'intervenir. La lettre n'a pas été respectée, je vous l'accorde, mais l'esprit n'est-il pas plus important ?
Elle le battait sur son propre terrain.
– Mes compatriotes les plus défavorisés ignorent l'origine des nourritures qu'ils reçoivent, et je ne souhaite pas qu'ils l'apprennent. M'accorderez-vous ce privilège ?
– Le dossier est traité à Thèbes, me semble-t-il.
Elle sourit.
– Votre cœur ne serait-il pas en pierre ?

– Je le souhaiterais.

Brave, rassuré, se mit à gambader en flairant le sol.

– Une dernière question, princesse ; avez-vous rencontré le général Asher ?

Elle se raidit, la voix devint cassante.

– Le jour de son trépas, je me réjouirai. Que les monstres de l'enfer dévorent le massacreur de mon peuple.

*

Souti menait la belle vie. A la suite de ses exploits, et en raison de ses blessures, il bénéficiait de plusieurs mois de repos avant de reprendre le service actif.

Panthère jouait les épouses soumises, mais ses déchaînements amoureux prouvaient que son tempérament ne s'adoucissait guère. Chaque soir, la joute recommençait ; parfois, elle triomphait, radieuse, et se plaignait de la mollesse de son partenaire. Le lendemain, Souti lui faisait crier grâce. Le jeu les enchantait, car ils prenaient ensemble du plaisir, et savaient se provoquer en jouant à merveille de leurs corps. Elle répétait qu'elle ne tomberait jamais amoureuse d'un Égyptien, il affirmait détester les barbares.

Quand il annonça une absence d'une durée indéterminée, elle se jeta sur lui et le frappa. Il la plaqua contre un mur, écarta ses bras, et lui donna le plus long baiser de leur existence commune. Chatte, elle se trémoussa, se frotta contre lui, et provoqua un désir si violent qu'il la prit debout, sans la libérer.

– Tu ne t'en iras pas.

– Mission secrète.

– Si tu pars, je te tue.

– Je reviendrai.

– Quand ?

– Je n'en sais rien.

– Tu mens ! Quelle est ta mission ?

– Secrète.

– Tu n'as aucun mystère pour moi.
– Ne sois pas prétentieuse.
– Emmène-moi, je t'aiderai.

Souti n'avait pas envisagé cette possibilité. Épier Chéchi serait sans doute long et ennuyeux ; de plus, en certaines circonstances, ils ne seraient pas trop de deux.

– Si tu me trahis, je te tranche un pied.
– Tu n'oseras pas.
– Tu te trompes encore.

*

Retrouver la trace de Chéchi n'avait pris que quelques jours. Le matin, il travaillait au laboratoire du palais, en compagnie des meilleurs chimistes du royaume. L'après-midi, il se rendait dans une caserne excentrée dont il ne ressortait pas avant l'aube. Sur son compte, Souti n'avait récolté que des éloges : travailleur, compétent, discret, modeste. On ne lui reprochait que son mutisme et son effacement.

Panthère s'ennuya vite. Ni mouvement ni danger, se contenter d'attendre et d'observer. La mission ne présentait guère d'intérêt. Souti lui-même se découragea. Chéchi ne voyait personne et s'enfermait dans son labeur.

La pleine lune illuminait le ciel de Memphis. Lovée contre Souti, Panthère dormait. Ce serait leur dernière nuit de guet.

– Le voilà, Panthère.
– J'ai sommeil.
– Il semble nerveux.

Boudeuse, Panthère regarda.

Chéchi franchit la porte de la caserne, s'installa sur l'arrière-train d'un âne, et laissa pendre mollement ses jambes. Le quadrupède s'ébranla.

– Bientôt l'aube, il retourne au laboratoire.

Panthère semblait stupéfaite.

– Pour nous, c'est terminé. Chéchi est une impasse.
– Où est-il né ? demanda-t-elle.
– A Memphis, je crois.
– Chéchi n'est pas égyptien.
– Comment le sais-tu ?
– Seul un Bédouin monte son âne de cette façon.

*

Le char de Souti s'immobilisa dans la cour du poste-frontière sis près des marécages de la ville de Pithom. Il confia ses chevaux à un palefrenier et courut consulter le scribe de l'immigration.

C'était ici que les Bédouins désireux de s'installer en Égypte subissaient un interrogatoire serré. A certaines périodes, aucun passage n'était autorisé. Dans de nombreux cas, la demande formulée par le scribe auprès des autorités de Memphis se voyait repoussée.

– Lieutenant de charrerie Souti.

– J'ai entendu parler de vos exploits.

– Pourriez-vous me renseigner sur un Bédouin naturalisé égyptien, sans doute depuis longtemps ?

– Ce n'est pas très régulier. Motif ?

Souti baissa les yeux, gêné.

– Une affaire de cœur. Si je pouvais persuader ma fiancée qu'il n'est pas égyptien de souche, je crois qu'elle me reviendrait.

– Bon... comment s'appelle-t-il ?

– Chéchi.

Le scribe consulta ses archives.

– J'ai un Chéchi. C'est bien un Bédouin, d'origine syrienne. Il s'est présenté au poste-frontière voilà quinze ans. La situation étant plutôt calme, nous l'avons laissé entrer.

– Rien de suspect ?

– Aucun antécédent trouble, pas de participation à une quelconque action belliqueuse contre l'Égypte. La commission a donné un avis favorable après trois mois d'enquête. Il a pris le nom de Chéchi et trouvé du travail à Memphis comme ouvrier métallurgiste. Les contrôles effectués pendant les cinq premières années de sa nouvelle existence ne décelèrent aucune irrégularité. Je crains que votre Chéchi n'ait oublié ses origines.

*

Brave dormait aux pieds de Pazair.

Avec la dernière énergie, le juge avait refusé la proposition de Branir, bien qu'il insistât. Brader sa demeure serait trop triste.

– Êtes-vous certain que le cinquième vétéran est toujours vivant ?

– S'il était mort, je l'aurais ressenti en maniant ma baguette de radiesthésiste.

– Comme il a renoncé à sa pension en se réfugiant dans la clandestinité, il est contraint de travailler pour survivre. Les investigations de Kani furent méthodiques et approfondies, mais sans résultat.

Du haut de la terrasse, Pazair contemplait Memphis. Soudain, la sérénité de la grande cité lui parut menacée, comme si un danger sournois s'étendait sur elle. Si Memphis était touchée, Thèbes céderait, puis le pays entier. Pris d'un malaise, il s'assit.

– Toi aussi, tu perçois.

– Quel horrible sentiment !

– Il s'amplifie.

– Ne sommes-nous pas victimes d'une illusion ?

– Tu as ressenti le mal dans ta chair. Au début, voici quelques mois, j'ai cru à un cauchemar. Il est revenu, de plus en plus fréquent, de plus en plus lourd.

– De quoi s'agit-il ?

– Un fléau dont nous ignorons encore la nature.

Le juge frissonna. Son malaise s'estompait, mais son corps en garderait la mémoire.

Un char s'arrêta devant la maison. Souti en jaillit et grimpa jusqu'au premier étage.

– Chéchi est un Bédouin naturalisé! Je mérite bien une bière? Pardonnez-moi, Branir, j'ai omis de vous saluer.

Pazair servit son ami qui se désaltéra longuement.

– J'ai réfléchi, en revenant du poste-frontière. Qadash, un Libyen; Chéchi, un Bédouin d'origine syrienne; Hattousa, une Hittite! Tous les trois sont étrangers. Qadash est devenu un dentiste honorable, mais il se livre à des danses lubriques avec ses congénères; Hattousa n'aime guère sa nouvelle existence et garde toute son affection pour son peuple; Chéchi le solitaire se livre à d'étranges recherches. Le voilà, ton complot! Derrière eux, Asher. Il les manipule.

Branir garda le silence. Pazair se demanda si Souti ne venait pas de leur fournir la solution à l'énigme qui les angoissait.

– Tu vas trop vite en besogne. Comment imaginer un lien quelconque entre Hattousa et Chéchi, entre elle et Qadash?

– La haine de l'Égypte.

– Elle déteste Asher.

– Qu'en sais-tu?

– Elle me l'a affirmé, et je l'ai crue.

– Déniaise-toi, Pazair, tes objections sont enfantines! Sois objectif, tu concluras sans hésiter. Hattousa et Asher sont les têtes pensantes, Qadash et Chéchi les exécutants. Les armes que prépare le chimiste ne sont pas destinées à l'armée régulière.

– Une sédition?

– Hattousa souhaite une invasion, Asher l'organise.

Souti et Pazair se tournèrent vers Branir, impatients d'entendre son jugement.

– Le pouvoir de Ramsès n'est pas affaibli. Une tentative de cet ordre me semble vouée à l'échec.

– Pourtant, elle se prépare! estima Souti. Il faut agir, étouffer le complot dans l'œuf. Si nous entamons une action judiciaire, ils prendront peur, se sachant démasqués.

– Si notre accusation est jugée sans fondement et diffamatoire, nous serons lourdement condamnés et ils auront le champ libre. Nous devons frapper juste et fort. Si nous avions avec nous le cinquième vétéran, la crédibilité du général Asher serait battue en brèche.

– Attendras-tu le désastre ?

– Donne-moi une nuit de réflexion, Souti.

– Prends l'année, si tu le désires ! Tu n'as plus la capacité de réunir un tribunal.

– Cette fois, dit Branir, Pazair ne peut plus refuser ma demeure. Il doit effacer ses dettes et reprendre sa charge au plus vite.

*

Pazair marcha seul dans la nuit. La vie le prenait à la gorge, l'obligeait à se concentrer sur les méandres d'un complot dont il découvrait la gravité heure après heure, alors qu'il ne voulait songer qu'à la femme aimée et inaccessible.

Il renonçait au bonheur, non à la justice.

Sa souffrance le mûrissait ; une force, au plus profond de lui-même, refusait de s'éteindre. Une force qu'il mettrait au service des êtres qu'il chérissait.

La lune, « le combattant », était un couteau qui tranchait les nuées, ou bien un miroir qui reflétait la beauté des divinités. Il lui demanda sa puissance, priant afin que son regard soit aussi perçant que celui du soleil de la nuit.

Sa pensée revint sur le cinquième vétéran. Quel métier exerçait un homme désireux de passer inaperçu ? Pazair énuméra les occupations des habitants de Thèbes ouest, et les élimina l'une après l'autre. Du boucher au semeur, tous étaient en relation avec la population ; Kani aurait fini par obtenir un renseignement.

Sauf dans un cas.

Oui, il existait un métier, à la fois si solitaire et si voyant qu'il formait le plus parfait des masques.

Pazair leva les yeux vers le ciel, voûte de lapis-lazuli percée de portes en forme d'étoiles où passait la lumière. S'il était parvenu à la recueillir, il savait où trouver le cinquième vétéran.

CHAPITRE 34

Le bureau attribué au nouveau trésorier principal des greniers était vaste et clair ; quatre scribes spécialisés seraient en permanence sous ses ordres. Bel-Tran, vêtu d'un pagne neuf et d'une chemise de lin à manches courtes qui lui seyait mal, était radieux. Sa réussite de négociant l'avait comblé, mais l'exercice du pouvoir public l'attirait depuis qu'il savait lire et écrire. En raison de sa modeste naissance et de sa médiocre éducation, il lui paraissait inaccessible. Mais son travail acharné avait prouvé sa valeur aux yeux de l'administration, et il était bien décidé à y déployer son dynamisme.

Après avoir salué ses collaborateurs et souligné son goût de l'ordre et de la ponctualité, il consulta le premier dossier que lui confiait son supérieur hiérarchique : une liste des contribuables en retard. Lui qui s'acquittait de ses impôts à l'heure exacte, la consulta avec un amusement certain. Un propriétaire de domaines, un scribe de l'armée, le directeur d'un atelier de menuisiers et... le juge Pazair ! Le vérificateur avait noté l'étendue du dépassement, le montant de l'amende, et le chef de la police en personne avait apposé les scellés sur la porte du magistrat !

A l'heure du déjeuner, Bel-Tran se rendit chez le greffier Iarrot et lui demanda où résidait le juge. Chez Souti, le haut fonctionnaire ne rencontra que le lieutenant de charrerie et sa maîtresse; Pazair venait de partir pour le port des bateaux légers, assurant la liaison entre Memphis et Thèbes.

Bel-Tran rejoignit à temps le voyageur.

– Je suis informé du drame qui vous touche.

– Une inattention de ma part.

– Une injustice criante! L'amende est grotesque par rapport à la faute. Attaquez en justice.

– Je suis dans mon tort. Le procès durera longtemps, et qu'y gagnerai-je? Une réduction de pénalités, et une cohorte d'ennemis.

– Le Doyen du porche ne semble guère vous apprécier.

– Il a coutume d'éprouver les jeunes juges.

– Vous m'avez aidé dans un moment difficile; j'aimerais vous rendre la pareille. Laissez-moi régler votre dette.

– Je refuse.

– Un prêt vous conviendrait-il? Sans intérêt, bien entendu. Autorisez-moi quand même à ne pas réaliser de bénéfice sur un ami!

– Comment vous rembourserai-je?

– Par votre travail. Dans ma nouvelle fonction de trésorier principal des greniers, je ferai souvent appel à vos compétences. Vous calculerez vous-même combien de consultations équivalent à deux sacs de grain et à un bœuf gras.

– Nous nous reverrons souvent.

– Voici votre attestation de propriété des biens réclamés.

Bel-Tran et Pazair se donnèrent l'accolade.

*

Le Doyen du porche préparait l'audience du lendemain. Un voleur de sandales, un héritage contesté, une indemnisation d'accident. Cas simples et vite réglés. On lui annonça une visite amusante.

– Pazair ! Avez-vous changé de profession ou venez-vous payer votre dû ?

Le magistrat rit de sa propre plaisanterie.

– La seconde proposition est la bonne.

Le Doyen, hilare, regarda Pazair, très calme.

– C'est bien, vous ne manquez pas d'humour. La carrière n'est pas pour vous ; plus tard, vous me remercierez de ma sévérité. Retournez dans votre village, épousez une bonne paysanne, faites-lui deux enfants, et oubliez les juges et la justice. C'est un monde trop compliqué. Je connais les hommes, Pazair.

– Je vous en félicite.

– Ah, vous vous rendez à la raison !

– Voici ma délivrance.

Le Doyen consulta l'acte de propriété, ébahi.

– Les deux sacs de grain ont été déposés devant votre porte, le bœuf gras se restaure dans l'étable du fisc. Êtes-vous satisfait ?

*

Mentmosé avait sa tête des mauvais jours. Le crâne rose, les traits pincés, la voix nasillarde, il manifesta son impatience.

– Je vous reçois par simple correction, Pazair. Aujourd'hui, vous n'êtes plus qu'un citoyen hors la loi.

– Si tel était le cas, je ne me serais pas permis de vous importuner.

Le chef de la police leva la tête.

– Que signifie ?

– Voici un document signé par le Doyen du porche. Je suis en règle avec le fisc. Il a même jugé que mon bœuf gras dépassait la norme et m'a accordé un crédit d'impôt pour l'année prochaine.

– Comment avez-vous...

– Je vous saurais gré de faire ôter au plus vite les scellés de ma porte.

– Bien entendu, mon cher juge, bien entendu !

Sachez que j'ai pris votre défense, dans cette malheureuse affaire.

– Je n'en doute pas un instant.

– Notre collaboration future...

– Elle s'annonce sous les meilleurs auspices. Un détail : en ce qui concerne le blé détourné, tout est arrangé. Je suis au courant, mais vous l'étiez avant moi.

*

Rasséréné, de nouveau en fonction, Pazair s'embarqua sur un bateau rapide à destination de Thèbes. Kem l'accompagnait. Le babouin, bercé, dormait contre un ballot.

– Vous me surprenez, dit le Nubien. Vous avez échappé au pilon et à la meule; d'ordinaire, les plus résistants sont broyés.

– La chance.

– Plutôt une exigence. Une exigence si puissante que les hommes et les événements se plient devant vous.

– Vous me prêtez des pouvoirs que je ne possède pas.

Au fil du fleuve, il se rapprochait de Néféret. Le médecin-chef Nébamon réclamerait bientôt des comptes. La jeune praticienne ne restreindrait pas ses activités. L'affrontement était inévitable.

Le bateau accosta à Thèbes en fin d'après-midi. Le juge s'assit sur la berge, à l'écart des passants. Le soleil déclina, la montagne d'Occident rosit; au son mélancolique des flûtes, les troupeaux rentrèrent des champs. Le dernier bac ne transportait qu'un petit nombre de passagers. Kem et le babouin se tinrent à l'arrière. Pazair s'approcha du passeur. Il portait une perruque à l'ancienne qui lui cachait la moitié du visage.

– Manœuvrez lentement, ordonna le juge.

Le passeur garda la tête penchée sur le gouvernail.

– Nous avons à parler; ici, vous êtes en sécurité. Répondez-moi sans me regarder.

Qui prêtait attention au passeur ? Chacun était pressé d'atteindre l'autre rive, on discutait, on rêvait, on ne jetait pas un regard sur l'homme en charge du bac. Il se contentait de peu, vivait à l'écart, ne se mêlait pas à la population.

– Vous êtes le cinquième vétéran, le seul survivant de la garde d'honneur du sphinx.

Le passeur ne protesta pas.

– Je suis le juge Pazair et je désire connaître la vérité. Vos quatre camarades sont morts, probablement assassinés. C'est pourquoi vous vous cachez. Seuls des motifs d'une extrême gravité peuvent expliquer un tel massacre.

– Qu'est-ce qui me prouve votre honnêteté ?

– Si j'avais voulu vous supprimer, vous auriez déjà disparu. Ayez confiance.

– Pour vous, c'est facile...

– N'en croyez rien. De quelle monstruosité fûtes-vous témoin ?

– Nous étions cinq... cinq vétérans. Nous gardions le sphinx pendant la nuit. Une mission sans risque, tout à fait honorifique, avant notre retraite. Moi et un collègue, nous étions assis à l'extérieur de l'enceinte qui entoure le lion de pierre. Comme d'habitude, nous nous étions endormis. Il a entendu du bruit et s'est réveillé. J'avais sommeil, je l'ai calmé. Inquiet, il a insisté. Nous sommes allés voir, avons franchi l'enceinte et découvert le cadavre d'un camarade, près du flanc droit, puis d'un second, de l'autre côté.

Il s'interrompit, la gorge serrée.

– Et puis les gémissements... ils me hantent encore ! Le gardien-chef agonisait entre les pattes du sphinx. Le sang coulait de sa bouche, il s'exprimait avec peine.

– Qu'a-t-il dit ?

– On l'avait agressé, il s'était défendu.

– Qui ?

– Une femme nue, plusieurs hommes. « Des mots étrangers dans la nuit » : ce furent ses dernières paroles.

Mon camarade et moi étions terrorisés. Pourquoi tant de violence... Fallait-il alerter les soldats préposés à la surveillance de la grande pyramide ? Mon collègue s'y est opposé, persuadé que nous aurions des ennuis. Peut-être même serions-nous accusés. Les trois autres vétérans étaient morts... Mieux valait se taire, faire semblant de n'avoir rien vu, rien entendu. Nous avons repris notre faction. Quand la garde de jour nous a relevés, au petit matin, elle a découvert le massacre. Nous avons simulé l'effarement.

– Des sanctions ?

– Aucune. On nous a envoyés en retraite dans nos villages d'origine. Mon camarade est devenu boulanger, je comptais réparer des chars. Son assassinat m'a obligé à me cacher.

– Assassinat ?

– Il était d'une extrême prudence, surtout avec le feu. J'ai eu la certitude qu'on l'avait poussé. Le drame du sphinx nous poursuit. On ne nous a pas crus. On est persuadé que nous en savons trop.

– Qui vous a interrogés, à Guizeh ?

– Un officier supérieur.

– Le général Asher vous a-t-il contactés ?

– Non.

– Votre témoignage sera décisif, lors du procès.

– Quel procès ?

– Le général a cautionné un document certifiant que vous et vos quatre compagnons êtes décédés lors d'un accident.

– Tant mieux, je n'existe plus.

– Si je vous ai retrouvé, d'autres y parviendront. Témoignez, vous serez de nouveau libre.

Le bac accostait.

– Je... je ne sais pas. Laissez-moi en paix.

– C'est la seule solution, pour la mémoire de vos compagnons, et pour vous-même.

– Demain matin, au premier bac, je vous donnerai ma réponse.

Le passeur sauta sur la berge et enroula un cordage autour d'un pieu.

Pazair, Kem et le babouin s'éloignèrent.

– Surveillez cet homme toute la nuit.

– Et vous ?

– Je vais dormir au village le plus proche. Je reviendrai à l'aube.

Kem hésita. L'ordre reçu lui déplaisait. Si le passeur avait offert des révélations à Pazair, le juge était en danger. Il ne pouvait assurer la sécurité de l'un et de l'autre.

Kem choisit Pazair.

*

L'avaleur d'ombres avait assisté à la traversée du bac, baigné des lueurs du couchant. Le Nubien à l'arrière, le juge près du passeur.

Étrange.

Côte à côte, ils regardaient l'autre rive. Pourtant, les passagers étaient peu nombreux, chacun disposait de ses aises. Pourquoi cette proximité, sinon pour converser ?

Passeur... La plus voyante et la moins remarquable des professions.

L'avaleur d'ombres se jeta à l'eau et traversa le Nil en se laissant déporter par le courant. Parvenu sur l'autre bord, il demeura longtemps tapi dans les roseaux et observa les alentours. Le passeur dormait dans une cabane en planches.

Ni Kem ni son babouin ne rôdaient dans les parages.

Il patienta encore, s'assura que personne ne surveillait la cabane.

Rapide, il s'y faufila et passa un lacet de cuir autour du cou du dormeur qui se réveilla en sursaut.

– Si tu remues, tu es mort.

Le passeur n'était pas de taille. Il leva le bras droit en signe de soumission. L'avaleur d'ombres desserra un peu la prise.

– Qui es-u ?
– Le... le passeur.
– Un mensonge de plus et je t'étrangle. Vétéran ?
– Oui.
– Affectation ?
– Armée d'Asie.
– Ta dernière affectation ?
– La garde d'honneur du sphinx.
– Pourquoi te caches-tu ?
– J'ai peur.
– De qui ?
– Je... je l'ignore.
– Ton secret ?
– Aucun !

Le lacet mordit les chairs.

– Une agression, à Guizeh. Un massacre. On a attaqué le sphinx, mes camarades sont morts.
– L'assaillant ?
– Je n'ai rien vu.
– Le juge t'a-t-il interrogé ?
– Oui.
– Ses questions ?
– Les mêmes que les vôtres.
– Tes réponses ?
– Il m'a menacé du tribunal, mais je n'ai rien dit. Je ne veux pas d'ennuis avec la justice.
– Que lui as-tu appris ?
– Que j'étais un passeur, pas un vétéran.
– Excellent.

Le lacet fut ôté. Au moment où le vétéran, soulagé, tâtait son cou douloureux, l'avaleur d'ombres l'assomma d'un coup de poing sur la tempe. Il tira le corps hors de la cabane, le fit glisser jusqu'au fleuve, et maintint sous l'eau la tête du passeur pendant de longues minutes. Il laissa le cadavre flotter près du bac.

Banale noyade, en vérité.

*

Néféret préparait une ordonnance pour Sababou. Comme la prostituée se soignait avec sérieux, le mal régressait. Se sentant de nouveau vigoureuse, libérée des attaques brûlantes de l'arthrite, elle avait sollicité de son médecin l'autorisation de faire l'amour avec le portier de sa maison de bière, un jeune Nubien en parfaite santé.

– Puis-je vous importuner ? demanda Pazair.

– Je finissais ma journée.

Néféret avait les traits tirés.

– Vous travaillez trop.

– Une fatigue passagère. Des nouvelles de Nébamon ?

– Il ne s'est pas manifesté.

– Simple accalmie.

– Je le crains.

– Votre enquête ?

– Elle avance à grands pas, bien que j'aie été suspendu par le Doyen du porche.

– Racontez-moi.

Il narra ses malheurs pendant qu'elle se lavait les mains.

– Vous êtes entouré d'amis. Notre maître Branir, Souti, Bel-Tran... C'était une grande chance.

– Vous sentiriez-vous seule ?

– Les villageois me facilitent la tâche, mais je ne peux demander conseil à personne. Parfois, c'est pesant.

Ils s'assirent sur une natte, face à la palmeraie.

– Vous semblez ému.

– Je viens d'identifier un témoin capital. Vous êtes la première personne à le savoir.

Le regard de Néféret ne se déroba pas. Il y lut de l'attention, sinon de l'affection.

– On peut vous empêcher de progresser, n'est-ce pas ?

– Je m'en moque. Je crois en la justice comme vous croyez en la médecine.

Leurs épaules se touchèrent. Tétanisé, Pazair retint sa respiration. Comme si elle était inconsciente de ce contact fortuit, Néféret ne s'écarta pas.

– Iriez-vous jusqu'à sacrifier votre vie pour obtenir une vérité ?

– S'il le fallait, sans hésitation.

– Songez-vous encore à moi ?

– A chaque instant.

Sa main effleura celle de Néféret, se posa sur elle, légère, imperceptible.

– Lorsque je suis lasse, je pense à vous. Quoi qu'il arrive, vous semblez indestructible et vous tracez votre chemin.

– Ce n'est qu'une apparence, le doute m'assaille souvent. Souti m'accuse de naïveté. Pour lui, seule compte l'aventure. Dès que l'habitude menace, il est prêt à commettre n'importe quelle folie.

– La redoutez-vous aussi ?

– Elle est une alliée.

– Un sentiment peut-il durer de longues années ?

– Une vie entière, s'il est plus qu'un sentiment, un engagement de tout l'être, la certitude d'un paradis, une communion que nourrissent les aubes et les couchants. Un amour qui se dégrade n'était qu'une conquête.

Elle inclina la tête vers son épaule, ses cheveux caressèrent sa joue.

– Vous possédez une force étrange, Pazair.

Ce n'était qu'un rêve, fugace comme une luciole dans la nuit thébaine, mais il illuminait sa vie.

*

Couché sur le dos, les yeux fixés sur les étoiles, il avait passé une nuit blanche dans la palmeraie. Il tentait de préserver le bref instant où Néféret s'était abandonnée, avant de le congédier et de fermer sa porte.

Signifiait-il qu'elle éprouvait une certaine tendresse à son égard, ou traduisait-il une simple fatigue ? A l'idée qu'elle accepterait sa présence et son amour, même sans partager sa passion, il se sentait aussi léger qu'un nuage de printemps et aussi ardent qu'une crue naissante.

A quelques pas, le babouin policier mangeait des dattes et crachait les noyaux.

– Toi ici ? Mais...

La voix de Kem s'éleva derrière lui.

– J'ai choisi d'assurer votre sécurité.

– Au fleuve, vite !

Le jour se levait.

Sur la berge, un attroupement.

– Écartez-vous, ordonna Pazair.

Un pêcheur avait ramené le cadavre du passeur qui s'en allait au fil du courant.

– Il ne savait peut-être pas nager.

– Il aura glissé.

Indifférent aux commentaires, le juge examina le corps.

– C'est un crime, déclara-t-il. Sur son cou, la marque d'un lacet ; sur sa tempe droite, celle d'un violent coup de poing. Il a été étranglé et assommé avant d'être noyé.

CHAPITRE 35

L'âne, chargé de papyrus, de pinceaux et de palettes, guidait Pazair dans les faubourgs de Memphis. Si Vent du Nord se trompait, Souti rectifierait ; mais le quadrupède fut fidèle à sa réputation. Kem et le babouin complétaient le cortège qui se dirigeait vers la caserne où officiait Chéchi. Tôt matin, le chimiste travaillait au palais ; la voie serait libre.

Pazair fulminait. Le cadavre du passeur, transporté au poste de police le plus proche, avait fait l'objet d'un rapport aberrant de la part d'un petit tyran local. Ce dernier n'admettait aucun crime sur son territoire, de peur d'être rétrogradé ; au lieu d'approuver les conclusions du juge, il avait estimé que le passeur était mort noyé. D'après lui, les blessures à la gorge et à la tempe étaient accidentelles. Pazair avait émis des réserves circonstanciées.

Avant son départ pour le Nord, il n'avait entrevu Néféret que quelques instants. De nombreux patients la sollicitaient dès les premières heures du jour. Ils s'étaient contentés de paroles banales et d'un échange de regards, où il avait décelé encouragement et complicité.

Souti jubilait. Enfin, son ami se décidait à agir.

Dans la caserne, très excentrée par rapport aux principaux établissements militaires de Memphis, ne régnait pas la moindre animation. Pas un soldat à l'exercice, pas un cheval à l'entraînement.

Souti, martial, chercha le planton chargé de surveiller l'entrée. Personne n'interdisait l'accès du bâtiment, plutôt délabré. Assis sur une margelle de pierre, deux vieillards devisaient.

– Quel corps d'armée réside ici ?

Le plus âgé s'esclaffa.

– Régiment des vétérans et des éclopés, mon gars ! On nous parque avant de nous envoyer en province. Adieu les routes d'Asie, les marches forcées, et les rations insuffisantes. Bientôt, un petit jardin, une servante, du lait frais et de bons légumes.

– Le responsable de la caserne ?

– Le baraquement, derrière le puits.

Le juge se présenta à un gradé fatigué.

– Les visites sont plutôt rares.

– Je suis le juge Pazair et désire perquisitionner vos entrepôts.

– Entrepôts ? Comprends pas.

– Un nommé Chéchi occupe un laboratoire dans cette caserne.

– Chéchi ? Connais pas.

Pazair décrivit le chimiste.

– Ah, celui-là ! Il vient l'après-midi et passe la nuit ici, c'est vrai. Ordre supérieur. Moi, j'exécute.

– Ouvrez-moi les locaux.

– Je n'ai pas la clé.

– Conduisez-nous.

Une solide porte de bois interdisait l'accès au laboratoire souterrain de Chéchi. Sur une tablette d'argile, Pazair nota l'année, le mois, le jour et l'heure de son intervention, ainsi qu'une description des lieux.

– Ouvrez.

– Je n'ai pas le droit.

– Je vous couvre.

Souti aida le gradé. Avec une lance, ils forcèrent le verrou en bois.

Pazair et Souti entrèrent. Kem et le babouin montèrent la garde.

Atre, fourneaux, réserve de charbon de bois et d'écorces de palmier, récipients de fonderie, outillage de cuivre, le laboratoire de Chéchi semblait bien équipé. Ordre et propreté y régnaient. Une fouille rapide permit à Souti de mettre la main sur la caisse mystérieuse transférée d'une caserne à l'autre.

– Je suis excité comme un puceau devant sa première fille.

– Un instant.

– On ne stoppe pas si près du but!

– Je rédige mon rapport : état des lieux et emplacement de l'objet suspect.

A peine Pazair avait-il cessé d'écrire que Souti ôta le couvercle de la caisse.

– Du fer... des lingots de fer! Et pas n'importe lequel.

Souti soupesa un lingot, le palpa, le mouilla de sa salive, le gratta avec l'ongle.

– Il ne provient pas des roches volcaniques du désert de l'Est. C'est celui de la légende que l'on racontait au village, le fer du ciel!

– Des météorites, constata Pazair.

– Une véritable fortune.

– C'est avec ce fer-là que les prêtres de la Maison de Vie façonnent des cordes métalliques qu'utilise Pharaon pour monter au ciel. Comment peut-il être en possession d'un simple chimiste?

Souti était fasciné.

– J'en connaissais les caractéristiques, mais je n'osais l'imaginer sous mes doigts.

– Il ne nous appartient pas, rappela Pazair. C'est une pièce à conviction; Chéchi devra s'expliquer sur sa provenance.

Au fond de la caisse, une herminette en fer. L'outil de menuisier servait à ouvrir la bouche et les yeux de la momie, lorsque le corps mortel, ressuscité par les rites, se transformait en être de lumière.

Ni Pazair ni Souti n'osèrent y toucher. Si l'objet avait été consacré, il était porteur de forces surnaturelles.

– Nous sommes ridicules, estima le lieutenant de charrerie. Ce n'est que du métal.

– Tu as peut-être raison, mais je ne m'y risquerai pas.

– Que proposes-tu ?

– Attendre l'arrivée du suspect.

*

Chéchi était seul.

Quand il vit la porte de son laboratoire ouverte, il tourna aussitôt les talons et tenta de s'enfuir. Il se heurta au Nubien qui le repoussa vers le local. Le babouin, indifférent, grignotait des raisins secs. Son attitude signifiait qu'aucun allié du chimiste ne rôdait à proximité.

– Je ne suis pas mécontent de vous revoir, dit Pazair. Vous avez le goût du déménagement.

Le regard de Chéchi se porta sur la caisse.

– Qui vous a permis ?

– Perquisition.

L'homme à la petite moustache contrôlait bien ses réactions. Il resta calme, glacial.

– La perquisition est une procédure exceptionnelle, remarqua-t-il, pincé.

– Comme votre activité.

– Une annexe à mon laboratoire officiel.

– Vous affectionnez les casernes.

– Je prépare les armes de l'avenir ; c'est pourquoi j'ai obtenu les autorisations de l'armée. Vérifiez, vous constaterez que ces locaux sont répertoriés et mes expériences encouragées.

– Je n'en doute pas, mais vous n'aboutirez pas en utilisant du fer céleste. Ce matériau est réservé au temple, de même que l'herminette cachée au fond de cette caisse.

– Elle ne m'appartient pas.
– Ignoriez-vous son existence ?
– On l'a déposée ici à mon insu.
– Faux, intervint Souti. Vous avez vous-même ordonné son transfert. Dans ce coin perdu, vous pensiez être à l'abri.
– Vous m'espionnez ?
– D'où provient ce fer ? demanda Pazair.
– Je refuse de répondre à vos questions.
– En ce cas, vous êtes en état d'arrestation pour vol, recel, et obstruction à la bonne marche d'une enquête.
– Je nierai, vous serez débouté.
– Ou vous nous suivez, ou je demande au policier nubien de vous lier les mains.
– Je ne m'enfuirai pas.

*

L'interrogatoire contraignit le greffier Iarrot à faire des heures supplémentaires, alors que sa fille, lauréate du cours de danse, donnait une représentation sur la place principale du quartier. Boudeur, il n'eut pourtant pas à s'employer, car Chéchi ne répondit à aucune question et s'enferma dans un strict mutisme.

Patient, le juge insista.

– Qui sont vos complices ? Détourner un fer de cette qualité n'est pas l'affaire d'un individu isolé.

Chéchi regardait Pazair à travers ses paupières mi-closes. Il semblait aussi inexpugnable qu'une forteresse des Murs du roi.

– Quelqu'un vous a confié ce matériau précieux. Dans quelle intention ? Lorsque vos recherches sont devenues positives, vous avez renvoyé vos collaborateurs en prenant prétexte de la tentative de vol de Qadash pour les accuser d'incompétence. Ainsi, plus aucun contrôle sur vos activités. Avez-vous fabriqué cette herminette ou l'avez-vous volée ?

Souti aurait volontiers frappé le muet à la moustache noire, mais Pazair se serait interposé.

– Qadash et vous êtes amis de longue date, n'est-il pas vrai ? Il connaissait l'existence de votre trésor, et a tenté de le dérober. A moins que vous n'ayez joué la comédie afin d'apparaître comme une victime et d'écarter de votre laboratoire tout témoin gênant.

Assis sur une natte, jambes pliées devant lui, Chéchi persista dans son attitude. Il savait que le juge n'avait pas le droit d'exercer une quelconque violence.

– Malgré votre mutisme, Chéchi, je découvrirai la vérité.

La prédiction n'ébranla pas le chimiste.

Pazair demanda à Souti de lui lier les mains, et de l'attacher à un anneau fixé dans le mur.

– Désolé, Iarrot, mais je dois vous demander de veiller sur le suspect.

– Ce sera long ?

– Nous serons de retour avant la nuit.

*

Le palais de Memphis était une entité administrative composée de dizaines de services où travaillaient une multitude de scribes. Les chimistes dépendaient d'un surveillant des laboratoires royaux, homme grand et sec d'une cinquantaine d'années, que la visite du juge étonna.

– Je suis assisté du lieutenant de char, Souti, témoin de mes accusations.

– Accusations ?

– L'un de vos subordonnés, Chéchi, est en état d'arrestation.

– Chéchi ? Impossible ! Il s'agit d'une méprise.

– Vos chimistes utilisent-ils du fer céleste ?

– Bien sûr que non. Sa très grande rareté le destine aux temples, à seules fins rituelles.

– Comment expliquez-vous que Chéchi en possède une quantité remarquable ?

– Un malentendu.

– Est-il affecté à une tâche particulière ?

– Il est en relation directe avec les responsables de l'armement, et doit contrôler la qualité du cuivre. Permettez-moi de me porter garant de l'honorabilité de Chéchi, de sa rigueur de technicien, et de sa qualité d'homme.

– Saviez-vous qu'il travaillait dans un laboratoire clandestin, installé dans une caserne ?

– Ordre de l'armée.

– Signé de qui ?

– D'une cohorte d'officiers supérieurs qui demandent à des spécialistes de préparer des armes nouvelles. Chéchi en fait partie.

– L'utilisation du fer céleste n'était cependant pas prévue.

– Il doit exister une explication simple.

– Le suspect refuse de parler.

– Chéchi n'a jamais été bavard ; il est d'un tempérament plutôt taciturne.

– Connaissez-vous ses origines ?

– Il est né dans la région memphite, me semble-t-il.

– Pourriez-vous vérifier ?

– Est-ce si important ?

– Ce pourrait l'être.

– Je dois consulter les archives.

La recherche dura plus d'une heure.

– C'est bien cela : Chéchi est originaire d'un petit village, au nord de Memphis.

– Étant donné son poste, vous aviez vérifié.

– L'armée s'en est chargée, et n'a rien décelé d'anormal. Le sceau du contrôleur fut apposé selon les règles, et le service a engagé Chéchi sans aucune crainte. Je compte sur vous pour le relâcher dans les plus brefs délais.

– Les charges retenues contre lui s'accumulent. Au vol, il ajoute le mensonge.

– Juge Pazair ! Ne seriez-vous pas excessif ? Si vous

connaissiez mieux Chéchi, vous sauriez qu'il est incapable d'une malhonnêteté quelconque.

– S'il est innocent, le procès le prouvera.

*

Iarrot sanglotait sur le seuil de la porte. L'âne le contemplait, désabusé.

Souti secoua le greffier, tandis que Pazair constatait la disparition de Chéchi.

– Que s'est-il passé ?

– Il est venu, il a exigé mon procès-verbal, a repéré deux paragraphes tronqués qui le rendent illégal, m'a menacé de représailles, a libéré le prévenu... Comme il avait raison sur la forme, j'ai dû céder.

– De qui parlez-vous ?

– Du chef de la police, Mentmosé.

Pazair lut le procès-verbal. De fait, Iarrot n'avait ni noté les titres et fonctions de Chéchi ni précisé que le juge menait lui-même une enquête préliminaire sans avoir été saisi par un tiers. La procédure était donc nulle.

*

Un rayon de soleil filtrait au travers des croisillons d'une fenêtre de pierre et éclairait le crâne luisant de Mentmosé, recouvert d'un onguent parfumé. Le sourire aux lèvres, il accueillit Pazair avec un enthousiasme forcé.

– Ne vivons-nous pas dans un merveilleux pays, mon cher juge ? Nul ne peut y subir les rigueurs d'une loi excessive, puisque nous veillons au bien-être des citoyens.

– « Excessif » est un terme à la mode. Le surveillant des laboratoires l'a adopté, lui aussi.

– Il ne mérite aucun reproche. Pendant qu'il consultait ses archives, il m'a fait prévenir de l'arrestation de

Chéchi. Je me suis immédiatement rendu à votre bureau, persuadé qu'une regrettable erreur avait été commise. Tel était bien le cas; c'est pourquoi la libération de Chéchi fut immédiate.

– La faute de mon greffier est patente, reconnut Pazair, mais pourquoi vous intéressez-vous autant à ce chimiste ?

– Expert militaire. Comme ses collègues, il est placé sous ma surveillance directe; aucune interpellation n'est possible sans mon accord. Je veux bien admettre que vous l'ignoriez.

– L'accusation de vol lève l'immunité partielle de Chéchi.

– Accusation non fondée.

– Un manquement à la forme ne supprime pas la validité du grief.

Mentmosé devint solennel.

– Chéchi est l'un de nos meilleurs experts en armement. Croyez-vous qu'il mettrait sa carrière en péril d'une manière aussi stupide ?

– Connaissez-vous l'objet volé ?

– Qu'importe ! Je n'y crois pas. Cessez donc de faire du zèle pour obtenir une réputation de redresseur de torts.

– Où avez-vous caché Chéchi ?

– Hors de portée d'un magistrat qui outrepasse ses droits.

*

Souti approuva Pazair : il n'existait plus d'autre issue que la convocation d'un tribunal où ils joueraient leur va-tout. Preuves et arguments seraient décisifs, à condition que les jurés ne fussent pas à la solde de leurs adversaires, jurés que Pazair ne pourrait tous récuser sous peine d'être dessaisi. Les deux amis se persuadèrent que la vérité, proclamée lors d'un procès public, illuminerait les esprits les plus obtus.

Le juge développa sa stratégie devant Branir.

– Tu prends beaucoup de risques.

– Existe-t-il un meilleur chemin ?

– Suis celui que ton cœur te révèle.

– Je crois nécessaire de frapper au plus haut afin de ne pas me disperser dans des détails secondaires. En m'axant sur l'essentiel, je lutterai plus aisément contre les mensonges et les lâchetés.

– Tu ne te contenteras jamais de demi-mesures ; il te faut la lumière dans tout son éclat.

– Ai-je tort ?

– Le procès qui s'annonce exigerait un juge mûr et expérimenté, mais les dieux t'ont confié cette affaire et tu l'as acceptée.

– Kem surveille la caisse qui contient le fer céleste ; il l'a recouverte d'une planche sur laquelle est assis le babouin. Personne ne s'en approchera.

– Quand convoques-tu le tribunal ?

– Dans une semaine au plus tard ; étant donné le caractère exceptionnel des débats, je ferai accélérer les procédures. Croyez-vous que j'ai circonscrit le mal qui rôde ?

– Tu t'en approches.

– M'autorisez-vous à solliciter une faveur ?

– Qui t'en empêcherait ?

– En dépit de votre prochaine nomination, accepteriez-vous d'être juré ?

Le vieux maître fixa sa planète tutélaire, Saturne, brillant d'un éclat inhabituel.

– En aurais-tu douté ?

CHAPITRE 36

Brave ne s'habituait pas à la présence du babouin sous son toit mais, comme son maître la tolérait, il ne manifesta aucune animosité. Kem, taciturne, se contenta de remarquer que ce procès était une folie. Quelle que fût son audace, Pazair était trop jeune dans la profession pour réussir. Bien qu'il perçût la réprobation du Nubien, le juge n'en continua pas moins à fourbir ses armes, tandis que le greffier lui fournissait formulaires et registres, dûment vérifiés. Le Doyen du porche exploiterait toute imperfection de forme.

L'intrusion du médecin-chef Nébamon parut des plus indiscrètes. Élégant, coiffé d'une perruque parfumée, il paraissait contrarié.

– J'aimerais vous parler seul à seul.

– Je suis très occupé.

– C'est urgent.

Pazair abandonna un papyrus relatant le procès d'un noble accusé d'avoir exploité, au nom du roi, des terres qui ne lui appartenaient pas; malgré sa position à la cour, ou plutôt à cause d'elle, il avait été déchu de ses biens et condamné à l'exil. Une procédure d'appel n'avait rien modifié.

Les deux hommes marchèrent dans une ruelle tranquille, abritée du soleil. Des fillettes jouaient à la poupée ; un âne passait, chargé de paniers de légumes ; un vieillard dormait sur le seuil de sa maison.

– Nous nous sommes mal compris, mon cher Pazair.

– Je déplore, comme vous, que la dame Sababou continue à exercer sa coupable profession, mais aucun texte de loi n'autorise à l'inculper. Elle paie des impôts et ne trouble pas l'ordre public. Je me suis même laissé dire que quelques médecins renommés fréquentaient sa maison de bière.

– Et Néféret ? Je vous avais demandé de la menacer !

– Je vous avais promis d'agir au mieux.

– Brillant résultat ! Un de mes collègues thébains était sur le point de lui donner un poste à l'hôpital de Deir el-Bahari. Par bonheur, je suis intervenu à temps. Savez-vous qu'elle porte ombrage à des praticiens confirmés ?

– Vous reconnaissez donc ses compétences.

– Si douée soit-elle, Néféret est une marginale.

– Je n'ai pas cette impression.

– Vos sentiments m'indiffèrent. Quand on désire faire carrière, on se plie aux directives des hommes influents.

– Vous avez raison.

– J'accepte de vous donner une dernière chance, mais ne me décevez plus.

– Je ne la mérite pas.

– Oubliez cet échec, et agissez.

– Je m'interroge.

– Sur quel point ?

– Sur ma carrière.

– Suivez mes conseils, et vous n'aurez plus aucun souci.

– Je me contenterai d'être juge.

– Je perçois mal...

– N'importunez plus Néféret.

– Perdez-vous la tête ?

– Ne prenez pas mon avertissement à la légère.

– Votre comportement est stupide, Pazair ! Vous

avez tort de soutenir une jeune femme condamnée au plus cuisant des échecs. Néféret n'a aucun avenir ; qui liera son sort au sien sera balayé.

– La rancœur vous trouble l'esprit.

– Personne ne m'a jamais parlé sur ce ton ! J'exige des excuses.

– J'essaie de vous aider.

– M'aider, moi ?

– Je vous sens glisser vers la déchéance.

– Vous regretterez vos paroles !

*

Dénès surveillait le débarquement d'un bateau de charge. Ses marins se hâtaient, car ils devaient repartir pour le Sud dès le lendemain, afin de profiter d'un bon courant. La cargaison de meubles et d'épices était dirigée vers un nouvel entrepôt que le transporteur venait d'acquérir. Bientôt, il absorberait l'un de ses concurrents les plus féroces et verrait grandir son empire qu'il léguerait à ses deux fils. Grâce aux relations de son épouse, il consolidait chaque jour ses liens avec la haute administration et ne rencontrait aucun obstacle à son expansion.

Le Doyen du porche n'avait pas coutume de se promener sur les quais. Se déplaçant à l'aide d'une canne, à cause d'une crise de goutte, le magistrat s'approcha de Dénès.

– Ne restez pas ici, ils vont vous bousculer.

Dénès prit le Doyen par le bras et l'emmena dans la partie de l'entrepôt où le stockage était achevé.

– Pourquoi cette visite ?

– Un drame se prépare.

– J'y suis mêlé ?

– Non, mais vous devez m'aider à éviter un désastre. Demain, Pazair préside le tribunal. Je n'ai pu lui refuser la tenue d'un procès qu'il a requis selon les règles.

– Qui est incriminé ?

– Il a gardé le secret sur l'accusé et sur l'accusateur. D'après les rumeurs, la sécurité de l'État serait en cause.

– La rumeur divague. Comment un petit juge traiterait-il un dossier d'une pareille ampleur ?

– Sous ses dehors réservés, Pazair est un bélier. Il fonce droit devant lui, aucun obstacle ne l'arrête.

– Seriez-vous inquiet ?

– Ce juge est dangereux. Il remplit sa fonction comme une mission sacrée.

– Vous en avez connu d'autres du même acabit ! Ils se sont vite émoussés.

– Celui-là est plus solide que le granit. J'ai déjà eu l'occasion de l'éprouver ; il résiste d'une manière anormale. A sa place, un jeune juge préoccupé de sa carrière aurait reculé. Croyez-moi, il est une source d'ennuis.

– Vous êtes pessimiste.

– Pas cette fois.

– En quoi puis-je vous être utile ?

– Il m'appartient de désigner deux jurés, puisque j'accepte que Pazair juge sous le porche. J'ai déjà choisi Mentmosé, dont le bon sens nous sera indispensable. Avec vous, je me sentirai rassuré.

– Demain, impossible : une cargaison de vases précieux que je dois vérifier pièce par pièce, mais mon épouse fera merveille.

*

Pazair porta lui-même la convocation à Mentmosé.

– J'aurais pu vous envoyer mon greffier, mais nos relations amicales m'imposaient davantage de cordialité.

Le chef de la police ne convia pas le juge à s'asseoir.

– Chéchi comparaîtra comme témoin, poursuivit Pazair. Comme vous seul savez où il se trouve, amenez-le au tribunal. Sinon, nous serons contraints de le faire rechercher par les forces de police.

– Chéchi est un homme raisonnable. Si vous l'étiez, vous renonceriez à ce procès.
– Le Doyen du porche a considéré qu'il pouvait être soutenu.
– Vous brisez votre carrière.
– Beaucoup s'en préoccupent, ces temps-ci ; dois-je m'en inquiéter ?
– Quand votre échec sera consommé, Memphis rira de vous et vous serez obligé de vous démettre.
– Si vous êtes désigné comme juré, ne refusez pas d'entendre la vérité.

*

– Moi, juré ? s'étonna Bel-Tran. Jamais je n'aurais songé...
– Il s'agit d'un procès très important, aux conséquences imprévisibles.
– Est-ce une obligation ?
– En aucune façon ; le Doyen du porche désigne deux jurés, moi deux également, et quatre sont choisis parmi les notables qui ont déjà siégé.
– Je vous avoue mon inquiétude. Participer à une décision de justice me paraît plus difficile que vendre des papyrus.
– Vous aurez à vous prononcer sur le destin d'un homme.
Bel-Tran prit un long temps de réflexion.
– Votre confiance me touche. J'accepte.

*

Souti fit l'amour avec une rage qui surprit Panthère, pourtant accoutumée à la fougue de son amant. Insatiable, il ne pouvait se détacher d'elle, l'assaillait de baisers et parcourait avec obstination les chemins de son corps. Lascive, elle sut se montrer tendre après l'orage.
– Ta violence est celle d'un voyageur sur le départ. Que me caches-tu ?

– Demain, c'est le procès.
– Tu le redoutes ?
– Je préférerais une lutte à poings nus.
– Ton ami me fait peur.
– Qu'as-tu à craindre de Pazair ?
– Il n'épargnera personne, si la loi l'exige.
– L'aurais-tu trahi, sans me l'avouer ?
Elle le renversa sur le dos et s'étendit sur lui.
– Quand cesseras-tu de me soupçonner ?
– Jamais. Tu es un fauve femelle, la plus dangereuse des espèces, et tu m'as promis mille morts.
– Ton juge est plus redoutable que moi.
– Toi, tu me caches quelque chose.
Elle roula sur le côté, s'éloigna de son amant.
– Peut-être.
– J'ai mal conduit ton interrogatoire.
– Tu sais pourtant faire parler mon corps.
– Mais tu préserves ton secret.
– Sinon, aurais-je une valeur à tes yeux ?
Il se jeta sur elle et l'immobilisa.
– Aurais-tu oublié que tu es ma prisonnière ?
– Crois ce qui te plaît.
– Quand t'enfuiras-tu ?
– Dès que je serai une femme libre.
– La décision m'appartient. Je dois te déclarer comme telle au service de l'immigration.
– Qu'attends-tu ?
– J'y cours.
Souti se vêtit en hâte de son plus beau pagne, et passa autour de son cou le collier orné de la mouche d'or.

*

Il entra dans le bureau au moment où le fonctionnaire s'apprêtait à le quitter, bien avant l'heure de fermeture.
– Revenez demain.
– Hors de question.

Le ton de Souti menaçait. La mouche d'or indiquait que le jeune homme à la puissante carrure était un héros, et les héros avaient la violence facile.

– Votre requête ?

– Fin de la liberté conditionnelle de la Libyenne Panthère qui me fut attribuée lors de la dernière campagne d'Asie.

– Garantissez-vous sa moralité ?

– Elle est parfaite.

– Quel type d'emploi a-t-elle envisagé ?

– Elle a déjà travaillé dans une ferme.

Souti remplit le formulaire, regrettant de ne pas avoir fait l'amour à Panthère une dernière fois ; ses futures maîtresses ne l'égaleraient peut-être pas. Tôt ou tard, il en serait arrivé là ; mieux valait couper les liens avant qu'ils ne devinssent trop solides.

En rentrant chez lui, il se remémora quelques joutes amoureuses qui valaient bien les exploits des plus grands conquérants. Panthère lui avait appris que le corps d'une femme était un paradis peuplé de paysages mouvants et que le plaisir de la découverte se renouvelait de lui-même.

La maison était vide.

Souti regretta sa précipitation. Il eût aimé passer la nuit avec elle, avant le procès, oublier les combats du lendemain, se rassasier de son parfum. Il se consolerait avec du vin vieux.

– Remplis une autre coupe, dit Panthère en l'enlaçant par-derrière.

*

Qadash brisa les instruments en cuivre et les jeta sur les murs de son cabinet dentaire qu'il avait dévasté à coups de pied. Lorsqu'il avait reçu la convocation pour le tribunal, une folie destructrice s'était emparée de lui.

Sans le fer céleste, il ne pourrait plus opérer. Sa main tremblait trop. Avec le métal miraculeux, il aurait agi comme un dieu, retrouvé la jeunesse et la plénitude du geste. Qui le respecterait encore, qui vanterait ses mérites ? On parlerait de lui au passé.

Pouvait-il retarder la déchéance ? Il devait lutter, refuser la décrépitude. Avant tout, réduire à néant les soupçons du juge Pazair. Que ne possédait-il sa force, son allant, sa détermination ! S'en faire un allié était chimérique. Le jeune magistrat sombrerait, et sa justice avec lui.

*

Dans quelques heures, le début du procès.

Pazair se promenait sur la berge avec Brave et Vent du Nord. Gratifiés d'une longue promenade au crépuscule, après un dîner copieux, le chien et l'âne folâtraient sans perdre leur maître de vue. Vent du Nord marchait en tête et choisissait le chemin.

Fatigué, tendu, le juge s'interrogeait. Ne s'était-il pas trompé, n'avait-il pas brûlé les étapes, ne s'engageait-il pas sur un sentier menant à l'abîme ? Médiocres pensées, en vérité. La justice suivrait son cours, impérieux comme celui du fleuve divin. Pazair n'en était pas le maître mais le serviteur. Quel que fût le résultat du procès, des voiles seraient levés.

Que deviendrait Néféret, s'il était démis ? Le médecin-chef s'acharnerait contre elle, afin de l'empêcher d'exercer. Par bonheur, Branir veillait. Le futur grand prêtre d'Amon intégrerait la jeune femme dans l'équipe médicale du temple, hors de portée de Nébamon.

La savoir protégée d'un destin contraire donnait à Pazair le courage nécessaire pour affronter l'Égypte entière.

CHAPITRE 37

Le procès s'ouvrit, selon la formule rituelle, « devant la porte de la justice, à l'endroit où l'on entend les plaintes de tous les plaignants, afin de distinguer la vérité du mensonge, à cette grande place où l'on protège les faibles pour les sauver des puissants * ». Adossée au pylône du temple de Ptah, la cour de justice avait été élargie afin d'accueillir un grand nombre de dignitaires et de gens du peuple, curieux de l'événement.

Le juge Pazair, assisté de son greffier, se tenait au fond de la salle. Sur sa droite, le jury. Il se composait de Mentmosé, chef de la police, de la dame Nénophar, de Branir, de Bel-Tran, d'un prêtre du temple de Ptah, d'une prêtresse du temple de Hathor, d'un propriétaire de domaine et d'un menuisier. La présence de Branir, que d'aucuns considéraient comme un sage, prouvait assez la gravité de la situation. Le Doyen du porche était assis à gauche de Pazair. Représentant de la hiérarchie, il garantissait la régularité des débats. Les deux magistrats, vêtus d'une longue robe de lin blanche et coiffés d'une sobre perruque à l'ancienne, avaient déroulé devant eux un papyrus chantant la gloire de l'âge d'or où Maât, l'harmonie de l'univers, régnait sans partage.

* Tel était le texte inscrit sur la porte elle-même.

– Moi, juge Pazair, déclare ouvert ce procès qui oppose le plaignant, le lieutenant de la charrerie Souti, à l'accusé, le général Asher, porte-étendard à la droite du roi, et instructeur des officiers de l'armée d'Asie.

Des rumeurs s'élevèrent. Si le lieu n'avait été aussi austère, beaucoup auraient cru à une plaisanterie.

– J'appelle le lieutenant Souti.

Le héros impressionna la foule. Beau, sûr de lui, il ne ressemblait pas à un illuminé ou à un soldat perdu, en rupture d'amitié avec son chef.

– Vous engagez-vous par serment à dire la vérité devant ce tribunal ?

Souti lut la formule que lui présentait le greffier.

– Comme Amon est durable et comme Pharaon est durable – qu'il vive, prospère et soit cohérent, lui dont la puissance est plus terrible que la mort –, je jure de dire la vérité.

– Formulez votre plainte.

– J'accuse le général Asher de forfaiture, de haute trahison et d'assassinat.

L'assistance contint mal son étonnement, des protestations s'élevèrent.

Le Doyen du porche intervint.

– Par respect pour la déesse Maât, j'exige le silence pendant les débats. Quiconque le violera sera immédiatement expulsé et condamné à une lourde amende.

L'avertissement fut efficace.

– Lieutenant Souti, reprit Pazair, possédez-vous des preuves ?

– Elles existent.

– Conformément à la loi, indiqua le juge, j'ai mené une enquête. Elle m'a permis de découvrir un certain nombre de faits étranges, que j'estime reliés à l'accusation principale. J'émets donc l'hypothèse d'un complot contre l'État et d'une menace pour la sécurité du pays.

La tension augmenta. Les notables qui découvraient Pazair s'étonnèrent de la gravité d'un homme aussi jeune, de la fermeté de son attitude, et du poids de sa parole.

– J'appelle le général Asher.

Si illustre qu'il fût, Asher était obligé de comparaître. La loi n'autorisait ni substitution ni représentation. Le petit homme au visage de rongeur s'avança et prêta serment. Il avait revêtu une tenue de campagne, pagne court, jambières, cotte de mailles.

– Général Asher, que répondez-vous à votre accusateur ?

– Le lieutenant Souti, que j'ai nommé moi-même à son poste, est un homme brave. Je l'ai décoré de la mouche d'or. Pendant la dernière campagne d'Asie, il a accompli plusieurs actions d'éclat et mérite d'être reconnu comme un héros. Je le considère comme un archer d'élite, l'un des meilleurs de notre armée. Ses accusations ne sont pas fondées. Je les rejette. Sans doute s'agit-il d'un égarement passager.

– Vous vous considérez donc comme innocent ?

– Je le suis.

Souti s'assit au pied d'une colonne, face au juge, à quelques mètres de lui ; Asher prit la même posture, de l'autre côté, près des jurés qui observeraient aisément son comportement et les expressions de son visage.

– Le rôle de ce tribunal, précisa Pazair, est d'établir la réalité des faits. Si le crime est avéré, l'affaire sera remise au tribunal du vizir. J'appelle le dentiste Qadash.

Qadash, nerveux, prêta serment.

– Vous reconnaissez-vous coupable d'une tentative de vol dans un laboratoire de l'armée, dirigé par le chimiste Chéchi ?

– Non.

– Comment expliquez-vous votre présence sur les lieux ?

– Je venais acheter du cuivre de première qualité. La transaction s'est mal passée.

– Qui vous avait indiqué la présence de ce métal ?

– Le responsable de la caserne.

– C'est faux.

– Je l'affirme, je...

– Le tribunal dispose de sa déposition écrite. Sur ce point, vous avez menti. De plus, vous venez de réitérer ce mensonge après avoir prêté serment, donc de commettre le délit de faux témoignage.

Qadash tressaillit. Un jury sévère le condamnerait aux travaux forcés dans les mines ; indulgent, à une saison de travaux des champs.

– Je mets en doute vos réponses précédentes, continua Pazair, et je repose ma question : qui vous a indiqué l'existence et l'emplacement du métal précieux ?

Tétanisé, Qadash demeura la bouche entrouverte.

– Est-ce le chimiste Chéchi ?

Le dentiste s'effondra, larmoyant. Sur un signe de Pazair, le greffier le raccompagna à sa place.

– J'appelle le chimiste Chéchi.

Un instant, Pazair crut que le savant à la triste figure et à la moustache noire ne comparaîtrait pas. Mais il s'était montré raisonnable, selon l'expression du chef de la police.

Le général demanda la parole.

– Permettez-moi de m'étonner. Ne s'agit-il pas d'un autre procès ?

– Ces personnes ne sont pas étrangères, selon moi, à l'affaire qui nous occupe.

– Ni Qadash ni Chéchi n'ont servi sous mes ordres.

– Un peu de patience, général.

Asher, contrarié, observa le chimiste du coin de l'œil. Il paraissait détendu.

– Vous travaillez bien pour l'armée dans un laboratoire de recherche, afin de perfectionner l'armement ?

– Oui.

– Vous occupez, en réalité, deux fonctions : l'une officielle et au grand jour, dans un laboratoire du palais, l'autre beaucoup plus discrète, dans une officine dissimulée à l'intérieur d'une caserne.

Chéchi se contenta d'un signe de tête.

– A la suite d'une tentative de vol, dont l'auteur est

le dentiste Qadash, vous avez déménagé votre installation, mais sans porter plainte.

– Discrétion oblige.

– Spécialiste des alliages de métaux et des procédés de fonderie, vous recevez les matériaux de l'armée et les stockez en tenant un inventaire.

– Bien entendu.

– Pourquoi dissimulez-vous des lingots de fer céleste, réservé aux usages liturgiques, et une herminette du même métal ?

La question stupéfia l'assistance. Ni ce métal ni ce type d'objet ne sortaient de la sphère sacrée du temple ; les dérober était passible de la peine capitale.

– J'ignore l'existence de ce trésor.

– Comment justifiez-vous sa présence dans votre local ?

– Malveillance.

– Avez-vous des ennemis ?

– En me faisant condamner, on interromprait mes recherches et on nuirait à l'Égypte.

– Vous n'êtes pas d'origine égyptienne, mais bédouine.

– Je l'avais oublié.

– Vous avez menti au surveillant des laboratoires en affirmant que vous étiez né à Memphis.

– Nous nous sommes mal compris. Je voulais dire que je me sentais tout à fait memphite.

– L'armée a contrôlé, comme il se doit, et corroboré votre thèse. Le service de vérification n'était-il pas placé sous votre responsabilité, général Asher ?

– C'est possible, marmonna l'interpellé.

– Vous avez donc cautionné un mensonge.

– Pas moi, mais un fonctionnaire placé sous mes ordres.

– La loi vous rend responsable des erreurs de vos subordonnés.

– Je l'admets, mais qui sanctionnerait cette vétille ? Les scribes se trompent chaque jour en rédigeant leurs rapports. De plus, Chéchi est devenu un véritable Égyptien. Sa profession prouve la confiance qui lui fut accordée, et dont il s'est montré digne.

– Il existe une autre version des faits. Vous connaissez Chéchi depuis longtemps ; votre rencontre date de vos premières campagnes en Asie. Ses dons de chimiste vous ont intéressé ; vous lui avez facilité l'entrée sur le territoire égyptien, gommé son passé, et organisé une carrière dans l'armement.

– Pures spéculations.

– Le fer céleste n'en est pas une. A quoi le destiniez-vous et pourquoi l'avez-vous procuré à Chéchi ?

– Affabulation.

Pazair se tourna vers les jurés.

– Je vous prie de noter que Qadash est libyen, et Chéchi bédouin d'origine syrienne. Je crois à la complicité de ces deux hommes, et à leurs liens avec le général Asher. Ils complotent depuis longtemps, et comptaient franchir une étape décisive en utilisant le fer céleste.

– Ce n'est que votre conviction, objecta le général. Vous ne disposez d'aucune preuve.

– J'admets n'avoir établi que trois faits répréhensibles : le faux témoignage de Qadash, la fausse déclaration de Chéchi, et la légèreté administrative de vos services.

Le général croisa les bras, arrogant. Jusqu'à présent, le juge se ridiculisait.

– Deuxième aspect de mon enquête, reprit Pazair : l'affaire du grand sphinx de Guizeh. D'après un document officiel signé du général Asher, les cinq vétérans formant la garde d'honneur du monument auraient péri lors d'un accident. Le confirmez-vous ?

– J'ai bien apposé mon cachet.

– La version des faits ne correspond pas à la réalité.

Asher, troublé, décroisa les bras.

– L'armée a payé les funérailles de ces malheureux.

– Pour trois d'entre eux, le gardien-chef et ses deux collègues habitant dans le Delta, je n'ai pu établir la cause exacte de la mort ; les deux derniers avaient été envoyés à la retraite dans la région thébaine. Ils étaient donc bien vivants après le prétendu accident mortel.

– C'est très étrange, reconnut Asher. Pouvons-nous les entendre ?

– Ils sont morts tous les deux. Le quatrième vétéran fut victime d'un accident ; mais ne l'a-t-on pas poussé dans son four à pain ? Le cinquième, terrorisé, se cachait sous l'habit d'un passeur. Il est mort noyé ou, plus exactement, assassiné.

– Objection, déclara le Doyen du porche. D'après le rapport parvenu à mon bureau, le policier local plaide en faveur de l'accident.

– Quoi qu'il en soit, au moins deux des cinq vétérans n'étaient pas morts en tombant du sphinx comme voulait le faire croire le général Asher. De plus, le passeur a eu le temps de me parler avant de mourir. Ses camarades avaient été attaqués et tués par une bande armée composée de plusieurs hommes et d'une femme. Ils s'exprimaient avec des mots étrangers. Voilà la vérité qu'occultait le rapport du général.

Le Doyen du porche fronça les sourcils. Bien qu'il détestât Pazair, il ne mettait pas en doute la parole d'un juge, prononcée en pleine audience et apportant un fait nouveau d'une effroyable gravité. Même Mentmosé fut ébranlé ; le véritable procès débutait.

Le militaire se défendit avec véhémence.

– Je signe chaque jour quantité de rapports sans vérifier les faits par moi-même, et je m'occupe fort peu des vétérans.

– Les jurés apprendront avec intérêt que le laboratoire de Chéchi, où était entreposée la caisse contenant le fer, se trouvait dans une caserne de vétérans.

– Peu importe, estima Asher, irrité. L'accident a été constaté par la police militaire, et j'ai simplement signé l'acte administratif afin que les funérailles soient organisées.

– Vous niez, sous serment, avoir été informé de l'agression contre la garde d'honneur du sphinx ?

– Je le nie. Et je nie également toute responsabilité, directe ou indirecte, dans le décès de ces cinq malheureux. J'ignorais tout de ce drame et de ses suites.

Le général se défendait avec une conviction qui lui rendrait favorables la plupart des membres du jury. Certes, le juge mettait au jour une tragédie ; mais on ne reprocherait à Asher qu'une seconde faute administrative et non un ou plusieurs crimes de sang.

– Sans remettre en cause les bizarreries de cette affaire, intervint le Doyen du porche, je pense qu'une enquête complémentaire sera indispensable. Mais ne faudrait-il pas mettre en doute les déclarations du cinquième vétéran ? Afin d'impressionner le juge, n'aurait-il pas inventé une fable ?

– Quelques heures plus tard, il était mort, rappela Pazair.

– Triste concours de circonstances.

– S'il a bien été assassiné, quelqu'un a voulu l'empêcher d'en dire davantage et de comparaître devant ce tribunal.

– Même en admettant votre théorie, indiqua le général, en quoi suis-je concerné ? Si j'avais vérifié, j'aurais constaté, comme vous, que la garde d'honneur n'avait pas disparu dans un accident. A cette période, je m'occupais de la préparation de la campagne d'Asie ; cette tâche prioritaire m'absorbait.

Pazair avait espéré, sans trop y croire, que le militaire serait moins maître de ses nerfs, mais il parvenait à repousser les assauts et à contourner les arguments les plus incisifs.

– J'appelle Souti.

Le lieutenant se leva, grave.

– Maintenez-vous vos accusations ?

– Je les maintiens.

– Expliquez-vous.

– Lors de ma première mission en Asie, après la mort de mon officier, tué dans une embuscade, j'ai erré dans une région peu sûre, afin de rejoindre le régiment du général Asher. J'ai cru me perdre, lorsque je fus témoin d'une scène horrible. Un soldat égyptien fut torturé et assassiné à quelques mètres de moi ; j'étais trop épuisé pour lui venir en aide, et ses agresseurs étaient trop nombreux. Un homme a mené les interrogatoires, puis l'a égorgé avec férocité. Ce criminel, ce traître à sa patrie, c'est le général Asher.

L'accusé demeura imperturbable.

Bouleversée, l'assistance retint son souffle. Le visage des jurés s'était brusquement fermé.

– Ces propos scandaleux sont dénués de tout fondement, déclara Asher d'une voix presque sereine.

– Nier ne suffit pas. Je vous ai vu, assassin !

– Gardez votre calme, ordonna le juge. Ce témoignage prouve que le général Asher collabore avec l'ennemi. Voilà pourquoi le révolté libyen Adafi reste insaisissable. Son complice le prévient à l'avance du déplacement de nos troupes, et prépare avec lui une invasion de l'Égypte. La culpabilité du général laisse supposer qu'il n'est pas innocent dans l'affaire du sphinx ; a-t-il fait tuer les cinq vétérans pour expérimenter les armes fabriquées par Chéchi ? Une enquête complémentaire le démontrera sans doute, en reliant entre eux les divers éléments que j'ai exposés.

– Ma culpabilité n'est nullement prouvée, estima Asher.

– Mettez-vous en doute la parole du lieutenant Souti ?

– Je le crois sincère, mais il s'abuse. D'après son propre témoignage, il était à bout de forces. Sans doute ses yeux l'ont-ils trompé.

– Les traits de l'assassin se sont gravés dans ma mémoire, affirma Souti, et je me suis juré de le retrouver. A ce moment, j'ignorais qu'il s'agissait du général Asher. Je l'ai identifié lors de notre première rencontre, lorsqu'il m'a félicité pour mes exploits.

– Aviez-vous envoyé des éclaireurs en territoire ennemi ? demanda Pazair.

– Bien entendu, répondit Asher.

– Combien ?

– Trois.

– Leurs noms furent enregistrés au service des pays étrangers ?

– C'est la règle.

– Sont-ils revenus vivants de la dernière campagne ?

Pour la première fois, le général se troubla.

– Non... l'un d'eux a disparu.

– Celui que vous avez tué de vos propres mains parce qu'il avait compris votre rôle.

– C'est faux. Je ne suis pas coupable.

Les jurés notèrent que la voix tremblait.

– Vous, qui êtes chargé d'honneurs, qui éduquez des officiers, avez trahi votre pays de la manière la plus ignoble. Il est temps d'avouer, général.

Le regard d'Asher se perdit dans le vague. Cette fois, il était sur le point de céder.

– Souti s'est trompé.

– Que l'on m'envoie sur place en compagnie d'officiers et de scribes, proposa le lieutenant. Je reconnaîtrai l'endroit où j'ai enterré sommairement le malheureux. Nous rapporterons sa dépouille, il sera identifié, et nous lui donnerons une sépulture digne.

– J'ordonne une expédition immédiate, déclara Pazair. Le général Asher sera retenu à la caserne principale de Memphis, sous la garde de la police. Tout contact avec l'extérieur lui sera interdit jusqu'au retour de Souti. Nous reprendrons alors le procès et les jurés rendront leur verdict.

CHAPITRE 38

Memphis résonnait encore des échos du procès. D'aucuns considéraient déjà le général Asher comme le plus abominable des traîtres, vantaient le courage de Souti et la compétence du juge Pazair.

Ce dernier eût aimé consulter Branir, mais la loi lui interdisait de s'entretenir avec les jurés avant la fin de l'affaire. Il déclina plusieurs invitations de notables et s'enferma chez lui. Dans moins d'une semaine, le corps expéditionnaire reviendrait avec le cadavre de l'éclaireur assassiné par Asher, le général serait confondu et condamné à mort. Souti obtiendrait un poste élevé. Surtout, le complot serait démantelé et l'Égypte sauvée d'un péril provenant à la fois de l'extérieur et de l'intérieur. Même si Chéchi passait entre les mailles du filet, le but aurait été atteint.

Pazair n'avait pas menti à Néféret. Pas un instant, il ne cessait de penser à elle. Même pendant le procès, son visage s'imposait à lui. Il devait se concentrer sur chaque mot afin de ne pas sombrer dans un rêve dont elle était l'unique héroïne.

Le juge avait confié le fer céleste et l'herminette au Doyen du porche, lequel les avait aussitôt remis au grand prêtre de Ptah. En coordination avec les autorités religieuses, le magistrat devrait établir leur provenance. Un détail troublait Pazair : pourquoi n'avaient-elles pas porté plainte pour vol ? La qualité exceptionnelle de l'objet et du matériau orientait d'emblée les recherches vers un riche et puissant sanctuaire, seul capable de les abriter.

Pazair avait accordé trois jours de repos à Iarrot et à Kem. Le greffier s'était empressé de regagner son domicile où un nouveau drame domestique venait d'éclater, sa fille refusant de manger des légumes et n'absorbant plus que des pâtisseries. Iarrot acceptait le caprice, son épouse le refusait.

Le Nubien ne s'éloigna pas du bureau ; il n'avait nul besoin de repos et se considérait comme responsable de la sécurité du juge. Bien qu'il fût intouchable, la prudence s'imposait.

Lorsqu'un prêtre au crâne rasé voulut entrer chez le juge, Kem s'interposa.

– Je dois transmettre un message au juge Pazair.

– Confiez-le-moi.

– A lui, et à lui seul.

– Attendez.

Bien que l'homme fût sans arme et maigrelet, le Nubien éprouvait un sentiment de malaise.

– Un prêtre veut s'entretenir avec vous. Soyez prudent.

– Vous voyez le danger partout !

– Gardez au moins le babouin avec vous.

– Comme vous voudrez.

Le prêtre entra, Kem resta derrière la porte. Le babouin, indifférent, décortiqua la noix d'un palmier doum.

– Juge Pazair, vous êtes attendu demain matin à l'aube, à la grande porte du peuple de Ptah.

– Qui souhaite me voir ?

– Je n'ai pas d'autre message.

– Motif ?

– Je vous le répète : je n'ai pas d'autre message. Veuillez vous raser tous les poils du corps, abstenez-vous de toute relation sexuelle, et recueillez-vous en vénérant les ancêtres.

– Je suis juge, et je n'ai pas l'intention de devenir prêtre!

– Soyez précis. Que les dieux vous protègent.

*

Sous la surveillance de Kem, le barbier acheva de raser Pazair.

– Vous voilà parfaitement lisse, et digne d'entrer dans les ordres! Perdrions-nous un juge au profit d'un prêtre?

– Simple mesure d'hygiène. Les notables ne s'y soumettent-ils pas régulièrement?

– Vous en êtes devenu un, c'est vrai! J'aime mieux ça. Dans les ruelles de Memphis, on ne parle que de vous. Qui aurait osé s'attaquer au tout-puissant Asher? Aujourd'hui, les langues se délient. Personne ne l'aimait. On murmure qu'il a torturé des aspirants.

Hier adulé, aujourd'hui piétiné, Asher voyait son destin basculer en quelques heures. Les rumeurs les plus sordides circulaient sur son compte. Pazair retint la leçon: personne n'était à l'abri de la bassesse humaine.

– Si vous ne devenez pas religieux, avança le barbier, vous allez sans doute voir une dame. Beaucoup apprécient les hommes bien rasés qui ressemblent à des prêtres... ou qui en sont! L'amour ne leur est pas interdit, certes, mais fréquenter des hommes qui voient les dieux en face, n'est-ce pas excitant? J'ai ici une lotion à base de jasmin et de lotus que j'ai achetée au meilleur fabricant de Memphis. Elle parfumera votre peau plusieurs jours.

Pazair accepta. Ainsi, le barbier colporterait partout une information capitale: le juge le plus intransigeant de Memphis était aussi un amant coquet. Restait à découvrir le nom de l'élue.

Après le départ du bavard, Pazair lut un texte consacré à Maât. C'était elle, l'ancêtre vénérable, la source de la joie et de l'harmonie. Fille de la lumière, lumière elle-même, elle agissait en faveur de qui agissait pour elle.

Pazair lui demanda de maintenir sa vie en rectitude.

*

Peu avant l'aube, alors que Memphis s'éveillait, Pazair se présenta à la grande porte en bronze du temple de Ptah. Un prêtre l'emmena sur le côté de l'édifice, encore plongé dans les ténèbres. Kem avait vigoureusement déconseillé au juge de répondre à l'étrange convocation. Il n'était pas habilité, en raison de son grade, à enquêter dans un temple. Mais un religieux ne désirait-il pas lui offrir des révélations sur le vol du fer céleste et de l'herminette ?

Pazair était ému. Il pénétrait à l'intérieur du temple pour la première fois. De hauts murs séparaient du monde profane l'univers des spécialistes chargés d'entretenir l'énergie divine et de la faire circuler, afin que ne soit pas rompu le lien entre l'humanité et les puissances créatrices. Certes, le temple était aussi un centre économique, avec ses ateliers, ses boulangeries, ses boucheries, ses entrepôts, où travaillaient les meilleurs artisans du royaume; certes, la première grande cour à ciel ouvert était accessible aux notables, lors des grandes fêtes. Mais, au-delà, commençait le domaine du mystère, du jardin de pierre où l'homme ne devait plus élever la voix afin d'entendre celle des dieux.

Le guide de Pazair longea le mur d'enceinte jusqu'à une petite porte équipée d'une roue de cuivre servant de sas; en la faisant tourner, les deux hommes déclenchèrent une circulation d'eau avec laquelle ils se purifièrent le visage, les mains et les pieds. Le prêtre demanda à Pazair d'attendre dans l'obscurité, au seuil d'une colonnade.

*

Des cloîtrés, vêtus de lin blanc, sortirent de leurs demeures bâties au bord du lac où ils puisaient l'eau pour leurs ablutions matinales. Se formant en procession, ils déposèrent des légumes et du pain sur les autels, pendant que le grand prêtre, agissant au nom de Pharaon *, allumait une lampe, brisait le sceau du naos où reposait la statue du dieu, répandait de l'encens, et prononçait, en même temps que les autres grands prêtres accomplissant le même rite dans les autres temples d'Égypte, la formule « Éveille-toi en paix ».

Dans l'une des salles du temple intérieur, neuf hommes étaient réunis. Le vizir, le porteur de la Règle, le surintendant de la Double Maison blanche **, le préposé aux canaux et directeur des demeures de l'eau, le surintendant des écrits, le surintendant des champs, le directeur des missions secrètes, le scribe du cadastre et l'intendant du roi formaient le conseil des neuf amis de Ramsès le Grand. Chaque mois, ils se consultaient dans ce lieu secret, loin de leurs bureaux et de leur personnel. Dans la paix du sanctuaire, ils bénéficiaient d'une sérénité nécessaire à la réflexion. Leur tâche leur semblait de plus en plus écrasante, depuis que Pharaon avait donné des ordres inhabituels, comme si l'empire était en péril. Chacun, dans son service, devait procéder à une inspection systématique afin de s'assurer de l'honnêteté de ses collaborateurs les plus haut placés. Ramsès avait exigé des résultats rapides. Irrégularités et laxisme devraient être pourchassés avec la dernière énergie, les fonctionnaires incompétents renvoyés. Chacun des neuf amis, lors des entrevues avec Pharaon, avait jugé le souverain préoccupé, voire inquiet.

* Pharaon est l'unique « prêtre » d'Égypte ; lui seul peut maintenir la liaison de la société avec le divin. Dans les divers temples d'Égypte, les spécialistes célébrant les rites agissent par délégation du roi.

** Le ministre de l'Économie.

Après une nuit de conversations fructueuses, les neuf hommes se séparèrent. Un prêtre murmura quelques mots à l'oreille de Bagey qui se dirigea vers le seuil de la salle à colonnes.

– Merci d'être venu, juge Pazair. Je suis le vizir.

Pazair, déjà impressionné par la majesté des lieux, le fut plus encore par cette rencontre. Lui, petit juge de Memphis, bénéficiait de l'immense privilège de parler en tête à tête avec le vizir Bagey, dont la légendaire sévérité effrayait la hiérarchie entière.

Plus grand que Pazair, le visage allongé et austère, Bagey avait une voix voilée, un peu rauque. Son ton était froid, presque cassant.

– Je tenais à vous voir ici, afin que notre entrevue demeure secrète. Si vous l'estimez contraire à la loi, retirez-vous.

– Je vous écoute.

– Avez-vous conscience de l'importance du procès que vous dirigez ?

– Le général Asher est un grand personnage, mais je crois avoir démontré sa forfaiture.

– En êtes-vous persuadé ?

– Le témoignage de Souti est incontestable.

– N'est-il pas votre meilleur ami ?

– C'est exact, mais cette amitié n'influence pas mon jugement.

– La faute serait impardonnable.

– Les faits me semblent établis.

– N'est-ce pas aux jurés d'en décider ?

– Je m'inclinerai devant leur décision.

– En vous attaquant au général Asher, c'est la politique de défense en Asie que vous remettez en cause. Le moral de nos troupes sera atteint.

– Si la vérité n'avait pas été découverte, le pays eût couru un danger bien plus grave.

– A-t-on tenté d'entraver votre enquête ?

– L'armée a semé des embûches sur mon chemin, et je suis certain que des assassinats ont été commis.

– Le cinquième vétéran ?

– Les cinq vétérans furent supprimés de manière violente, trois à Guizeh, les deux survivants dans leur village. Telle est ma conviction. C'est au Doyen du porche qu'il appartient de poursuivre l'enquête, mais...

– Mais ?

Pazair hésita. En face de lui, le vizir. Parler à la légère lui serait fatal, dissimuler sa pensée équivalait à mentir. Ceux qui avaient tenté de tromper Bagey n'appartenaient plus à son administration.

– Mais je n'ai pas le sentiment qu'il la mènera avec la ténacité nécessaire.

– Accuseriez-vous d'incompétence le plus haut magistrat de Memphis ?

– J'ai le sentiment que le combat contre les ténèbres ne l'attire plus guère. Son expérience lui fait pressentir tant de conséquences inquiétantes qu'il préfère rester en retrait et ne pas s'aventurer sur un terrain dangereux.

– La critique est sévère. Le croyez-vous corrompu ?

– Simplement lié à des personnages importants qu'il ne désire pas contrarier.

– Nous voici fort éloignés de la justice.

– Ce n'est pas ainsi que je l'entends, en effet.

– Si le général Asher est condamné, il fera appel.

– C'est son droit.

– Quel que soit le verdict, le Doyen du porche ne vous dessaisira pas de ce dossier et vous demandera de poursuivre l'instruction sur les points obscurs.

– Permettez-moi d'en douter.

– Vous avez tort, puisque je lui en aurai donné l'ordre. Je veux toute la lumière, juge Pazair.

*

– Souti est de retour depuis hier soir, révéla Kem à Pazair.

Le juge fut stupéfait.

– Pourquoi n'est-il pas ici ?
– Il est retenu à la caserne.
– C'est illégal !
Pazair se précipita à la caserne centrale où il fut reçu par le scribe qui avait commandé le détachement.
– J'exige des explications.
– Nous nous sommes rendus à l'endroit du drame. Le lieutenant Souti a reconnu les lieux, mais nous avons cherché en vain le cadavre de l'éclaireur. J'ai cru bon de mettre le lieutenant Souti aux arrêts.
– Cette décision est inacceptable, tant que le procès en cours n'est pas achevé.
Le scribe reconnut le bien-fondé de la remarque. Souti fut aussitôt libéré.
Les deux amis se donnèrent l'accolade.
– As-tu subi des sévices ?
– Aucun. Mes compagnons de route étaient persuadés de la culpabilité d'Asher ; cet échec les désespère. Même la grotte a été dévastée, afin d'effacer toute trace.
– Nous avions pourtant gardé le secret.
– Asher et ses partisans avaient pris leurs précautions. Je suis aussi naïf que toi, Pazair ; à nous deux, nous ne les vaincrons pas.
– D'abord, le procès n'est pas perdu ; ensuite, je dispose des pleins pouvoirs.

*

Le procès reprit dès le lendemain.
Pazair appela Souti.
– Veuillez relater votre expédition sur les lieux du crime.
– En présence de témoins assermentés, j'ai constaté la disparition du cadavre. Des hommes du génie ont bouleversé l'endroit.
– Grotesque, estima Asher. Le lieutenant a inventé une fable et tente de la justifier.
– Maintenez-vous vos accusations, lieutenant Souti ?

– J'ai bien vu le général Asher torturer et assassiner un Égyptien.

– Où est le corps ? ironisa l'accusé.

– Vous l'avez fait disparaître !

– Moi, général de l'armée d'Asie, agir comme le plus vil des malfaiteurs ! Qui le croira ? Il existe une autre version des faits : ne vous seriez-vous pas débarrassé de votre officier de char, parce que vous étiez le complice des Bédouins ? Et si le criminel, c'était vous, soucieux de charger autrui afin de vous dédouaner ! Faute de preuve, la manœuvre se retourne contre son auteur. C'est pourquoi j'exige que vous soyez sanctionné.

Souti serra les poings.

– Vous êtes coupable et vous le savez. Comment osez-vous donner un enseignement à l'élite de nos troupes, alors que vous avez massacré l'un de vos hommes, et fait tomber dans des embuscades vos propres soldats ?

Asher parla d'une voix feutrée.

– Les jurés apprécieront ces affabulations de plus en plus délirantes ; bientôt, je serai désigné comme l'exterminateur de l'armée égyptienne !

Le sourire moqueur du général conquit l'assemblée.

– Souti s'exprime sous serment, rappela Pazair, et vous avez reconnu ses qualités de soldat.

– Son héroïsme lui a tourné la tête.

– La disparition du cadavre ne supprime pas le témoignage du lieutenant.

– Vous conviendrez, juge Pazair, qu'elle en atténue considérablement la portée ! Moi aussi, je témoigne sous serment. Ma parole vaudrait-elle moins que celle de Souti ? S'il a bien assisté à un meurtre, il se trompe d'assassin. S'il accepte de me faire sur-le-champ des excuses publiques, je consens à oublier sa folie passagère.

Le juge s'adressa au plaignant.

– Lieutenant Souti, souscrivez-vous à cette proposition ?

– En me sortant du guêpier où j'ai failli mourir, je me suis juré de faire condamner le plus méprisable des hommes. Asher est habile, il entretient le doute et la suspicion. A présent, il me propose de me renier! Jusqu'à mon dernier souffle, je proclamerai la vérité.

– Face à l'intransigeance aveugle d'un soldat qui a perdu la raison, moi, général et porte-étendard à la droite du roi, affirme mon innocence.

Souti eut envie de se ruer sur le général et de lui faire rendre gorge. Un regard appuyé de Pazair l'en dissuada.

– L'une des personnes présentes désire-t-elle intervenir ?

L'assistance demeura muette.

– Puisqu'il en est ainsi, je convie les jurés à délibérer.

*

Le jury siégea dans une salle du palais, le juge présida les débats où il n'avait pas le droit d'intervenir dans un sens ou dans l'autre. Son rôle consistait à distribuer la parole, à éviter les affrontements, et à maintenir la dignité du tribunal.

Mentmosé s'exprima le premier, avec objectivité et modération. Quelques précisions furent apportées à son discours, dont les conclusions furent retenues, sans grandes modifications. Moins de deux heures plus tard, Pazair lut le verdict dont Iarrot prit note.

– Le dentiste Qadash est reconnu coupable de faux témoignage. En raison du manque de gravité du mensonge prononcé, de son brillant passé de praticien, et de son âge, Qadash est condamné à offrir un bœuf gras au temple et cent sacs de grain à la caserne des vétérans qu'il a troublée par sa présence intempestive.

Le dentiste, soulagé, se frappa les genoux.

– Le dentiste Qadash désire-t-il faire appel et refuse-t-il ce jugement ?

L'interpellé se leva.

– Je l'accepte, juge Pazair.

– Aucune charge n'est retenue contre le chimiste Chéchi.

L'homme à la petite moustache noire n'eut aucune réaction. Son visage ne s'orna même pas d'un sourire.

– Le général Asher est reconnu coupable de deux fautes administratives, sans conséquence sur le bon fonctionnement de l'armée d'Asie. De plus, les excuses invoquées sont reconnues valables. Un simple avertissement lui est donc adressé, afin que de pareilles défaillances ne se reproduisent plus. Les jurés estiment que l'assassinat n'a pu être établi de manière formelle et définitive. A ce jour, le général Asher n'est donc pas considéré comme traître et criminel, mais le témoignage du lieutenant Souti ne saurait être qualifié de diffamatoire. Les jurés n'ayant pu se prononcer de manière tranchée en raison de l'obscurité entourant plusieurs faits essentiels, le tribunal demande une prolongation de l'enquête afin que la vérité soit connue au plus tôt.

CHAPITRE 39

Le Doyen du porche arrosait un parterre d'iris qui poussaient entre les hibiscus. Veuf depuis cinq ans, il vivait seul dans une villa du quartier sud.

– Êtes-vous fier de vous, juge Pazair ? Vous avez sali la réputation d'un général estimé de tous, semé la confusion dans les esprits, sans même obtenir la victoire de votre ami Souti.

– Elle n'était pas mon but.

– Que cherchiez-vous ?

– La vérité.

– Ah, la vérité ! Ne savez-vous pas qu'elle est plus fugace qu'une anguille ?

– N'ai-je pas mis en lumière les éléments d'un complot contre l'État ?

– Cessez de dire des stupidités. Aidez-moi plutôt à me relever et versez de l'eau au pied des narcisses, doucement. Ça vous changera de votre brutalité habituelle.

Pazair s'exécuta.

– Avez-vous calmé notre héros ?

– Souti ne décolère pas.

– Qu'espérait-il ? Renverser Asher d'un coup de tête ?

– Vous croyez, comme moi, qu'il est coupable.

– Vous êtes bien indiscret. Un défaut de plus.

– Mes arguments vous ont-ils troublé ?

– A mon âge, plus rien n'émeut.
– Je suis persuadé du contraire.
– Je suis fatigué, les longues enquêtes ne sont plus de mon ressort. Puisque vous avez commencé, continuez.
– Dois-je comprendre que...
– Vous avez parfaitement compris. Ma décision est prise, je ne changerai pas d'avis.

*

La nouvelle fit rapidement le tour du palais et des bâtiments officiels : à la surprise générale, la hiérarchie ne retirait pas l'affaire Asher au juge Pazair. Bien qu'il n'eût pas réussi, le jeune magistrat avait séduit nombre de dignitaires par sa rigueur. N'avantageant ni le plaignant ni l'accusé, il n'avait pas dissimulé les lacunes de l'instruction. D'aucuns avaient oublié sa jeunesse pour souligner son avenir, pourtant compromis en raison de la personnalité de l'inculpé. Sans doute Pazair avait-il eu tort d'accorder trop de crédit au témoignage de Souti, héros d'un jour et personnalité fantasque; si la plupart, après mûre réflexion, croyaient en l'innocence du général, tous convenaient que le juge avait mis en évidence des faits troublants. La disparition des cinq vétérans et le vol du fer céleste, s'ils n'étaient pas reliés à un complot imaginaire, apparaissaient comme des épisodes scandaleux qui ne devaient pas sombrer dans l'oubli. L'État, la hiérarchie judiciaire, les dignitaires, le peuple attendaient du juge Pazair la révélation de la vérité.

Cette nomination calma la colère de Souti qui tenta d'oublier sa déception dans les bras de Panthère; il promit au juge de ne rien entreprendre avant de mettre au point une stratégie commune. Maintenu dans sa dignité de lieutenant de la charrerie, il ne participerait à aucune mission avant le verdict définitif.

*

Le soleil mourant dora le sable du désert et les pierres des carrières ; les outils des ouvriers s'étaient tus, les paysans rentraient à la ferme, les ânes se reposaient, délivrés de leur fardeau. Sur les toits plats des maisons de Memphis, on prenait le frais en mangeant du fromage et en buvant de la bière. Brave était étalé de tout son long sur la terrasse de Branir, rêvant du morceau de bœuf grillé qu'il venait de déguster. Au loin, les pyramides du plateau de Guizeh formaient des triangles d'une absolue pureté, bornes de l'éternité dans le crépuscule. Comme chaque soir du règne de Ramsès le Grand, le pays s'endormirait en paix, persuadé que le soleil vaincrait le serpent des profondeurs * et ressusciterait à l'aube.

– Tu as franchi l'obstacle, estima Branir.

– Maigre succès, objecta Pazair.

– Tu es reconnu comme un juge intègre et compétent, et tu as obtenu la possibilité de poursuivre l'enquête sans nulle entrave. Que souhaiter de mieux ?

– Asher a menti, alors qu'il parlait sous serment. Un assassin doublé d'un parjure.

– Les jurés ne t'ont pas censuré. Ni le chef de la police ni la dame Nénophar n'ont tenté d'innocenter le général. Ils t'ont placé devant ton destin.

– Le Doyen du porche aurait aimé me retirer l'affaire.

– Il a confiance en tes capacités, et le vizir veut un dossier solide afin d'intervenir à bon escient.

– Asher a pris la précaution de détruire les preuves ; je crains que mes investigations ne soient stériles.

– Ton chemin sera long et difficile, mais tu peux aboutir. Bientôt, tu bénéficieras de l'appui du grand

* Chaque nuit, dans le monde souterrain, le soleil doit affronter et vaincre Apophis, un gigantesque serpent qui deviendra le dragon de la mythologie médiévale.

prêtre de Karnak et tu auras accès aux archives des temples.

Dès que la nomination de Branir serait effective, Pazair enquêterait sur le vol du fer céleste et de l'herminette.

– Tu es devenu ton maître, Pazair. Discerne la justice de l'iniquité, sans céder aux conseils de ceux qui les mêlent et les confondent afin d'égarer les esprits. Ce procès n'était qu'une escarmouche ; le véritable combat reste à mener. Néféret, elle aussi, sera fière de toi.

Dans la lumière des étoiles brillaient les âmes des sages. Pazair remercia les dieux, qui lui avaient permis d'en rencontrer un sur la terre des hommes.

*

Vent du Nord était un âne silencieux et méditatif. Il ne poussait que rarement le cri si caractéristique de son espèce, rauque et déchirant au point de réveiller une ruelle entière.

Pazair se réveilla en sursaut.

C'était bien un appel de son âne, en ce jour naissant où Brave et lui comptaient s'octroyer une grasse matinée. Le juge ouvrit la fenêtre.

Au pied de la maison s'étaient massées une vingtaine de personnes. Le médecin-chef Nébamon brandit le poing.

– Voici les meilleurs médecins de Memphis, juge Pazair ! Nous déposons une plainte contre notre consœur Néféret pour fabrication de drogues dangereuses et demandons son exclusion du corps médical.

*

Pazair débarqua sur la rive ouest de Thèbes à l'heure la plus chaude. Il réquisitionna un char de la police dont le conducteur dormait à l'ombre d'un auvent, et lui ordonna de hâter l'allure jusqu'au village de Néféret.

Souverain absolu, le soleil immobilisait le temps, donnait aux palmiers une éternelle verdeur, et condamnait les hommes au silence et à la torpeur.

Néféret n'était ni chez elle ni dans son laboratoire.

– Au canal, indiqua un vieillard, un instant arraché au sommeil.

Pazair abandonna le char, longea un champ de blé, traversa un jardin ombragé, emprunta un sentier et aboutit au canal où les villageois avaient coutume de se baigner. Il descendit la pente raide, franchit un rideau de roseaux, et la vit.

Il aurait dû l'appeler, fermer les yeux, se retourner, mais aucun mot ne sortit de sa bouche et il s'immobilisa, tant la beauté de la jeune femme le fascinait.

Nue, elle nageait avec la grâce de celles qui ne luttent pas contre l'eau et se laissent porter. Ses cheveux enfermés dans une coiffe de roseaux, elle plongeait sans heurt et ressurgissait. A son cou, le collier orné de la perle de turquoise.

Lorsqu'elle l'aperçut, elle continua à nager.

– L'eau est délicieuse, venez vous baigner.

Pazair ôta son pagne et avança vers elle, sans ressentir la fraîcheur. Elle lui tendit la main, il la saisit, enfiévré. Une onde les porta l'un vers l'autre. Lorsque ses seins touchèrent sa poitrine, elle ne recula pas. Il osa poser ses lèvres sur les siennes et la serrer contre lui.

– Je vous aime, Néféret.

– J'apprendrai à vous aimer.

– Vous êtes la première, il n'en existera aucune autre.

Il l'embrassa, maladroit. Enlacés, ils regagnèrent la berge et s'étendirent sur une plage de sable, cachée dans les roseaux.

– Moi aussi, je suis vierge.

– Je veux vous offrir ma vie. Dès demain, je vous demande en mariage.

Elle sourit, conquise et abandonnée.

– Aime-moi, aime-moi fort.

Il s'allongea sur elle, son regard noyé dans ses yeux bleus. Leurs âmes et leurs corps s'unirent sous le soleil de midi.

*

Néféret écouta le discours de son père, fabricant de verrous, et de sa mère, tisserande dans un atelier du centre de Thèbes. Ni l'un ni l'autre ne s'opposaient au mariage, mais ils souhaitaient voir leur futur gendre avant de se prononcer. Certes, la jeune femme n'avait nul besoin de leur consentement, mais le respect qu'elle éprouvait à leur égard ne l'autorisait pas à le négliger. Sa mère émit quelques réserves : Pazair n'était-il pas trop jeune ? Quant à son avenir, des doutes subsistaient. Et puis ce retard, le jour même de sa demande!

Leur nervosité gagna Néféret. Une affreuse pensée la traversa : si, déjà, il ne l'aimait plus ? Si, contrairement à ses déclarations, il n'avait recherché qu'une passade ? Non, c'était impossible. Sa passion serait aussi durable que la montagne thébaine.

Enfin, il franchit le seuil de la modeste demeure. Néféret demeura distante, comme l'exigeait la solennité du moment.

– Veuillez me pardonner ; je me suis perdu dans les ruelles. Je dois avouer que je n'ai aucun sens de l'orientation ; d'ordinaire, c'est mon âne qui me guide.

– Vous en possédez un ? s'étonna la mère de Néféret.

– Il s'appelle Vent du Nord.

– Jeune et en bonne santé ?

– Il ignore la maladie.

– Quels sont vos autres biens ?

– Le mois prochain, je disposerai d'une maison à Memphis.

– Juge, c'est un bon métier, déclara le père.

– Notre fille est jeune, précisa la mère. Ne pourriez-vous attendre ?

– Je l'aime et je désire l'épouser sans perdre une seconde.

Pazair avait l'air grave et décidé. Néféret le contemplait avec les yeux d'une femme amoureuse. Les parents cédèrent.

*

Le char de Souti, lancé à vive allure, franchit le portail de la caserne principale de Memphis. Les gardes lâchèrent leurs lances et se jetèrent sur le sol pour éviter d'être écrasés. Souti sauta en marche, tandis que les chevaux poursuivaient leur course dans la grande cour. Il gravit quatre à quatre l'escalier qui menait au quartier des officiers supérieurs où résidait le général Asher. D'une manchette à la nuque, il écarta le premier policier, d'un coup de poing dans le ventre le deuxième, et d'un coup de pied dans les testicules le troisième. Le quatrième eut le temps de sortir son épée du fourreau et de le blesser à l'épaule gauche; la douleur décupla la rage du lieutenant de charrerie qui, les deux poings réunis en marteau, assomma son adversaire.

Assis sur une natte, une carte d'Asie déroulée devant lui, le général Asher tourna la tête vers Souti.

– Qu'est-ce que tu viens faire ici?

– Vous détruire.

– Calme-toi.

– Vous échapperez à la justice, pas à moi.

– Si tu m'agresses, tu ne sortiras pas vivant de cette caserne.

– Combien d'Égyptiens avez-vous tué de vos mains?

– Tu étais épuisé, ta vue se brouillait. Tu t'es trompé.

– Vous savez bien que non.

– Alors, transigeons.

– Transiger?

– Une réconciliation publique serait du meilleur effet. Je serai conforté dans ma position, tu bénéficieras d'une promotion.

Souti se rua sur Asher, et lui serra la gorge.

– Crève, pourriture!

Des soldats ceinturèrent le forcené, l'empêchèrent d'étrangler le général et le rouèrent de coups.

*

Magnanime, le général Asher ne porta pas plainte contre Souti. Il comprenait la réaction de son agresseur, bien qu'il se trompât de coupable. A sa place, il aurait agi de la même façon. Ce comportement plaida en sa faveur.

Dès son retour à Thèbes, Pazair mit tout en œuvre pour libérer Souti, retenu à la caserne principale. Asher acceptait même de lever les sanctions pour insubordination et insultes à supérieur si le héros démissionnait de l'armée.

– Accepte, conseilla Pazair.

– Pardonne-moi, j'ai oublié ma promesse.

– Avec toi, je suis toujours trop indulgent.

– Tu ne vaincras pas Asher.

– Je suis persévérant.

– Il est rusé.

– Oublie l'armée.

– La discipline me déplaît. J'ai d'autres projets.

Pazair redoutait de les connaître.

– M'aideras-tu à préparer un jour de fête?

– A quelle occasion?

– Mon mariage.

*

Les conjurés se réunirent dans une ferme abandonnée. Chacun s'était assuré de n'avoir pas été suivi.

Depuis qu'ils avaient pillé la grande pyramide et volé les symboles de la légitimité de Pharaon, ils s'étaient contentés d'observer. Les événements récents les contraignaient à prendre des décisions.

Seul Ramsès le Grand savait que son trône reposait sur des sables mouvants. Dès que sa puissance s'atténuerait, il devrait célébrer sa fête de régénération, donc avouer à la Cour et au pays qu'il ne possédait plus le testament des dieux.

– Le roi résiste mieux que nous ne l'avions supposé.

– La patience est notre meilleure arme.

– Les mois s'écoulent.

– Que risquons-nous ? Pharaon est pieds et poings liés. Il prend des mesures, durcit son attitude envers sa propre administration, mais ne peut se confier à personne. Son caractère est ferme, mais il s'effrite ; l'homme est condamné, il en a conscience.

– Nous avons perdu le fer céleste et l'herminette.

– Une erreur de manœuvre.

– Moi, j'ai peur. Nous devrions abandonner, restituer les objets volés.

– Stupide !

– Ne renonçons pas si près du but.

– L'Égypte est entre nos mains ; demain, le royaume et ses richesses nous appartiendront. Oublieriez-vous notre grand projet ?

– Toute conquête implique des sacrifices, celle-là plus que n'importe quelle autre ! Aucun remords ne doit nous arrêter. Quelques cadavres, sur le bord du chemin, n'ont aucune importance en regard de ce que nous allons accomplir.

– Le juge Pazair est un véritable danger. Si nous sommes réunis, c'est à cause de sa manière de procéder.

– Il s'essoufflera.

– Détrompez-vous, c'est le plus acharné des enquêteurs.

– Il ne sait rien.

– Il a mené son premier grand procès de manière magistrale. Certaines de ses intuitions sont redoutables ; il a accumulé des éléments significatifs et pourrait mettre notre œuvre en péril.

– Lors de son arrivée à Memphis, il était seul ; à présent, il dispose de soutiens non négligeables. S'il fait un pas de plus dans la bonne direction, qui l'arrêtera ? Nous aurions dû stopper son ascension.

– Il n'est pas trop tard.

CHAPITRE 40

A l'arrivée du bateau venant de Thèbes, Souti attendait Néféret.

– Vous êtes la plus belle!

– Dois-je rougir devant un héros?

– En vous voyant, je préférerais être juge. Donnez-moi votre sac de voyage; je crois que l'âne sera heureux de le porter.

Elle semblait inquiète.

– Où est Pazair?

– Il nettoie la maison et n'a pas encore terminé; c'est pourquoi je vous accueille. Je suis si heureux, pour vous deux!

– Votre santé?

– Vous êtes la meilleure des guérisseuses. J'ai recouvré ma force et compte bien l'utiliser.

– Sans commettre d'imprudences, j'espère?

– Soyez rassurée. Ne faisons pas attendre Pazair; depuis hier, il ne parle que de vent contraire, de retard probable, et de je ne sais quelle catastrophe qui contrarierait votre voyage. Être amoureux à ce point-là me stupéfie.

Vent du Nord mena bon train.

Le juge avait donné un jour de congé à son greffier, orné de fleurs la façade de sa demeure, et fumigé l'intérieur. Une délicate senteur d'oliban et de jasmin flottait dans l'air.

Le singe vert de Néféret et le chien de Pazair se regardèrent avec défiance, tandis que le juge prenait la thérapeute dans ses bras. Les habitants du quartier, à l'affût des événements inhabituels, furent vite alertés.

– Je me soucie des patients que j'ai abandonnés, au village.

– Il leur faudra s'habituer à un autre médecin ; dans trois jours, nous emménagerons chez Branir.

– Désires-tu toujours m'épouser ?

En guise de réponse, il la souleva, la porta et franchit le seuil de la petite maison où il avait passé tant de nuits à rêver d'elle.

Dehors, on poussa des cris de joie. Officiellement, Pazair et Néféret devenaient mari et femme, puisqu'ils résidaient ensemble sous le même toit, sans autre formalité.

*

Après une nuit de fête à laquelle participa tout le quartier, ils dormirent enlacés jusqu'à la fin de la matinée. Lorsqu'il s'éveilla, Pazair la caressa des yeux. Il n'avait pas cru que le bonheur le rendrait aussi heureux. Les yeux clos, elle lui prit la main et la posa sur son cœur.

– Jure-moi que nous ne serons jamais séparés.

– Puissent les dieux faire de nous un seul être et inscrire notre amour dans l'éternité.

Leurs corps étaient si bien ajustés l'un à l'autre que leurs désirs vibraient ensemble. Au-delà du plaisir des sens, qu'ils savouraient avec une fougue et une faim d'adolescents, ils vivaient déjà un au-delà de leur couple où celui-ci puisait sa pérennité.

*

– Eh bien, juge Pazair, quand ouvrirons-nous notre procès ? J'ai appris que Néféret était revenue à Memphis. Elle est donc prête à comparaître.

– Néféret est devenue mon épouse.

Le médecin-chef fit la moue.

– Fâcheux. Sa condamnation ternira votre renom ; si vous tenez à votre carrière, un divorce rapide s'impose.

– Tenez-vous à votre accusation ?

Nébamon éclata de rire.

– L'amour vous troublerait-il l'esprit ?

– Voici la liste des produits que Néféret a fabriqués dans son laboratoire. Les plantes ont été fournies par Kani, jardinier du temple de Karnak. Comme vous le constaterez, les préparations sont conformes à la pharmacopée.

– Vous n'êtes pas médecin, Pazair, et le témoignage de ce Kani ne suffira pas à convaincre les jurés.

– Pensez-vous que celui de Branir sera plus décisif ?

Le sourire du médecin-chef se transforma en rictus.

– Branir n'exerce plus, il...

– Il est le futur grand prêtre du temple de Karnak, et témoignera en faveur de Néféret. Avec la rigueur et l'honnêteté qu'on lui reconnaît, Branir a examiné les drogues que vous qualifiez de dangereuses. Il n'a décelé aucune anomalie.

Nébamon enragea. Le prestige du vieux praticien était tel qu'il offrirait à Néféret une belle notoriété.

– Je vous ai sous-estimé, Pazair. Vous êtes un fin tacticien.

– Je me contente d'opposer la vérité à votre envie de nuire.

– Aujourd'hui, vous semblez vainqueur ; demain, vous déchanterez.

*

Néféret dormait au premier, Pazair étudiait un dossier au rez-de-chaussée. Au braiment de l'âne, il comprit que quelqu'un approchait.

Il sortit. Personne.

Sur le sol, un morceau de papyrus. Une écriture rapide, sans faute :

Branir est en danger. Venez vite.

Le juge courut dans la nuit.

Les abords de la maison de Branir semblaient tranquilles, mais la porte, malgré l'heure tardive, était ouverte. Pazair traversa la première pièce et vit son maître assis, adossé contre un mur, la tête penchée sur sa poitrine.

Dans son cou était fichée une aiguille en nacre, tachée de sang.

Le cœur ne parlait plus dans les veines. Bouleversé, Pazair se rendit à l'évidence. On avait assassiné Branir.

Plusieurs policiers entrèrent et entourèrent le juge. A leur tête, Mentmosé.

– Que faites-vous ici ?

– Un message m'a prévenu d'un danger que courait Branir.

– Montrez-le.

– Je l'ai laissé dans la rue, devant chez moi.

– Nous vérifierons.

– Pourquoi cette suspicion ?

– Parce que je vous accuse de meurtre.

*

Mentmosé réveilla le Doyen du porche au milieu de la nuit. Bougon, le magistrat fut surpris de voir Pazair entre deux policiers.

– Avant de rendre les faits publics, déclara Mentmosé, je désire vous consulter.

– Vous avez arrêté le juge Pazair ?
– Crime de sang.
– Qui a-t-il tué ?
– Branir.
– C'est absurde, intervint Pazair. Il était mon maître, et je le vénérais.
– Pourquoi être affirmatif, Mentmosé ?
– Flagrant délit. Pazair a enfoncé une aiguille en nacre dans le cou de Branir ; la victime a peu saigné. Quand mes hommes et moi sommes entrés dans la maison, il venait d'accomplir son geste.
– C'est faux, protesta Pazair. Je venais de découvrir le cadavre.
– Avez-vous mandé un médecin pour examiner le corps ?
– Nébamon.
Malgré la tristesse qui lui serrait le cœur, Pazair tenta de réagir.
– Votre présence, à cette heure et à cet endroit, avec une escouade, est plutôt surprenante. Comment la justifiez-vous, Mentmosé ?
– Ronde de nuit. De temps à autre, je me mêle à mes subordonnés. Il n'existe pas de meilleur moyen de connaître leurs difficultés et de les résoudre. Nous avons eu la chance de prendre un criminel sur le fait.
– Qui vous a envoyé, Mentmosé, qui a organisé ce traquenard ?
Les deux policiers saisirent Pazair par le bras. Le Doyen entraîna le chef de la police à l'écart.
– Répondez-moi, Mentmosé : étiez-vous là par hasard ?
– Pas tout à fait. Un message anonyme, parvenu à mon bureau dans l'après-midi. A la tombée de la nuit, je me suis posté près du domicile de Branir. J'ai vu entrer Pazair, et je suis intervenu presque aussitôt, mais il était déjà trop tard.
– Sa culpabilité est-elle certaine ?
– Je ne l'ai pas vu planter l'aiguille dans le corps de sa victime, mais comment en douter ?

– La nuance est importante. Après le scandale Asher, un tel drame... Et mettant en cause un juge, placé sous ma responsabilité !

– Que la justice fasse son devoir, j'ai fait le mien.

– Un point reste obscur : le mobile.

– C'est secondaire.

– Certes pas !

Le Doyen du porche semblait troublé.

– Mettez Pazair au secret. Officiellement, il aura quitté Memphis pour une mission spéciale en Asie, en rapport avec l'affaire Asher. La contrée est dangereuse ; il risque fort d'être victime d'un accident, ou de tomber sous les coups d'un rôdeur.

– Mentmosé, vous n'oserez pas...

– Nous nous connaissons depuis longtemps, Doyen. Seul l'intérêt du pays nous guide. Vous n'aimeriez pas que j'enquête pour découvrir l'identité de l'auteur du message anonyme. Ce petit juge est un personnage bien encombrant ; Memphis aime le calme.

Pazair interrompit le dialogue.

– Vous avez tort de vous attaquer à un juge. Je reviendrai et je découvrirai la vérité. Par le nom de Pharaon, je jure que je reviendrai !

Le Doyen du porche ferma les yeux et se boucha les oreilles.

*

Folle d'inquiétude, Néféret avait alerté les habitants du quartier. Certains avaient entendu le braiment de Vent du Nord, mais personne ne lui offrit la moindre indication sur la disparition du juge. Averti, Souti ne recueillit aucun renseignement digne d'intérêt. La demeure de Branir était fermée. Il ne restait plus à Néféret, désorientée, qu'à consulter le Doyen du porche.

– Pazair a disparu.

Le haut magistrat parut stupéfait.

– Quelle idée ! Soyez rassurée : il remplit une mission secrète dans le cadre de son enquête.

– Où est-il ?

– Si je le savais, je n'aurais pas le droit de vous le révéler. Mais il ne m'a donné aucun détail, et je ne connais pas son itinéraire.

– Il ne m'en a rien dit !

– Je l'en félicite. Dans le cas contraire, il aurait mérité un blâme.

– Il est parti pendant la nuit, sans un mot !

– Sans doute désirait-il vous éviter un moment pénible.

– Nous devions emménager chez Branir, après-demain. Je désirais lui parler, mais il est en route pour Karnak.

La voix du Doyen s'assombrit.

– Ma pauvre enfant... Vous n'êtes pas informée ? Branir est décédé cette nuit. Ses anciens collègues organiseront des funérailles magnifiques.

CHAPITRE 41

Le petit singe vert ne jouait plus, le chien refusait de se nourrir, les grands yeux de l'âne pleuraient. Terrassée par la mort de Branir et la disparition de son mari, Néféret n'avait plus la force d'agir.

Souti et Kem lui vinrent en aide. L'un et l'autre coururent de caserne en caserne, d'administration en administration, de fonctionnaire en fonctionnaire pour obtenir une information, si minime fût-elle, sur la mission confiée à Pazair. Mais les portes se fermèrent et les lèvres demeurèrent closes.

Désemparée, Néféret sut à quel point elle aimait Pazair. Longtemps, elle avait contenu ses sentiments, de peur de s'engager à la légère; l'insistance du jeune homme les avait fait croître, jour après jour. Elle avait uni son être à celui de Pazair; séparés, ils s'étioleraient. Loin de lui, la vie perdait son sens.

*

Accompagnée de Souti, Néféret disposa des lotus dans la chapelle de la tombe de Branir. Le maître ne s'effacerait pas, hôte des sages communiant avec le soleil ressuscité. Son âme y puiserait l'énergie nécessaire pour accomplir d'incessants voyages entre l'au-delà et les ténèbres du tombeau, d'où elle continuerait à rayonner.

Nerveux, Souti fut incapable de prier. Il sortit de la chapelle, ramassa une pierre, et la jeta au loin.

Néféret posa sa main sur son épaule.

– Il reviendra, j'en suis sûre.

– Voilà dix fois que je tente de pousser ce maudit Doyen du porche dans ses derniers retranchements ! Il est plus glissant qu'un serpent. « Mission secrète » : il ne connaît que ces deux mots-là. A présent, il refuse de me recevoir.

– Quel projet as-tu conçu ?

– Partir pour l'Asie et retrouver Pazair.

– Sans aucune piste sérieuse ?

– J'ai gardé des amis dans l'armée.

– T'ont-ils aidé ?

Souti baissa les yeux.

– Personne ne sait rien, comme si Pazair s'était évanoui en fumée ! Imagines-tu sa détresse, lorsqu'il apprendra le décès de son maître ?

Néféret avait froid.

Ils quittèrent le cimetière, le cœur serré.

*

Le babouin policier dévora une cuisse de poulet avec un appétit féroce. Épuisé, Kem se lava dans un baquet d'eau tiède et parfumée, et se vêtit d'un pagne propre.

Néféret lui apporta de la viande et des légumes.

– Je n'ai pas faim.

– Depuis combien de temps n'avez-vous pas dormi ?

– Trois jours, peut-être plus.

– Aucun résultat ?

– Aucun. Je n'ai pas ménagé mes efforts, mais mes informateurs sont muets. Je n'ai qu'une certitude : Pazair a quitté Memphis.

– Il serait donc parti pour l'Asie...

– Sans se confier à vous ?

*

Du toit du grand temple de Ptah, Ramsès le Grand contemplait la cité, parfois fébrile, toujours joyeuse. Au-delà de la muraille blanche, les champs verdoyants, bordés de déserts où vivaient les morts. Après avoir dirigé une dizaine d'heures de rituel, le souverain s'était isolé, goûtant l'air vivifiant du soir.

Au palais, à la cour, dans les provinces, rien n'avait changé. La menace semblait s'être éloignée, emportée par le courant du fleuve. Mais Ramsès se souvenait des prophéties du vieux sage Ipou-Our, annonçant que le crime se répandrait, que la grande pyramide serait violée, et que les secrets du pouvoir tomberaient entre les mains d'un petit nombre d'insensés, prêts à détruire une civilisation millénaire pour assouvir leurs intérêts et leur folie.

Enfant, en lisant le célèbre texte sous la férule de l'instructeur, il s'était révolté contre cette vision pessimiste ; s'il régnait, il l'écarterait à jamais ! Vaniteux et futile, il avait oublié que nul être, fût-il Pharaon, ne pouvait extirper le mal du cœur des hommes.

Aujourd'hui, plus seul qu'un voyageur perdu dans le désert alors que des centaines de courtisans l'encensaient, il lui fallait combattre des ténèbres si épaisses qu'elles cacheraient bientôt le soleil. Ramsès était trop lucide pour se gaver d'illusions ; cette lutte-là était perdue d'avance, puisqu'il ignorait le visage de l'ennemi et qu'il ne pouvait prendre aucune initiative.

Prisonnier dans son propre pays, victime promise à la plus affreuse des déchéances, l'esprit rongé par un mal incurable, le plus adulé des rois d'Égypte s'enfonçait dans sa fin de règne comme dans l'eau glauque d'un marécage. Son ultime dignité était d'accepter le destin sans émettre les plaintes d'un lâche.

*

Lorsque les conjurés se réunirent, un franc sourire courut sur leurs lèvres. Ils se félicitèrent de la stratégie adoptée, que couronnait un sort favorable. La chance n'allait-elle pas aux conquérants ? Si des critiques avaient fusé, ici ou là, fustigeant le comportement de tel ou tel, ou stigmatisant une imprudence, elles n'étaient plus de mise en cette période de triomphe, prélude à la naissance d'un nouvel État. Oublié le sang versé, envolés les derniers remords.

Chacun avait fait sa part de travail, personne n'avait succombé sous les coups du juge Pazair ; en ne cédant pas à la panique, le groupe des conjurés avait manifesté sa cohésion, précieux trésor qu'il faudrait conserver lors de la future et prochaine répartition des pouvoirs.

Il ne restait plus qu'une formalité à accomplir pour écarter définitivement le fantôme du juge Pazair.

*

Le braiment de l'âne prévint Néféret d'une présence hostile. Au milieu de la nuit, elle alluma une lampe, poussa le volet et regarda dans la rue. Deux soldats frappaient à sa porte. Ils levèrent les yeux.

– Vous êtes bien Néféret ?

– Oui, mais...

– Veuillez nous suivre.

– Pour quel motif ?

– Ordre supérieur.

– Si je refuse ?

– Nous devrons vous y contraindre.

Brave grogna. Néféret aurait pu appeler, réveiller le quartier, mais elle calma le chien, jeta un châle sur ses épaules, et descendit. La présence de ces deux soldats devait être liée à la mission de Pazair. Qu'importait sa sécurité, si elle recueillait enfin une information sérieuse.

Le trio traversa la ville endormie à marche forcée, en direction de la caserne centrale. Arrivés à bon port, les soldats confièrent Néféret à un officier qui, sans mot dire, la conduisit au bureau du général Asher.

Assis sur une natte, entouré de papyrus déroulés, il demeura concentré sur son travail.

– Asseyez-vous, Néféret.

– Je préfère rester debout.

– Désirez-vous du lait tiède ?

– Pourquoi cette convocation à une heure aussi insolite ?

La voix du général devint agressive.

– Connaissez-vous la raison du départ de Pazair ?

– Il n'a pas eu le temps de m'en parler.

– Quelle obstination ! Il n'a pas accepté sa défaite et a voulu ramener ce fameux cadavre qui n'existe pas ! Pourquoi me poursuivre ainsi de sa haine ?

– Pazair est juge, il recherche la vérité.

– Elle fut révélée au procès, cette vérité, mais elle ne lui plaisait pas ! Seuls comptaient ma révocation et mon déshonneur.

– Vos états d'âme ne m'intéressent guère, général ; n'avez-vous rien d'autre à dire ?

– Si, Néféret.

Asher déroula un papyrus.

– Ce rapport est marqué au sceau du Doyen du porche ; il a été vérifié. Je l'ai reçu il y a moins d'une heure.

– Quel est... quel est son contenu ?

– Pazair est mort.

Néféret ferma les yeux. Elle souhaita s'éteindre comme un lotus fané, disparaître dans un souffle.

– Un accident, sur un sentier de montagne, expliqua le général. Pazair ne connaissait pas la région ; avec son imprudence habituelle, il s'est lancé dans une folle aventure.

Les mots lui brûlèrent la gorge, mais Néféret devait poser la question.

– Quand rapatrierez-vous le corps ?

– Nous poursuivons les recherches, mais c'est sans espoir ; dans cette contrée, les torrents sont furieux et les gorges inaccessibles. Je m'incline devant votre peine, Néféret ; Pazair était un homme de qualité.

*

– La justice n'existe pas, dit Kem en déposant ses armes.

– Avez-vous revu Souti ? demanda Néféret, inquiète.

– Il usera ses pieds sur les chemins, mais ne renoncera pas avant d'avoir retrouvé Pazair ; il reste persuadé que son ami n'est pas mort.

– Et si...

Le Nubien hocha la tête.

– Je continuerai l'enquête, affirma-t-elle.

– Inutile.

– Le mal ne doit pas triompher.

– Il triomphe toujours.

– Non, Kem ; s'il en était ainsi, l'Égypte n'existerait pas. C'est la justice qui a fondé ce pays, c'est elle que Pazair voulait voir rayonner. Nous n'avons pas le droit de nous incliner devant le mensonge.

– Je serai à vos côtés, Néféret.

*

Néféret s'assit au bord du canal, à l'endroit où elle avait rencontré Pazair pour la première fois. L'hiver approchait ; violent, le vent fit osciller la turquoise qu'elle portait au cou. Pourquoi le précieux talisman ne l'avait-il pas protégée ? Hésitante, la jeune femme frotta la pierre précieuse entre le pouce et l'index, songeant à la déesse Hathor, mère des turquoises et souveraine de l'amour.

Les premières étoiles apparurent, jaillissant de l'au-delà ; elle ressentit violemment la présence de l'être aimé, comme si la frontière de la mort s'estompait. Une folle pensée devint espérance : l'âme de Branir, le maître assassiné, n'avait-elle pas veillé sur son disciple ?

Oui, Pazair reviendrait. Oui, le juge d'Égypte dissiperait les ténèbres pour que revive la lumière.

Cet ouvrage a été composé et réalisé par la
SOCIÉTÉ NOUVELLE FIRMIN-DIDOT (Mesnil-sur-l'Estrée)
pour le compte de France Loisirs
en novembre 1993

Imprimé en France
Dépôt légal : novembre 1993
N° d'édition : 23142 - N° d'impression : 25491